KB267214

액체인간의 자화상

정진경
평론집

액체인간의 자화상

초판 1쇄 인쇄 · 2025년 6월 17일
초판 1쇄 발행 · 2025년 6월 24일

지은이 · 정진경
펴낸이 · 한봉숙
펴낸곳 · 푸른사상사

주간 · 맹문재 | 편집 · 지순이 | 교정 · 김수란 | 마케팅 · 한정규
등록 · 1999년 7월 8일 제2-2876호
주소 · 경기도 파주시 회동길 337-16 푸른사상사
대표전화 · 031) 955-9111(2) | 팩시밀리 · 031) 955-9114
이메일 · prun21c@hanmail.net
홈페이지 · http://www.prun21c.com

ISBN 979-11-308-2286-0 93800
값 28,000원

이 책은 경상남도, 경남문화예술진흥원의 문화예술 지원을 보조받아 발간되었습니다.

평론선
44

액체인간의 자화상

Self-portrait of a liquid person

정진경
평론집

푸른사상
PRUNSASANG

　인간다운 집단이란 정서가 유동적으로 흐르면서 한 덩이로 자연스럽게 어우러지는 액체사회이다. 전자기술과의 상호작용으로 실존적 공간의 입구가 여러 개인 '웜홀환경(wormhole environment)' 시대를 사는 현대인들의 정체성은 분열되고, 파괴되면서 확고한 뿌리를 가지지 못한다. 전자기술의 발전은 사회적 관계망을 재배치하고, 사회적 실존성을 재편성하면서 자유롭고 유동적인 접속이 가능한 세계가 되었지만 우리는 끊임없이 새로운 세계를 떠돌아야 하는 피곤함에 처해 있다. 여기저기 흘러 다니면서 적응하거나 도태되면서 스스로 실존성을 만들어야 하는 현실에 직면해 있다.

　이번 평론집은 전자기술의 발달로 가속화되는 사회의 변화 속에서 정체성과 실존적 공간을 고민하는 시인들의 문제의식을 비평한 것들이 많다. 이런 글들이 많은 것은 세계질서를 변화시키는 실존적 공간과 삶에 대한 필자의 관심이 작용하기도 했지만 시인들의 시에도 이것이 많이 나타났기 때문이다. 전자기술 발달로 인한 실존적 공간의 변화는 오랫동안 인간의 가치관을 지배해온 현실과 내세라는 이분법적인 사유를 해체한 것은 물론 인간의 정체성을 기호화, 물질화하는 데에 한몫하였다. 마셜 매클루언(Marshall McLuhan)은 이미지를 어떤 새로운 기술에 의해 인간사(人間事)에 등장한 새로운 유형의 의식화라고 하였다. 인간이 만든 기술적 환경이 공간과 시간을 변화시키면서 우리 몸의 중추신경을 확장해나간다는 그의 논리는 무서울 만큼 미래의 현실을 정확히 예견한 말이다. 최근 시인들의 자아나 시적 존재들이 물질화나 기호화로 많이 형상화되는 것은 이와 무관하지 않을 것이다. 이번 평론집을 통해서 볼 수 있는 시인들의 문제의식들은 가속화되어가는 사회의 변화에 적응하려는 속성을 가진 액체인간의 서글픈 한 단면이다.

제1부 '디지털 자아와 감정의 양식화'는 시적 자아나 주체성의 변형을 전략으로 삼은 시인들 시를 비평한 글들이다. 1부의 글들은 서평이나 신작 특집, 시집 해설 등으로 구성되어 있는데 기술적 환경에 대응하거나 영향을 받은 시인들의 개성적인 시적 전략을 중심으로 비평하였다. 유기체로서 인간의 문제가 사물화, 기호화 등의 기계적인 것으로 많이 변형되어 시에 나타나는 현상은 기술적 환경으로 인한 새로운 유형의 의식화일 것이다. 시인들은 시적 감정을 양식화, 기호화하거나 시적 신체를 부품화하고 있다. 그 외에도 일상을 양식화하거나 시적 정서를 다른 예술 장르와 융합하거나 혼성 모방하는 등 과학기술문명에 변화되어가는 인간의 정신적 신체적 정체성에 주목하고 있는 시인들의 시를 담론화하였다.

제2부 '집단적 아비투스와 응콘데 형상'은 사회 속에서도 무의식적으로 상속되어온 개인의 정서나 성향 체계를 여전히 시적 화두로 삼은 시인들을 비평한 글들이다. 가속화되는 사회라 해도 모두가 변화하려는 속성을 가진 것은 아니다. 기술적 환경으로 인한 격렬한 통증의 심리적 도미노 현상을 겪는 동시에 여전히 사회적 권력으로 자리하고 있는 기존의 문제에 직면해 있다. 서평이나 신작 특집, 시집 해설 등으로 구성된 2부의 글들은 상처를 품은 응콘데 형상의 여성적 자아나 사회적 약자의 실존 공간을 의미화하는

등 사회적 타자에 대한 문제의식을 가진 시인들의 시를 담론화하였다.

　제3부 '리좀 세계와 액체인간의 자화상'은 기술적 환경으로 변화되어가는 사회구조와 사회적 인간으로서 문제의식을 드러낸 시를 비평한 글들이다. 3부의 글들은 각기 다른 잡지에서 청탁한 기획 특집이나 계간평 등으로 구성된 것이지만 다수의 시인이 의식화한 기술사회의 특징과 이에 적응하려는 사회적 인간의 문제를 중심으로 하고 있다. 기술적 환경으로 인한 실존적 공간의 변화는 세계의 구조는 물론 인간의 정체성이나 관계 맺기 현상, 뇌와 감정적 유전자, 신경계의 물활론적인 성향까지 변화시키고 있는 현실에 주목하고 있는 시인들 시를 담론화하였다.

2025년 6월

정진경

액체인간의 자화상

제2부 집단적 아비투스와 응콘데 형상

디지털 자아와
감정의 양식화

세계를 전환시키는 장치, 꿈과 '언캐니' 감정

— 김참의 시

현대인에게 이미지와 의식은 한 몸뚱이에 두 개의 주체가 사는 샴쌍둥이와 같다. 현실을 넘어서고자 하는 인간의 상상이 이미지의 역사를 만들어온 것과는 달리 요즘은 이미지가 인간의 상상을 만들고, 실존의 양상을 만들어 간다. 인간을 철저히 연구하여 만든 욕망의 창조물, 자본주의가 내세우는 음흉한 가면이 이미지라는 사실을 우리는 모르고 있다. 현대인은 이미지의 감옥에 갇혀 자본주의가 만든 욕망을 좇으면서 미래의 청사진을 그려나간다.

하지만 이렇게 기획된 디지털 이미지들도 '억압된 것의 회귀'라는 프로이트 (Freud)의 정의를 반복한다. 문자가 발명되면서 역사의 논리적 의식에 자리를 내준 신화적 마술적 의식의 이미지가 현대에 다시 회귀한다고 진중권은 주장한다. 인간의 무의식에 은닉되어 있는 것을 발굴하고 채굴하는 이미지의 시대.

시대의 이미지 미학은 시와도 무관하지 않다. 시에서의 이미지 또한 감성적 사유에서 나오는 낭만적인 이미지보다는 전략적으로 형상화한 형식적 사유의 이미지들이 많다. 많은 시인이 시적 담론을 이미지로 배치한다. 문장의 구조나 시·공간의 해체 등과 함께 이미지는 형식적 사유를 구조화하는 장치로 사용되고 있다.

김참 또한 전략적으로 이미지를 의도적으로 배치하고 형상화하는 시인이다. 시간과 공간의 질서는 분절되어 있으며, 시적 담론은 전략적 시의 문체와 형식 안에 교묘하게 은닉되어 있다. 이런 점은 김참 시의 세계를 파악하는 곤혹스러움으로 연결된다. 이번 신작시도 그러한 시적 방법론의 연장선상에 있다. 특히 이번 신작시에서 필자가 주목한 것은 시간과 공간을 분절하는 요소이면서 현실을 초현실의 세계로 전환시키는 요소인 '잠 이미지'와 '언캐니(uncanny)' 감정이다. 이 두 이미지는 김참 시의 특징인데 시인의 내면과 연결이 되어 있다.

욕망 충족을 위한 통로, '보충몽(補充夢)'

김참 시에서 '잠 이미지'는 시간과 공간을 분절하는 핵심적 요소이다. 그리고 현실이 초현실로 바뀌는 시적 장면의 전환점이다. 김참은 '잠 이미지'의 반복을 통해서 현실과 초현실의 세계를 오가거나 세계를 바꾼다. 또한 이러한 방식을 통해 결핍이나 욕망의 심연으로 접근을 한다.

시에서 '잠 이미지'는 '눈을 감았다 뜨는' 양상으로 많이 나타난다. 잠이 깬 후에도 공간이나 시간적인 배경이 바뀌지 않는다면 이는 단순한 잠이다. 하지만 시에서의 잠은 깬 후 다른 시간과 다른 공간으로 전환된다. 때로는 통시적으로 때로는 공시적으로 전혀 다른 세계로 진입한다. 때문에 시에서 '잠 이미지'는 화자의 의식이나 무의식을 반영하는 '꿈'으로서의 기능을 갖고 있다.

하지만 김참 시에서 꿈은 의식이나 무의식의 반영에 그치지 않는다. 꿈을 반복하는 양상을 통해서 인간이 가진 결핍과 욕망의 심연으로 파고 들어간다. 꿈은 현실에서 결핍된 것이나 충족되지 않은 심리적 현상을 해소하고자 하는 능동적인 기표이다. 이번에 발표한 신작시 「물」과 「열대우림」에서 '잠 이미지'도 그러한 양상을 갖고 있다.

「물」에서 잠은 공간적 차원의 세계를 바꾸는 전환점이다. 시에서 "늦잠 자고 일어"난 화자는 자신이 자던 "거실"은 "보이지 않고 붉은 사막만 끝없이 펼쳐져 있"는 것을 발견한다. 잠을 잔 후 바뀌어 있는 공간적 세계를 통해 알 수 있듯 시적 정황이 현실에서 초현실의 세계로 바뀌어 있다. 눈뜬 후의 세계는 꿈이다. 꿈속에서 화자는 또다시 잠을 잔다. 붉은 사막의 세계는 두 번째 잠을 자고 난 뒤 "열대 숲"으로 전환된다. 꿈속에서 또 꿈을 꾸는 액자식 꿈은 무언가의 심연을 들어가는 통로를 연상하게 한다. 꿈은 마치 드릴과 같아서 화자의 내면에 은닉된 무의식적 욕망을 굴착해나간다.

그렇다면 김참은 왜 이렇게 겹의 꿈을 시적 장치로 사용한 것일까? 그 해답은 "물"과 "냉장고" 이미지를 통해서 유추해볼 수 있다. 시에서 "물"과 "냉장고"의 거리는 욕망과 대상을 표상하는 것으로 현실과 세계와의 심적 거리를 의미한다. 화자는 침대에 누워 갈증을 느끼고, 마시고 싶은 물은 냉장고에 있는데 그것은 모래언덕에 누워 있다. '물'이 화자의 심리적 욕망을 상징하는 것이라면 '냉장고'는 그 욕망을 담지하고 있는 세계이다. 화자가 갈증을 해소하기 위해서는 세계 속으로 들어가야 하는데 세계는 원래 있어야 할 자리에 있지 않고, 의외의 상황에 놓여 있다. 이때 화자는 능동적으로 일어나서 갈증을 해소하려는 노력을 하지 않고 침대에 누워 또다시 잠을 자는 방식을 택한다. 이것은 첫 번째로 꿈으로 형성된 세계가 화자의 결핍이나 욕망을 충족하지 못하기 때문이다.

더 나은 세계를 지향하는 화자의 심리는 "개 짖는 소리" "오토바이 소리" 등의 청각적으로 지각을 통해서 알 수 있다. 알베르트 수스만(Albert Sussman)은 감각적 의식에서 청각은 청신적 차원의 기능을 수행한다고 한다. 소리는 귀의 외부에서 발화되지만 내면화의 과정을 거친다. 이 내면화 과정에는 높은 차원의 세계, 우주적 차원의 정신세계로 도약하려는 인간의 의지가 내포되어 있다. 이것은 현실세계로부터 해방하고자 하는 심리이다. 시에서 화자가 욕망하는 것이 구체적이지는 않지만 꿈이 현실의 체험을 재료로 한다는 점에서 이는 세계의 경험이 변형되고 왜곡되면서 재생된 것이다. 깨어 있을 때는 생각하지도 못할 그런 기억을 꿈을 통해 자유로이 구사한 것이다. 고통스러운 관념을 반대의 관념으로 바꾸고, 거기에 수반되는 감정을 누르면서 꿈이 성공한 것이다. 무의식적 욕망의 의지작용이 꿈을 통해 나타난 것이라 할 수 있다.

두 번째 꿈을 통해 화자의 갈증과 욕망의 대상물 그리고 세계는 동일화된다. 나와 욕망 그리고 세계의 동일화는 화자의 능동적인 의지작용에 의해서 이루어진 것이다. 첫 번째 꿈에서 잠을 청하는 것과 달리 두 번째 꿈에서 화자는 나무 위에 올려놓은 냉장고 문을 열고 "생수"를 찾아 마신다. "시원"하게 갈증을 해소하고, 세상을 긍정적으로 바라본다. "노란 달이 냉장고 위에서 반짝반짝 빛나고 있"는 공간적 정황은 여기가 화자가 원하는 세계임을 상징한다. 화자는 꿈이라는 시적 장치를 통해서 현실에서 충족하지 못한 욕망을 해소하고 있다. 무의식으로 깊이 들어가면서 자신이 욕망한 것이 충족될 때까지 꿈을 꾼다.

꿈을 통해 세계를 바꾸는 김참의 의지는 「열대우림」에서도 볼 수 있다. 「열대우림」은 성장하고자 하는 욕망을 꿈을 통해서 실현한다. 앞의 시와 달리 이 시는 꿈을 꿀 때마다 시간적인 비약이 이루어진다. 눈을 한 번 감았다 뜰 때마다 "삼십 년"의 시간이 흐른다. 눈을 뜰 때마다 시간적인 배경이 바뀌어 있다는 점에서 이 또한 꿈으로 해석할 수 있다. 시에서 꿈은 시적 주체를 성장시키는 장치로 이용된다. 첫 번째 꿈속에 등장하는 "포도"와 "열대 식물"은 화자가 욕망하는 것의 대용물이다. 욕망의 대용물은 꿈이 거듭될 때마다 비약적으로 성장한다. 대용물의 비약적 성장은 곧 나의 비약적 성장과 동일시된다. 그런데 이 시에서 흥미로운 것은 나의 비약적 성장이 여성의 디딤돌이 된다는 것이다. 시적 여성은 '나'를 타고 올라와 생선을 다듬고, 나무를 타고 다니면서 집으로 돌아간다. 나의 성장이 여성에게 정신적인 물질적인 안식처로서의 기능을 한다는 점에서 남성으로서의 성장 욕망을 형상화한 시라 유추해볼 수도 있다.

어쨌든 중요한 것은 김참이 꿈을 심리적 결핍이나 욕망을 담론화하는 시적 장치로 사용한다는 점이다. 시에서 겹겹의 꿈은 정신적인 치유 기능을 가진 주술적 경향을 가지고 있다. 상상과 몽상, 무의식이 중첩되어 있는 꿈의 주술적 힘이 시적 기술에 의해서 되살아나고 있다. 그런 점에서 김참 시에서 꿈은 정신의 자기치료적 성질을 가진 '보충몽'의 의미를 갖는다.

그렇다면 김참은 왜 꿈의 주술을 통해 자기위안을 하는 걸까? 프로이트 말대로 꿈이 현실의 경험은 물론 인간의 내면에 깊이 은닉되어 있는 본성을 보여주는 기능을 갖고 있기 때문일 것이다. 이 문제의 고리를 풀 수 있는 것이 낯익은 현실을 낯설게 인식시키는 '언캐니' 감정을 형상화한 시들이다.

주체불안의 인식 장치, '언캐니' 감정

김참 시에서 공간과 시간의 분절시키는 또 하나의 시적 장치가 익숙한 것을 낯설게 느끼게 하는 '언캐니' 감정이다. '언캐니'는 초현실주의의 본질을 가장 잘 드러내는 개념으로 원래는 디지털 이미지의 존재론이라는 특징을 갖고 있다. 심리학자 에른스트 옌치(Ernst Jencz)는 언캐니의 감정을 "살아 있는 듯한 존재가 정말로 살아 있는지, 혹은 그 반대로 생명 없는 대상이 살아 있는 게 아닌지의 의심스러운 상태"로 정의한다. 낯익은 것을 낯선 것으로 인식하는 '언캐니'의 감정은 초현실주의 시에서도 종종 보인다. 일상에서 경험한 익숙한 이미지들이 시에서 시간의 분절과 공간의 해체를 겪으면서 일반적인 의미를 잃는다. 시공간의 질서 해체로 이미지의 의미도 더불어 해체된다. 김참 또한 이러한 시적 기법을 전략을 쓰는 시인 중 한 사람으로, 몇몇 시에서 '언캐니' 감정을 주체불안을 인식하는 장치로 사용하고 있다.

신작시에서 「나방과 나방」은 거울을 경계로 현실과 초현실의 세계를 인식하는데, 여기서 '언캐니'의 감정이 드러낸다. 시에서 존재들은 거울 밖의 세계와 거울 안의 세계에서 일상의 익숙함을 잃고 낯섦의 존재로 제시된다. 거울 밖 아이는 그림자가 없는 육체를 가지고 있고, 거울 속 "하얀 얼굴 키 큰 이국 처녀들은" "담배를 피우"며 살아 있다. 그리고 실체가 없는 그림자들이 거울 안팎을 넘나든다. "맨손체조 하던 아이"의 모습은 익숙한 정경이지만 아이의 육체에 그림자가 없다는 사실은 존재성에 대해 의심하게 만든다. 그리고 실체가 없는 그림자는 육체가 없는 존재이다. 자연적인 순리를 깨뜨린 이 존재성의 의문은 어느 세계가 현실인지 초현실인지 알 수 없는 혼란스러운 감정으로 연결된다. 시적 존재가 생명이 있는 것인지에 대한 의문을 갖게 되면서 세계 자체가 낯설게 느껴지는 '언캐니' 감정이 생긴다.

그런 감정을 명확하게 보여주는 것이 "두 세계에서 나방들은 서로 꼭 붙어 떨어지지 않고 있나" "붙어 있었나"하는 의문형 서술이다. 이 시는 제목인 "나방과 나방"은 발음은 같지만 다른 의미의 동음이의어다. 시적 정황으로 볼 때 나방이 실제로 거울에 붙어 있는 건지, 거울 안 세계와 거울 밖 세계를 나방의 두 날개로 생각하고 있는 건지 명확하지 않다. 화자는 거울에 나방이 붙어 있는 것인지 세계 자체가 나방인지 정확하게 구분하지 못하고 있다. 현실과 자아를 재현하는 차원에서 거울은 세계와의 동일성이나 비동일성을 상징한다. 하지만 시에서 거울은 현실의 존재가 초현실적 존재로 형상화되고, 초현실적 존재가 현실의 존재로 재현된다는 점에서 이에 해당하지 않는다. 복제된 이미지가 세계를 만들어 현실을 지배하는 '보르헤스' 거

     제1부 디지털 자아와 감정의 양식화

울의 의미를 가지고 있다. 실재가 가상현실로 전환되어 진짜를 구분하지 못하게 되는 시뮬라시옹(Simulation)의 세계와 유사하다. 그러므로 화자나 독자는 거울 안과 밖 중 어느 세계가 진짜인지 구분하기 힘든 감정을 갖는다. 현실과 현실이 아닌 것이 거울에 의해 서로 복제되면서 이미지의 세계를 창출한다.

김참에게 새로운 세계의 창출은 어떤 의미일까? 전략적으로 쓴 것이라 하더라도 시는 시인에 의해 창조되었다는 점에서 어떠한 형태로든 현실을 반영하고 있다. '낯익은 낯섦'은 주체불안의 원인이다. 때문에 시적 존재들의 상호복제는 현실적 존재의 주체불안을 드러내는 장치이다. 서로의 실존을 복제하며 살아가는 존재성, 두 세계를 통해서 비춰지는 환상은 삶에서 억압되고 망각된 경험들이 시를 통해 회귀된 것이다. 환상은 원래 낯익은 것이지만 동시에 망각된 것이기에 회귀할 때 낯설게 느껴지기 마련이다.

세계 내에서 존재들의 주체불안은 「비밀결사」에서도 나타난다. 이 시에서 존재들의 주체불안은 다른 시들보다는 좀 더 구체적으로 형상화되어 있다. 대나무를 중심으로 형상화되어 있는 사회 중심부와 사회 주변부의 권력적 양상은 김참의 주체불안에 대한 의식을 조금이나마 알 수 있는 측면이다.

시에서 대나무를 팔던 남자가 어느 날 갑자기 사라지는데도 아무도 의문을 갖지 않는다. 사회 주변부로 보이는 남자의 죽음은 세계 내에서 아무런 의미를 획득하지 못한다. 오직 한 사람, 남자와 관련되어 있는 여자만이 남자의 죽음에 대한 의미를 찾아 나선다. 여자는 남자와 같은 방식으로 남자 삶을 살아보지만 남자의 문제를 해결하지 못한다. 그래서 여자는 전혀 새로운 방식으로 남자 삶의 의미를 찾는다. "대나무에 구멍을 뚫어"파는 행위, 즉 사회 내의 고정관념과 기존의 질서를 파괴하는 경제 행위를 한다. 김참은 그것을 '비밀결사'로 상징하고 있다.

원래 비밀결사는 합법적인 국가권력과 기존의 사회조직에 대립하는 이단적이고 비합법적인 '음의 세계'를 지칭한다. 사회 주변부는 국가와 기존 사회가 더 이상 생존을 보장해줄 수 없을 때, 그들에게 저항하기 위해서 비밀결사를 선택한다. 그런 맥락에서 볼 때 남자의 "장례식"은 사회 주변부의 절망일 것이며 대나무밭은 민중의 터전이며 대나무를 가공해서 파는 것은 생존의 수단일 것이다. 때문에 사회가 통용하는 합법적인 방식이 아닌 비합법적인 방식으로 물건을 만들어 파는 여자의 행위는 사회 질서나 권력에 대한 도전으로 저항의 도화선이 된다. 저항의 도화선이 된 여자는 사라지고, 우후죽순으로 여자를 모방하는 행위는 범람하지만 민중의 생존 터전은 누군가에 의해 초토화된다. 새로운 방식의 시도는 "대나무"로 표상되어 있는 사회 주변부의 터전을 계속 짓밟는 원인이 된다. 대나무를 중심으로 사회 중심부와 사회 주변부가 대립되어 있으며 주변부가 저항할 때는 더 강력한 권력이 작용하고 있음을 보여준다. 사회 내에서 개인 주체의 불안전성을 보여주는 시라 할 수 있다.

위 시는 단면적이나마 개인의 주체성에 대한 김참의 생각을 보여준다. 특히 힘이 미약한 개인은 사회 내에서 주체성을 획득하기 쉽지 않다고 본다. 기존의 세계 내에서 개인의 욕망은 쉽게 실현될 수 없으며 보호받지 못한다고 생각한다. 이런 의식이 김참으로 하여금 정신의 자기 치유로서의 기능을 가진 '꿈'을 시적 장치로 사용하게 했다고 볼 수 있다. 또한 주체불안을 드러내는 초현실적인 세계를 창출했다고 볼 수 있다. 그런 점에서 이번 시에서 '잠 이미지'의 기능과 '언캐니'의 감정은 현실부정과 주체의 불안을 치유하고자 하는 심리적 유토피아의 기능을 한다. 김참의 세계가 만들어내는 환상은 우발적이고 덧없는 것이 아니라, 현실을 긍정적인 방향으로 이끄는 심적 에너지의 충전이라 할 수 있다.

　　　　제1부 디지털 자아와 감정의 양식화

자기과시 욕망과 수치심의 샴쌍둥이 실존론

—박종인의 시

21세기 사회의 가장 중요한 사회적 공간 중 하나가 가상공간이다. 유비쿼터스 시대가 만든 수많은 디지털 기계들로 인해서 만들어진 가상공간은 새로운 형태의 사회이자 현실이다. 현실 안에 또 다른 현실이 있는 이중적 구조의 사회, 그동안 정신의 영역이나 신의 영역으로만 생각했던 초월적 세계가 네트워크 속에서 존재한다.

가상공간은 공간적 의미에서만 새로운 형태의 사회로 존재하지 않는다. 인간관계 형성이나 소통이 인터넷 네트워크를 통하면서 인간의 의식은 이성이나 감성을 넘어서 전자화로 나아간다. 과학기술이 만들어내는 사회의 속성에 따라 인간의 정체성과 실존성 새로운 형태로 존재한다. 특히 가상현실이 가지고 있는 익명성의 속성은 역사적 맥락의 중요한 키워드 중 하나인 생물학적인 성의 정체성을 무화(無化)시켰다. 내가 소통하는 상대가 남성인지, 여성인지 혹은 성소수자인지가 상관이 없는 사회라 할 수 있다. 그동안 현실의 질서에서 문제가 되었던 계급적 차원의 수많은 문제가 가상현실에서는 의미를 가지지 못한다. 불과 몇십 년 만에 수천 년간 질서로 존재해왔던 인간의 정체성과 실존성을 획기적으로 변화시킨다.

그런 점에서 가상현실은 현대인의 자아를 형성하는 중요한 요소일 수밖에 없다. 두 개의 세계에서 교차되는 자아나 의식은 혼재로 이어지게 마련이다. 시라는 것이 어떠한 형식이나 내용으로 형상화되든 현실의 여러 문제들을 반영하는 것인 만큼 시인들의 시안도 이곳을 향해 있다. 박종인 시인 또한 이번 신작시에서 현실과 가상현실이 만들어내는 현대인의 자아에 주목하고 있다. 특히 인간이 가지고 있는 자기과시 욕망과 수치심, 이 이중적 자아를 문제화하고 있다.

시인은 가상현실이 만들어내는 자아나 가치관이 현실로 전이된다고 본다. 신작시 중 「밀운불우(密雲不雨)—암행어사 출두」는 "게임" 속 인간관계나 캐릭터가 가지고 있는 폭력적 성향이 현대인의 자아에 영향을 미치고, 이것이 현실에서 폭력적 실존성을 만들어내고 있음을 보여준다. 시인은 폭력적 실존성을 "밀운불우(密雲不雨)"라는 사자성어에 제유하고 있다. '구름은 빽빽한데 비는 오지 않는다'는 이 말은 어떤 일의 징조만 있고, 이루어지지 않음을 의미한다. 암울한 폭력적 현실을 만들어내는 징조가 가상현실임을 표상하는 말이다.

시인은 이러한 현실의 원인을 가상현실이 만들어내는 인간관계, 아바타로 치환되는 게임 속 캐릭터의 자아가 인간적 자아를 잠식하는 것으로 보고 있다. 현대인에게 "게임"은 없어서는 안 될 문화로 자리 잡은 지 오래되었다. 공중파에서도 버젓이 게임 광고를 하는 시대. 그런데 문제는 게임 속 사회와 인간관계가 긍정적인 함의보다는 부정적인 함의를 더 많이 갖고 있다는 데에 있다. 서로를 죽이면서 희열을 느끼는 폭력적 세계 속 인간관계는 공감대를 형성하는 정서보다는 상대를 철저하게 짓밟아야 내가 생존하는 약육강식의 정서가 환호를 받는 곳이다. 인간적 소통으로 희로애락을 만들어가는 현실과는 달리 가상현실은 휴머니즘 따위는 애초부터 배제되어 있다. 그런데 문제는 게임을 하면서 형성된 자의식이 가상현실에서만 이루어지는 게 아니라 실제 현실에서도 이루어진다는 데에 있다. "PC 방 게임이

 　　　　　　　　　　　　제1부 디지털 자아와 감정의 양식화

거리에서 팡팡" 터지면서 인간이 만든 "질서가 장렬하게" "전사"하는 양상은 요즘 뉴스에서 흔히 볼 수 있다. 가상현실에 의해 형성된 폭력적 자아가 현실의 폭력적 질서를 만드는 것이다.

이러한 폭력성은 단순히 사회 질서만을 파괴하는 게 아니라 인간성 파괴로 이어진다. "교직자 교수 판사 의사 심지어 부모까지 모두 범죄와의 전쟁"을 벌여야 할 만큼 현실의 질서는 불안에 놓여 있다. 이 정도면 가상현실이 만들어내는 폭력성은 현대인을 집단적인 공포로 몰아넣는 강력한 바이러스이다. "범죄자"가 "태연히 잠을" 자는 무서운 현실. 가상현실에서 형성된 자아는 현실의 자아를 죄의식조차 없는 인간으로 만든다. 인간의 본성에 내재되어 있는 악을 자기과시 욕망의 수단으로 이용한다. 악을 등에 업은 자기과시의 욕망은 실존적 실체가 무엇인지 구분할 수 없는 "가짜"와 "진짜"가 혼재된 세상을 만든다. 그래서 시인은 "암행어사"가 출두하기를 바란다. 악보다는 선을 등에 업은 자아가 형성되기를 바라면서 구름이 걷히기를 원한다. 가상현실이 부추기는 자기과시 욕망과 가면적 실존성이 현실로 전이되는 것을 염려하는 것이다.

하지만 시인의 염려는 그리 밝은 전망을 보이지 않는다. 시에서 인간이 가진 자기과시의 욕망은 네트워트 공간에서도 부각되는데, 시인은 이것이 원죄에서 비롯되었다고 본다. 또한 시인은 인간이 원초적인 죄인이라는 생각을 갖고 있다.

그것이 「다양한 죄수복」에서 자기과시의 욕망을 "다양한 죄수복"으로 보는 시선이다. 이 시는 일상을 공유하고, 상호 소통을 하는 소셜 네트워크인 카카오스토리를 소재로 삼고 있다. 카카오스토리는 타인들과 자신의 일상을 사진이나 글 등의 감성을 공유하면서 소통하는 공간이다. 이러한 공간은 솔직한 자기표현과 소통의 장이 되기도 하지만 때로는 자기과시의 장이 된다. 인간은 긍정적인 자기 정체성을 부각하기 위해서 자신이 보여주고 싶은 것만 보여준다거나 때로는 거짓 정보와 거짓 감정을 올린다. 이 시에서 세계는 "의상실"로, 인간의 자아나 정체성을 표출하는 자기과시의 욕망은 '옷'으로 알레고리화되어 있다. 옷의 질이나 가격은 허위적 심리를 표상하는 것인데 이것은 긍정적인 정체성만 보여주고 싶어 하는 인간 본성의 치환이다. "화려한 맵시"를 "비치"라는 미시족, "발 빠르게 비싼 옷을 골라 입은" 대상에게만 친구들은 "좋아요"라는 공감적 소통을 한다. "노쇠해 가는 낡은 옷", "기피하는 의상"을 입는 이에게는 공감적 소통을 거부하거나 악플을 단다. 인간은 나와 타인의 관계 속에서 자기의 존재감을 느낀다. 타인들의 인정을 받지 못하는 나의 정체성은 낮은 자존감으로 이어진다. 또한 이것은 수치심으로 전이된다.

타인이 인정하지 못하는 옷을 입었다고 해서 당당하지 못할 이유도 없는데 왜 인간은 수치심을 가질까? 이 부분에 시인은 원죄의식을 떠올린다. 수치심이 죄의식으로 연결되는 원인은 원초적인 죄 때문이다. 기독교적 세계관에서 '옷'은 원죄의 상징이자 수치심의 시작이며, 생로병사를 지각하게 되는 시발점이다. 에덴동산에서 인간이 신을 거역하는 죄를 짓기 전에는 수치심이란 것도, 고통과 불행의 감정 따위도 없었다. 정신적인 수치심은 물론 신체적인 수치심도 없어서 옷이 필요하지 않았다. 옷은 신이 금기하는 선악과를 따 먹은 죄를 지은 대가로 얻은 수치심을 은폐하는 수단이다. 화려한 옷의 크기만큼 수치심은 비례한다. 또한 이것은 자기과시의 욕망과 죄의 크기이다. 시인은 인간이 신을 거역한 것은 인간으로서의 자기를 과시하고 싶은 욕망의 작용이고, 그로 인해 갖게 된 것이 수치심이라고 본다. 자기과시의 욕망과 수치심은 양면 동전과 같다. 신으로부터 독립하고 싶은 욕망, 한 인간으로서 인정받고 싶은 욕망이 죄를 짓게 한 원인이라 보고 있다. 인간은 원초적인 죄인이기 때문에 종교가 필요하고, 회개가 필요하다고 보고 있다. 종교를 인간의 "죄를 세탁하고 드라이시켜 깨끗한 flower"를 만드

   제1부 디지털 자아와 감정의 양식화

는 세탁소로 보고 있다.

이러한 본성은 나의 정체성을 감출 때 더 쉽게 드러난다. 가상현실에서 인간의 정체성은 선택이다. 성이 어떻고, 사회적 지위가 어떻고 하는 현실에서 규정되어 있은 나를 굳이 밝힐 필요가 없다. 익명화되고, 기호화되어 있어서 사진이나 동영상 등 시각적으로 제시되는 각종 정보도 진위를 입증할 수 없다. 설사 진짜라 하더라도 클릭을 통해 복제하거나, 분열하는 과정에서 오류가 나거나 이미 의미를 상실한 것들도 있다. 나도 나의 정체성을 정확히 알 수 없는 수많은 내가 네트워크 속에 존재한다. 원본의 신뢰가 없는 세계가 가상현실이다. 가상현실의 이러한 속성은 무의식적으로 현실의 자아를 형성한다. 그런 자아들이 실제 행동으로 이어지면서 실존을 가면화로 몰고 간다. 진실과 허위가 구분되지 않는 이 세계에서 인간에게 내재되어 있는 자기과시의 욕망이 더 쉽게 촉발되는 것이다.

시인은 인간을 이렇게 만드는 원인 중 하나가 문명과 과학기술의 발달이라고 본다. 문명과 과학기술의 발달은 성경에 나오는 '바벨탑'과 유사한 것이다. 성경에서 인간은 신의 세계에 다다르기 위해서 인공적인 탑을 쌓는다. 결국에 무너지기는 하지만 이것은 에덴의 공간을 문명화하는 것을 상징한다. 인간의 편리를 위해 훼손해나가는 태초의 공간. 문명과 과학기술의 발달로 원죄는 눈덩이처럼 커진다. "대기업세상 메이커가 죄"라는 의식이 그것을 의미한다. 거대기술이 만들어나가는 기계화되는 인간의 실존성, 문명이 자기과시의 욕망을 더 부추긴다고 본다. 거대기술과 거대 시스템이 만들어나가는 사회를 비판하는 디스토피아 의식의 일면이라 볼 수 있다.

그리고 자기과시 욕망과 수치심의 심리가 인간의 본성이라는 것을 보여주는 또 다른 시선이 「반어적 상황」이란 시이다. 여기서 시인은 나이에 의한 사회적 계급층이 갖는 이중적 심리를 '왕관'으로 상징한다. "왕관"은 어떠한 의미이든 사회적 계급이나 지위의 정점을 의미한다. 정점의 상징으로 표현되어 있는 "세종대왕"이나 "솔로몬" 같은 인물도 "죽음"이나 "멸망"을 피할 수 없는 이중적 상황에 놓여 있다. 인간이 가진 이중성을 어느 정도 타당하다고 보는 시인 또한 자기과시의 욕망과 수치심을 동시에 갖고 있음을 보여준다.

우리 사회에서 나이는 계급이다. 여전히 수직적인 가치관이 내재되어 있는 우리 사회에서 나이가 적은 사람은 많은 사람에게 순종과 복종, 존중을 요구하고 있다. 이런 사회적 풍토 때문에 내가 대접받고 존중받기를 원할 때는 나이를 앞세운다. 그런데 나이가 많다는 것은 신체적 정신적 약화를 의미한다. 또한 사회구성원으로서 점차 아웃사이더가 되어감을 의미한다. 나이는 자기과시의 수단이지만 쇠약한 신체는 수치로 작용한다. 대접받고 싶은 욕망과 수치심이 이중적으로 작동한다. 이런 모순적인 심리를 시인은 "왕관을 내놓고" 쓴다거나 "흰머리를 감추려고 염색"하는 행위로 의미화하고 있다. 최고의 순간, 정점의 순간은 추락의 불안을 야기한다. 추락의 불안과 수치심을 감추려는 행위가 "흰머리를 감추려고 염색"을 하는 것이다. 세월의 계급을 과시하려는 욕망과 신체의 계급이 낮아지는 것에 대한 수치를 비유한 행위라 할 수 있다.

이렇듯 이번 신작시에서 박종인 시인이 주목하고 있는 것은 가상현실과 현실이 만들어내는 현대인의 혼재된 자아이다. 그중에서도 실재적인 정체성이나 실존성을 은닉할 수 있는 가상현실에서의 자기과시 욕망을 문제의식화 하고 있다. 자기과시의 욕망 이면에는 수치심이 내재되어 있으며 또한 그 수치심을 원죄라 보고 있다. 때문에 자기과시의 욕망과 수치심은 샴쌍둥이처럼 한 몸에 공존하는 숙명적인 본성이라 보고 있다. 인간은 근원적으로 죄를 지을 수밖에 없는 존재이며, 그러한 실존성은 필연적이라 보고 있다. 또한 이러한 특성을 더 많이 이끌어내는 것이 새로운 형태로 존재하는 사회, 가상현실이라 보고 있다. 시인이 생각하는 숙명적 실존론은 '인간의 본성은 변하지 않는다'는 시각이지만 이러한 본성을 끌어내는 이중적 세계의 실존성과 혼재된 자아에 주목한 것은 시인으로서 중요한 문제의식이다. 가상현실이 만들어내는 새로운 형태의 사회는 더 낯선 실존의 양상을 앞으로도 계속 우리에게 제시할 것이기 때문이다.

접속에의 욕망, 디지털 세대의 변형된 주체성
― 이경욱 신작시

 '웜홀환경(wormhole environment), 실존적 공간의 입구가 여러 개인 시대이다. 각종 디지털 기기들의 터치로 들어가는 가상현실은 이미 일상화되어 있으며 인간과 기술과의 상호작용으로 생산되는 실존 공간은 한층 가속화되고 있다. 이런 실존 공간의 등장은 이승과 저승, 이분법으로 인식되어온 세계관을 확장했을 뿐 아니라, 수만 년 고착되어온 인간의 정신적 신체적 존재성과 실존성을 변화시키는 요소로 작용했다. 유기체의 실존적 한계를 넘어서면서 새로운 실존적 경험을 가능하게 하는 이런 실존 공간은 인간의 "접속에의 욕망(desire to be wired)"[1]을 부추기는 원인이 된다.

 유전공학과 정보기술의 발달로 인간과 기술과의 상호관계성은 친밀해지고 있으며 이들 상호관계는 각각의 정체성 구성에 영향을 미친다. 질 들뢰즈(Gilles Deleuze) 이후 해체주의 철학자들이 기술로 인한 세계의 실존성이 생명을 가진 유기체로서 인간의 자아를 기계적 자아로 변형시키고 있음을 주장하는 것은 이와 무관하지 않다. 기술과의 연동으로 점차 혼종화되는 인간의 본성은 주로 중간지대인 변형과 공생의 형태로 많이 나타난다.

---

1 로지 브라이도티(Rosi Braidotti), 『포스트 휴먼』, 이경란 역, 아카넷, 2015, 58쪽.

     제1부 디지털 자아와 감정의 양식화

기술과 인간과의 상호관계성으로 변형되고 있는 인간의 자아와 실존성은 이번 신작시 특집의 시인인 이경욱의 시에서도 보인다. 이경욱은 시에서 인간과 기술은 이미 공생의 관계로 일상화되어 있으며 이에 함몰된 세대들의 정신적 신체적 주체성이 혼종화 되어가고 있음을 보여주고 있다. 가상현실의 경험이나 관점의 변화가 인간의 주체성을 혼종화하면서 존재성과 실존성을 변화시키는 문제를 페시미즘(pessimism)의 정서로 의미화하고 있다.

이경욱은 이러한 문제들을 의미화하기 위해 "소년" "골렘" "덤보" 등 시적 존재들을 객관화하는 3인칭 화법이나 알려진 인물들의 상징성을 활용하면서 의미를 증폭시키는 인유를 많이 사용한다. 특집시 「팝콘 브레인―소년4」과 「붉은 우울이 뜨는 도시」는 웜홀환경, 즉 기술이 만들어내는 실존적 입구들로 인해 유기체로서의 인간의 자아와 기능이 변형되어가는 문제를 의미화하고 있다. 「팝콘 브레인―소년4」에서 이경욱은 인간의 뇌가 디지털 기기로 인해 "팝콘 브레인"으로 변형되어가는 현상을 의미화한다. 시인의 설명에 의하면 "팝콘 브레인"이란 도파민에 중독된 뇌로, 디지털 기기처럼 강렬하고 즉시적인 자극에는 반응하지만 자연스러운 현실의 자극에는 무감각하다. 인간의 뇌가 유기체인 기능을 상실하고 인위적인 전파에 더 자주 반응하는 것으로 변형되고 있음을 보여주고 있다.

이경욱은 팝콘 브레인을 만드는 대표적인 원인을 게임의 접속이라 보고 있다. 시에서 말하는 "얼굴 없는 전우와 낯익은 몬스터를 처치하며 함께" 누비는 "전장"은 게임의 세계로, 기술과 인간의 정신과 신체가 연동하면서 질서가 세워지는 곳이다. 기술적인 힘과 정신적 신체적 연동은 현실세계와의 접속을 끊을 뿐 아니라, 게임의 세계 안에서만 존재성과 실존성을 느껴지는 '실재감(presence)'을 일으킨다. 이런 실재감은 시에서 "난파된 용자", "필터를 끼운 얼굴"로 표현되고 있는데, 기술의 힘에 의해 본성이 변화되어가는 우리의 실존적 자화상이다. 딸깍거리는 클릭감이 느껴지는 키보드인

"청죽"을 두드리는 화자의 손끝에 닿는 "화자오향"은 자연적인 냄새가 아니라 디지털 기기에 의해 인위적으로 만들어진 냄새이다. 인간의 감각조차 신체와 기술의 융합 속에서 반응하는 세계의 질서는 키보드에 의해 창조되고 무너진다. 게임을 하는 플레이어들은 세계의 질서를 자신이 만들어내기 때문에 자신을 특권화하는 내부자 시점의 자기의식이 강하다. 원하는 욕망이 채워지면 세로토닌이라는 신경전달물질이 분비되면서 행복감을 느끼는데, 인간은 이 상태를 유지하려고 노력하기 때문에 그것을 또다시 찾게 된다. 가상 세계에서 충족한 욕망은 '접속의 욕망'을 부추기고, 현실에는 무감각하면서 기계에는 빠르게 반응을 하는 쪽으로 정신과 신체가 변형된다. 소년이 "인스턴트 소녀"를 만날 수 있는 "환상의 섬"은 인간과 기술이 연동되면서 존재성과 실존성을 만드는 새로운 경험의 세계인 것이다.

신경심리학자에 의하면 자연적인 공간은 긍정적인 감정을 불러일으키지만 디지털 기기가 만드는 가상의 공간은 인간의 신경계 구조를 자각몽 같은 현상에 빠지게 한다. 게임의 세계 속에서 형성된 환각과 신화화는 현실에서의 가치관으로 용해된다는 데에 문제가 있다. 이경욱은 실존적 입구가 여러 개인 웜홀환경을 무한한 경험을 가능하게 하는 "바다"로 보고 있지만 인간과 기계가 접속하는 경계, 즉 디지털 기기의 화면을 "검은 거울"로 보고 있다. "검은 거울"은 "쿰쿰한 녹색의 냄새"를 풍기는 생명이 없는 세계로 들어가는 통로이다. 이경욱은 게임의 기술과 연동되고 있는 인간의 신체가 변형되고 있으며 이로 인해 현실에서의 삶이 비생명적으로 변해가고 있다고 본다.

기술을 통해서 변형된 자아는 개인의 문제에 그치는 게 아니라 인간과 기술이 융합된 중간지대의 실존 공간을 가속화하는 원인이 된다. 또 다른 시 「붉은 우울이 뜨는 도시」에서 이경욱은 기술이 만든 실존 공간이 이미 일상화되어 있음을 문제시하고 있다. '관계의 장'이라는 명분으로 일상화되어

　　　　　제1부 디지털 자아와 감정의 양식화

있는 각종 "패딩된 셀"은 각종 디지털 기기들의 터치로 연동할 수 있는 실존 공간이다. 특히 기기에 익숙한 젊은 층들을 "눈시울에 넣는 정제된 위로가 주는 여유마저 쓸 수 없는 끼인 세대"로 보고 있는데, 그들은 "셀과 셀 사이를 돌아다니고 탭과 탭 사이를 돌아다니고 함수와 함수 사이를 돌아다니고 그래프와 그래프 사이를 돌아다니는" '접속에의 욕망'에 사로잡혀 있다.

그리고 이 시에서 이경욱은 또 하나의 문제를 제기하고 있는데 이런 실존 공간이 도덕성을 바탕으로 세워지지 않는다는 점이다. 개인이 만든 기술 공간은 어떤 목적에 따라 관계의 장이 만들어진다. "팬딩된 셀을 피라미드처럼 남기고 간 의자들"은 가상공간 속에 만들어진 관계의 장이다. 팬딩은 팬들의 펀딩이란 의미로 팬들에 의해 자금을 조달하는 사이트를 의미하는데 우리가 클릭만 해도 조회 수에 따라 돈을 버는 유튜브 공간이 그런 곳이다. 철저하게 이해타산의 관계로 맺어지는 만남을 이경욱은 "붉은 우울"로 상징하고 있으며 인간이 배제되어 있는 관계의 장을 "메마른 친절"로 의미화하고 있다.

일반적으로 공간은 인간과 접촉하면서 존재성과 실존성을 만드는 주체이다. 현실의 공간은 인간이 중심이 되기 때문에 도덕성과 윤리성을 바탕으로 하는 삶의 철학이 형성되지만 이런 공간들은 인간적인 면이 없는 이해타산적이다. 이경욱은 기술로 만들어지는 실존 공간들이 비인간화를 부추기는 요인이라 보고 있다.

「휘휘한 밤을 도시하다−소년3」의 시는 타인과의 신뢰보다는 자기중심적인 가치관을 갖고 있는 디지털 세대들의 인간성을 의미화하고 있다. "사랑을 시간당 쪼개어 차는 소년"들은 "미소를 두텁게 바르고" 세상을 대한다. "분칠된 미소"는 일종의 가면으로, 타인을 대할 때 자신의 감정을 감추는 수단이다. 감정을 감춘다는 말은 내면이 불안하거나 타인을 믿지 못한다는 의미이다. 이것은 익명성의 특징을 가진 가상현실의 관계성 영향이라 할 수 있는데 대표적인 것이 자신의 통제하에 타인과 소통하는 아바타이다. 각각의 의도만 있고 진정성은 없는 소통은 신뢰를 쌓지 못한다. 이경욱은 이런 가상공간에서의 경험이 현실에서 용해되는 것을 염려한다. "미소를 두텁게 바르고 허세의 비늘을 단정하게 착장"한 디지털 세대들의 가치관이나 삶이 "팔리는 것", 즉 모든 것을 거래로만 이해하게 하는 것에 대해 문제시하고 있다. 인간관계를 거래로 인식하는 가상현실의 가치들은 현실에서의 실존성을 건강하지 못하게 한다. 디지털 세대들의 자아가 건강하기를 갈망하는 시가 「상심의 바다를 보다」이다. 이경욱은 골렘을 인유하면서 이들 세대가 건강한 존재성을 갖기를 바라지만 "상심의 바다"라는 제목이 시사하듯 상황을 낙관적으로 보고 있지는 않다. 골렘은 유대 민담에 나오는 생명을 지닌 화상으로, 초기에는 주인의 명령을 기계적으로 수행하는 하인이었지만 16세기 이후에는 박해당하는 유대인들의 보호자 기능으로 통용되기도 한다. 설화에서 착안한 게임 속 골렘은 선택적으로 이 두 기능을 적절히 활용하는데, 플레이어들은 골렘을 통해 게임 속 세계 내의 많은 일을 해결한다. 시에서 골렘은 바다의 마음이 나간 자리에 흩어진 후회가 쌓여서 만들어진다. 이 시는 골렘에 의해 디지털 세대들이 상실한 것들을 회복하기를 바라는 이경욱의 주술로 해석된다. 시어들은 주문을 붙이거나 신성한 단어나 문자를 배열하면서 형상에 생기를 불어넣는 주술이다. "습한 시간", 즉 게임으로 비인간화된 자아가 "골렘"에 적셔지면서 "팔이 뻗어나오고, 휘어진 여러 다리가 뻗어나고, 게걸스러운 입" 만들어지는 등의 생명성을 갖는다. 자라나는 일부 신체들의 환유는 "검은 낯", 즉 게임으로 무감각해지고 비인간화된 자아가 회복되기를 바라는 주술이다. 가상현실에 함몰되어 있는 디지털 세대들이 현실에도 눈을 뜨기를 바라는 것이다. 보호자로서 기능을 가진 골렘은 곧 시인의 마음인 것이다.

디지털 세대들이 현실을 극복하고 새 삶을 살기를 바라는 보호자로서의

   제1부 디지털 자아와 감정의 양식화

마음은 「방안의 코끼리」의 "덤보"라는 시적 존재를 통해서도 알 수 있다. 덤보는 애니메이션 주인공을 인유한 것인데, 사회적 압박과 편견을 견디면서 역경을 극복하고, 잠재적인 능력을 발휘한 어린 동물이다. "춤추는 분홍 코끼리"가 "재잘재잘"거리는 소녀 정서의 언어들로 전개되는 이 시는 비현실적인 시적 상황들로 인해 마치 짧은 동화와 같은 아우라를 갖고 있다. 덤보가 1941년에 처음으로 제작된 아동을 위한 애니메이션의 주인공인 만큼, 덤보의 행로와 의미는 디지털 세대들이 현실의 문제를 극복하기를 바라는 이경욱의 바람을 증폭시킨다. 하지만 영화에서와 달리 시에서 "무너지는 집안에 남은 덤보를 찾을 수 없었고, 눈물 자국만 남았"기 때문에, 시적 현실은 비관적인 상황으로 끝나고 있다.

이번 신작시를 통해 이경욱은 인간과 기술과의 상호관계성이 신체와 정신을 변형시키고 있으며 많은 실존 공간이 중간지대로 일상화되어 있음을 문제시하고 있다. 이경욱은 접속에의 욕망에 시달리는 디지털 세대들의 존재성과 실존성을 문제시하고 있지만 상황을 낙관적으로 보고 있지는 않다. 그렇더라도 이경욱의 이번 문제의식은 인간과 기술의 관계성으로 인한 우리의 문제를 시로 형상화했다는 점에서 의미가 있다. 시인의 시안이 개인의 나르시시즘에 빠지지 않고, 우리의 문제, 현실의 문제, 시대의 문제에 주목하고 있다는 점은 시인으로서 긍정적인 신호이다. 기술과 인간과의 연동은 이미 일상화되어 외면할 수 없다. 이경욱의 시에서 이런 문제들이 페시미즘의 정서로 나타나는 것은 이것이 우리가 받아들일 수밖에 없는 현실임을 알기 때문일 것이다. 시인으로서의 이경욱의 화두는 결국 이런 현실에 대한 문제로 전착할 것으로 보인다. 시에 나오는 덤보가 절망을 딛고 우뚝 일어서는 날, 이 문제에 대한 답을 찾는 것이 기술과 샴쌍생아로 살아갈 수밖에 없는 인간이 직면한 과제이자 시인의 과제일 것이다.

위악적인 세계의 조롱과 자기주술성의 담화 양식
― 송진, 『복숭아빛 복숭아』

　내가 복숭아일 때 굳이 복숭아빛이라는 말을 할 필요가 있을까? 너무 당연한 말을 하는 것은 제 정체성에 대한 확신이 없거나 다른 것의 정체성을 유사하게 모방할 때 많이 쓰는 말이다. 이번에 출간한 송진의 시집 제목 "복숭아빛 복숭아"라는 말은 시집 전체를 관통해서 드러나는 시적 정체성과 시적 세계관의 특징을 말해준다.

　이번 시집에서 송진은 진정성이 없는 위악적인 세계와 이로 인한 불안한 존재성이나 실존성에 주목하고 있다. 송진의 시적 언술은 혼자서 말을 하거나 누군가에게 이야기를 해주는 구술 양식을 취하고 있어 쉬운 듯 보이지만 의미를 이해하는 것은 결코 쉽지가 않다. 화자의 말을 구성하는 이미지들은 상징화되어 있고, 문장과 문장 사이의 유기성이 멀어 독자에게 난해한 독해의 과정을 요구한다. 송진은 왜 독자가 읽기 불편한 이러한 담화 양식을 시적 전략으로 삼고 있을까? 휠라이트(P. Wheelwright)는 인간의 본질적 특징 중 하나가 인간이 화자인 동시에 청자라는 사실을 예로 들고 있다. 독백의 경우에도 자기 자신이 청자라는 의미가 내재되어 있다. 독백의 형식으로 스스로에게 혹은 누군가에게 말을 하고 있는 송진의 시적 화자들의 내면에는 청자가 자신의 말을 들어주기를 바라는 간절한 욕망이 내재되어 있다. 시인의

　　　　　제1부　디지털 자아와 감정의 양식화

욕망은 시에서 시적 의미이자 내적 형식의 요소로서의 '탈(persona)'을 통해서 나타나는데, 담화 양식이 그로테스크한 이미지와 상호작용을 하면서 송진의 시적 가면을 만들어낸다.

세계를 부정적인 시선으로 바라보고 있는 송진의 시적 가면은 신랄한 어조의 풍자나 시적 생명이나 사물들의 쓸쓸하고, 어둡고, 암울하고, 죽어가고, 파편화되어 있는 이미지들로 표현된다. 시적 이미지는 의식을 함축한 결정체라는 점에서 시인만의 개성을 특징적으로 보여주는 요소인데 송진 시에서 이미지들은 시인의 시안에 단순하게 포착된 게 아니라 내적 의식을 표현하기 위한 의도나 전략으로 사용된다. 시에서 그로테스크한 이미지들은 냉소적인 언어와 상호 보완되면서 세계를 비판하고 조롱하면서 의미를 만들어나가는 직간접적인 언어로서의 기능을 하고 있다. 이것들이 세상을 비판하는 잣대이자 시인의 내적 의식을 드러내는 전략적 담화 양식이라는 것을 아래 시를 보면 알 수 있다.

> 안개가 권총을 들고 인간의 두개골을 겨냥했다
> 쓰레기통은 스스로 머리를 열었다
> 술 취한 로봇이 고래고래 소리를 질렀다
> 슬리퍼는 슬리퍼를 짓누르고 순간이동을 하였다
> 그사이 눈이 내렸고 천년이 흘러갔다
> 로봇이 낳은 아이들이 입학준비를 하고 있다
> 약에 취한 로봇의 아이들이 고래고래 소리를 질렀다
>
> 누가?
> 어떻게?
> 무엇을 위해?
> 살아남았나?

신석기 증명법을 착용한 시계들이 줄줄이 저수지 속으로 뛰어들었다

파란 하늘이 안개를 뜯어먹으며 일어서고 있다
꽃들이 세상에 염산을 들이붓고 있다

탱크가 여름의 꽃넝쿨처럼 밀려왔다

세상의 점들은 모두 보호색을 원하는 듯 했다

3×4, $8 \div 6$, $67 = 76$ 동반자살이 늘어갔다

인간의 머리통만한 가스통이 자주 굴러다녔다

(안개의 뇌가 말하길— 내가 듣고 내가 보고 내가 알고 있다)
—「밤사이 일어난 일을 누가 알겠는가」 전문

　　인용 시는 송진의 특징적인 시적 언술과 이미지로 세계관을 보여주는 대표적인 시이다. 일반적인 송진 시가 그렇듯 이 또한 시적 주체와 대상 간의 정서는 비동일성을 지향하고 있다. 시에서 행간의 이미지와 이미지 간의 유기성이 파악하기 쉽지 않아서 얼핏 보면 의도적으로 의미를 지우는 무의미 시 같기도 하다. 또한 문장 안 성분 간의 유기성이 멀어 의미를 쉽게 유추할 수 없는 무선적 상상력의 형태를 띠고 있다. 그럼에도 불구하고 시적 의도가 독자에게 전달되는 것은 이러한 것을 하나의 맥락으로 묶는 시적 언술 때문이다. 시에서 시적 의미를 통합하는 것은 반복적으로 구술되는 이미지나 언어들이 그 기능을 한다. 이 시에서도 각각의 문장을 하나의 의미로 통합하는 것은 반복적으로 구술되는 "안개"의 이미지이다. "권총을 들고 인간을 겨냥하는" "안개"는 스스로 머리를 여는 "쓰레기통" 그리고 "고래고

　　　　　　　　　　　　　　제1부　디지털 자아와 감정의 양식화

래 소리를 지르는" "술 취한 로봇" "로봇이 낳은 아이" 등 각자 독립적으로 의미를 형성하고 있는 시적 대상들을 하나의 의미 맥락으로 통합하고 있다. 전지적 관찰자 시점을 가진 화자의 눈과 안개는 시적 대상들을 통합하면서 하나의 세계를 만들어낸다. 화자의 눈은 '안개'라는 말의 반복적 언술을 통해 통시적·공시적 차원의 시공간을 넘나들며 초현실적인 세계를 구성하고 있다. 송진 시에서 반복적 언술은 시적 세계를 구성하고 의미를 형성하는 데에 중요한 기능을 하고 있다.

이렇게 구성된 세계의 성격을 규정하는 것은 냉소적 어조와 그로테스크한 이미지이다. 송진 시의 시적 대상들은 싸우고, 악을 쓰고, 약에 취해 현실도피 등 현실에서 말하는 도덕성이나 윤리성과는 거리가 먼 비이성적 행동을 한다. 시적 대상들의 거친 행동은 "누가" "무엇을 위해" "살아남았나" 등의 냉소적인 화자의 독백과 상호 작용되면서 부정적인 세계를 이끌어낸다. 주로 그로테스크한 이미지로 형상화되는 시적 존재들은 악만 남은 것으로 그려지고 있으며 여유로운 실존성을 갖고 있질 못하다. 세계는 진정성이 없는 위악적인 곳으로 형상화되고 있다. 이 시에서 가장 치명적인 독설로 세상을 공격하는 것은 "꽃들이 세상에 염산을 들이붓고 있다"는 표현이다. 아름다움의 진리로 통용되고 있는 꽃을 가장 독한 화학약품에 비유하는 것은 시인이 세계를 얼마나 부정적으로 보고 있는가를 보여주는 측면이다.

세계를 위악적으로 인식하는 이유는 그녀의 또 다른 시를 통해서 유추해 볼 수 있는데, "누군가에 논문을 착취당하고"(「복숭아빛 복숭아」), "옆집 형부"가 "아이를 탐하"는(「피멍」) 이런 현실일 것이다. 사회적 약자들이 보호받지 못하는 현실을 보면서 송진은 세계가 약육강식의 논리로 작동된다고 보고 있다. 이런 세계 속에서 사회적 약자들은 스스로의 생존을 위해 "과일박쥐 목살에 방부제 주사를 놓는 모습을 본 편의점 알바생 최 군"같이 "과일박쥐 목살을 먹지 않고도 통조림이 되어"(「복숭아빛 복숭아」)가는 비인간적인 정체성을 갖게 된다고 보고 있다. 통조림 같이 가공적인 존재성은 스스로 생각하고 판단해서 행동을 하는 자유의지의 실존이 아니라 타자에 의해 인위적으로 만들어지는 비주체적인 실존성을 의미한다. 도덕과 윤리가 상실된 위악적인 세계가 인간을 진정성을 상실한 존재로 만든다고 보고 있다. 때문에 이 시에서 안개는 모호하고, 비진정성을 가진 존재들을 만들어나가는 세계를 표상한다. 모호하고, 선명하지 않은 세계의 경계는 서로 간의 불신을 조장하고, 이런 불신이 "도시의 귀신들이 편의점 전자레인지 속에서 죽은 새들 꺼내고 있"(「안개 사람—어제의 시 85」)는 그로테스크한 시적 대상들로 표현되고 있는 것이다.

이러한 송진의 인식은 내적 의식의 불안이나 욕망과도 관련되어 있다. 위악적인 세계에 대한 불신과 그로 인한 실존적 불안과 좌절은 송진 시에서 크게 두 가지의 욕망으로 나타난다. 하나는 시적 몸을 파편화하는 양상 속에서 드러나는 심리적인 방어기제이고, 다른 하나는 반복적인 시적 언술에 내포되어 있는 소통의 욕망이다.

> 나를 학대하는 감정이 솟아오르기 전에 나를 추슬러야 한다 내가 더럽다는 생각이 들기 전에 어제 산 수세미를 빨아야 한다 혓바닥을 바늘로 긁어야 한다 내가 불결하다는 생각이 들기 전에 어제산 면도날로 전신의 살갗을 오려내야 한다 지금 그놈은 잘 먹고 잘 살고 있겠지 그런 생각까지 미치면 미친다 정말 부엌칼을 들고 내 손가락 마디마디를 내리쳐야 한다 제대로 내리치지 않으면 더 큰일이다 …(중략)…나는 단칼이 좋다 단칼에는 모든 것을 정리한다는 의미가 똥구멍의 쾌감처럼 깊숙이 숨어 있다
>
> —「기묘한 감정」 부분

송진은 시적 자아의 '몸 자르기' 혹은 '몸 자라기'의 양상을 통해서 내적 불안과 욕망을 드러낸다. 주로 1인칭 화자의 독백이나 이야기 형식으로 형

　　　　　　　　　　　　제1부 디지털 자아와 감정의 양식화

상화되는 송진의 시적 자아는 스스로의 존재성에 대한 확신이 없는 경우가 많다. 독백 형식으로 서술되는 이 시의 시적 자아는 자신의 몸을 단호하게 절단한다. "내가 더럽다는 생각이 들기 전"에 " 혓바닥을 바늘로 긁고""내가 불결하다는 생각이 들기 전에""면도날로 전신의 살갗을 오"리고, "그놈은 잘 먹고 잘 살고 있겠지 그런 생각까지 미치면""부엌칼을 들고 손가락마디마디를""단칼"에 자른다. 시적 자아의 몸 자르기는 "쾌감"과 동일시된다. 자학적인 행위를 통해서 쾌감을 느끼는 몸 죽이기의 양상을 신경윤리의 관점에서 보면 '신체통합정체성장애'[1]의 증상과 유사하다. 신경윤리는 심리적 상태에 따른 촉각적 감각으로 감정과 밀접하게 관련되어 있다. 감각은 의식의 자각과 이성적 논리에 대한 메커니즘의 경로로 자신의 욕구와 세계 내 욕구와의 불일치를 신체적 행위로 표현하는 것이다. 신체의 일부를 몸에서 제거하려는 지속적인 욕망은 신체와 감각과의 불일치로 신체가 좌절된 자아의 욕망이나 고통의 근원처라는 것을 의미한다. 욕망의 좌절이나 고통스러운 현실을 신체로 전이하는 심리적 도피처로서의 행위이다. 때문에 송진의 '몸 자르기'는 상당수의 시에서 나오는 '시적 자아의 죽이기'와 일맥상통한다. 물리적 존재자로서 인간은 공간과 상호작용하면서 세계를 만들고, 실존적 의미를 만드는데, 신체의 훼손은 물리적 존재자로서의 부정이며, 존재자로서의 나와 현실 공간이 만들어내는 세계와 실존적 의미에 대한 부정이다. 상처의 근원처인 내 몸을 자르는 행위는 심리적 도피처로서, 현실의 내 문제를 부정하고 있는 심리적 방어기제인 것이다. 이것은 나와 타자와의 관계성을 나타내는 촉각적 의미로 볼 때 세계와 나, 혹은 타자와 나와의 관계성을 부정적으로 인식하고 있다는 말이다.

하지만 이런 관계성을 단절하는 행위 속에는 자신이 성장하기를 바라는

---

1   닐 레비, 『신경윤리학이란 무엇인가?』, 신경인문학연구회 역, 바다출판사, 2011.

욕구가 내재되어 있다. "유충들"에게도 "왼쪽 발목 하나 던져주"어도 "발목"이 "국수가락처럼 새벽마다 자라나오고"(「사랑하는 나의 방구석에게」), "아무리 죽여도" 나는 "죽지 않"고, 나라는 "괴물이 자라 세상의 화분을 키운다"(「점심 먹고 산책202900708」)고 말하는 이런 심리는 타자와의 관계성 회복을 의미하는 것이 아니다. 타자와의 관계성 단절이 오히려 자신의 존재성을 명확하게 하고, 실존적 주체성을 세운다고 보는 의식이다. 세계와의 관계성 단절은 역설적으로 나와 혹은 누군가와 소통하고자 하는 무의식적인 심리이다. 다만 심리적으로 자신의 문제를 인정하지 않을 뿐, 모호한 세계와의 관계, 명확하지 않은 타자와의 관계, 모호한 내 정체성을 명확하게 하고자 하는 역설적인 의지이다. 송진 시의 많은 시적 자아나 타자 혹은 시적 존재들의 모호한 정체성을 갖고 있거나 미래에 대한 확실한 실존성이 없다. "부디 살아 있기를" 바라는 나, "스스로가 스스로를 해치지 않기를"(「안개 사람－어제의 시 85」)바라는 나의 존재성은 "동쪽 하늘 허공"에 떠 있는 그(「별」) "꽃처럼 허공에 떠 있"는 "꿈속의 인물들"(「수요일－화혜화원을 지나며」)과 다르지 않다, 송진의 시적 존재들은 바람이 불면 언제 떠나버리는 불안전한 존재성을 갖고 있다.

이런 존재성에 대한 회복의 욕구 더불어 타자와의 소통 욕구를 드러낸 것이 고백이나 이야기 형식의 시적 언술이다. 누군가가 자신의 말을 들어주기를 바라는 욕망은 타자들을 대상으로 하는 시들로 나타나기도 하지만 상당수의 시들이 독백을 하면서 자기최면을 거는 자기주술성의 양상으로 나타난다.

사실 어제는 월요일이 아니었다 그건 비둘기의 실수였다 사실 오늘도 월요일이 아니었다 그런 핼러윈의 실수였다 사실 내일도 월요일이 아니었다 그건 목 긴 둥근 나무 의자의 실수었다 …(중략)… 월요일의 뿌리는 언제나 구멍 숭

    제1부 디지털 자아와 감정의 양식화

숭 뚫린 연뿌리였다

—「월요일」 부분

죽은 자의 무덤을 훼손할 것—죽은 자는 죽은 자에게 위로를 받는다 죽게
하라 죽게 하라 더 죽게 하라—오호, 참된 자로다

—「웅크리고 있다가」 부분

송진 시에서 독백적인 말의 주술성은 반복과 리듬을 생성하면서 최면성
을 강화해나간다. 반복적인 말의 리듬감은 시적 자아의 심리적 욕동을 촉진
하면서 강력하게 자신에게 혹은 시를 읽는 독자에게 각인된다. 송진 시에서
말의 반복성은 때로는 시적 주체이기도 하고, 때로는 시적 행위이기도 하고
때로는 사물이나 숫자, 요일을 통해서 드러난다. 시간의 개념을 나타나는
「월요일」이란 시에서 송진은 "월요일"을 반복적으로 서술하면서 시적 내용
을 구성해나간다. 월요일은 어떤 실존적 시간을 표상하는 알레고리이다. 송
진 시에서 상당수의 사물이나 개념들이 원래의 의미를 감추고 있는 알레고
리로 많이 사용된다. 의미를 감춘 알레고리들은 시에서 반복되면서 유기성
이 없을 것 같은 행간들을 하나로 묶는 역할을 한다. 이 시에서도 월요일이
라는 시간은 실수라는 단어와 함께 반복적으로 구술되면서 부정적인 세계
를 만들어나간다. 명확하게 어떤 의미인지는 알 수 없지만 타인의 실수로
월요일로 표상되는 실존적 시간에 문제가 있음을 강조한다. 문장의 논리에
서 부정의 부정은 강력한 긍정이다. 송진이 시적 대상들을 부정하고, 그들
로 인한 자신의 실존적 시간을 부정하는 것은 역설적으로 실존적 시간이 긍
정적으로 바뀌기를 바라는 욕망을 드러낸 것이다.

자기주술성이 스스로의 주체성을 세우기 위한 의지라는 것을 「웅크리고
있다가」와 같은 시를 통해서도 알 수 있다. 이 시에서 현실에서의 존재들 간

의 관계는 부정되고 있다. "죽은 자는 죽은 자에게 위로를 받"으므로 "죽게 하라"는 말은 현실에서의 인간관계나 실존성을 부정하는 화법이다. 그렇기 때문에 나를 죽여 죽은 자에게 위로를 받고 새로운 존재로서 재생하겠다는 의미이다. 새로운 존재성을 갖기 위해 마음을 다잡는 자기주술성이 "죽게 하라"는 말의 반복이다. "웅크리고 있"던 내가 "참된 자"로 태어나게 하기 위해서는 현실의 나를 죽여야만 하는 것이다. 시적 언술의 반복을 통해서 강하게 자기 최면을 하거나 누군가가 자신의 말을 들어주기를 바라는 욕구를 드러낸 것이다.

이렇듯 송진 시에서의 시적 언술과 그로테스크한 이미지는 개성적인 시를 만들어나가는 특징으로 작용하고 있다. 시적 언술과 그로테스크한 이미지들은 상호작용을 하면서 시적 세계와 시적 의식의 의미를 만들어내고 있다. 이것들은 세상의 도덕적 윤리를 비판하면서 바로잡으려고 하는 시의 칼 기능을 하고 있지만 세계를 보는 송진의 불신이 너무 깊다는 데에 문제가 있다. 타자와 관계성을 단호하게 단절하려는 시적 자아나 주체들의 극단적인 자기방어 기제는 문제 자체를 해결하기보다는 차단하려는 의지로만 보인다. 송진의 시적 언술 속에서는 소통의 욕구가 내재되어 있는 것도 사실이나 이 또한 타자와의 관계성 회복을 위해 열어 놓은 게 아니라 자기 최면의 주술성이 강하다는 점에서 세계나 타자와의 화합 가능성은 그리 밝지 않다.

제1부 디지털 자아와 감정의 양식화

반(反)동일화의 실존과 디지털 자아

— 김지녀, 백은선의 시

현대사회에서 디지털로 만들어지는 이미지는 소통 능력을 가진 중요한 언어이다. 이미지로 메시지를 전달하는 방식은 개인의 자의적 소통보다는 상당 부분 어떤 목적성에 의해서 간접적으로 의식화되는 경우가 많다. 이념적 혹은 상업적으로 반복되는 메시지는 의식적으로, 때로는 무의식적으로 우리의 실존에 영향을 미친다. 실존의 영향은 현실과 가상현실의 실존적 경계를 모호하게 한다. 마셜 매클루언(Marshall McLuhan)의 말대로 이미지는 어떤 새로운 기술에 의해 인간사(人間事)에 등장한 새로운 유형의 의식화다. 인간이 만든 기술적 환경이 공간과 시간을 제거하며, 중추신경 조직을 확장해나간다는 그의 논리는 무서울 만큼 미래의 현실을 정확하게 예견한 말이다. 궁극적으로는 신체 확장에 그치지 않고 우리의 사고도 그렇게 만들어나갈 것이다.

자연의 가공으로 존재는 인간의 반복적인 기억과 경험, 시간성을 이어가면서 상징이나 기호로 남게 되었다. 이미지는 상징적 가치 분야로, 그 의미가 사회적 수용 가능성에 의해 정의된다. 아방가르드나 포스트모더니즘의 미학 속에서 언어가 해체되고, 주체가 해체되는 현상 속에서 시가 의미를 획득할 수 있는 것은 그 때문이다. 특히 인간이 만든 모든 질서를 해체하고 분해하는 포스트모더니즘의 미학은 표면적으로 주체가 소멸된 후기자본주의의 논리를 좇아가는 것 같지만 무의식의 논리가 작용한다는 점에서 숭고미를 지향한다. 가장 순수한 세계, 타락하지 않은 세계를 추구하는 이 의식은 질주와 물질만능주의로 나아가는 현대인의 실존적 속성에 제동을 건다. 우리가 사용하는 언어와 의식, 환경은 존재론적으로 불가분의 관계를 갖고 있어서 서로 간의 영향과 변화는 필연적이다.

현재 시단에서 시적 신체가 부품화되고, 시적 자아가 기호화되어 가는 현상이 이와 무관하지 않을 것이다. 비유기성을 가진 해체언어와 기계적 신체나 테크노피아(technology utopia)를 지향하는 의식은 이런 사회현상에 대한 직 · 간접적인 탐색일 것이다. 시인들의 시에서 보이는 상징적 주체나 기호적 자아는 또한 이런 사회적 맥락에서 탄생된 것이다. 김지녀와 백은선의 시적 화법과 의식 역시 이러한 문제의 일면을 보여준다.

개방적 성찰과 반동일화의 실존―김지녀

인간이 가진 심리적 구조는 소용돌이 형상이다. 사회의 중심에 있는 자들은 소수이면서 핵심이고, 주변에 있는 자들은 다수이면서 흩어져 있다. 아무래도 핵심이 아닌 사회 주변부들은 느릴 수밖에 없다. 사회 내에서 감각하는 구조적 모순과 현실을 카메라로 미세하게 포착하는 일상시의 형식으로 형상화하는 김지녀 시는, 시의 제목이자 주체라 할 수 있는 것들을 '모레이' '스니퍼' '스너글러 L' '라떼' '검은 꽃잎' 등 의미가 함축된 상징적 존재로 치환한다. 김지녀의 시적 주체나 시적 자아는 기계적이고, 정보화되어 빨라진 사회적 시스템과는 달리 느린 속도로 사유하거나 지루한 일상을 견디는 듯한 느낌을 준다. 질주하는 시대에 보폭을 맞추는 약삭빠른 주체나 자아 같은 것은 보이지 않는다. 이런 주체나 자아는 시인 스스로가 테크

    제1부 디지털 자아와 감정의 양식화

노피아가 만들어내는 동일화된 정체성이나 실존적 양상을 거부하는 의식이기도 하지만 다른 한편으로는 사회에 편승하지를 못하는 주체에 대한 문제의식이다. 주체들은 심리적 여유가 없다는 점에서 자의가 아닌 타자에 의해 견디는 상황에 처해 있다.

사회적 강자와 약자에 대한 사회적 시선을 보여준 것이 「모레이가 물고기를 셉니다」와 「도그 워크」이다. 「모레이가 물고기를 셉니다」에서 "모레이"는, 즉 큰 입과 날카로운 이빨을 가져 '바다의 갱'이라는 별명을 가진 곰치이다. 모레이는 강자로, 물고기는 약자로 알레고리화되어 있다. 모레이는 물고기를 관찰하며 숫자를 센다. 다른 존재를 관찰하면서 숫자를 세고 있는 행위는 감시와 통제, 소유할 수 있는 양(量)을 의미한다. 모레이에게 물고기는 자신의 욕망이나 부를 채우는 대상이자 크기이다. 이런 객관적 시선이 "지나간 물고기를" 세는 주체가 모레이에서 나로 바뀌면서 주관적인 시선으로 바뀐다. 시적 주체의 이동은 현실에서 모레이와 나의 동일화를 인식하는 자기 깨달음이다.

자기인식과 성찰로 나아가는 물고기의 세계인 물은 일종의 거울 이미지, 나르시시즘(narcissism)의 심리이다. 매클루언은 나스키소스(Narcissus)가 자신만을 확장하는 데 몰두했고, 다른 것들을 감각할 수 없는 지각의 마비상태에서 자신의 체계에 갇힌 것이라 한다. 어떤 것에 대한 고정관념이나 자기애가 자신을 스스로 통제하는 올가미가 된다는 것을 의미한다. 하지만 김지녀의 성찰은 세계 속에서 주체의 이동이 자유롭다. 스스로 비판적 주체가 되기를 마다하지 않음으로써 시적 메시지를 개방해놓는다. 단정적인 메시지를 독자에게 강요하지 않는 열린 구조로 감각이나 의식의 세계를 확장한다. 무(無)를 통해 다른 공간으로 이동하는 이 순간은 데리다가 말하는 차연(differance)으로, 이것은 어떤 단어나 문장이 확정적이고, 고정적인 의미 맥락을 담지하지 않고 그 뜻을 끊임없이 유예시키는 현상이다. 한 시 안에서 주체가 바뀌면서 세계 내의 시간과 공간이 유예된 상태. 거울 속에 또 하나의 거울이 만들어내는 세계는 현실과 이미지 사이에 만들어지는 또 다른 이미지, 상징적 의미로 우리에게 제시되는 심리적 가상현실이다. 마치 육체를 빠져나온 영혼이 제 몸을 보듯이 두 세계를 넘나들며 자신을 성찰한다. 사회적 문제와 개인적 문제가 상충하면서 겹의 의미를 만들어내고 있다.

시적 주체와 자신을 동일화하는 방식으로 사회적 문제와 개인적 문제를 상충시키는 방법은 「도그 워크」에서도 나타난다. "도그 워크(dog work)"를 직역하면 지겨운 일, 고역을 의미하지만 시에서는 고유명사로서 '반려견 산책'이라는 뜻이다. 이 시에서 "라떼" 또한 반려견과 동행하는 주체들을 알레고리한 것이다. 김지녀는 "라떼"와 "나"의 심리적 상황을 동일시하고 있는데, 반려동물을 필요로 하는 이들을 상징한다. "라떼"는 "따분함을 깨는 발자국" 즉, "스케줄러에 빈 칸"이 많은 지루하고 따분한 일상에 활력을 주는 존재이다. 이 시에서 페르난두 페소아의 『불안의 서』를 인용한 것 또한 인생의 많은 사유가 내재되어 있는 이 책이 웬만한 인내심 없이는 읽어내기 힘든 두꺼운 책이라서 그렇다. 현실에서 내가 해야 할 일이 없기 때문에 시간은 남아돌고, 나는 굳이 삶의 속도를 낼 필요가 없다. 현실 속에서 괴리되어 있는 무기력한 존재감을 가진 현대인의 자화상을 보여준 것이라 할 수 있다. 속도에 대한 강박증조차 무의미한 것이다.

이런 강박증과 함께 현대인이 갖는 또 하나의 특징이 정체성의 동일화 현상이다. 우리는 각자 개성을 추구한다고 생각하지만 후기자본주의가 만들어내는 광고 이미지나 매체를 통해서 같은 사고 구조로 의식화되고, 생활과 문화 또한 같아진다. 김지녀는 정체성의 동일화 현상을 거부하고 있는데 「스너글러 L의 손이 커서」나 「악취감식가 스니퍼」이다. 「스너글러 L의 손이 커서」를 보면 그녀는 타인이 자신을 "여배우"의 이미지와 동일시하는 것을 원하지 않는다. 이미지의 동일성은 정체성의 동일성과도 연관된다. 어떤 면에서는 동일한 정체성을 갖는 것이 그 사회에 편승했다는 것을 의미하기도 한다. 자의적으로 동일화를 거부하는 사람도 있지만 타의에 의해 동일화를 거부당하는 경우도 있다. 하지만 김지녀 자신이 어떤 사람이라는 일반적인 규정에 동의하지 않는다. 자신의 고유성을 표현할 수 있는 개성적인 이미지를 갖기를 원한다.

현대사회에서 이미지는 사람과 현실 사이의 중개자 역할을 하는 상징계의 영역이다. 상상력과 연결되어 있는 상징계란 사회화에 의해 생산된 것이며, 경험이나 기억 등 상호 개인적 관계에서 생성된 관습으로 인해서 의미가 통한다. 각종 드라마나 광고를 통해 각인 된 배우의 이미지는 사람에 대한, 상품에 대한 각종 이데올로기가 내포되어 있다. "사람들이" 말하는 "불륜을 저지른 여배우를 닮았다"는 것은 단순한 외모 이미지로만 끝나지 않는다. 드라마를 통해 의식화된 경험적 기억은 그런 외모를 가진 사람의 정체성으로 동일시된다. 배우의 정체성과 동일시되는 것을 원하지 않기 때문에 "그 여배우와 최대한 다른 목소리를 내"는 것이다.

이러한 이미지의 반(反)동일성은 「악취감식가 스니퍼」에서 좀 더 개성적인 존재성의 추구하는 의식으로 나타난다. 네트워크 트래픽을 감시하고 분석하는 프로그램인 스니퍼(Sniffer)란 용어는 존재의 고유성을 상징화한 것이다. "악취감식가 스니퍼"는 후각적 네트워크로 존재의 고유성을 변별하는 자연적인 프로그램으로, 시적 화자의 실존의식을 치환한 것이다. 신발 안에서 감각한 "독창성이 부족"한 냄새는 원초적인 냄새로, 비(非)문명화된, 생물학적 존재성을 상징한 것으로, 사회화된 실존에 대한 저항적 의식이다. "학명이 정해지지 않은" 냄새에게 "어떤 이름"을 "붙이지 않"는 것은 그 존재성을 자연적인 상태로 놓아두겠다는 의미이다. 자연적인 존재를 명명하고, 가공하는 것은 문명의 행위로 그것을 거부하겠다는 것이다.

나선형 욕망과 디지털(digital) 자아 — 백은선

시적 자아가 기계화된 지는 이미 오래되었다. 디지털 기호로 메시지를 만들어가는 전자정보 사회가 되면서 시적 자아는 이제 전자화로 나아간다. 인공지능에게 직업을 빼앗기는 상황에서 인간의 중추신경이 정보화되어가는 현상을 어떻게 해석해야 할까? '인간은 생각하는 동물'이기는 하지만 세계의 모든 언어가 다르듯 소통을 하는 방식 또한 전자화되지 말란 법은 없다. 하지만 인간다운 소통 방식이 사라진다는 데는 의문을 제기할 수밖에 없다. 자칫 기호화된 소통 방식은 서로간의 소통 부재나 이해의 부재로 고착될 가능성이 많다.

백은선의 시는 이런 문제의식을 보여주는 동시에 그녀의 시 또한 이런 문제를 갖고 있다. 그녀는 시적 자아와 메시지를 기하학적인 이미지나 숫자 이미지로 주로 표상한다. 하지만 이런 기호 또한 인간이 만들었고, 사용해왔기 때문에 함축된 의미가 내재되어 있다. 기표적인 형상과는 달리 이것들은 우리의 의식과 무의식을 상징하고 있다.

백은선이 「禍彬」을 통해서 보여준 "가시"나 "뿔" 등 나선형 이미지는 현실세계를 넘어서려는 욕망과 관련이 있다. 현실을 넘어서려는 욕망의 이면에는 부정성이 있게 마련, 반복과 열거, 대화의 화법으로 상징적 메시지를 만들어내는 이 시의 가장 중요한 단어는 "가시"와 "섬"이다. 감성적 경험보다는 메시지의 전달성에 치중해 있는 이 시는 정보가 선명하지는 않지만 추측컨대 "그"라는 타자가 존재하는 것으로 보아 '나'와 '타자'로 인해서 생기는 상처가 "가시"이고, 그로 인한 고독과 외로움이 "섬"이다. 백은선은 인간의 상처가 타자와의 관계성, 더 구체적으로 말하면 말의 속성 속에서 생긴다고 본다. 말에 대한 부정적인 시선에도 불구하고 그녀는 대화의 관계를 부정적으로 보지 않는다. 할머니가 일러준 대로 "가시 많은 섬"을 "화빈",

즉 "빛나는 재앙"으로 인식하는 것은 인간관계의 실존성을 중요하게 생각할 뿐 아니라, 이것이 인간적인 삶의 한 부분이라 생각한다.

가스통 바슐라르(Gaston Bachelard)는 "인간에게 있어 일체의 인간적인 것은 로고스(말)"라고 한다. 말, 즉 대화는 욕망과 선과 악의 이중성을 가진 인간의 본성을 드러내는 핵심적인 요소이다. 아마 백은선이 타자와 나의 대화를 통해 독자에게 가시와 섬의 의미를 강화해나간 것은 이런 말의 속성을 부각하고자 한 것이다. 그런 면에서 이 시에서의 '가시'와 '섬'은 타자보다 높은 경지를 위한 욕망을 반영한, 즉 욕망이 좌절된 형상이다. 욕망은 나선형 형상일 수밖에 없다. 타자보다 나은 존재성을 지향하는 인간의 심리는 타자와 동반적 관계를 지향하기보다는 나 홀로 정점에 있기를 원한다. 이런 심리로 인해서 욕망은 나선형 형상을 하고, 뾰족해서 타인을 찌르게 된다. 욕망은 자신에게 심리적 상처를 입히고 위협하는 양날의 칼이 된다.

이런 욕망의 형상은 종교적 욕망도 마찬가지라는 것을 백은선은 보여준다. 「신앙」에서 백은선은 종교가 갖는 욕망의 형상을 "뿔"로 표상하고 있다. 인간적인 욕망과 종교적 욕망은 비례하기 마련이다. 종교적 경지에 다다르기 위해 비우는 인간적 욕망 뒤에는 실상 또 다른 인간의 욕망이 은닉되어 있다. 특히 종교적 욕망은 계속 솟아오르는 샘물과도 같아서 그 정점을 보이지 않는다. 신앙은 현실을 탈피하고, 신성을 추구하는 것이지만 종교적인 추구도 지나치면 욕망이 될 수 있다는 것을 보여준다. "뒤를 돌아보면/뿔처럼 단단한 손이/등을" 민다는 인식은 종교의 경지를 추구하는 데도 타인을 의식한다. 인간이 욕망을 해소하면 또 다른 욕망이 생기는데 그 원인 중의 하나가 타인이다. 사회적 동물로서 인간은 집단 내의 존재감이 실존적 성취감과 연결되어 있다. 사회활동이 많을수록 욕망은 왕성해진다. 그런데 아이러니하게도 정점에 도달하지 못하는 욕망은 근원으로 돌아가려는 심리로 회귀된다. 인간이 극한의 나락으로 떨어지지 않게 하는 심리적 제어 장치의 형상이 나선형이다.

근원적인 존재로 돌아가고자 하는 또 하나의 이미지가 백은선이 사용하는 숫자 상징(「0의 방백」, 「0과 늙은 남자와 연출가 사이에 흐르는 공기」, 「연극 0」) 이다. 시적 주체나 자아를 표상을 하는 숫자는 기호화한 가면이라 할 수 있는데 알프레드 시몽(Alfred Simon)에 의하면 가면은 신성과 연극이라는 이중적 기호를 갖고 있다. 시에서 가면적 기호가 자아라면, 신성의 기호는 숫자에 담겨 있는 상징적 의미, 즉 원초적인 존재론이라 할 수 있다.

0은 현상학적으로 원초적인 것을 내재하고 있지만 의미상으로도 근원 감각을 추구하는 촉각과도 관련되어 있다. 보들레르는 수를 각기 분리된 단위를 연결시키는 촉수(觸手) 혹은 신경조직으로 간주했으며, 매클루언은 수를 발성된 말처럼 청각적이고 발향적인 촉각에 기원하고 있다고 한다. 시에서도 0은 반복적 어법을 통해서 청각적 발성의 효과를 누리고 있다. 감각적 차원에서 청각은 신성의식과 관련이 있어 현실 너머의 세계를 지향하는 의식을 반영한다. 또한 수는 원초적인 직관과 마술적인 잠재의식을 동시에 갖고 있어 촉각의 확장으로 본다. 0은 절멸된 주체, 비영지화를 지향하는 주체로서 원초적인 존재론과 연관이 있다. 촉각은 모든 감각과 연결되어 는 근원 감각으로 분화되기 이전의 존재로 돌아가고자 하는 욕구의 표상이다. 현실적 존재를 소멸하고, 원초적인 존재, 우주적 존재로 돌아가고자 하는 욕구를 상징한 것이다.

그리고 가면적 기호로서 0은 시적 자아를 상징한다. 현대인은 디지털 기호가 만들어내는 기술과 정보 속에 매몰되어 있다. 디지털은 연속적인 물리량을 1과 0으로 표현하는 신호를 의미한다. 자연의 수인 십진법보다는 0과 1로만 인식하는 이진법은 모든 정보를 받아들이고 생산하는 속도가 빠를 수밖에 없다. 기술문명과 정보화 사회로 인해서 생긴 실존적 속도감은 인간의 자아도 변형한다. 빠른 의식의 주입은 사회구성원의 의식을 동일화시키

　　　　　　　　　　　　제1부 디지털 자아와 감정의 양식화

고, 동일화되지 못한 자들은 도태된다. "로봇과 유사한" "살인 기록 기계"는 기계적인 육체성을 가진 디지털 자아의 표상이다. "생각 속에 있지만" "생각을 돕는 사물"로서 사는 감각을 상실한, 감정을 상실한 속도에 반응하는 0과1의 기호로 만들어내는 자아이다. 유기적인 소통이 없이 반복적인 소통을 하는 디지털 자아는 연극을 하는데 타자와는 소통이 없는 홀로그램으로 해석될 수 있다. 디지털 기호체계로 해석할 때 0은 1이 있어야 상호소통을 하고 다음 단계로 넘어간다. 그런데 연극의 대사는 방백이다. 방백은 주인공이 하는 말이 다른 인물에게는 들리지 않고 관객들에게 들리는 대사이다. 인간적 소통이 상실된 이런 시적 자아는 인간다운 개성이나 자발성, 신비성이 사라진 존재라 할 수 있다.

두 시인의 시적 메시지는 결국 인간이 인간다운 개성을 상실하고, 기호화되어가는 자화상과 자아를 보여준 것이다. 이러한 문제를 김지녀는 사회적 실존과 나의 실존의 관계성 속에서 탐색하고 있으며, 사회 주변부의 일상적 자화상과 반동일화 정체성, 존재성의 문제로 구체화하고 있다. 그리고 백은선은 기하학적 이미지나 숫자가 가진 청각성이나 상징성을 통해 메시지를 던져주고 있는데, 나와 타자가 만들어내는 욕망의 관계성과 정보화 사회가 만들어내는 디지털 자아의 문제로 구체화하고 있다.

그런데 흥미로운 것은 이들의 가장 진보적인 시적 형식 속에는 근원으로 돌아가고자 하는 의식이 내포되어 있다는 사실이다. 김지녀의 존재의 고유성 추구나 백은선의 나선형 욕망이나 디지털 자아는 문명과 이성적 의미를 거부하는 근원적 의식, 즉 우주적 존재로 돌아가고자 하는 인류의 무의식이 내포되어 있다. 이러한 의식은 결국 현재 우리가 지향하고 있는 테크노피아 사회의 방향성에 대한 문제제기이다. 미래에 대한 의혹을 의식적으로, 때로는 무의식적으로 상징이나 기호로 언어화한 것이다. 그것이 의도이건 아니

건 간에 중요한 것은 시인들이 시를 이렇게 쓴다는 것은 이미 인간의 사고
가 기술문명화되어간다는 뜻이다. 신호로 소통을 하는 미래가 멀지 않은 듯
하다.

          제1부 디지털 자아와 감정의 양식화

해체된 몸의 언술과 존재의 기호성

— 채수옥, 『비대칭의 오후』

'지금 여기' 우리의 시선은 어디에 있는가? 하루 중 많은 시간을 우리는 텔레비전이나 컴퓨터 혹은 스마트폰을 주시하고 있다. 인간이나 자연과의 대화를 능가하는 가상세계와의 커뮤니케이션. 네트워크 사회를 돌아다니는 유목인이 현재를 사는 우리의 모습이다. 인간이 지구의 중심이라 생각하는 오만이 우리를 가상세계로 내몰았다. 가상세계에 함몰될수록 인간의 본질은 사라지고, 전자화된 정보로 채워지는 우리 몸은 거기에 맞춰 행동하고 사고를 한다.

　그래서일까? 최근 시인들의 시에서 보이는 몸의 해체적 현상이 현재의 우리라는 생각을 하게 한다. 채수옥의 시에서 보이는 몸의 해체 현상 또한 이와 관련이 있을 듯 보인다. 몸의 일부로 존재하는 주체들의 그로테스크한 이미지가 한 편의 시를 넘길 때마다 도미노처럼 연쇄적으로 쓰러진다. 일반적으로 시공간을 초월하거나 주체가 분열되어 있는 추상시는 현실이 아니라 언어의 지시적 기능이 우세한 법인데, 채수옥의 시에서는 진한 현실의 냄새가 난다. 그것은 아마 너무 초연하게 몸을 해체하는 행위를 통해서 전달되는 통증의 현상학, 주체들이 가지고 있는 무통의 증세가 역설적으로 시를 읽는 이로 하여금 통증을 느끼게 하는 감정의 양식화 때문인 듯도 하다.

인간에게 몸은 생물·사회학적 존재성의 토대이다. 몸으로 지각되는 세계가 인간을 의식화하고, 사회화한다고 할 때 몸의 일부로 세계를 받아들이는 것은 존재의 부속화라 말할 수 있다.

그때,
소리 없이 끈적이며, 질척거리는 그것들이
어둠 속에서 흘러나왔다
심장을 할퀴던 수천의 손톱들을 세우고
산발한 푸른 머리카락들이 달려들었다

뾰족한 입술
야성의 발톱
날카로운 어깨가 무너지고
똑같은 얼굴들로 뒹굴기 시작했다

…(중략)…

해독되지 않는 남은 불빛에 달기 위해
여전히 나는,
반복적으로 뒤집히고, 찢어지고, 고꾸라지고,
철썩여야 하는

지금 여기는
파도의 아가리 속이다

—「지금, 여기」 부분

사람들 몸속을 지나 길과 산으로 떼 지어
낄낄거리며 펄럭이는 계절에

　　　　　　　제1부 디지털 자아와 감정의 양식화

—「유령」부분

시에서 주체들은 몸의 일부로 존재한다. 몸의 일부로 존재성을 드러내고 있는 이들은 "해독되지 않는 남은 불빛", 즉 어두운 세계를 돌파할 수 있는 희망을 찾기 위해서 "반복적으로 뒤집히고, 찢어지고, 고꾸라지"는 고통스러움 현실에 직면해 있다. 추측컨대 이들이 상처투성이의 존재성을 가질 수밖에 없는 이유는 "파도의 아가리"로 표상되어 있는 현실 때문일 것이다. 세계와 주체들 간의 관계는 먹고 먹히는 포식자와 피식자로 존재하고 있다. 포식자의 영역에서 살아남기 위해 주체들은 상처를 입으면서도 쉬지 않고 움직인다. 움직이면서 주체들은 더욱더 작은 단위로 파편화되어간다. 주체의 분열이란 "비인간화"를 의미한다. 존재의 파편화가 인간성 상실이라는 사실을 단적으로 보여주는 것이 주체의 입에서 자라는 "이빨"이다. "이빨"은 짐승의 이를 지칭할 때 쓰는 말이다. 시적 세계 내에서 가학성이 주체의 생존을 위협하는데, 살아남기 위해 몸부림을 치는 과정에서 동물적인 본능만 남는다. 급기야는 형체를 알 수 없는 "유령"이 되어버린다. 인간은 생물학적 존재성에 가장 근접하는 순간에도 생각이라는 것을 한다. 그것이 동물과 다른 점인데, 여기서의 주체들이 짐승으로 표상되는 것은 인간다운 생각을 하지 못하는 존재임을 의미한다. 존재하지만 존재가 산산조각으로 나누어지는 현실. 존재의 형상은 채수옥의 시에서 오리무중이다.

채수옥이 이렇게 인간의 존재성을 무화해나가는 것은 현실을 보는 시선과 연결되어 있다. 시적 문법에서 언어의 해체는 기존의 사회적 질서에 저항한다는 의미를 갖고 있다. 그런 점에서 시적 주체의 환유적 형상화는 모든 대상이 획일화되거나 가공된 것들이 자연적 존재보다 더 생생하게 인식되는 시뮬라크르 사회에 대한 지각이다. 존재를 해체하여 가공하는 자본주의 세계 내에서 인간은 자신도 모르게 획일화되어 "똑같은 얼굴"로 살아간다. 이런 획일화는 존재의 본질과 순수성을 말살하는 살육의 시간을 거친다. 살육의 시간은 인간에게 포장된 희망으로 다가오기 때문에 자신이 해체당하면서도 통증을 지각하지 못한다. 감정의 소멸로 인해 통증을 지각하지 못하는 무통의 증세로 살아간다. 인간다운 집단이란 정서가 유동적으로 흐르면서 한 덩이로 어우러지는 액체사회이다. 그런데 인간적인 소통이 결여되면서 사회는 모서리를 가진 고체사회로 변한다. 한데 어우러지지 못하고 부딪혀 서로에게 상처를 입히는 사회로 변한다. 때문에 소통하지 않는 세계의 행태가 시적 주체들을 이렇게 만들었다고 볼 수 있다.

소통의 부재가 포식자와 피식자의 체제를 가진 사회로 인한 것임을, 사회를 이루는 가장 작은 단위인 가족을 인식하는 채수옥의 시각을 통해서도 알 수 있다.

> 필름처럼 얇은 엄마의 등짝과
> 십리 밖으로 나온 오빠 주둥이를 당겨
> 아버지의 질긴 입으로 촘촘히 꿰매진 집,
>
> —「북」 부분

> 오빠가 뛰어내려, 동생이 뛰어내려, 문 밖에는 바람에게 불려가는 소문들
> 순식간에 늘어나는 입과 발, 핏속에 그려진 길들은 절벽을 가리키고 있어
> —「레밍의 유전자」 부분

가족은 가장 감성적인 유대로 이루어져야 할 작은 사회이다. 그녀의 시에서 가족은 온전한 존재로 어우러지는 게 아니라 기능적인 역할을 상징하는 환유적인 존재로 형상화되어 있다. 집에 대한 냉소적인 시선을 가진 그녀는

    제1부 디지털 자아와 감정의 양식화

엄마의 희생을 담보로 하는 아버지와 오빠와 권위성을 비판한다. "필름처럼 얇은 엄마의 등짝"은 가정을 실천적인 행위로 포용을 하는 게 아니라, 말의 힘으로 억압하여 지탱하는 아버지와 오빠로 인해서 만들어진 것이다. 아버지의 강압적인 말은 집을 지탱하는 힘이고, 그런 가부장적 힘을 오빠가 이어가고 있다. 가족을 상호존중하고 배려하는 수평적 관계로 보지 않고, 수직적 관계로 보고 있다. 이런 가족의 관계를 "북"이 내는 소리의 화음에 비유하고 있는데, 그것은 소리를 낼 때마다 깊은 울음을 내재하고 있다. 아름다운 소리로 포장되어 있는 냉혹한 현실. 강요되는 체제에서 만들어지는 존재성은 정서적인 유기성을 잃어 각자의 역할만 극대화된다. 또한 온전한 존재성으로 융합되지 못하는 이런 가족의 현상은 그들을 집단자살의 현장으로 몰아넣는 원인이 된다. 가정 내에서 안주하지 못하는 존재는 자연스럽게 집을 나가 "문 밖"을 향하게 되고 그 "길들은 절벽을 가리키고 있"다는 것을 인식하지 못한다. 가정의 통제를 피해 나간 사회는 더 많은 통제로 영위되고 있다는 사실을 모른다. 현실과 가상의 모호한 경계가 인간을 비가시적으로 말살하는 집단자살의 현장이라는 것을 인식하지 못하는 것이다.

인간이 만든 질서가 인간을 말살한다는 생각은 시간에 대한 그녀의 인식을 통해서도 알 수 있다. 그녀는 인간이 만든 시간의 개념을 "향기 나는 시간은 처음부터 없었다"(「뻐꾸기시계」)는 말로 대변한다. 존재에게 향기란 순수한 정체성을 알려주는 표지이다. 자연의 시계란 일정한 틀을 가지고 있지 않은데, 시간을 일정한 틀에 맞추는 순간부터 시간의 본질은 소멸된다. 인류가 구축해놓은 문명과 문화는 자연을 가공한 형태이기 때문에 순수성과는 거리가 있다. 존재는 가공될수록 그 본질에서 멀어진다. 이러한 것을 향유하는 인간의 존재성 또한 본질에서 멀어져 기호화된다.

그런데 사회가 발달할수록 포식자와 피식자의 체제는 비가시적인 관계로 교묘해진다. 문명이 발달하면서 인간 대 인간의 지배 구조가 기계 대 인간의 지배로 바뀌어간다. 그런데 문제는 여전히 인간이 기계를 지배하고 있다는 착각 속에 산다는 것이다. 기계의 무의식적인 감시와 통제가 인간의 몸과 정신을 기계의 시스템에 맞추면서 부속화시킨다는 사실을 잊고 있다.

중천에 떠 있는 붉은 눈 속으로 세상의 골목들이 들어간다
흰 뼈들이, 한 뭉텅이의 머리카락이 착착 접힌 말씀들이 빨려들어 간다
붉은 눈 속에서 세상의 광장들이 쏟아져 내린다

…(중략)…

기록이 삭제된 빈 껍질의 노트

—「CCTV」 부분

백오십만 원에 흔쾌히 신체포기각서라는 종이에
사인을 한 것뿐인데요

—「저 장미!」 부분

「CCTV」에서 보여주듯 인간은 안전성과 편리성을 위해 시간을 기록할 수 있는 감시카메라를 곳곳에 장착한다. 자동차 블랙박스나 어두운 골목, 건물의 주차장 등에서 수많은 CCTV가 우리를 보고 있다. 우리의 행위 하나하나가 기계들 앞에 노출되어 있다. 기계 앞에서 인간의 행위는 추억으로 존재하는 것이 아니라, 무한히 재생할 수 있는 시각적 이미지로 존재한다. 비밀스로운 인간의 내면은 소멸되고 없다. 내가 누군가에게 보일 수 있다는 생각은 내 스스로 나의 행동과 의식을 통제한다. 이것은 기계에 대한 자발적인 복종이다. CCTV 때문에 운전자는 속도를 줄이고, 도보자는 횡단보도를 건널 때 규칙을 지킨다. 인간의 행동과 의식이 기술문명의 체계에 맞춰 변화되는 것이다. 기술문명이 요구하는 체제에 나를 맞출 때 내 의지는 사

라지고 습관화된 몸의 기억만 남는다. 생각이 사라진다는 것은 인간성이 상실된다는 것이다. 이러한 의식은 존재의 물신화로 이어진다.

「저 장미!」라는 시를 보면 알 수 있듯 물질 앞에서 생명은 기꺼이 자신의 몸을 내어놓는다. 돈만 준다면 "흔쾌히 신체포기각서"에 "사인"을 할 수 있다. 정서적인 교환가치는 숫자가 아니라 마음의 비중이다. 그런데 자본주의 질서 내에서 생명은 가공되기 위해 키워지고 상품으로 완성되어 돈으로 교환되는 순간 기꺼이 자신의 존재성을 포기하도록 종용한다. 왜곡된 사회학적 가치만 극대화된 이런 현실에서 목적에 따라 존재는 변형된다. 존재를 혼합교배하거나 가공하기 위해서 해체하는 사회를 채수옥은 풍자적으로 비판하고 있다. 인간성이 소멸되어가는 현실에서 키메라 증후군을 앓고 있는 것이 우리의 자화상이란 것을 보여준다.

> 나는 외워지지 않는 나를 복습하고
> 너는 이해되지 않는 너를 박아 적고 지우는
> 이상한 커피 타임
>
> —「키메라 증후군」 부분

키메라증후군은 쌍둥이 소실 증후군이라고도 한다. 한 배에 있던 쌍둥이가 자라면서 한 명이 다른 한 명에게 흡수되는 것을 말하는데, 흡수된 존재가 몸에 남아 있으면 이중인격이 되기도 한다. 강한 상대가 약한 상대를 흡수하는 포식자와 피식자의 관계는 다름 아닌 인간성과 비인간성의 관계이다. 비인간성의 뒤에는 거대한 물질문명과 자본주의 체제가 자리하고 있다. 인간이 설 자리는 점차 잃어가고, 내 속에 나는 소멸되고 유령으로 변한다. 감각을 잃은 몸에서는 정신이 자라지 못하고 기계적으로 움직이는 자동반사의 기능만 작동한다.

결국 채수옥 시에서 보여주는 해체된 몸의 언술은 존재가 기호화되어 미궁에 빠져가는 인간성 찾기의 퍼즐 맞추기다. 유사 이미지를 가진 인간의 복제 속에서 "인간은 어디에 있는가?"를 찾는 존재에 대한 물음이다. 그러면서 그녀는 그것이 인간과 인간과의 관계이든 인간과 기계와의 관계이든 간에 지배하고 통제하는 사회 구조가 인간성을 상실하는 주범이라는 것을 피력하고 있다. 이런 문제의식으로 인해서 그녀의 시집에서 해체되는 몸의 도미노 현상이 격렬한 통증으로 다가온다. 무통의 증세에 함몰되어 있는 인간에 대한 애증. 냉엄한 현실을 사는 우리의 자화상을 천연덕스럽게 늘어놓는 그의 시적 작업은 그래서 의미가 있다.

제1부 디지털 자아와 감정의 양식화

알 속의 아프락사스와 알 밖의 아프락사스

—고영, 박영기의 시

아프락사스(Abraxas), 『데미안』에서 헤르만 헤세는 이 신을 빛과 어둠이 공존하며, 선악이 구분되지 않는 세계로 상징했다. 빛과 어둠, 선과 악이 구분되어 있는 현실세계와는 다른 세계인 이곳은 세상 그 어디에도 없는 유토피아(utopia)의 일종이다. 유토피아는 인간의 정신세계에 존재하는 추상적 공간이지만 현실에서 채우지 못한 욕망과 불안을 해소해주는 심리적 치유 기능을 한다는 점에서 영원히 소멸되지 않는 세계이다.

심리적 치유 기능을 하는 정신적 세계, 시 또한 현실의 결핍이나 불안을 해소해주는 주술 효과, 즉 치유적 기능을 가졌다는 점에서 유토피아라 할 수 있다. 시인의 시세계는 현실을 근거로 한 것이긴 하지만 시적인 사유로 재구성된다는 점에서 시인만의 "유토피아적 이상주의(utopianism)"의 구현이다. 시를 쓰는 사람과 시를 읽는 사람과의 공감대 속에서 존재하는 또 다른 현실, 심리적 렌즈에 굴절된 상상의 세계이다.

알 속의 아프락사스, 벼랑에 은폐한 세계 — 고영

고영의 이번 시집은 알 속의 아프락사스를 연상하게 한다. 『데미안』의 주인공 에밀 싱클레어의 내면을 보여주는 듯하는, 고영의 시적 자아에는 성장통을 앓고 있는 청년기의 영혼이 내재되어 있다. 세계에 대한 두려움으로 문을 걸어 잠그고 벽 속에 자신을 은폐하고 있는 고영. 현실 문제들을 능동적으로 해결하지 않고, 타자의 결정이나 선택을 기다리는 수동적인 자세를 취하고 있다. 하지만 수동적 자아가 진심으로 원하는 것은 사회와 소통을 단절하는 자폐가 아니다. 소통이다. 그의 내적 자아는 지금 벼랑의 집으로 은폐되어 있지만 누군가에게 들키기를 간절히 바라는 소망이 들썩이고 있다.

조금 더 착한 새가 되기 위해서 스스로 창을 닫았다
어둠을 뒤집어쓴 채 생애라는 낯선 말을 되새김질하며 살았다.
생각을 하면 할수록 집은 조금씩 좁아졌다
…(중략)…
房門을 연다고 다 訪問이 되는 것은 아니었다.
위로가 되지 못하는 머리가 아팠다.

똑바로 누워 다리를 뻗었다.
사방이 열려 있었으나 나갈 마음은 없었다. 조금 더 착한 새가 되기 위해서
나는 아직 더 잠겨 있어야 했다
—「달걀」 부분

함부로 뒤집어 볼 수 없도록 누운 벽이 되어버린.
바닥에 갇힌 당신은 의외로 솔직하다.

오지 않을 줄 알면서도 나는 기척을 열고
무작정 기다린다.
훔쳐볼 수 없는 경외(敬畏)의 순간들. 벽에선 꽃이 피지 않는다는 걸 알지만.
그럴수록 끈기가 필요하다.

꽃피는 겨울이 오면.

벽은 어젠가 집이 된다. 그날이 올 때까지 내손은 얼마나 더 흉흉해져야
할까.

당신을 만질 수 없는 게 내겐 상처가 되었다.

—「패」 부분

고영은 갈망하는 세계를 어두운 공간에 은폐한다. 공간의 어두움은 빛의
차단인 동시에 온도의 낮음이다. 낮은 온도에서는 세계가 부화할 수 없고,
시적 자아의 실존성마저 세계로 나아가지 못하고 진통 중에 있을 수밖에 없
다. 세계에 대한 진통 때문인지 시인의 내면은 심리적 수동성으로 제어되고
있다. 심리적인 수동성은 시인이 선(善)을 추구하는 도덕적 인간형이기 때
문이다. 시인은 세계와 소통되지 못하는 이유를 타자에게 돌리는 게 아니
라 자신이 "착한 새가" 아니라서 그렇다고 생각한다. 시인이 말하는 착한 새
란 세상 잣대에 맞는 인간형은 아닌 듯싶다. 그것은 세상이 부조리하고, 타
자가 불안요소로 자리하더라도 그들을 관용적으로 품을 수 있는 "자기수양
의 마음 상태"를 말한다. 자신이 원하지 않는 세계에 대한 관용이 스스로 부
족하다고 생각하는 것이다. 그래서 시적 자아는 세계로 나가지 못하고 자신
속에 고립되어 있다. 세계로 향하는 껍질을 깨지 못하는 이런 고립감은 스
스로 "房門을" 열었지만 사람들이 쉽게 드나드는 "訪問"이 되지 못하는 현
실이다. 그런 체득을 통해서 얻은 자기수양의 마음은 타자나 세계에 대한
불신에서 비롯된 것이다. 생을 "어둠을 뒤집어쓴" 여정이라고 말하는 그는
실존의 근원인 삶을 그리 긍정적으로 보지 않는다. 그런데도 그의 시적 자
아가 언젠가 날개를 펼 수 있을 거라는 기대를 갖게 하는 것은 타자를 기다
리고, 세계와 소통하고자 하는 그의 욕망이 여전히 작동하기 때문이다.

「패」란 시에서 그는 스스로 "누운 벽이 되어" 누군가를 "무작정 기다린
다". 누군가가 와서 어둠에 갇힌 자신의 세계에 온기를 주기를 바라고 있다.

누군가와의 소통을 하는 "꽃피는 겨울이" 오면 자신이 쌓은 "벽"은 자신이 안주할 수 있는 "집"으로 전환된다. 자신이 은폐한 공간이 타자에게 발견되는 순간 나를 가두는 감옥은 정신적 안식처로 변주된다. 누군가가 나를 발견해주고, 나를 이끌어줄 때 나는 세계로 나아간다.

타자가 나를 발견해주기를 바라는 은폐적 자아는 아래 시에서 더 선명하다.

> 기척을 기다린다. 닫혀 있는 문은 동굴 같다. 문이 열리면 금세 사라지고 말 동굴 속에서.
> 하나가 되지 못해 끝내 벽이 되어버린 얼굴.
> 부고장보다 차가운 낯빛.
> 표정이 없는 얼굴은 닫혀 있는 문보다 견고하다.
> 문을 여는 데도 용기가 필요하다는 걸
> 서둘러 닫혀버린 문밖에서. 도로 벽이 되어버린 문밖에서, 너무 늦게, 나는 알았다.
> 사람아, 사람아.
> 몸과 마음이 따로 드나들 수 있도록. 안팎이 너무 동떨어지지 않도록.
> 세상 모든 문들이 모두 두 개였으면 좋겠다.
> 서둘러 문을 닫는 사람은 문을 외롭게 하는 사람이다.
>
> ―「서둘러 문을 닫는 사람은 문을 외롭게 하는 사람이다」 부분

이 시에서 마음의 문을 닫은 세계는 "동굴"이다. 하지만 그는 동굴 속의 세계를 진정한 유토피아라 생각하지 않는다. 새로운 세계로 진입을 하기 위해서는 "용기가 필요"하지만 소극적인 시적 자아는 늘 서둘러 문을 닫아버린다. 이러한 내면의 수동성은 더 많은 소통의 욕망을 촉구한다. 그가 사람에게 바라는 것은 몸과 마음이 드나드는 두 개의 문. 이것은 세계에서 존재와 존재의 소통이 물질적으로만 이루어지고 있음을 말한다. 그는 가시적인

　제1부 디지털 자아와 감정의 양식화

몸의 문이 아니라 비가시적인 마음의 문이 소통되기를 바란다. 진정한 문은 마음으로 소통을 하는 것. 대상을 신뢰하는 것이다. 그러면서도 그의 내적 자아는 늘 소통에 관해서는 수동적이다.

이런 소통의 수동성은 개인이든 집단이든 간에 타자와의 관계성 때문에 생긴 내면이다. 혈연 속에서 자신을 이방인으로 생각하는 「다리 밑에 대한 명상」이나 사회적 약자로서의 심리를 내보인 「딸국질의 사이학」은 그가 태생적으로 자신이 사회적 소외자나 약자라고 생각하고 있다는 것을 보여준다. 가족이나 사회적 지위에 대한 자존감의 부재는 견고한 구성원이 되고 싶다는 열망과 그 사회나 집단을 비판하는 양가적 감정을 동시에 갖게 된다. 지그문트 프로이트(Sigmund Freud)는 양가적 감정에 내재된 비판적 기능이 양심적 자아 속에서 분리되어 서로 갈등을 일으키기도 한다고 한다. 자신을 관찰하고, 반성하는 자기 성찰과 도덕적 양심, 꿈을 검열하고 정신적 억압에 영향력을 행사하는 "자아이상(Ichideal)"[1]의 기능이 민감한 양심을 가진 도덕적 인간의 특징으로 나타난 것이다.

앞 시에서 그가 도덕적 인간의 특징을 드러낸 것도 이런 심리 때문이다. 그가 겪은 불운이나 사회적 환경으로 인한 욕망의 좌절이 역으로 양심의 힘을 강화한 것이다. 징벌적 행위로서 자신을 벽 속에 가두거나 벼랑 끝에 서게 하지만 인간과 인간과의 관계 맺음 속에 행복을 추구하려는 이타적인 욕망이 나타난 것이다. 누군가와의 관계 맺음, 즉 내가 소속된다는 것은 정신적 안정을 의미하며, "벼랑을 품고 사는 내가 나에게서 떨어지지 않게 잡아 둘 수 있"(「유리창의 사내」)는 소통구로 알고 있다. "외출을 두려워하는 자의 손바닥에선/꽃이 피지 않"고, 누군가와 소통을 하는 날을 "축복"(「악수」)으로 생각하는 것은 그는 여전히 세계를 품고 부화하고 있는 중이다. "입구만 있

---

1 지그문트 프로이트, 『문명 속의 불만』, 김석희 역, 열린책들, 2006, 121쪽.

고/출구가 없는 길"(「뱀의 입속을 걸었다」)이 아니라 양방향으로 소통하는 길을 갈망하고 있다.

알 밖의 아프락사스, 의도적 혼란의 다원적 세계―박영기

시쓰기에서 기존의 언어체계나 형식을 지향하는 것이 그 세계를 인정하고 편입하기 위한 욕망을 드러낸 중심주의의 사유라 한다면 시적 언어체계의 해체나 형식의 반(反)구조 등을 지향하는 것은 그 세계를 부정하거나 저항 심리를 드러낸 탈중심주의의 사유이다. 박영기는 기존의 시적 언어체계와 구성을 해체하는 "양식적 상상력(stylistic imagination)"을 드러낸다. 대상을 해체적으로 형식화하고, 대상으로부터 심리적 거리를 두는 양식적 상상력으로 그가 추구하는 것은 사회적 질서와 문학적 질서의 부정이다. 박영기는 전통적인 서사구조를 해체하는 환유 원리의 서술시와 폭력적 이미지 결합으로 장면을 파편화하는 추상적인 서술시로 질서의 세계를 부정하고 다원적인 세계를 추구한다.

> 응달에 트럭이 멈춰 있다 짐칸에는 참외 박스가 쌓여 있다 남자는 운전대 위에 다리를 걸치고 있다 허벅지 쪽으로 말려 내려간 바짓단 냄새가 날 것같이 때가 묻은 흰 양말 앉은 것도 아니다 누운 것도 아니다 상체를 의자에 비스듬히 기댄 채 있다 오른손에 휴대전화기를 들고 있다 귀에 대고 있다 전화기에서 새된 소리가 샌다 시네마 천국에 갈 때도 시네마 지옥으로 올 때도 그러고 있다 몇 시간째 그러고 있다 바구니에 담긴 참외가 노랗게 시든다 아무 상관없다 바퀴 그늘에 비스듬히 기대어 쉬는 고양이는
>
> ―「비스듬히」 전문

인용 시는 인간적인 정서와 서사구조는 배제한, 카메라의 시선만으로 대

 제1부 디지털 자아와 감정의 양식화

상을 무작위로 따라가며 환유 원리로 기술한 서술시이다. 대상들이 필연적 인과관계나 구성의 원리에 따라 시인의 주관에 의해 표현이 되는 게 아니라 사물이 놓여 있는 공간적 인접성에 따라 시선이 이동하며 서술된다. 응달에 세워진 트럭을 중심으로, 짐칸에 있는 사물들과 운전대 앞의 남자 등 주로 정황들을 서술한다. 대상의 본질을 살아 있는 이미지로 보여준다. 물론 일부 문맥에서 주관적인 서술이 들어가 있기도 하지만 이 시에서 그리 중요하게 작용을 하지 않는다. 장면들의 연결에 필연성이 없는, 파편들을 수집하고, 편집하는 편집자의 기능만 시인이 수행한다.

시에서 서술 중심의 동사로 대상을 보여주는 이런 환유 체계는 시적 대상을 왜곡하거나 변형되지 않게 살아 있는 존재의 현상으로 제시한다. 존재의 현상을 그대로 제시하는 것은 대상을 시인의 주관적인 관념으로 해석해서 제시하는 것이 아니라 제시한 대상의 본질로 시를 읽는 이들의 감각과 직관을 일깨워 세계를 느끼게 한다. 이러한 제시 방식은 대상에 대한 시인의 해석이 배제되어 있다는 점에서 인간중심의 사고로부터 탈피해 있다. 인간중심의 사고가 배제된 세계는 존재자들이 스스로 생성의 기원이 되는 형태의 "리좀(rhizome)적" 사유 체계이다. 각각의 대상들이 독립적인 의미를 생성하면서 하나의 세계로 집약되는 게 아니라 또 다른 세계로 나아가는 열린 구조이다. 때문에 이런 환유적 서술시는 다원적인 세계를 지향한다. 존재의 그대로를 보여주는 이런 세계는 관념화되지 않을 뿐 더러 종속적으로 존재하지 않아 관념화되고 수직구조화 되어 있는 인간사회와는 다르다. 인간적인 시점을 폐기하여 세계 내의 존재들 간의 서열을 없애고, 존재하는 모든 것이 동등한 지위를 획득한다.

박영기 시에서 다원적인 세계를 표현하는 또 다른 양식적 상상력은 대상을 폭력적으로 연결하여 의미를 만드는 추상적인 서술시이다.

당신의 젤리시계가 두 시를 가리키면 우리 모두

두 시를 향해 달리는 열차인가요 두 시란

젤리시곗줄에 묻은 라면 국물인가요

차내에서 계속 묻겠습니다

이 열차 안은 개복치와 상관있습니까

달려봤자 개복치 뱃속인가요

개복치의 뱃속에서 열차가

주먹을 쥐고 날아갑니까 무거움이 가벼움으로 꽉 차서

혹, 곰팡이 핀 카스텔라 얼굴을 대신하기도 하나요

—「젤리시계를 차고 있는 소설가 P씨」 부분

이 시는 같은 시간, 같은 장소에 존재할 수 없는 사물들을 인과관계가 없이 폭력적으로 결합하고 있다. 문장과 문장의 연결이 비논리적으로 전개되면서 느닷없이 돌출하는 대상들로 채워진다. "젤리시계가 두 시를 가리키면" 사람들은 "두 시를 향해 달리는 열차"가 되고, "두 시"는 "젤리시곗줄에 묻은 라면 국물"로 변형된다. 그리고 "열차 안"에서 "개복치"로 이어지고, 달리는 세계는 "개복치의 뱃속"으로 변형된다. 이런 대상들의 폭력적 결합은 시간과 공간의 논리성을 무시할 뿐 아니라 현실을 넘어 초현실의 세계로 나아가버린다. 대상들이 만들어내는 환상이 현실의 모든 질서를 지워버린다. 현실이 환상의 경계로 넘어가는 순간 서사구조도 함께 붕괴된다. 현실의 서사구조는 흔적만 남고 추상적인 서사구조가 펼쳐진다. 시간과 공간의 현실 초월성은 시적 언어의 지시적 기능마저 무화되어 장면과 장면들로 편집되어 추상화로 남는다. 상관관계가 없는 사물들이 모여 새로운 세계를 재탄생시키는 것이다. 이러한 방식은 현실의 질서를 폭력적 비현실로 지워나가는 것이다. 의도적으로 세계에 혼란을 일으켜 현실을 추상화로 만들고, 세계를 다원적으로 만들어나가는 것이다. 시간과 공간의 비논리적 배열은

기존의 의미를 버리고 전혀 새로운 의미를 지니도록 의미론적 변화를 일으
킨다. 현실과의 심리적 거리를 최대한 팽창시켜 새로운 세계를 만드는 것이
다.

　주제나 정서를 일정한 형식에 가두지 않는 이런 반구조의 형식과 언어 해
체는 문학적 질서와 인간적 질서의 경계를 부정하고 있다는 것을 의미한다.
인간이 만든 모든 질서에 대한 반기이다. 인간이 만든 시적인 질서도, 사회
적 질서도 모든 부정하면서 상상으로 만들어가는 다원적인 세계는 현실에
결핍된 것을 충족하는 심리의 표출이다.

　고영은 세계 내의 질서 속에서 자신만의 세계를 구축하고, 박영기는 세계
내의 질서를 일탈하는 방식으로 자신만의 세계를 구축한다. 세계를 만들어
나가는 두 시인의 "양식적 상상력"은 다르지만 이것이 현실에서 결핍된 것
들을 갈망하는 수단으로 사용하고 있다는 점에서 양날의 검이다. 시적 세계
를 부화하는 방식이 수동적이라고 해서, 혹은 능동적이라고 해서 다른 것은
아니다. 더 나은 실존으로 나아가고자 하는 시인들의 정신적 공간, 한 시인
에게서만 존재하는 유토피아이다. 그런 점에서 한 권의 시집은 하나의 유토
피아이다. 자기만의 신, 자기만의 세계를 찾아가는 시인들의 알깨기는 양파
처럼 아무리 까도 정체를 알 수 없는 속내로 남는다. 그 속내가 오늘도 어디
선가 아프락사스를 부화하는 중이다.

혼성모방적 삶으로 전락한 무취(無臭)의 존재들
— 김경수, 『달리의 추억』

> "사람을 위해 피어나지도 않았는데 사람들은 꽃이라는 이름을
> 지어주고는 꽃들을 꺾어 화병에 꽂는다" —「꽃」 부분

존재하면서 '내'가 아니고 싶은 존재가 있을까? 우주의 현상으로 존재하는 것들을 인간은 마음대로 재단하고 편집한다. 결국 우리가 인식하고 있는 세상이란 인간을 중심으로 구성해놓은 몽타주적 풍경이다. 몽타주적 세계 속에 살아가는 인간은 스스로의 본질을 의심할 수밖에 없다. 우리 자신도 모르게 인간이 가야 할 길까지도 재단되고 있다는 사실을 뒤늦게 깨달은 것이다. 이런 깨달음에 대한 인간적 고민을 김경수 시인의 네 번째 시집 『달리의 추억』에서 볼 수 있었다. 그는 이성적 사유 속에서 발달해온 도시의 병폐와 도시인들의 불안을 다양한 기법으로 재구성해놓았다. 해체된 생명의 존재를 해체적 기법으로 보여주는 중의적 화법은 이번 시집에서 참으로 유효하게 작용한다.

김경수 시인은 인간의 본질을 상실해가는 도시인의 내면을 논리의 영역이 아닌 곳, 숨겨진 진실을 표현하는 초현실주의 기법으로 보여준다. 또한 팝아트 형식으로 패러디한 대중가요의 가사를 통해 대중적 정서가 유발하는 시사성, 즉 이 시대의 솔직한 정신과 정서를 시와의 상호텍스트성 속에

제1부 디지털 자아와 감정의 양식화

서 보여준다. 또한 모더니즘 시선집의 시 구절들을 짜깁기한 혼성모방(패스티쉬)의 시들은 시인이 의도하든 의도하지 않건 어떤 대상을 재현하는 것이기 때문에 '변형의 미학'으로서의 상호텍스트성을 유발한다. 그가 시도한 '변형의 미학'들이 개별 주체가 사라진 포스트모던 시대에 독창적, 창조적 스타일이라는 개념 자체로 성립될 수는 없지만, 변형 미학 자체가 가지는 특성인 통일원칙이나 '어울리기'에 반대하여 담론의 팽창 현상을 가져온다.

그렇다면 김경수 시인의 '변형의 미학'이 의도하는 담론은 무엇일까? 그의 시 역시 아방가르드적 특성이라 할 수 있는 기존 질서에 대한 부정을 함유하고 있다. 하지만 이보다 중요한 것은 시인이 가지고 있는 서정적 문체로 인해서 단절된 시간과 공간의 행간 속에서도 정서적 공명이 울린다는 것이다. 그의 시에서의 정서적 울림은 해체시 자체의 비동일성과 무의미성과 충돌하면서도 하나의 단면으로 의식화된다는 점에서 주목된다.

이러한 현상으로 의식화되는 결의 단면은 냄새가 상실된 세계의 인식이다. 시집 1부와 2부를 통해서 느껴지는 무취의 세계는 존재의 상실성을 표상한다. 혼성모방적 존재로 전락한 무취의 존재들을 극명화시키는 것이 3부와 4부의 시들 속에서 언급되는 천상의 이미지들인데, 살아 있는 생명이 없는 그곳에선 아이러니하게도 향기가 진동한다. 냄새가 있어야 할 곳은 냄새가 없고, 냄새가 존재하지 않는 곳에는 냄새가 있다는 모순적 화법으로, 존재의 본질이 무엇인가를 우리에게 인식시켜 준다.

강철과 유리로 지어진 냉정한 빌딩을 긴 칼로 내리치자 유리창이 깨어지고 노래가 튀어나왔다 끈적끈적한 리듬과 따뜻한 음색이 목을 휘감았고 뜨거운 눈물이 목을 타고 내렸다. …(중략)… 합창 소리에 모란꽃잎들도 잠시 피었지만 시샘하는 강철 봄비에 매를 맞고 아스팔트 위에 떨어져 썩어갔다. 옆을 봐도 사람의 노래는 없었고 뒤를 보아도 사람의 온기는 어디에도 없었다. 앞에는 노래하지 않는 또다른 철골과 유리창의 빌딩이 버티고 서 있었다 '악'하고 소리를 쳐보지만 메아리마저 화살이 되어 되돌아와 심장에 꽂힌다. …(중략)… 벚꽃 잎들이 곱게 깔려진 골방 안에서 벽을 보고 돌아앉아 나는 모래보다 작은 점으로 변해간다

—「뭉크의 고백1 ―도시인의 절규」 부분

뭉크는 보는 이들의 감성을 집요하게 자극하면서 인생관을 표현하는 화가이다. 뭉크를 제목으로 차용한 것은 뭉크의 방식으로 우리에게 보여주고 싶은 그의 내적인 감정의 양식이자 담론의 은유이다. 의식과 무의식에 내재되어 있는 정서들을 초현실주의 기법으로 진술해놓은 이 시는 냄새를 잃어버린 생명과 도시의 현상에 고착되어 있다. "강철과 유리로 지어진 냉정한 빌딩"들과 "철골"들이 지배하고 있는 냄새가 없는 도시의 이미지들은 존재의 냄새를 풍기는 생명이 설 자리를 빼앗아 간다. 모란꽃잎이 살아 있는 동안에는 향기를 피울 자리가 없다. "강철 봄비"로 주검이 된 후에야 썩는 냄새를 풍기면서 제 존재를 인간에게 알린다. 냉소적인 도시의 풍경을 통해 "모래보다 작은 점으로 변해"가는 도시인들의 절규를 들려준다. 시인은 도시인들이 절규할 수밖에 없는 이유를 시간의 속도에 끌려다니는 현대인의 생활에 있음을 보여준다. "시간이 내 어깨를 떠밀어 나는 다시 화살에 실려 가는 곳도 모른 채 날아가고"(「꽃향기 그리고 마라톤」) "모든 속도가 주는 피로에 고층 아파트의 입구 문이 슬로우 비디오 화면처럼 닫히"는, "도시는 하나를 얻으면 하나를 잃는 제로섬"(「달리의 추억 7」―도시인의 불안)으로 형상화된다. "비행기와 고속 열차가 현대인들의 이동 시간을 엄청나게 절약시켜주어도, 정보 통신이 전달 시간을 혁명적으로 절약시켜주어도 도시인들은 더 바쁘게"(「도시풍경」) 살아갈 뿐인, 현대인은 과속의 컨베이어 벨트 위에서 정물화 되어 간다.

정물화를 조장하는 도시의 삶은 도시인들에게 불안과 절규를 양산해낸

제1부 디지털 자아와 감정의 양식화

다. 불안과 절규는 이성이 아니라 감각적인 것이다. 몸으로 체득되는 공포의 감정들은 존재성을 알리는 냄새의 상실로 은유된다. 이성 중심의 현대 문명은 감각을 하위 개념으로 치부하지만 감각은 생명의 살아 있음을 보여주는 측면이다. 특히 냄새란 전근대 서구 사회에서 내재적인 '에센스'로서, 즉 내적 진실을 드러내는 것으로 간주되어 있다. 시각이 우리의 이성과 상호작용한다면 후각은 내면의 은밀함과 상호작용한다. 냄새가 나지 않는 도시란 우리의 내면이 상실된 세계인 동시에 존재가 상실되어가는 세계인 것이다.

이러한 무취의 도시 현상들과는 대조적으로 현재적 존재가 지향하는 내세적 현실, 천상이나 하늘 등을 시인은 향기가 진동하는 곳이라 말하고 있다.

> 조용한 온기와 부드러운 향기와 고요한 바람이 강물처럼 흐르는 그곳…(중략)…하늘나라
>
> ─「내가 돌아갈 별」 부분

> 천상(天上)의 문이 열리며 이름을 알 수 없는 꽃들의 향기가 쏟아져 내렸다.
>
> ─「일어서는 바다」 부분

「부활」, 「봄 여름 가을 겨울」, 「상처의 향기」, 「꽃이 피고 지듯이」 등 많은 시편을 통해서 서술되는 천상의 향기들. 천상이 향기롭다는 말은 우리에게 새로운 것은 아니다. 냄새의 문화사를 볼 때, 고대와 중세가 풍기는 존재의 냄새는 악취로 진동했다. 그렇기 때문에 사회·문화적으로 높은 위치에 있는 것들, 신성한 곳으로 인식되는 하늘과 내세 이미지들은 향기로 표상되었을 뿐만 아니라 천상과 소통하는 도구로 사용되었다. 하지만 김경수의 시에서 천상의 향기가 낯설게 느껴지는 것은 무취로 표현된 현실과 대비된다는

점이다.

　그의 천상의식은 기독교적 사상에 맥이 닿아 있다. 중세의 기독교에서는 냄새에 영적 능력과 치유 능력이 있다고 보았다. 이것과 같은 특수한 능력의 냄새는 '성덕의 향기'이다. 「부활」이라는 시에서 "피 흘리는 사람의 아들"이라고 지칭한 예수의 인도로 시적 화자가 다녀온 곳, 향기로운 '천상'은 그곳에 다녀옴으로써 이미 영적 치유 능력을 가진다. 하지만 이 시에 향기는 치료 기능만 하는 게 아니라 현실 문제를 해결하는 동력으로 작용한다. 향기는 그에게 "지구라는 별에 인간으로 태어난 죄로 이별의 칼에 찔려 넘어지면서 시간을 거슬러 죽을 때까지 기어서 올라"갈 힘을 준다. "어둠의 힘으로 사람의 꽃이 붉게 피어"(「꽃이 피고 지듯이」)난다는 사실을 인식하게 함으로써 삶의 필연성을 깨닫게 한다.

　김경수 시인의 이번 시집이 보여준 다양한 기법과 냄새의 역설적 화법은 결국 이성적 사유에 대한 비판이다. 19세기 이후에 양산된 이성적 사고는 문명과 문화만을 몽타주화하고 있는 게 아니라 존재의 본질, 그에 부수된 모든 것들을 자르고 붙이고 변형시킴으로써 왜곡하고 있는 것이다. 때문에 김경수 시인이 인식하는 무취의 세상은 혼성모방화 되어가는 존재의 풍경이다. 생명적 존재가 사라지고 비생명적 존재를 생명이라 착각하는 오류 속에서 허덕이는 현대적 실존의 자화상이다.

무시간적 실존의 도형화와 주체 은닉의 미세학
─ 김미령, 『파도의 새로운 양상』, 『우리가 동시에 여기 있다는 소문』

시인들이 범람하는 시대이다. 시를 읽는 독자들은 쉽게 공감하는 시들을 선호하는 현실에서, 새로이 등단할 시인들은 개성적인 시적 브랜드를 확보하는 방법론을 고민할 수밖에 없다. 이런 고민의 귀로에서 2005년 『서울신문』에서 시로 등단한 김미령 시인은 대중이 쉽게 공감할 수 있는 방법론이 아닌 자신만의 개성적인 시적 방법론을 택하고 있다. 실험적인 방법론은 늘 저항에 부딪히기 마련인데, 현재 『파도의 새로운 양상』과 『우리가 동시에 여기 있다는 소문』 두 권의 시집을 발간한 김미령 시인은 짧은 시력(詩歷)에도 불구하고 개성적인 시적 방법론으로 자기만의 시세계를 구축하고 있다.

두 권의 시집을 읽으면서 줄곧 뇌리를 관통하는 단어는 '일상'이다. 두 시집의 언술 방식과 문맥을 구성하는 형식은 다르지만 세계를 바라보는 시인의 시안이 일상에 주목하고 있다는 공통점을 갖고 있다. 일상은 인간의 존재성과 실존성을 형성하는 가장 근원적인 것으로, 암묵적으로 통용되는 사회적 이데올로기의 영향 아래에 있다. 김미령에게 일상은 시세계를 만드는 시너지이자 시적 전략으로서 다른 시들과 차별화하면서 자신만의 세계를 구축하는 환경이다.

첫 번째 시집에서 일상이 무시간성을 상징하는 기하학적 상상력과 연결되어 퍼즐 게임 같은 형식을 만들어나간다면 두 번째 시집에서는 주체의 퇴장이나 소멸을 상징하는 카메라 시점의 일상 미세학으로 시적의 질서를 개성화한다. 기존의 형식을 탈영토화하면서 개성적인 시세계를 만들어나가는 김미령의 방법론은 요즘 젊은 세대들이 많이 사용하는 시적 방법론의 한 유형이다. 현대시에서 형식의 변화는 단순히 형식에 그치는 게 아니라 그 자체로 많은 의미를 함유하고 있다.

첫 번째 시집인 『파도의 새로운 양상』에서는 사물이나 풍경의 현상, 인간의 행위나 습성 등의 인식이나 실존적인 깨달음이 시를 발화시키는 원동력으로 작동하는 것들이 많다. 현상을 통한 존재자의 본질이나 속성은 기학적인 상상력을 통해서 실존적 문제들로 의미화된다.

오랜 시간의 관찰이나 경험에 의해 얻은 깨달음으로 느껴지는 "주머니가 없는 상의가 손을 길들인다"(「손이 떠 있는 높이」) 등과 같은 이런 진술들은 시인이 세계 내에 자리하고 있는 존재자에 대한 본질이나 현상에 관심을 갖고 있음을 의미한다. 시인의 관심은 개인이나 역사와 같은 거시적인 문제보다는 보통 사람들이 간과할 수 있는 존재자의 소소한 현상이나 본질에 프레임을 맞추고 있다. 실존적인 깨달음이 시를 전개하는 원동력으로 작동하면서 삶의 한 단면들을 그려나간다. 김준오 시인은 "詩作이 본질적으로 철학적 사유"라고 했는데 김미령 시인 또한 존재자의 본질이나 속성에 대한 인식이 철학적 깨달음으로 연결되고 있다. 현상을 통한 존재자의 본질이나 속성을 통해 발화된 시적 사유가 기하학적인 상상력을 통해서 실존적 문제들로 의미화된다.

기하학(幾何學, geometry)은 '도형에 관한 학문'으로, 김미령은 이 이미지들이 가진 상징성을 통해서 인간론을 존재론으로 변형하는데 참으로 흥미로운 발상이다.

한쪽으로만 입고리가 올라가던 배우는 하나의 표정만 남기고 영원히 사라
졌다

너의 머리카락 중 하나의 컬만 유일하게 웃는다

자신이 가장 혐오하는 방향으로 휘어지는 서명

남자의 붓끝은 그의 삶을 비기기 위해 수많은 곡선을 낭비했다

잎의 운전, 잎은 떨어지는 바람을 거스르는 방향으로 몸을 비튼다.

…(중략)…

박명의 가수가 빛나는 커브를 노래에 새기듯

손목 스냅으로 창가의 약병을 흔들 듯

일생 동안 네 냄새는 그 골목을 돌아 나와야 내게로 온다

어쩔 수 없이 자기에게로

턴-하는

―「웨이브」 부분

　　인용 시의 발화는 배우의 표정을 인식하는 지점에서 비롯된다. 시청각적
매체가 발달한 현대사회에서 배우의 연기는 일상에서 흔히 볼 수 있는 것이
다. 김미령의 시들은 주로 어떤 대상에 대한 인식에서 비롯되지만 어떤 것
들은 철학적 깨달음의 인식을 동반하는 것들이 있다. 이 시의 첫 문장인 "한

쪽으로만 입고리가 올라가던 배우는 하나의 표정만 남기고 영원히 사라졌다"는 말은 배우가 가지고 있는 다중적인 얼굴에서 시인이 하나의 표정만을 선택적으로 표현한 말이다. 질 들뢰즈(Gilles Deleuze)에 의하면 이미지란 우리가 세계 내에서 일부만을 선택으로 지각한 것이다. 첫 문장은 시인에 의해 선택적으로 지각된 감정 이미지이다. 김미령의 인식은 그것이 생명의 본질이든 사물의 속성이든 간에 움직임과 상관이 있다. 움직임은 그 자체로 시간의 개념을 내포하고 있는 것으로 감각과 의식, 무의식이 동시에 작동하면서 생성된 이미지다. 하지만 움직임의 주체가 인간일 때는 인간론이지만 움직임의 도식을 벗어날 때는 이미지 자체가 주체가 되는 존재론이다. 김미령의 시에서 시적 주체들의 실존성이 기하학적 이미지들로 변주되어 상징화되면서 인간론이 존재론으로 변형된 것이다.

시에서 보듯 움직이는 주체로서 지각되는 배우의 실존성은 하나의 표정, 즉 "컬"이라는 기하학적 도형으로 인식된다. 컬은 "자신이 가장 혐오하는 방향으로 휘어지는 서명"이며 "삶을 비기기 위해" 수없이 낭비된 곡선이며, "박명의 가수" 오랜 고통 끝에 얻어낸 "빛나는 커브"이다. "컬"은 배우가 가지고 있는 태생적인 실존성이자 우리 모두의 실존적인 표상이다. 배우의 특징적인 실존성을 행동 주체가 없는 곡선으로 변주하는 것은 실존적인 역사를 무시간으로 만들어버리는 것이다. 인간의 시간은 역사가 되면서 많은 의미를 갖는다. 시간이 부재하다는 말은 나의 역사가 없음을 의미하며, 과거는 물론 미래로 없음을 의미한다. 김미령이 "통통거리는 소립자" "하나의 형태를 이루는 경계" "네 얼굴에 쌓거나 뭉"(「친밀감」)친다 등 인간관계를 도형학으로 인식하는 것은 현 세계의 실존성을 부정적으로 보고 있는 것이다. 존재의 무시간성, 도형화는 비인간화의 상징으로 현재 세계가 형성해나가는 인간적 질서에 대한 부정이다.

기하학적 상상력을 통해 인간적 세계와 실존성을 부정하는 김미령의 의식은 시적 자아나 시적 주체들을 통해서 보이는데 이들은 대체로 세계에 갇혀 있다. 이들은 세계 내에서 외부로 나아가지 못하고 대체로 폐쇄적인 공간에서 반복적 도형을 그리고 있다. "양들을 묶어 어디론가 가려는 목장갑"을 낀 사람에게 "비굴해"져 (「부조리극」) 있고, "동그라미를 공중에 그"리면서 그들은 선천적으로 "견디는 것을 숭배"(「오메가들이 운집한 이상한 거리의 겨울」) 한다. 세계를 "서서 사랑하는 방/울타리 안"으로 인식하고 있으며 관계라는 것이 "관계가 관계에게 비슷한 동작을 가르쳐 주고 있"(「기린 무늬 속으로」)는 것이라는 표현은 시인이 세계관과 존재자의 실존성에 대한 인식을 표상하는 말이다. 인간적 존재성이나 실존성이 어떤 거대한 권력이나 힘의 질서에 갇혀 있다는 인식을 한 것이다. "수동성은 가학"(「회전체」), 즉 인간은 여러 형태의 상징 폭력 앞에서 무기력하며, 수동적인 존재로서 한정된 삶을 살아갈 수밖에 없다고 보고 있는 것이다. 역사나 사회와 같은 거시적 담론을 배제하고 일상에 전착하는 것은 어떤 면에서 역사와 정치 등 거대 담론에 갇혀 있는 인간의 실존성을 비판하는 것이기도 하다. 김미령이 기하학적 상상력을 통해 시적 자아나 주체들을 비인간화하면서 역사적 의미를 부정하는 것은 의도적으로 회피하는 심리가 아닐까도 싶다

이런 세계에 대한 부정성을 간접적으로 드러낸 것이 세계를 깨뜨리고, 탈주체하려는 전복적 인식의 시적 형식이다. 시인의 언어는 시인이 인식하는 세계이며 심리적 구조이다. 세계를 "탑 위의 작은 방", 갇혀서 "끝없이 놀이"(「무용」)를 할 수밖에 없는 곳으로 인식하고 있다. 갇힌 자로서의 놀이 중 하나가 시를 쓰는 행위, 인간의 실존성을 도형화하는 시적 형식이다. 우주를 "풀과 고기가 엉킨 기하학적인 구성물"로 보고 있는 시인은 상상을 통해 "부위별로 혐의점을 기록"하는(「영양 좋은 양질의 양송이」) 시쓰기를 통해 세계를 전복하려는 것이다. 이것은 곧 존재자의 본질이나 속성, 현상을 인식하는 것으로, 시인이 「테트리스가 끝난 벽」에서 말한 것처럼 시읽기를 퍼즐

게임이나 벽돌 깨기와 같은 양상으로 만든다.

　김미령 시는 세계나 대상에 대한 주관은 갖고 있지만 행간과 행간의 거리가 멀다. 독자들은 시를 읽으면서 행간 속에 은닉되어 있는 의미를 찾아야 한다. 시인은 일종의 게임 설계자이다. 시에서 "멈추지 않는 것이 유일한 나의 문법"이라고 그녀가 말한 것처럼 시쓰기는 "손끝에서 끝없이 벽돌 조각이 태어나"는 것으로 생각한다. 이런 시들의 읽기는 "백색 퍼즐처럼/모두 무의미한 형태"로 "다 맞추면 기억이 깨끗이 지워"진다. 퍼즐은 완벽하게 맞춘 뒤에야 완성된 그림을 볼 수 있다. 행간과 행간의 유기성을 파괴되면서 낯설게 끼여드는 존재자의 현상(일상 이미지)이나 인식적 이미지들이 개성이라 할 수 있다.

　하지만 이러한 문맥의 유기성을 의도적으로 파괴하는 시적 방법론은 두 번째 시집 『우리가 동시에 여기 있다는 소문』에서는 문맥의 유기성을 살리면서 서사를 이루는 방향으로 나아간다. 세계를 비판하면서 전복하려는 시적 형식은 두 번째 시집에서 주체의 퇴장이나 소멸을 상징하는 일상의 미세학으로 변형된다. 첫 시집에는 '나'를 화자로 하면서 주관적인 의식을 드러내는 시들이 많다면 두 번째 시집에서는 "그"라는 3인칭 관점을 많이 사용하면서 화자의 주관성을 약화하고 있다. 한 인물을 중심으로 한 객관적 묘사가 거의 한 공간에서 이루어진다는 점에서 마치 감시카메라를 단 듯한 느낌을 준다. 또한 초점이 사물의 본질에서 행위로 변주되어 있다. 이러한 관점의 변화는 자동적으로 행간과 행간의 유기성으로 연결이 되어 하나의 사건이나 서사를 이루고 있다. 첫 시집과는 달리 시적 구성의 완결성과 인간에 대한 관심이 많아진 것 같다. 이 부분은 개인적으로 흥미로운 부분이다.

　「조트로프」, 「방문객」, 「모션픽쳐」, 「가볍고 무의미한 수많은 정지 중 하나」 등의 특히 Ⅱ장(무수한 몸짓의 반복 속에서) 시들을 보면 시인의 눈이 일상을 관찰하는 미세한 카메라처럼 대상의 주변부를 관찰하고 있다. 「수행성」

　　　　　　　　　　　　제1부　디지털 자아와 감정의 양식화

이라는 시의 일부를 보면 "그는 움직임을 쌓는다. 움직임을 나열하고 있다. 보폭과 보폭 사이에서 일어나는 변화를 그것을 관찰하는 일의 지난함을 다음으로 건너가기 위한 새로운 의욕들을 기다리면서"라는 말은 두 번째 시집의 시적 방법론을 연상하게 하는 문장이다. 「에어 볼」 같은 몇몇 시들은 오규원의 날이미지(선택적 리얼리티)를 연상하게 한다. 이런 시들의 특징은 시인의 논평이나 해석을 자제하고 시의 의미를 독자의 판단에 맡기는 것이다, 아래 시는 미세한 관찰자 시점으로 쓴 표층시이다.

> 그는 가려진다 신호등 옆에 서 있는 그가 지나가는 대형 트레일러에 자꾸 가려진다. 어제는 8부두 오늘은 제7부두의 입구에서 연달아 지나가는 트레일러에 조금씩 지워진다 담배를 피우고 있는 그는
>
> 시계를 보면서 시계 속에서 어떤 기억을 꺼내고 있는 그는 트레일러와 트레일러 사이의 빛 속에 나타났다 나타나지 않는다 열리고 열리지 않는다 궁리하고 궁리하지 않다가 놓치고 머뭇거리고 짧아지고 다시 돌아와 그를 재생한다 잠시 머물렀던 담배 연기가 멈춘 자리에서 다시 떠난다.
>
> …(중략)…
>
> 그곳에서 이곳으로 건너오지 못한다 트레일러가 지나간다 멀리 휘어진 반환점들의 둘레를 돌아 부두의 세계로 돌아가고 있다.
>
> ─「조트로프」 부분

조트로프라는 제목을 가진 이 시는 시적 인물을 중심으로 주변의 반복적 상황을 묘사하고 있다. 인물은 한 장소에 고정되어 있고, 반복적으로 오가는 트레일러 등 인물을 중심으로 일어나는 변화를 냉담하게 시치미 떼며 묘사하고 있다. 조트로프란 애니메이션과 같이 움직이는 영상을 만들 때 그림

을 빠르게 돌려 연속 동작을 만들어내는 원리와 같은 장난감 장치이다. 시인은 의도적으로 시적 장면을 조트로프처럼 조직화하고 있지만 시인의 논평이나 해석 없이 인물 주변의 장면들을 객관적으로 묘사했다는 점에서 표층시이다. 이런 시점은 마치 카메라와 같은 기계의 기능을 하므로 인간적인 감정은 존재하지 않는다. 이런 시들은 의미에 대한 판단을 독자에게 맡기기 때문에 미적 거리(시적 거리)가 멀 수밖에 없다. 그리고 총총한 행간의 거리는 서사구조를 약화시키는 기능을 한다. 언술 내용의 주체(주인공)와 언술 행위의 주체(화자 또는 시인)가 구분되는 표층시는 세계(시든 현실이든)와 동화될 수 없는 시인의 전략 중 하나이다. 김준오는 이러한 것을 '위기의 허무주의'라고 칭한다. 두 번째 시집에서 스타일 시대의 한 유형인 표층시는 현실도피적 태도나 체험의 빈곤을 견디려는 징후로 해석된다. 김미령 시의 대부분이 화자가 수동적이며, 욕망이 없어 보이는 무기력에 빠져 있다. 현실에서 벗어나고자 하는 의식이 탈주체적 탈기표적인 시의 형식으로 나타난 듯하다. 세계에 대한 부정성을 드러내면서 이를 전복하려는 비판의식이 두 번째 시집에서는 또 다른 형식으로 변화된 주체의 퇴장이나 소멸을 상징하는 미세학인 표층시로 나타난 것이다.

짧은 시력인데도 김미령은 퍼즐 게임 같은 시적 형식을 일상 미세학으로 발전시키면서 개성화하였다. 여러 권의 시집을 내면서도 변화가 없는 일부 시인들에 비하면 시적 형식의 측면에서는 꽤 능동적인 행로를 취하고 있다. 하지만 시적 세계의 깊이와 아우라를 더하는 소재가 단순하다는 한계는 있다. 엄밀히 따져보면 다른 형식을 갖고 있지만 소재들의 유사성은 김미령이 고민해야 할 화두이다.

 　　　　　　　　　　　　제1부 디지털 자아와 감정의 양식화

악극적 자아와 유령적 타자 사이의 암전

— 서화성, 『언제나 타인처럼』

현대는 다양한 인격을 가진 얼굴을 갖고 있다. 인류가 만든 문명적 질서와 거대한 사회체제는 자연의 민낯을 외면하고, 우리는 수많은 상징체계에 갇혀 산다. 시의 미학 또한 날것의 감정보다는 상징화와 해체로 나아가면서 가면적 자아나 다중화된 인격이 많이 등장한다. 이것은 시대의 문화가 장르와 장르를 융합하는 하이브리드 현상으로 나아가고, 가상공간이 현실의 일부가 되어가는 세계의 복잡한 구조와 무관하지 않다. 세계가 복잡해지는 만큼 여러 개의 정체성으로 분열되는 우리의 존재성은 술래잡기하듯 숨어 있고, 비가시적인 타자에 대한 의혹은 누군가와 쉽게 소통을 하지 못하는 요인이 된다.

서화성이 이번에 낸 시집에도 이런 소통의 문제가 화두로 자리하고 있다. 그가 형상화하고 있는 시적 자아나 시적 주체들은 소통 불능을 겪고 있는데, 흥미로운 것은 시집 전체를 관통하는 일관된 의식이 다른 형식이라는 그릇에 세팅되면서 의미가 확장되고 변형된다는 점이다. 고통스러운 현실에 직면해서 드러내는 날것의 감정과 현실을 이성적으로 가공하는 의식 등을 실험적인 시적 형식에 담는다. 날것의 감정과 희곡 형식, 어두운 현실과 서술적 화법, 그리고 가면적 인격과 소외기법 등 시적 정서와 연극 장르의 융합이라는 파격적인 시적 형식을 전략으로 삼고 있다.

이렇게 한 시집 안에서 모색하는 다양한 시적 형식의 의미는 무엇일까? 시인의 의도적 배치일까? 시적 세계를 변화하는 과정에서 생긴 자연스러운 공존일까? 그것에 대한 해명은 시인의 몫이겠지만 시를 읽는 독자 입장에서는 여러 형식의 동시 공존이 창출해내는 의미가 흥미롭게 다가온다. 시적 정서와 시적 형식이 묘하게 어우러져 시너지 효과를 내는 이번 시집은 그래서 읽는 재미가 있다.

1막 : 소통 욕망의 심리적 장치, 악극 형식

이번 시집에서 보이는 가장 큰 내용적 특징은 소통 불능 의식이다. 시가 어떤 현실과 형식을 차용했든 전체적인 큰 맥락에는 소통 불능이 내재되어 있다. 소통은 행복하게 사는 요건 중 하나이다. 누군가와 소통하면서 존재 이유를 찾는 것이 인간인 만큼 원활하지 않은 심리적 관계는 마음에 상흔을 남긴다. 불편이 지속되면 고통이 되고, 그 고통은 쉽게 지워지지 않는 심리적인 낙인(烙印), 트라우마로 남게 된다. 어려운 현실에 직면하면 삐죽삐죽 솟아나는 주머니 속 송곳, 그것이 시에서 보이는 소통 불능의 정서이다.

서화성은 소통 불능에 대한 트라우마를 주로 가족사와 관련된 시로 드러낸다. 정신분석학의 측면에서 볼 때 억압한 것에는 그와 반대되는 것이 내재되어 있다. 이런 역설적 심리를 서화성은 내용이 아닌 형식을 통해서 보여주고 있는데 그것이 연극적 요소를 시에 차용한 것이다. 소통 불능의 정서를 희곡 형식에 담아 소통하고자 욕망을 보여주는, 이중적 구조의 이중적 심리 장치를 사용하고 있다.

    제1부 디지털 자아와 감정의 양식화

등장인물
아버지
어머니
아들

무대
초가집, 마당이 있으며 사립문이 반쯤 열려있다.

추운겨울, 방안

바람이 분다. 며칠째 아들은 잠을 자지 못한다. 아들을 지키는 어머니, 이틀째 자장가다. 한쪽에 우두커니 밥상이 있다. 김이 빠진 고봉밥과 식어버린 된장국, 김치가 전부다. 온통 방안이 김치냄새와 된장냄새지만 맡을 수가 없다. 그저 한숨과 눈물과 기침소리뿐,

어머니 자장자장 우리 아가,

자장가에 아들은 눈물을 흘린다. 이틀째 눈물이다. 이틀 동안 눈이 그치지 않는다. 어느새 마당은 고봉밥처럼 눈이 쌓인다. 아버지는 어떻게 읍내로 갔는지 모른다. 이게 전부 내 탓이다, 며 어머니는 눈물을 흘린다. 아들은 갈수록 기침소리가 메마르고 갈라진다.

…(중략)…

어머니 이 영감탱이가, 아가 죽게 생겼는데
아들　난 괜찮타, 엄…마…

자전거 벨소리가 들리다만다. 그 소리에 문을 여는 어머니. 눈보라 때문에 앞이 안 보인다. 어머니는 몇 번이나 불러보지만 아버지는 소리를 듣지 못한다. 아버지는 넘어진 자전거를 세우려 하지만 힘이 부친다. 달이 뜬다. 어머

니는 지쳐서 그만 잠이 든 아들에게 자장가를 불러준다.

어머니 자장자장 우리 아가,

눈사람이 되어버린 아버지. 암전

―「알약을 먹다」 부분

남편 당신, 김치 맛은

아버지가 배를 탄 후, 하늘을 쳐다보는 날이 많아졌다.
그해 김장은 이전처럼 맛이 나지 않았으며 말수가 줄어들었다.
운동장 열 두 바퀴는 손바닥만큼 작았다.
가마솥을 목욕탕처럼 말한 적이 있었다.
당신 손에서 김치 냄새가 있었으며 된장찌개가 끓고 있었다.

나 엄마, 다음 주에

봄을 기다리는 매화처럼 당신은 그 말을 믿었다.
고목나무처럼 말라가는 당신 때문에 잠을 자지 못했다.

나 이렇게 누워 있으면 어떻게 하노, 얼른

당신은 그 말이 무슨 뜻이냐며 웃기만 하였다.

나 아들 이름 한 번만,

당신은 그 말이 무슨 뜻이냐며 계속 웃기만 하였다.
오래된 농담처럼,

―「꼭꼭 숨어라, 저승꽃 2」 부분

          제1부 디지털 자아와 감정의 양식화

서화성은 가족 간 소통 불능의 상황을 희곡이라는 틀에 넣어 형상화한다. 시에서 시적 주체들은 어려운 가정의 환경으로 인해서 의도하지 않은 소통의 단절을 겪고 있다. 가족의 구심점인 아버지는 늘 집이 아닌 외부에 존재한다. 정신적 구심점이자 안식처로서의 아버지 부재는 가족 간의 소통 불능을 낳고, 심리적 나비효과는 가족 내의 소통 불능으로 이어진다. 아버지에 대한 그리움에 젖어 있는 어머니에게 건네는 '나'의 말은 언제나 쓸쓸한 웃음으로 되돌아온다. 심리적인 여유가 없는 어머니가 무심코 한 행동은 아들과 어머니 사이를 단절시킨다. 심리적 소외로 인해 가족 각각은 고립감과 불행하고 우울한 파토스적인 감정에 빠져 있다.

이런 심리적 현실을 상징화한 것이 "암전"이라는 표현이다. 늘 조명을 기다리는 "암전"은 다음 무대를 준비하는 시간이라는 점에서 영원한 절망은 아니지만 반복적 암전은 다음 상황이 전개되지 않을 거라는 심리적 불안에 빠지게 한다. 때문에 그것을 해소하자는 심리가 동시 공존한다. 하지만 현실에서 욕망이 실현될 가능성은 희박하다. 이럴 때 바라보게 되는 것이 현실 밖에 존재하는 세계인데, 서화성은 시가 아닌 다른 예술적 형식이 갖는 특징과 의미를 통해 시적 문제를 해결하려는 시도를 한다.

서화성은 시에 연극 무대라는 형식의 설정을 통해서, 자신의 과거를 공간적으로 현재화하고, 대사와 행동, 해설 등의 방법으로 독자와 소통을 하는 방식을 취한다. 희곡은 무대 상연을 목적으로 하는 장르라서 소통의 방법이 시보다는 개방적이다. 누군가에게 소통 불능의 나를 능동적으로 보여주고, 상대가 알아주기를 바라는 심리적 장치로 사용한 새로운 시적 화법이다.

그런데 흥미로운 곳은 이 시적 화법에서 악극적 정서가 느껴진다는 것이다. 악극(樂劇, Musikdrama)은 가창 중심으로 전개되는 오페라에 대한 비판과 반성으로 발생한 음악극의 한 형식이다. 음악적 요소에 문학적 요소와 연극적 요소를 결합한 것으로, 우리나라에서는 힘들고 어려운 시대에 많이 번성하였다. 여러 장르의 융합이라는 진보적인 형식인데도 불구하고 주제나 정서가 인간이 가지고 있는 본래적인 감정, 즉 가식적이지 않은 날것의 감정을 주로 표현하거나 자극하기 때문에 가장 민중적 정서를 소통하는 장르로 인식되고 있다. 가공하지 않는 인간적인 정서로 시대적 불행과 민중의 고통을 대변해주는 심리적 카타르시스 역할을 한 장르이다. 서화성 시 또한 악극이 가지고 있는 시와 연극, 날것의 정서가 융합되어 민중적인 정서를 유발한다. 본능적 감정 중에도 한과 같은 그런 정서가 담겨 있다. 연극적인 요소의 대사와 해설을 통해 보여주는 위 시들은 시 장르의 본질이라 할 수 있는 언어미학과 음악성 그리고 무대를 보는 듯한 연극적 요소와 진솔한 감정이 민낯을 드러내면서 악극적 정서를 유발하고 있다. 실험적인 희곡 형식에 날것의 시적 정서가 융합되어 만들어진 시너지 효과라 할 수 있다.

새로운 시적 형식이면서 소통 욕망을 드러내는 심리적 장치로 사용한 희곡 형식은 사회적으로 소외된 이들을 형상화하는 시에서는 감정을 약간 가공한 상태로 형상화된다.

헉헉대는 병실에서 열흘째 혼자다.
바람이 손님처럼 들어온다. 그마저도,
10원을 거리에 버렸다. 아무도 돌아보는 사람이 없다.
구둣방 박씨는 땅거미처럼 일찍 찾아온다.
그림자처럼 등가죽이 말라있었다.

박씨 아직 해가 떨어질 시간이 멀었는데

…(중략)…

박씨 바람은 사라지는 속도와 방향을 모르지

  제1부 디지털 자아와 감정의 양식화

　　한나절 더위에 깜박거렸던 신호등,

　　69번 버스정류장에 울리는 종소리에서

　　10년 전 그때처럼, 박씨는 의자에 앉아 있었다.

　　어느새 가로등은 새 옷을 입는다.

　　시커먼 도화지가 온통 하얗게 변해버린 그곳,

　　도시의 거리, 담배를 피운다.

　　장마처럼 비가 내리기 시작했다.

　　뜬눈으로 보냈던 어느 고갯길 여름밤을 지나

　　연기가 되어버린 박씨,

—「구둣방 박씨」 부분

이 시는 가족사를 형상화한 시와 같이 희곡 형식을 차용하고 있다. 그런데 이 시에서 연극적 언어는 날것의 감정에서 벗어나 좀 더 상징화되어 있다. 대상에 대해 객관적 시선을 가진 이 시는 시적 세계의 확대 가능성을 보여주는 시이다. 소통하지 못하는 시적 주체라는 점에서는 가족사의 시들과 동일하지만 언어가 좀 더 미학적으로 가공되었다는 점에서 날것의 감정과는 변별되고 있다. 언어의 미학적 가공은 정서의 미학적 가공으로 이어지기 때문에 시를 읽는 독자들에게 전달되는 공감력과 심미적 가치는 달라진다.

〈AI〉라는 영화의 대사 중 "인간은 예술을 통해서 삶의 의미를 찾는 존재"라는 말이 있다. 이 대사는 심미적 가치의 중요성을 말하는 것으로, 인간이 살아가는 이유 중 하나가 예술적 가치관이라고 말하는 것이다. 인간이 동물과 다른 것은 감정을 정화하고, 통제하고, 승화하여 심미적으로 즐길 줄 알기 때문이다. 누군가는 "인간과 짐승의 경계가 해학과 풍자"라고 했다. 불행과 고통을 직접적으로 내뱉지 않고, 승화하여 웃음으로 만들 수 있는 존재, 그것이 인간이다. 그런 점에서 시적 언어에 내포되어 있는 미학적 측면은 날것의 언어와는 달리 심미적으로 전달되기 때문에 공감적 파동을 더 많이 일으킨다. 날것의 슬픔보다는 정제된 슬픔이 더 오랫동안 심금을 울리고, 오랫동안 진동을 갖고 있기 때문에 시인들이 언어를 탁마하려고 애를 쓰고 있는 게 아닐까?

고통이나 불행을 전제로 하는 감정이 본능에 가까울수록 사회화가 덜 된 것이라 할 수 있다. 처절한 고통이나 슬픔 앞에서 가공적인 표정이나 말을 사용할 사람은 거의 없을 것이다. 가장 신파적일 때 심리적 카타르시스 효과는 크다. 아무런 눈치도 보지 않고 펑펑 쏟아내는 울음 같은 악극적 정서가 서화성 시에 나타나는 것은 가장 인간적인 방법으로 소통 불능의 트라우마를 치유하고 싶었기 때문일 것이다. 내 속에 억압된 고통을 은닉하지 않고 다 쏟아낼 때 마음은 치유가 된다. 심리적 고통을 잊고 타인과 소통될 때 나는 새로운 심리적 전환을 하게 된다. 이런 전환의 시점에 쓴 것이 이 시이다. 현실의 정서가 언어미학으로 승화된 상태, 절제된 목소리가 사회적 소외자를 관람하는 독자에게 더 많은 울림을 주며 전달되는 시이다.

1막과 2막의 막간 : 심리적 암전의 현실, 서술적 화법

민낯을 드러내는 심리적 카타르시스에도 불구하고 서화성의 현실적 자아는 여전히 암전 중이다. 시인의 내면에 있는 눈물을 펑펑 쏟아내었는데도 현실은 또 다른 소통 불능을 만들고 있다. 어두운 무대에 앉아 조명이 켜지기를 기다리며, 희망하는 세상으로 하고 싶은 대사를 혼자서 읊고 있다. 귀를 열어 두지 않은 타자에게 하는 말들. 귀를 열어주지 않는 세상에 하는 말들. 소통하고자 하는 욕망을 표출하는 또 다른 방식이 현실을 주관적으로 묘사하는 서술적 화법이다.

서화성이 소통하고자 욕망을 또 다른 형식으로 보여주는 것은 현실은 같더라도 생의 상연은 1막과 2막이 어떠한 형태든 다르기 때문이다. 또한 같은 정서적 경험이라 하더라도 시간이 심리적 암전을 변주했기 때문이다. 어

　　　　　제1부 디지털 자아와 감정의 양식화

린 화자가 성인 화자로 성장하는 가운데 변주된 심리적 암전. 소통 불능이
된 남녀를 사물화 관계로 다룬 시들이 이러한 것이다.

> 나랑 왜 결혼했어, 벽에게 말한다. 한 달째 벙어리다. 말하는 법은 이미 터
> 득했지만 기억에서 말하는 법을 잊어버렸다. 그래도 열시가 지나 내일은 오
> 겠지만 그녀는 없었다. 밤새도록 드라마는 돌고 돌아서 우리는 대화가 필요
> 해, 그녀는 없었다. TV 속 그들은 꼬리에 꼬리를 물고 옥신각신하는데 그녀
> 는 없었다. 말랑해진 기억조차 기억하기 싫은지 그녀는 없었다. 이름조차 기
> 억 저 편에 있다는 것을, 그녀는 알았다. 눈길 한번 주지 않았지만 솔직해 말
> 해 봐, 나랑 왜. 비밀은 아는 사람이 많을수록 거짓이 되고 만다. 사랑하긴 하
> 냐고, 무슨 생각을 하는지 그녀는 알았다. 아침이면 시간을 넘긴다. 쓸쓸하다
> 며 우울증이 되살아난다며 노래처럼 반복이다. 어느 밤처럼 낡은 가스등 아
> 래서 소주를 마셨다. 새벽이 오자 별은 떨어지고 돌아가야 할 집을 잃어버렸
> 다. 여전히 대화에서 그녀는 없었다.
>
> —「그림자 부부」 전문

남성 화자의 시선으로 전개되는 위 시에서 남녀는 소통 불능으로 인해 사
물화의 관계가 되어가고 있다. 화자는 끊임없이 여자와 소통을 하고 싶어
말을 걸지만 가끔은 집에 들어오는 듯한 여자는 몸은 있고 마음은 집에 없
다. 마음이 없기 때문에 대답을 하지 않는다. 인간관계에서 가장 잔인한 불
통은 무관심. TV 드라마에서처럼 싸움조차 걸어오지 않는 그런 여성을 화
자는 "벽"으로 인식한다. 여성 또한 남성을 유령으로 취급하며 "눈길 한번
주지 않"는다. 남성이나 여성은 서로의 존재를 사물화하고 있는데 생명의
사물화 인식은 상대를 불신하고 있는 심리적 현상이며 그 존재성과 실존적
가치를 인정하지 않는 심리이다.

심리적 암전을 겪는 이런 현실적 자아는 어린 화자와 별반 다르지 않다.
같은 공간에 존재하면서도 귀를 열지 않는 상대에게 끊임없이 말을 걸면서

대답을 듣지 못하는 화자. 두 시를 나란히 놓고 보면 마치 한 인물이 같은 주제로 다른 이야기하는 피카레스크식 구성을 연상하게 한다. 두 화자에게서 보이는 소통 불능의 의식은 마치 연속적으로 상연되는 장편 드라마를 보는 듯 연결되어 떠오른다. 현재의 남녀 간 소통 불능을 보여주는 이 시는 가족사 시의 변형된 이미지다. 아버지와 어머니로 표상화되어 있는 과거의 남녀는 환경적 여건에 의해 소통 불능을 겪기는 하지만 인간적인 그리움이 내재되어 있다. 환경적 문제가 만든 소통 불능이 인간적인 소통 불능으로 연결되지는 않았다. 가족의 위기나 해체의 가능성이 보이지 않았기 때문에 서로 간의 심리적 치유가 가능한 상태라 볼 수 있다. 하지만 서로의 존재를 사물로 인식해버리는 관계는 인간적인 여지가 없기 때문에 관계의 해체가 손쉽게 이루어진다.

그리고 남녀 간의 관계를 해체하는 또 하나의 원인으로 서화성은 시대에 따라 바뀐 남성과 여성의 역할과 태도를 제시한다. 현재로 올수록 능동적인 과거의 남성은 소극적으로, 소극적인 과거의 여성은 능동적으로 변주되어 있다. 성의 역할과 태도 변화는 소통을 단절하는 주체의 변화로 이어진다. 예전에는 불통의 원인이 남성이었다면 현재는 여성이 되기도 한다. 이것은 가정 내 남녀 간의 위치를 보여주는 측면인데 여성의 경제적 능력이 커지면서 남녀관계에서도 힘의 구도가 재편성된 것을 보여준 것이다. 말(言)의 힘을 잃은 남성을 통해 그들의 권위가 추락되고, 해체되어가는 것을 보여준 것이다.

서화성이 보여준 심리적인 사물화의 관계는 인간과 인간 사이의 관계에 끝나지 않는다. 인간적인 관계론은 결과론일 뿐, 사실 그 원인은 물질을 추구하는 사회의 구조와 가치관에 있다고 보고 있다. 남성이 가져야 할 능력을 물질화하고 상품화하는 사회를 풍자적으로 보여주며 사회구조와 가치관을 비판하는 것이 아래 시들이다.

제1부 디지털 자아와 감정의 양식화

사장님, 잃은 버린 남자를 찾습니다. 갑자기 수돗물이 나오지 않았어요. 해골처럼 아니 해골이 되었어요. 머리에는 수국이 자라고 있었어요. 고양이 세수도 못했어요. 어서 빨리요. 그래요, 방금 오아시스에 도착할 겁니다. 변기가 변비에 걸렸어요. 소통이 안 되고 있어요. 소통이 필요해요. 여기서 서울은요, 안방처럼 드나드는 세상인 걸요. 탱탱해진 뱃살에 어서요, 어서. 당신의 내장도 말끔하게 리모델링해 드립니다. 부부싸움도 두부 자르듯 뒤끝 없이 도배해 드립니다. 동짓날, 에어컨도 빵빵하게 냉각시키는 것은 기본이구요. 어디선가 무슨 일이 생기면 짜짜짜짜짜짱가, 당신의 짱가입니다. 밤마다 뿔뚝 서는 이런 남자 어디 없나요. 밤이면 다 되는 제발, 이런 남자처럼 어디 없나요. 딸꾹, 전국어디서나 이런 광고에 속지 마세요. 가입신청은 1588-4989, 4979. befor and after, befor and after, befor and after

—「남자를 빌려드립니다」 전문

경마장을 나서는 얼굴은 땡빛을 달고 말은 달리고 있었다. 그렇게 그을린 얼굴을 본 적이 없었다. 말 달리던 얼굴에서 말은 달리고 있었다. 한방 맞은 얼굴이다. 깡마른 지갑은 찬바람과 비례하며 말은 달리고 있었다. 등수에 밀린 기수처럼 말은 달리고 있었다. 오리무중이다. 삼통 일반 막걸리는 우승마처럼 말은 달리고 있었다. 초반부터 속을 비어낸다. 삼천 원짜리 순댓국에 빗물이 떨어지고 말은 달리고 있었다. 무게를 견디지 못했으리라. 천둥처럼 울었으며 말은 달리고 있었다. 때로는 짜다는 것을, 말은 달리고 있었다. 달려, 달려, 사는 게 매워야 하지 않겠어. 여기요, 말은 달리고 있었다. 한 병 더, 달려라 달려. 말은 달리고 있었다. 모이를 기다리는 새처럼 말은 달리고 있었다. 아들 녀석이 방긋 웃는다. 운수좋은 날처럼 마이너행 박찬호선수가 재기에 성공했다는 신문에서 말은 달리고 있었다. 십 년째 넣고 다닌다. 갈지자로 지하철 몇 번 출구인지 몰라도 말은 달리고 있었다. 무슨 그날을 위해 채찍질하듯 말은 달리고 있었다. 한방짜리, 말은 달리고 있었다. 말은 달리고 있었다.

—「쓸쓸한 계절은 항상 경마장에 있었다」 부분

　서화성은 현 사회의 남성이 가지는 심리적 방향성을 통해 물질화된 가치관을 비판한다. 사회의 근원적인 토대를 형성하고 있는 자본주의 이데올로기는 남성의 생물학적 능력과 사회학적 능력을 상품화하거나 복권화하고 있다. 이 두 능력을 많이 가진 남성일수록 여성과의 소통이 원활하고, 그 존재감과 실존적 가치가 높아진다는 것을 보여준다.

　「남자를 빌려드립니다」라는 시는 남성의 생물학적인 능력을 상품화하는 현실을 비판하고 있다. 나오지 않는 "수돗물", "변비"는 남성성의 상실을 의미하며 이것은 남녀 간의 소통 불능 원인으로 표상되어 있다. 남성의 생물학적 능력은 여성과 원활하게 소통하는 수단이자 남성의 권위를 세우는 힘으로 표현되고 있다. 여성에게 존재 가치를 인정받고, 권위를 유지하기 위해서는 돈으로라도 그것을 사서 유지하고 싶은 남성들의 마음을 이용하는 상업성을 비판하고 있다.

　왜 이렇게 남성들이 남성성에 집착하게 되는 걸까? 남성의 권위가 절대우위였던 사회에서는 이런 것이 남녀간의 소통을 방해하는 필연적 요소가 아니었다. 과거 여성이 가지고 있는 순종적 의식은 가부장적 권위를 부정할 생각을 하지 못했기 때문에 외연적인 소통은 이루어졌다. 하지만 남녀의 사회적 지위가 수평화되면서 무능력한 남성에 대한 여성의 소통 거부는 단호하다. 남성성과 물질적 조건, 사회적 지위 등 많은 것을 갖추어야 여성으로부터 인정을 받을 수 있는 현실. 하지만 생물학적인 조건을 변형하여 성적 권위를 세우려는 심리는 여성이라고 해서 다르지 않다. 얼굴과 몸을 성형하는 여성들 심리 또한 이와 마찬가지다. 생물학적인 남성성의 상품화를 풍자하는 의식에는 남녀관계마저 상품화되어가는 현실이 반영되어 있다.

　이런 물질화된 관계로 인해서 집착하게 되는 것이 돈이다. 서화성은 「쓸쓸한 계절은 항상 경마장에 있었다」를 통해서 이런 심리가 한탕주의로 이어진다는 것을 보여준다. 일확천금의 기회를 노리는 사람들 "얼굴은 땡빛 달

　　　　　　　　　　　　　　제1부 디지털 자아와 감정의 양식화

고 말을 달리고 있다". "땡빚"은 갚아야 할 부채를 의미한다는 점에서 이들은 자본주의 사회에서 패배한 자들을 상징한 말이다. 자본주의 사회에서 패배자가 승리자로 전환할 수 있는 것은 물질, 즉 돈뿐이다. 승리자로 전환하고자 하는 심리, 물질적 능력을 통해 사회적 힘과 지위를 쟁취하고자 하는 심리를 상징한 것이 그들의 얼굴에서 달리는 "말"이다. "한 방"에 인생을 역전할 수 있는 로또와 같은 행운에 당첨되는 생각은 질주하고 있는데 현실은 등에 부채를 가득 지고 가는 거북이 형상이다. 롤모델로 삼아 주머니에 넣고 다니는 "박찬호 선수"의 재기 기사는 십 년째 그대로. 타인의 한 방은 희망일 뿐 나의 한 방이 되지는 않다. "한 방"의 희망이 난무하는 경마장에 몰려드는 사람은 결국 물질만능과 자본주의 이데올로기에 젖어 피폐해지는 현대인의 자화상이다. 인간이 가진 욕망을 물질로 해결할 수 있는 사회일수록 물질적 능력이 인간을 절망으로 몰아넣는다는 걸 서화성은 보여준다. "물러 터진 귤처럼 반쯤 속살이 보이는" 경마장에서 "희망이라기보다 해돋이처럼 절망이 먼저"(「희망 부동산」) 솟아나는 현실. 반복적인 절망의 횟수만큼 추락하는 인간의 존재감과 실존적 가치. 자신이 사회로부터 소외되어 간다는 생각을 전달하기 위한 가장 쉽게 전달할 수 있는 소통 수단이 서술적 화법이다.

2막 : 다중인격의 유령적 타자, 소외기법

서화성 시에서 어려운 현실로 인한 심리적인 암전은 나의 부정과 더불어 타자나 세계를 부정하는 심리로 이어진다. 소통 불능에 대한 의식은 파격적인 행위로 시선을 끄는 부조리극의 양상으로 변주되어간다. 시적 의미를 쉽게 제시하는 게 아니라, 난해하게 제시하여 관심을 끄는, 비유기적인 문장의 병치나 시적 존재의 유령화나 다중화 방식으로 나아간다. 이러한 것은 연극적 요소가 가진 소외 기법인데, 부조리를 통해 관객을 주목하게 하여 부조리를 전달하는 비판적 의식이 담긴 형식이다. 시적 문맥이나 시적 존재들을 파괴하는 형식으로 현실에서 해결되지 않는 소통 불능의 문제를 이슈화하려는 것이다. 이러한 방식에는 아무리 노력을 해도 실체가 보이지 않는 현실에 대한 전복의식과 세계질서가 재편성되기를 바라는 욕망이 내재되어 있다.

소통 불능의 현실을 유기적인 관계가 없는 문장의 병치와 존재의 소멸화 현상으로 보여주는 시를 한번 보기로 하자.

> 벌건 대낮에 봄이 사라진 이유, 등을 밀 때마다 지우개라던 당신은 어디에 있나요? 현재 사는 곳은요? 운전은 할 수 있나요? 몸서리치도록 돼지들이 우글거린 로또는 어디서 찾을까요? 주차권은요? 하루살이처럼 한 달 치 용돈을 어떻게 하나요? 미래를 족집게처럼 본다던 그곳은 어디에 있을까요? 딱지가 말썽인 그놈 때문이지만 그놈은 어디에 숨었나요? 기억 속 아버지를 찾을 수 있을까요? 집나간 당신은 언제쯤 돌아올까요? 시원하게 등을 밀어줄까요? 벌써부터 배가 고파요? 나는 누군가요? 나를 찾아 주세요? 나는 어디로 사라져 버렸나요? 수면제 같은 너희들 어디로 갔니? 진달래 오오 진달래가 핀다면 봄이 온다던 그 봄은, 도대체 어디로 사라져 갔니?
>
> ―「콘칩을 먹으며 생각한다」 전문

이 시는 문장과 문장 간의 유기적 관계를 무시하고 병치되어 있다. 하지만 소멸되어 가는 타자의 존재들, 소통 불능의 정서를 공통분모로 하면서 의미 맥락을 형성하고 있다. 시적 자아가 접촉하면 사라지는 타자의 소멸은 심리적인 소통 불능인데 나와 관련 있는 존재는 나와의 접촉으로 인해서 지워지는 "지우개"로 표상되어 있다. 나와 접촉하면 지워지는 타자는 현실에서 내가 이루지 못한 욕망들이다. 그 욕망은 존재나 세계의 관계나 소통일 것이다. 그래서 실체를 보이지 않는 타자는 서화성이 인식하는 인간관계의 실존적 가치이다. 일반적으로 인간 간의 소통은 심리적인 측면에서 존재감

제1부 디지털 자아와 감정의 양식화

과 실존적 가치를 높인다. 때문에 나와의 관계로 존재 자체가 지워지는 것은 존재감과 실존적 가치의 마이너스를 의미한다. 그럴수록 심리적 공허감으로 인해 방황하게 된다. 시적 화자는 여기저기서 타자를 찾아보지만 오히려 이것은 과거 속에 존재하는 인간관계까지 희미하게 한다. 현실로 인한 심리적 부정이 나의 역사를 만든 인간관계까지 회의감이 들도록 만드는 것이다.

인간이 가장 인간다운 것은 과거의 존재성을 확인해주는 '기억'이라는 것이 있기 때문이다. 기억은 과거와 현재를 연결해 연속성을 갖게 해주는데, "기억 속 아버지"가 사라진다는 것은 나의 역사가 말살된다는 것을 의미한다. 과거 속에 내가 없으면 현재의 내가 소멸한다는 것을 서화성은 내가 누구인가를 찾는 독백으로 보여준다. 나와 아버지와의 실존적 가치가 소멸하면서 현재의 실존적 가치가 무의미해진다. 타자와의 소통 불능이 존재와 시간의 심리적인 죽음으로 이어진 것이다. 병치적 문장과 소통 불능의 정서가 융합되면서 나의 존재와 역사를 무화(無化)시키는 방법을 사용하고 있다.

서화성이 시적 전략으로 사용하는 존재의 무화는, 현실의 부조리를 시적 부조리로 인식시킨다는 의도가 있기 때문에 심리적인 죽음 뒤에는 강렬한 신생 욕망이 내재되어 있다. 부활하고자 하는 욕망을 구체화한 것이 시적 주체를 유령화한 것이다.

> 그는 죽었고 작년에 죽었고 내년에 죽었다
> 그런 그는 난데없이 전화기에 대고 고함을 쳤고
> 수첩에 없던 이름이었고 목소리에서 죽었다
> 난생 처음 먹어본다며 간장소스를 듬뿍 칠한
> 그는 입술을 다시며 죽었다
> 그런 그는 전화기에서 죽었다
> 그는 수첩에서 찾던 점심메뉴에서 죽었다

화요일 같은 월요일에서 그런 그는 죽었다
술집에 박힌 그는 지진에 죽었고
그날 적었던 수첩에서 그런 그는 죽었다

—「화요일 또는 월요일」 부분

서화성은 죽었는데도 시적 주체가 느닷없이 출현하는 유령의 존재성으로 타자를 형상화한다. 유령(幽靈)은 저승에 살면서 우리가 사는 세상에 특수한 형태로 나타나는 존재이다. 시적 주체는 죽었는데 시·공간을 종횡무진하며 "난데없이 전화기에 대고 고함을 치고" "입술"에서 "수첩에서 찾던 점심 메뉴" 등에서 때로는 청각적으로, 때로는 시각적으로 출현했다가 사라진다. 유령이 나타날 때에 생기는 불가사의한 현상이 시적 공간과 시간 속에서 생기고 있는 것이다. 유령이 출몰하는 시·공간은 생전에 겪었던 양심의 가책, 두려움, 참혹한 죽음에 대한 공포, 불행이나 한 등과 관련되어 있다는 점에서 시적 주체가 소생했다는 사라지는 "전화기" "목소리" "입술" "점심 메뉴" "술집" "수첩" 등은 그러한 심리를 은유한 이미지다.

서화성이 유령화한 이미지들은 주로 소통과 관련이 있다. 전화기나 말을 하는 목소리, 서로를 마주보며 식사를 하는 자리, 술집, 수첩 등은 소통을 할 수 있는 수단이거나 장소이다. 현실에서 심리적으로 사형당한 타자와의 소통 욕망을 유령적 존재로 형상화한 것이다.

그런 점에서 서화성 시에서 나를 억압하는 타자는 다른 존재라고 말할 수가 없다. 거시적인 차원에서 심리적 타자는 다른 존재나 어려운 현실이지만 정작 가면적 인격을 쓰고 있는 것은 자신의 내면에서 분열된 또 다른 자아이다. 일상에서 느끼는 수많은 절망이 현실에 대한 불신이, 수많은 나의 죽음과 신생으로 상징화된 것은 시적 자아의 내적 갈등을 가면화한 것이다.

이렇듯 심리적으로 반복되는 죽음은 고통이 영원히 지속되는 시지프스의 형벌이다. 형벌에 대한 도피적 성향, 심리적 방어기제로서 나타난 것이 시

　　　　제1부 디지털 자아와 감정의 양식화

적 인격을 다중화하는 시적 형식이다.

> h는 무대에서 종이비행기를 날린다
> h는 의자에 앉아서 h라는 시를 읽는다
> h는 허무주의자이며 공상주의자다
> h는 낮과 밤이 다른 이중적인 여자다
> h는 종이비행기를 타고 두 번째 사랑을 한다
> h는 바람 끼가 다분한 여자다
> h는 겉으로는 순진하다가 발광을 좋아한다
> h는 술살이 부풀어 간이 배 밖에 나온 여자다
> h는 밤마다 새소리를 내며 앙탈하는 여자다
> h는 사랑이 끝나면 국수를 말아 먹는 여자다
> h는 그러다가 여배우처럼 눈물을 흘린다
> h는 웃음이 반전인 매력적인 여자다
> h는 하지만 대칭보다 대조를 좋아하는 여자다
> h는 다시 말해 큰방에서 독신을 고집하는 여자다
> h는 속살이 매력적이며 밤마다 국수를 좋아한다
> h는 부침개보다 찌짐이 어울리는 여자다
> h는 국수보다 성감대가 발달한 남자다
> 그래서 나는 h라고 부른다

—「h」 전문

하나의 시적 주체 속에는 여성과 남성 두 개의 정체성이 내재되어 있다. "여자"이면서 "남자"인 "h"는 하나의 몸에 두 개의 정체성이 들어 있는 다중인격(mulitiple personality)의 주체이다. 정신분석학인 측면에서 볼 때 다중인격의 출현은 고통스러운 현실을 회피하는 심리로, 사고·감정·기억 등의 정신적 요소들에 대한 통제와 의식적 지각을 상실한 정신분열증이다. 시적 주체인 "h" 또한 두 개의 성정체성을 가지고 있을 뿐 아니라, "사랑이 끝나면 국수를 말아 먹"다가 "여배우처럼 눈을 흘"리는 등 감정의 통제가 되지 않는다. "h"는 "낮과 밤" 이중으로 분열되어 있는 "허무주의자" "공상주의자"였다가 "바람 끼가 다분"한 사고를 가진 의식의 주체성이 없는 존재이다.

서화성이 이런 시적 주체를 "h"라고 명명하면서 독자에게 하고 싶었던 전언은 무엇이었을까? 다중인격을 가진 상징화된 존재. 어떤 존재를 대입해도 상관없는 무(無)개성의 존재. 존재를 일반화함으로써 자신을 상쇄해버리는 전략이다. 그래서 상징화된 시적 주체는 심리적으로 소멸한 '나'이면서, 나를 억압하는 '타자'이고, 세계이다. 어떤 면에서 여러 개의 주체가 섞여 있는 다중적 인격은 한 덩이에 여러 개의 자아가 얽혀 있는 카오스적 자아라 할 수 있다. 카오스적 자아는 나와 타자의 경계가 없는 우주적 자아로 소통의 합일체(合一體)라고 할 수 있다. 소통 욕망에 대한 간절한 소망이 반영된 시적 형식이 아닐까 싶다.

현실에서 겪은 악몽을 현실 밖에서 재현하는 것은 트라우마를 주는 주체인 현실이 그것을 수용하지 못할 거라는 심리가 작용한 탓이라고 슬라보예 지젝(Slavoj Žižek)은 말한다. 서화성이 다른 장르의 형식과 시적 정서의 융합을 통해서 소통 불능의 화두를 전달하려고 했던 것은 이와 같은 맥락이다. 문장들의 비유기적인 병치나 시적 존재들의 유령화나 다중인격화 등은 시인의 소통 욕망을 변형한 심리적 장치인 것이다.

이렇듯 서화성이 이번 시집에서 시도한 실험적인 형식들은 소통 불능을 해소하려는 욕망과 맞물려 있다. 어린 시절에 생긴 소통 불능의 트라우마는 어려운 현실로 인해서 성인이 되어서도 해소되지 않았고, 그것은 나와 타자, 세계에 대한 부정의식을 갖게 하는 원인이 되었다. 어두운 현실로 인한 반복적인 절망이 만들어낸 서화성의 심리적 암전은 시인으로서 현실의 존

　　　　　제1부 디지털 자아와 감정의 양식화

재감과 실존적 가치를 탐색할 수밖에 없는 요인이 되었다. 타자와 쉽게 소통할 수 없는 존재들. 세계에서 사회적 소외자로 사는 이들을 주목해주기를 바라는 염원으로 표출되었다.

이러한 염원과 소통 욕망을 강하게 드러낸 심리적 장치가 실험적인 시적 형식이다. 희곡 형식, 서술적 화법, 소외 기법 등을 통해 같은 시적 의식을 다른 방식으로 전달하는 실험을 시도 하였다. 시적 정서를 형상화하는 데에 있어 차용한 다른 장르의 형식은 시너지 효과를 높여 폭넓은 의미를 창출하는 데에 기여했다. 다른 모양의 그릇에 정서를 달리 세팅함으로써 다른 효과를 얻고 있다. 이것이 이번 시집의 시적 성과인 동시에 의미라 할 수 있다. 하지만 형식적인 실험의 다양성과는 달리 시안(詩眼)이나 시적 정서가 시인의 내부에 많이 머물러 있다. 이것은 그동안 서화성이 너무 소통 불능의 문제에 전착했기 때문일 것이다. 시에는 마음을 치유하는 기능이 있으므로, 이번 시집이 시인의 정신을 튼실하게 가꾸었으리라 본다. 현실은 불행하더라도 시를 쓰는 시인은 불행하지 않기 때문에, 시라는 지렛대가 그를 세상으로 훨훨 날게 해줄 것이다. 움츠렸던 날개를 펴고 당당하게 세상으로 나아가는 그의 시적 여정, 세상과 시원하게 소통하는 그의 다음 시집을 기대해본다.

생장(生長)의 존재감, 오벨리스크 주술성

— 전기웅, 『오벨리스크』

전기웅의 시에서 상징어들은 신비한 아우라를 형성한다. 몽환적 분위기가 가진 상상력의 메커니즘이 만들어내는 그의 시에는 일상성이 은폐되어 있다. 기하학적인 문명의 언어보다는 우주론적으로 생성된 물질 언어를 통해서 심리적 행로를 밟아간다. 모호한 상징어들은 자칫 그의 시가 낭만적이라 생각할 수 있게 한다. 하지만 그의 시를 자발적 감정을 토로하는 낭만주의 시로 보기에는 무리가 있다. 원래 이성과 감성은 대립적 위치에 있지 않다. 기쁨과 고뇌, 희망과 절망이라는 양(陽)과 음(陰)이 가지는 감정의 진동은 야누스 얼굴이다. 이성과 감성은 한 몸의 다른 양면인 것이다. 진실은 보는 이가 어느 쪽을 보느냐에 따라 달리 전달된다. 원초적인 자연 언어인 바다와 물 그리고 모래 등 주로 물질을 소재로 사용한 그의 시들은 아주 치밀한 전략에 의해서 쓴 것들이다.

이번 시집은 1부 수(水), 2부 금(金), 3부 토(土), 4부 화(火), 5부 목(木)으로 구성되어 있는데 점성가들이 세상을 보는 원리를 적용하고 있다. 지구에서 가장 멀리 떨어진 곳에서 운행되는 토성, 목성, 화성, 태양, 금성, 수성 그리고 가장 가까운 거리에서 지구를 돌고 있는 달 등 일곱 개 별의 신(神)이 시간을 다스린다고 보는 점성가의 시각이 들어 있다. 전기웅은 시집의 구성체계를 우주론의 현상에 근거해서 배열하는데 그것은 우리의 일상이나 삶이 우주의 한 현상이라 생각한 듯하다.

이러한 그의 의도는 시를 구성하는 소재들이 요일의 이름을 상징하고 있는 불, 물, 나무, 쇠, 흙과 태양을 상징하는 일(日)을 중심으로 사용하고 있는 데서도 알 수 있다. 물질 언어들을 시적 정서를 표상하는 상징어로 사용하고 있다. 특히, 생명이 성장하는 과정을 표상하는 '오벨리스크'의 사용은 주목할 만한 것이다. 그는 인간의 삶을 존재가 성장하기 위한 세포분열, 탄생과 죽음의 간극 사이에서 이루어지는 생명체의 몸부림으로 보고 있다. 존재의 몸부림은 주로 물의 속성을 통해서 비유되는데, 생명이 존재하는 필연성과 존재해야 될 필연성을 가진 물은 개체성을 고통으로 몰아넣는 집단성으로 표현된다. 집단성 안에서 인식되는 주체성의 결핍은 존재를 변화시키는 욕망의 가열성으로 변환되고, 그로 인해 자유를 얻은 몸은 죽음에 이르게 된다는 논리에까지 이르고 있다.

그는 이러한 변이과정을 '오벨리스크'라고 한다. 그의 시에서 오벨리스크는 햇살의 형상을 하고 있지만 이집트의 오벨리스크 건축물과는 아무런 관련이 없다. 인도의 뭄바이에서 캘커타까지 배낭여행을 하는 동안 겪은 충격과 체험이 오벨리스크를 구상하는 기초가 되었다고 한 그의 말에서 짐작할 수 있듯이, "스스로 숨 쉬고 말하고 생각하고 노래하도록, 그리고 이름을 주고 싶은 그것이 오벨리스크"다. 그가 말하는 오벨리스크는 단언하기 어렵지만 생명의 존재들에게 내재되어 있는 삶, 살아가는 그 자체를 위한 경전이라 생각된다. 그가 오벨리스크 연작시를 통해서 제시한 '희망'이란 빛이 아니라, 그 빛을 지향하는 치열한 삶의 과정, 고통을 응축한 존재감이다.

이번 시집을 통해서 나타난 그의 생각은 두 가지 관점에서 크게 두드러진다. 그것은 현실세계를 고통의 응축체로 보고 있다는 사실과 자유를 죽음으로 보고 있다는 사실이다. 이러한 의식이 가능한 것은 근원적인 존재성을 삶의 미학으로 보기 때문이다.

고통의 응축체로서의 현실 — 바다 水

그의 시에서 바다는 고통을 응축체로 표상된다. 삶의 과정을 은유하고 있는 "바다로 가는 나비의 몸부림"은 인간의 고통을 미학적으로 승화시킨다. 고통이 아름다울 수 있다는 것은 얼마나 역설적인가? 어딘가에 태풍의 핵을 숨기고 있을 바다와 그것을 건너는 유약한 나비, 팔랑개비와 같은 생명의 존재는 거대한 바다가 꿈틀거릴 때마다 위협을 받는다. 하지만 그는 현실세계에서 부딪히는 고통을 희망이라 말한다.

아침 고요 속에서 바다는 유채꽃으로 덮여 있었다. 슬픔이 나를 힘들게 할 때 나는 더욱 예리한 슬픔을 찾는다.

…(중략)…

도요새들이 파도를 넘어 날아갔다. 잠 못 이룬 도요새의 눈에 바다가 잠기는 것을, 암벽 위의 보금자리에서 파도들은 열정적인 유혹으로 욕망을 충동질하고 있었다.

새끼손가락만 한 복어가 배를 부풀린 채 꼬리를 흔들었다. 초라한 저항, 그가 할 수 있는 유일한, 나는 웃었지만 심각했다. 세상을 향해 내가 내미는 것은 그저 배를 부풀리고 꼬리치는 것, 천 년이 지나고 한 손에 태평양을 받쳐 들고 거대한 웃음으로 찾아오는 아기 복어를 상상했다. 물고기를 괴물로 키우는 것은 시간만이 아니다

바다를 향해 나는 서 있다
유채꽃이 나를 들어올려

　　　제1부 디지털 자아와 감정의 양식화

저 노란 바다에 팽개칠 때 나는
소쩍새 울음을 들을 수 있을까
아지랑이 아지랑이 아지랑이
내 뼈와 살을
서슴없이 바다에 묻을 수 있을까

오벨리스크, 스며드는 내 안의 울음으로

바다 위에 몸을 누입니다. 바다 밑을 기어다니는 갑각류의 슬픔이 물을 메우고 터져 나와 노란 꽃으로 피어납니다.

—「오벨리스크─유채꽃의 바다는」 부분

유채꽃은 현실에서의 고통을 암시한다. "갑각류의 슬픔이 물을 메우고 터져"나오는 유채꽃은 고통이 아름답게 피어나는 모습이다. 어쩌면 이 한 구절은 그가 이번 시집을 통해서 말하고자 하는 모든 것일 수도 있다. 현실에서의 고통이 아름다운 꽃으로 피어나는 현상은 모든 이에게 가능한 것은 아니다. "슬픔이 나를 힘들게 할 때" 현재 나의 고통보다 더한 고통에 처해 있는 것들을 돌아다볼 때 비로소 나의 고통은 꽃으로 피어난다. 이러한 그의 인식은 앞서 말했듯이 후진국들을 여행하면서 본 충격과 체험에서 생긴 의식일 것이다. 그가 여행을 하면서 발견한 것은 단순히 가난이나 질병, 고통이 아니라 그것을 체득하면서 살아가는 인간의 내면에 대한 발견이다. 휴머니즘에서 비롯된 것이기보다는 생명에 대한 근원적인 문제에서 비롯된 삶을 인식한 것이다.

인간의 삶에 대한 그의 시적 연민은 근원적인 회귀의식을 지향한다. 최초의 존재 양식이자 모성, 그리고 놀라운 젖으로서 바다를 생명의 근거로 삼고 있다. 바다의 유채꽃에서 퍼올린 그의 상상력은 현실세계를 관통해 존재의 근원으로 거슬러 올라간다. 바다에 대한 의식은 시간이 지날수록 문명화되어 가는 게 아니라 퇴화되어 간다. 세계의 진화를 부정하는 그의 의식은 인간의 존재조차 근원적인 모습으로 형상화한다. 그가 회상하는 천년 전의 세상은 "한 손에 태평양을 받쳐 들고 거대한 웃음으로 찾아오는 아기 복어" 들이 유영하는 생태적인 모습이다. 뼈와 살이 바다에 묻히는 고통, "스며드는 내 안의 울음으로" 핀 유채꽃, 갑각류라는 가장 하등의 생명체를 통해 고통을 미학적으로 승화시킨다.

아래 시 또한 바다가 생성해내는 험난한 삶이 오히려 희망임을 역설하고 있다.

되돌릴 수 없는 세계는 되풀이되는 탈출로부터 시작된다. 순례자들의 성가신 소란을 지켜보면서 주름진 이마를 뜨거운 땀방울로 눌러댔다. 잣나무 침엽의 마디진 손가락을 잘라내는 전기톱. 발가숭이 그림자들이 갓 표백한 세척물의 순수한 열정 위로 내려앉았다.

바람을 피해 정박한 어선들은 저마다 십자가를 얹고 있었다. 방파제를 따라 도미노 패처럼 늘어선 십자가들이 출렁거렸다. 채색 창을 따라 들어온 저녁 햇살은 내부에 신비한 포근함을 주었다.

…(중략)…

나비는 태풍을 일으킨다
나비는 워터루 다리를 건넜다
나비는 눈물에 젖은 날개로
나비는 행복한

— 「오벨리스크 ― 태풍이 부는 그 아래」 부분

희망은 "되돌릴 수 없는 세계"를 되풀이하여 탈출하는 데에서 시작된다. 현실을 넘어서는 새로운 세계란 현실을 넘어서지 않고서는 볼 수가 없다.

   제1부 디지털 자아와 감정의 양식화

현실에 처해 있는 삶이 행복이든 고통이든 안주하고 있는 사람에겐 새로운 세계란 없다. 하지만 새로운 세계를 지향하는 순례는 안주하던 세계를 벗어나는 순간에야 시작되는 것이다. 순례자들의 되풀이 되는 탈출은 고행이라는 이름으로 승화된다. 삶의 과정에 순응하는 고통만이 승화될 수 있다. 고행이라는 이름의 고통은 "잣나무 침엽의 마디진 손가락을 잘라내는 전기톱. 발가숭이 그림자들이 갓 표백한 세척물의 순수한 열정"을 가지고 있다. 고통을 감내하는 순수한 열정이 희망인 것이다.

이 외의 「오벨리스크－희망이라는 것」, 「오벨리스크－네가 거기에 있느냐」, 「오벨리스크－새들은 마을에서 깃을 다듬는다」, 「오벨리스크－슬픔으로 삼각돛은 부풀고」 등의 시에서도 바다는 고통의 응축체로 표상되어 있다. 고통을 희망으로 바꾸는 힘은 인식에 있다. 세상을 어떻게 인식하느냐에 따라 우리 안에 내재되어 있는 양면성은 고통의 얼굴을 보이기도 하고 희망의 얼굴을 보이기도 한다. 그의 시에서 바다가 함의하는 언어적 기표는 현실세계에서의 그 모든 것을 의미한다.

욕망의 가열성으로 획득한 자유－모래 火

생명을 담고 있는 몸은 욕망의 사다리이다. 인간이 가진 욕망은 몸의 현상을 통해서 먼저 인식된다. 그런데 욕망의 투사 현상이 전기웅 시에서는 몸이 아니라 바다와 모래라는 물질을 통해서 육화된다는 사실이다. 원래 시인의 자아는 여러 겹의 몸을 갖고 있다. 자아가 가진 몸들을 통하여 영혼은 다양한 세계와 교감할 수 있는데, 바다와 모래로 상징화된 자아는 여러 겹의 몸 중의 하나일 뿐이다. 시를 통해 구현되는 물질의 현상학은 그가 겪은 삶의 체화라 할 수 있다. 또한 거대한 덩어리로 출렁이는 물의 속성과 바람에 쉽게 흩어지는 모래의 속성은 집단적 자아와 개인적 자아의 표상으로도 생각된다.

갑충의 껍질이 무너져 내렸다. 뜨거운 모래알이 무심히 흘러들었다. 생명
이 빠져나간 육신의 정갈함. 나는 무릎을 꿇고 앉아 맑은 공기를 마셨다.

오벨리스크! 모래의 장미여!

―「오벨리스크―모래와의 교감」 부분

내가 자유를 거부했던가? 내 몸을 덮은 모래알들이 자유가 아니라면 육신
의 분별없는 설렘은 허망할까? 모래알을 허공으로 치솟게 하는 에너지의 존
재가 덧없다면, 공중에 떠도는 피라밋들은 무엇이라 불러야 할까. 내가 물질
이 아니라면 사랑과 빛의 용서는 진실한가?

…(중략)…

오벨리스크, 나는 자유로운가?

―「오벨리스크―자유에 대하여」 부분

내 몸의 깃털을 뽑아내면서, 나는 울었다네
가벼움에 익숙지 못한 탓으로
내가 날아오른 높이만큼이나 불안하였으니

이 세상을 품안에 감싸 안으려 했지만
이제 나는 내가 누구인지 모른다네

…(중략)…

제1부 디지털 자아와 감정의 양식화

오벨리스크, 나는 무엇일까

—「오벨리스크-나는 무엇일까」 부분

인용 시를 통해 알 수 있듯이 모래를 통해서 나타나는 시인의 심리적 육체성은 물기를 중심으로 해명될 수 있다. 그는 물기가 증발되어 버린 모래를 자유라고 부른다(「오벨리스크-자유에 대하여」). 모래의 형상으로 육화된 인간의 욕망은 집단의 주체성에 함몰된 개인적 주체의 결핍으로 설명될 수 있다. 집단이 형성하고 있는 주체의 허구성을 인식하는 순간은 개인은 존재의 본질을 읽을 수 있는 열쇠를 갖게 된다. 그가 "오벨리스크, 나는 무엇일까"(「오벨리스크-나는 무엇일까」)라고 자문했듯이, 집단에 의해 철저히 제거된 개체성은 비상의 욕망을 가질 수밖에 없다. 그의 몸에서 뽑아내는 깃털과 날아오른 높이만큼 생기는 불안감은 주체성에 대한 인식의 양이다.

개인의 주체성을 지향하는 과정에는 욕망의 가열성이 작용한다. 어떤 것을 촉진시키는 에너지인 열(熱)은 어떤 때는 원소적인 '불'이요. 어떤 때는 '불'의 효과이다. 자연적인과 사회적인 충동 그 어떤 것이든 간에 개인의 주체성은 집단을 통해서 이루어진다. "생명이 빠져나간 정갈한 육신", 모래를 죽음으로 규정한 이유도 여기에 있을 것이다. 그는 죽음만이 아무에게도 간섭을 받지 않는 진정한 자유라고 생각한다. 그만큼 집단성이 갖는 생명력은 개인의 무력화시키기도 하지만 개인의 주체성을 실현시키는 생명성의 출처이다. 개인에게 의미 있는 삶의 과정은 사회와의 관계 속에서 많은 부분 이루어지기 때문이다.

현실의 문제로 인해서 눈을 돌리는 "모래라는 것은 끈질기게 달라붙는"(「오벨리스크-이 사소한 무게조차」) 욕망의 현신으로 형상화되어 있다. 현실에서는 이룰 수 없는 몽상적 날개로 가 닿는 모래는 그의 시에서 죽음의 표상이다. 영혼이 없는 자유로운 껍질로 표상되어 있다. 전기웅 시인은 그것을 알기에 오벨리스크가 가지는 주술적 효과를 이상적 세계가 아니라 현실에서의 삶을 일깨우는 데에 사용한다. 비록 그것은 희망을 담은 판도라 상자는 아니지만 흐르는 물질로서의 인간의 불완전성을 완전성으로 바꾸는 희망으로 제시된다. 오벨리스크의 반복적인 언어 패턴을 통해서 자신뿐만 아니라 시를 읽는 독자들에게도 삶의 가치를 각성시키고 있는 것이다. 스스로를 변화시켜 존재가 가진 가치를 높이라는 메시지를 보내고 있는 것이다.

고통은 욕망을 낳고, 욕망은 고통을 낳는다. 고통과 욕망은 인간이 가진 근원적인 삶의 감정들이다. 생명체가 가진 삶의 과정이 자연계의 한 일부라면 인간은 고통과 욕망을 피해갈 수 없다. 그렇기 때문에 굴광성의 본능으로 일그러지는 인간상조차 연민의 대상이 될 수 있다. 고통과 욕망을 미학적으로 승화시키는 그의 시적 의식은 우리로 하여금 세계가 가진 긍정성을 보게 한다. 하지만 시적 의식의 방향성이 긍정적이라고 해서 시인의 내면이 동일한 것은 아니다. 이성과 감성이 양극 점을 이루듯, 세계의 어둠을 철저하게 숨긴 가면적 페르소나일 수도 있다. 어쨌든 그의 시에서 고통을 승화시키는 매개체로 사용되는 '오벨리스크'의 주술성은 자생의 꿈과 자기 순화의 의지와 신념이다. 현실세계에서 삶의 정당성을 찾지 못했던 그에게 오벨리스크는 '대체 신앙'이라는 이름 이상의 깊은 의미를 갖는다. 현실에서 얻은 환멸감과 실패감을 위로하고, 인간의 위대성과 무한한 가능성의 전망을 열어주면서 다른 그 무엇으로 이끌어주는 표상으로 사용된다.

그의 말대로 "바다는 파도의 움직임을 멈춘 뒤에도 여전히 시퍼렇게 불탄다." 하지만 우리가 세상을 다른 시각으로 인식한다면 태풍은 일어나지 않을 것이다. 그러나 정갈한 육체를 가져야 자유를 얻는다는 그의 논리는 참으로 섬뜩하다.

집단적 아비투스와 응콘데 형상

타자의 사회학과 시적 지성
— 김검수, 『겨울의 사회학』, 서화성, 『당신은 지니라고 부른다』

앨런 튜링(Alan Turing)은 인간의 지성을 "상징의 조작"으로 본다. 정보를 해체하고 가공하면서 만들어지는 다양한 분야의 지식. 이것들을 토대로 문명과 문화가 만들어진다. 인간의 지성이 유기체에 대한 탐구가 아니라 기호화의 탐구로 나아가는 것은 '문명화'란 현상 속에서는 불가피한 일이다.

시는 그 어떤 분야보다 상징의 조작을 토대로 해왔다. 시는 시인이 느끼는 현실이나 감정을 감각적 사물을 통해서 이미지화하는 작업이므로, 세계와 의식이 사물로 상징화될 수밖에 없는 장르이다. 때문에 시의 질료와 매체로서의 언어는 언어를 초월한 것이다. 인간이 몸담고 있는 사회·역사적인 온갖 담론을 내포하고 있는 상징체이다.

김검수 시인과 서화성 시인 또한 상징 언어를 통해서 사회·역사 앞에서의 인간 존재와 실존적 문제를 의식화하고 있다. 인간이 만든 상징들 속에서 주체성을 잃어가는 인간, 우리가 만든 문명과 사회의 타자가 되어가는 군상이나 자아에 대해 주목하고 있다.

타자의 역사를 읽는 기억의 편집 – 김검수, 『겨울의 사회학』

시는 세계나 의식을 세밀하게 제시하는 게 아니라 선택적으로 제시하는 장르이다. 언어의 선택과 배열에 따라서 의미 전달의 측도가 달라진다. 김검수 시적 언어의 선택과 배열은 대체로 촘촘하지가 않아 메시지 전달이 명료하지 않다. 그의 시를 독해하기 위해서는 상징화된 이미지의 패턴을 헤매야 한다. 시의 이미지에 은닉되어 있는 시인의 의식을 퍼즐 맞추기를 하듯 한 조각씩 붙이며 읽어내야 한다.

이런 시의 패턴은 마치 블랙박스의 내장 하드를 연상하게 한다. 이번 시집에게 그가 블랙박스를 소재로 한 연작시를 쓰기도 했지만 시적 대상을 선택하고 제시하는 기법이 카메라 앵글의 장면과 유사하다. 시에서 이 앵글은 달릴 때와 서 있을 때의 두 가지 양상으로 나타난다. 카메라는 서 있을 때 한 공간을 기록하지만 달릴 때는 시공간을 분절하면서 찍는다. 과거의 공간을 잘라내고 미래의 공간으로 진입하면서 시간의 역사를 편집한다. 우리는 이것을 연속적인 장면으로 인식하지만 사실은 공간이 분절되어 있는 각각의 조각이다. 공간과 공간의 분절은 기억을 분절하고, 분절은 기억의 시차를 만들어낸다.

카메라는 찍는 주체가 될 때 능동성을 보인다. 찍는 자의 능동성과 찍히는 자의 수동성은 시에서도 나타난다. 시에서 심리적인 능동성이 블랙박스 연작시에서 많이 보이는 반면 심리적인 수동성은 사회학이나 겨울사회학의 연작시에서 많이 보인다. 김검수는 거대한 물질문명 속에서 타자가 되어가는 인간상을 읽어내는 데에 앵글을 맞추고 있다.

> 사차선 주행도로
> 눈시울이 동그랗게 덫에 걸린다
> 가드레일을 설치한 벌거벗은 가로등

 제2부 집단적 아비투스와 응콘데 형상

전광판은 차선변경 금지를 감시중이다

은폐된 밀실이 경적을 울린다

모발에서 빠져나온 모세혈관이 촉수를 뻗는

1차선 도로의 가면을 쓴 그림자

신발 한 짝을 매달고 비명을 지른다

분리 수거되지 않는 앰블란스는

긴 경보를 울리며 다가선다

쓰러진 아스팔트 위에서

피투성이 하나,

250cc 오토바이 한 대

팝콘으로 펑 튕겨 오른다

웅성거리는 군중 사이에서 솟구치는

신음, 숨 막히는 절규

먼 파도소리가 테트라포드를 때린다

호루라기를 입에 문 무리들은

흐트러진 몸뚱어리를 담아간다

앰블란스 소란이 멀어지고 있다

—「블랙박스 2」 전문

연작시들에서 시의 눈은 블랙박스이다. 블랙박스 연작시들은 대체로 시인의 감정과 대상의 거리가 가까워 메시지가 선명하게 전달된다. 교통사고로 아비규환이 되어가는 인간의 실존적 양상을 역동적으로 묘사하고 있는 이 시는, 시인의 앵글이 사차선 주행도로 → 가로등 전광판 → 경적 1차선 도로 → 앰뷸런스 → 250cc 오토바이 → 군중 → 다친 자의 절규 → 호루라기를 입에 문 무리 등 인접해 있는 공간으로 이동해간다. 기계문명의 횡포 앞에서 비주체가 되어버린 인간상을 보여준다.

현대사회를 지배하는 과학기술과 기계문명은 언제부터인가 인간을 위협하는 주체가 되어 있다. 자동차는 인간의 신체 기능을 확장하는 편리한 기계이지만 인간의 통제 범위를 벗어날 때는 인간을 지배하는 주체가 된다. 김검수는 주체와 비주체로서의 문명과 인간의 관계를 블랙박스 연작시를 통해 지속적으로 포착한다. 24시 편의점 앞을 지나는 피곤한 노동자들(「블랙박스 4」), 자동차가 달리는 새벽 도로에서 위협을 받는 미화원들(「블랙박스 10」), 과속방지턱 앞에서 삶이 덜컹거리는 나(「블랙박스 9」), 오존에 잠긴 도시 환경 속에 함몰된 인간상(「블랙박스 8」) 등 일련의 연작시들은 현대문명이 가진 문제들을 특징적으로 보여준다. 세계를 지배하는 존재라는 인간의 자만심이 키워온 거대한 괴물. 이 거대한 괴물이 토해내는 배설물의 위협에 시달리는 인간상을 보여준다. 이러한 시적 상황 등은 문명에 의해 주체를 역전당한 인간에 대한 문제의식이다. 문명에 의해 억압받는 타자로 살아가는 우리의 존재성, 현대인의 실존적인 한 단면을 의식화한 것이다.

앵글을 고정시킨 듯한 이런 구성은 공간적 격차가 없기 때문에 기억의 시차가 거의 발생하지 않는다. 일련의 기억들이 시간의 순서대로 무리 없이 연결된다. 인간의 정체성은 기억에 의해 구성된다. 기억은 과거를 내 미래의 자아와 연결하여 현재의 존재성에 대한 의미를 만든다. 때문에 일련의 사건들이 촘촘하게 제시되어 있는 블랙박스 연작시들은 현대인의 실존적 의미를 이해하는 데에 무리가 없다.

하지만 사회학과 겨울사회학을 소재로 한 연작시에서는 대상 간의 유기성은 물론 심리적 거리가 멀어 의미의 퍼즐을 맞추기가 쉽지 않다. 블랙박스 연작시와는 달리 사회학의 연작시들은 찍히는 자의 수동적인 태도로 의식화되어 있다.

> 뉴스의 속보를 점검하는 나는
> 기름때 묻은 장갑을 벗는다
> 타이어를 갈아 끼우던 손을 비틀어

　　　　　　　　　제2부 집단적 아비투스와 옹콘데 형상

윈도브러시를 왼쪽으로 옮긴다.
코뚜레 벗겨진 손바닥의 붉은 피가
이념의 경계선을 허무는 동안
발효된 진한 웃음을 머금는다
산하나 뚫는 눈빛 깊이
위장한 오류의 비밀을 감춘다
눈빛은 무덤 속에서 기어 나와
목줄에 매달린 장미송이를 마구 뿌린다
경계선을 지나 차단된 암흑 속에서
시들어 가는 영혼이 허리를 꺾는다
붉은 벽을 타고 담장을 쓰러뜨리는
내 안에 숨죽인 무수한 별이
渴한 입술을 말리며 반짝인다
한동안 나는 나를 포박한다

—「사회학 8」 전문

사회학이란 인간사회와 인간의 사회적 행위를 연구하는 것이다. 김검수가 사회학과 겨울사회학 연작시들을 통해 보여주는 인간상은 우울하고 무기력하다. 이런 무기력은 김검수가 인식하는 사회의 부정성이다. 부정적인 시인의 사회 담론은 자기 목소리를 은닉하는 상징 언어로 시에서 표출된다.

시에서 "뉴스의 속보"를 본 시인의 의식은 철저하게 상징화로 나아간다. "뉴스 속보를 점검", "나를 포박한다"는 언어를 제외하고는 사회에 대한 시인의 논평은 철저하게 이미지로만 표현한다. "손바닥 붉은 피" "발효된 진한 웃음" "위장한 오류" "목줄에 매달린 장미송이" "시들어간 영혼" 등은 무기력한 나의 실존적 자아이다. 각각의 행들이 마치 달리는 블랙박스에서 찍은 영상처럼 장면들이 단절되어 있다. 자신의 의식을 유기성이 없는 이미지 속으로 은닉하는 것은 기억이 가지는 시차의 효과를 통해서 인간이 만든 역사를 부정하는 기법이다. 기억의 단절은 내 존재와 정체성의 상실이며 역사의 부정이다. 기억은 생명의 지속과 형이상적인 인간의 실존과 관련이 있는데 기억의 분절은 생명에 대한 위기의식이다. 인간 역사에 대한 회의이다. 거대한 사회의 시스템 속에서 타자로 살아갈 수밖에 없는 개인의 고독한 실존을 보여주는 기법이다.

김검수의 이번 시집은 그동안 주체라고 믿었던 인간의 역사와 실존성을 전복하고, 인간이 만든 도구에 의해 통제받고 지배받는 타자성에 주목한 것으로 보인다. 또한 사회적 동물로서의 인간이 만든 사회학의 부정, 그 속에서 소외받는 현대인의 자아를 문제제기 한 것이다.

존재론의 전환 장치, 감각과 환상 — 서화성, 『당신은 지니라고 부른다』

현대인의 소외된 자아는 사회성 시에서도 화두이다. 첫 번째에서부터 이번 세 번째 시집까지 서화성의 시적 근간을 이루는 것은 타자로서의 인간의 실존적 모습이다. 그럼에도 불구하고 서화성 시는 형식적인 면에서 진화 중이다. 서정적인 리얼리즘시에서 환상적인 리얼리즘으로 넘어가는 양상은 『언제나 타인처럼에서』부터 보이던 시도였다. 이 시집에서 서화성의 시적 존재들은 다양한 인격을 보이면서 익명화되기 시작했다. 세계 또한 초현실로 나아갔다. 하지만 언제나 그렇듯이 서화성의 시적 환상이나 인격은 현실에 뿌리를 두고 있다.

이번 시집 또한 일부 시들에서 이전과는 다른 시도를 하고 있지만 현실을 응시하는 태도는 여전히 고수한다. 사회적 타자로서의 인간상이나 자아에 주목하고 있다. 이번 시집에서 새롭게 주목할 수 있는 것은 현실과 환상과의 관계 속에서 새롭게 생성되는 인간의 존재론이다. 인간은 항상 다른 세계를 지향하는 방식으로 현재와는 다른 존재론이나 인간학을 갈망해왔다.

　　　　　　　　　　　　제2부 집단적 아비투스와 응콘데 형상

인간의 갈망을 종교의 낙원이나 유토피아에 투사하던 과거와는 달리 현대
인의 갈망은 개인의 시선 속에서 다양한 방식으로 스펙트럼 된다. 이번 시
집을 통해 시인이 갈망하는 존재성은 서화성만의 유토피아일 것이다.
　현실의 심리적 실존을 투사하는 서화성의 존재론은 아래 시에서 감각과
환상이 중첩하는 지점에서 발현된다.

> 하루에서 잠으로 날려버린 오전은 찾을 수가 없었다 생각이 없었고 이름이
> 사라졌고 괴정역과 토성역이 빠져 있었고
> 　　　　　　　　—「잠으로 날려버린 오전은 찾을 수가 없었다」 부분

　인용 시에서 시적 화자는 감각을 통해서 환상의 세계로 넘어가거나, 다른
세계를 경험한다. 잠은 현실의 세계와 내 존재성을 지워버리는 장치이다.
시각적으로 세계와의 연결성을 차단하고, 의식을 잠시 보류하는 잠의 시간
은 시에서 현실의 유예로 끝나지 않는다. 현실의 공간들로 돌아가지 않는
다. 자신의 이름이 사라지고, "생각이 없었다"는 말은 가장 근원적인 실존
론을 부정하는 것이다.
　정신분석학에서 잠은 현실의 욕망을 재구성하는 장치이다. 하지만 여기
서 잠은 현실의 심리를 반영하는 무의식의 재현에 끝나지 않는다. 잠은 현
실에서의 실존을 유예하지 않고 단절해버린다. 일반적으로 잠을 자는 동안
이루어지는 신체와 정신의 상호관계, 즉 의식이 유기체와의 소통을 통해서
이미지로 '형태화'되는 게 아니라 현실의 의식을 삭제해버린다. 잠은 자신
의 주체성을 망각하는 순간이기 때문은 스스로 "나는 어떤 존재인가"라는
실존적인 질문을 던져준다. "생각도 없고 이름도 없는" '나'는 이 순간에 생
물학적으로는 존재하지만 사회학적 차원의 '나'는 없다. 내 존재를 부정하
는 망각은 현실을 반영하는 '심리적 사실'이다. 신체 기능의 노화로 인한 망

각이 아니라면 이것은 기억의 차단, 현실의 도피로, 내 역사를 부정하는 방식으로 '나'의 존재성을 재규정하고자 하는 의식이다. 심적 분열이나 망각의 원인이 현실의 억압이라 했던 프로이트의 말대로 현실에서의 문제가 현실세계와 내 존재를 부정하는 심리로 나타난 것이다.

서화성은 그동안의 시집에서 현실과의 소통이 원활하지 않았다. 인간이 만든 사회의 시스템 속에서 혹은 인간관계 속에서 소외되고, 어둡고, 쓸쓸한 타자의 사회학을 보여주었다. 서화성의 심리적 기저에는 늘 다른 현실과 실존을 갈망하는 욕망이 있다. 이런 심리적 투사체 중 하나가 서화성 시에 나오는 기호화된 시적 존재나 여성들이다.

> 발이 둥둥 떠다니는 거리에서 그녀는 깔깔거리다 다리 한쪽을 잃었다. 첫 번째 만난 그녀와 두 번째 만난 그녀는 한때 안경을 좋아하는 남자를 사랑한 적이 있었다. 주위의 만류에도 불구하고 안경점을 지나가면 차들이 둥둥 떠다니고 그녀와 안경이 떠다녔다. …(중략)… 전화기에서 나온 남자는 중얼거리듯 그녀와 키스를 했으며 그녀는 한참 동안 깔깔거리며 둥둥 떠다녔다 그녀와 나 사이에서 다리 한쪽이 둥둥 떠다녔다.
>
> ─「둥둥」 부분

이 시는 여성과 '나'의 관계를 서술을 하는 논증시이다. 현실에서 적용되던 질서들이 무의미한 환상의 세계에서 시적 여성의 소통은 자유롭다. 여기에서도 감각은 존재론의 의미를 보여주는 장치이다. 하지만 앞의 시와는 달리 감각이 그녀의 존재론을 전환하는 것이 아니라 그대로 유지하는 장치이다. 그녀는 "깔깔거리다 다리 한 쪽을 잃"지만 세계 내에서 실존적 장애를 받지 않는다.

현실에서 다리를 잃는다는 것은 주체의 상실이다. 신경윤리의 범주에 속하는 촉각은 주체에 대한 자유의지, 자신의 마음을 외면하는 것, 도덕성의

　　　　　　　제2부 집단적 아비투스와 옹콘데 형상

실체이자 표상이다. 만일 시적 세계가 현실이었다면 다리를 잃은 존재는 심리적 트라우마와 더불어 신체적 장애를 가진 사람으로서 사회 주변부로 인식된다. 이런 경우 사회 내에서 능동적인 자유의지는 가지기 힘들 뿐 아니라 스스로 자기를 외면하는 심리를 갖기 쉽다. 대체로 소극적인 서화성의 시적 자아와는 달리 여성 주체들은 자유의지를 갖고 있는 능동적인 주체로 형상화되고 있다. 소통이 자유로운 여성 주체들은 서화성이 갈망하는 실존의 투사라 할 수 있다.

시적 여성의 자유로운 주체성은 여성이 등장하는 그의 다른 시에서도 알 수 있다. "아내는 다른 아내가 있다고 말"하거나(「화요일」), "그 여자는 다른 여자다"(「다른 여자」)고 말하고 있다. 이러한 것들은 서화성에게 여성은 여러 개의 인격으로 자유롭게 현실과 소통하는 장치들이다. 이 장치는 곧 나에게 결핍된 것, 내가 갈망하는 것을 가지고 있는 존재에 대한 선망이다. 하지만 이 선망은 시에서 나의 내적 자아로 구현되지 않는다. "그녀와 나 사이에 떠다니는 다리 한쪽"는 선망이 현실화되지 못하고 있음을 보여준다.

서화성의 시에서 여성 주체들은 거울 밖에 있는 나와 "거울 속의 나"「(식어버린 국수는 바닥이 슬프다」)로 분열되게 하는 원인이다. "거울"은 감각과 환상이 중첩하는 지점으로, 존재론을 전환하는 장치이다. 아니 전환하고 싶은 장치이다. 현실의 실존과 심리적 실존 사이에서 갈등하는 내면적인 투사체이다. 이러한 투사체는 변주되면서 당분간 서화성의 시에 나타날 것 같다. 서화성의 의식이 난해한 시적 기법으로 나아가는 만큼 독자들 관점에서는 읽기 어려운 시로 진화해가고 있다.

동시적 시간과 수평적 세계의 미세학
— 손음, 『누가 밤의 머릿결을 빗질하고 있나』

손음의 시는 인간화와 비인간화의 교차로에 서 있다. 현대적인 시적 형식 속에서 고요하게 묘사되는 일상적 서정은 마치 사방으로 난 길 가운데 그어져 있는 교차로에 서 있는 순간을 떠오르게 한다. 서로 다른 양방향의 길이 합쳐지는 곳, 잘 어울리지 않을 것 같은 시적 형식과 시적 정서가 어우러지면서 개성적인 아우라를 뿜어낸다. 이 교차로가 손음의 시적 의식과 세계관의 특장을 드러내는 지점인 듯 보인다.

손음의 시는 우리가 간과하고 있는 일상의 가치를 감각적으로 묘사하는 특장을 갖고 있다. 『칸나의 저녁』 이후 두 번째인 이번 시집에서도 일상의 가치를 성찰하는 시인의 사유는 크게 다르지 않다. 손음의 서정적인 시적 아우라는 깔끔하게 포착된 카메라 프레임으로 보이는데, 이것은 미적 거리를 최대한 유지하면서 대상을 분석하는 '보기' '보이기'의 전략 때문이다. 시에서 '보기'는 대상에 대한 시인의 해석이 깊이 개입되는 경우이고, '보이기'는 대상 간의 논리적 인과성이 없는 것들을 제시하여 주제나 메시지의 해석을 독자에게 맡기는 것이다. 손음의 시는 '보기'의 시들이 많지만 이 둘이 공존하는 시들도 상당히 많다.

이번 시집에서 이런 시적 전략을 흥미롭게 본 것은 기존의 서정적인 형

         제2부 집단적 아비투스와 옹콘데 형상

식을 탈피하려는 손음의 의지이다. 손음 시에서 '보이기' 전략은 미세학으로, 존재의 현상을 이미지로 보여주는 표층시의 형식을 띠고 있다. 일상시의 한 양상인 표층시는 일상적이고 사실적 대상의 표면을 세부적으로 묘사하는 것이다. 표층시의 외부 묘사는 갑작스러운 직관적 인식에서 촉발된 현실 인식으로, 시적 현실과 대상들이 비논리적으로 제시되는 환유적 구성이 지배적이다. 손음의 시는 완벽한 표층시는 아니지만 이런 요소를 많이 가지고 있다. 기존의 시적 형식과는 다른 탈중심주의의 성격을 가지고 있는 시적 구성과 언술은 소박한 일상의 가치를 세련되게 하는 견인차로 작동한다.

손음 시에서 환유적 구성을 가진 것들은 「동백 세월」, 「감자」, 「비혼모」, 「고백」, 「영도에 갔다」, 「편의점 생각」 등 다수가 있다. 환유적 구성의 시들에서 시적 대상들은 일상에서 간과하기 쉬운 존재들이나 현상들을 사실적으로 묘사하거나 서술하면서 세계관을 형성한다.

빌라 앞에 화단이 있다 잇몸처럼 붉은 꽃이 있고 식칼 한 자루 거꾸로 처박혀 있다 빌라의 창문이 깨져 있다 베란다에는 깨진 소주병이 홧김에 뛰쳐나와 있다 외벽을 타고 검처럼 기어가는 나무줄기가 있다 할머니가 조루로 물을 주고 있다 불을 주고 있다 빌라의 발가락 뜨거워진다 할머니 등이 빌라높이만큼이나 굽어 있다

정오가 한 치의 오 차 없이 마당으로 끌려나온다 손목 부채 하나가 할머니를 좌우로 흔든다 낙원빌라도 따라 흔들린다 살기 싫다고 흔들린다 그만 살자고 흔들린다 그늘이 악다구니를 질질 물고 늘어진다 종일 주름을 만들던 할머니가 다시 조루로 물을 주로 있다 화단이 흠뻑 젖는다 빌라가 흠뻑 젖는다 낙원빌라 화단에 깊숙이 발을 묻고 있다

지상 낙원에 낙원빌라 저렇게 자라고 있다

—「낙원빌라」 전문

이 시는 "낙원빌라"의 주변을 사진으로 찍은 듯이 한 장면으로 포착되어 있다. "낙원빌라"에서 사는 존재들의 실존성이 공간적인 인접성에 의해 환유적으로 서술된다. 시인은 감각적으로 지각한 낙원빌라 주변의 사물들을 즉물적으로 묘사하는데 각각의 시적 대상들은 문장과 문장 간의 필연성이나 논리성이 없는 객관적 사실로만 제시된다. 거꾸로 처박힌 식칼, 깨진 창문, 깨진 소주병, 기어가는 나무줄기, 굽어 있는 할머니의 등, 끌려나온 정오 등의 이미지들은 "낙원빌라"에 사는 존재들의 그늘진 실존성을 지각한 시인의 감각일 뿐 시인이 대상에 대해 관념을 부여한 것은 아니다. 물론 주변의 사물 중에서 현실의 인식과 관련되는 선택적 제시이기는 하지만 시인의 해석을 최대한 억제하고 있다. 인과관계가 없는 시적 대상들 간에는 주체가 없다. 주체가 없는 세계는 탈중심의 세계, 존재의 지위가 동등한 수평적 세계를 형성한다. 적어도 이 세계에서는 인간과 사물이 구분되지 않고 동등한 지위로 존재하고 있다.

시적 형식을 통해 만들어나가는 수평적인 세계관은 시에서 여러 대상을 존재하게 하고, 각각 동시적인 시간성을 갖게 된다. 시간의 개념은 인간에게 중요한 의미를 가지는데 특히 시간의 속도는 경쟁적 심리나 욕망과 연결되어 있다. 속도는 욕망에 비례한다. 시적 시간이 비경쟁적이고 느린 손음의 시적 존재들은 시인의 세속적 욕망을 표상한다. 경쟁과 욕망은 사회 내에서 지배적인 담론이나 거시적인 문제로 인한 실존성과 연결되어 있다. 작은 크기의 욕망으로 인해 손음의 시적 시선이 일상에 위치하고 있는데도 센티멘털한 감상이나 값싼 싸구려의 동정이나 위선으로 보이지 않는다. 손음이 일상적인 삶 속에서도 그늘진 곳, 소외된 곳 등에 주목하고 있는 것은 우리의 존재성과 실존성을 만드는 생명력이 아주 사소한 일상에 있다고 여기기 때문일 것이다. 때문에 일상의 시간이 어떤 때는 정지되어 있는 듯하다. "지상 낙원에 낙원빌라 저렇게 자라고 있찍"는 마지막 구절은 사회적으로

                                        제2부 집단적 아비투스와 응콘데 형상

소외된 자들의 생명력, 건강한 실존성을 찾기를 바라는 시인의 의식이다.

시의 환유적 서술은 세계를 개방시키고, 각각의 존재들은 독립적으로 의미를 생성하는 리좀(rhizome)의 사유원리로 근접해 있다. 환유적 서술은 시인에 의해 개념화되지 않은 것이기 때문에 열린 세계의 구조를 갖는다. 앞의 문장과 뒤의 문장이 어떤 인과성을 갖지 않기 때문에 각각 독립되어 있어 열린 세계로 나아간다. 환유적 서술 자체가 시적 대상들을 수평적 관계로 만들고, 세계를 열린 구조로 만들고 있다. 손음의 많은 시들이 이렇게 구성되면서 근원적인 시인의 의식과 세계관을 형성하고 있다. 시적 형식과 우리의 일상 속에 내재되어 있는 존재성과 실존적 가치가 어우러지면서 수평적인 세계관을 만든 것이다. 나아가 이것은 손음의 의식 속에 인류의 역사가 만든 계급적 인식이나 거대 담론만을 지향하는 실존성에 대한 부정이다. 거대 담론이나 지배 담론은 인간의 경쟁시키고, 욕망을 촉진시키고, 때로는 집단적 차원에서 편협한 가치를 형성하여 인간을 계급화한다. 일상은 계급과는 상관없이 누구에게나 있는 삶으로, 실존의 가장 근원처이며 인간성이 가장 잘 드러나는 측면이다.

인간의 욕망과 경쟁이 본성으로부터 비롯된다는 것을 보여주는 것이 아래 시이다.

해변시장에 아귀 사러 갔다
온몸이 주둥아리인 아귀는
톱날 같은 이빨을 진실의 입처럼 벌리고 있다
금방이라도 죄지은 자의 손목을
확! 낚아채기라도 할 것처럼
기세 등등 커다랗게 벌린 입속으로
햇살이 빨려 들어간다

생선 장수가 망나니처럼 칼을 들고 나와
사정 없이 아귀 배속을 가르는데
조기 새우 가자미 고등어 오징어 등속이 나온다
바다의 것들을 모조리 잡아 삼킨 듯
배 속에 어물전 하나 차려 놓았다

먹어도 먹어도 한평생 허기에 빠져 산다는
아귀 귀신이
탐욕으로 생을 조롱했구나
죽음으로 탐욕을 고백했구나
아귀의 삶을 고스란히 받아낸 도마에
노을이 흥건한 저녁

아귀의 고해성사 한 접시 올려놓았다
한 마리 아귀찜을 먹는다
한 마리 아귀찜을 듣는다

—「아귀」 전문

위 시는 이번 시집에서 사물의 본질을 깊숙이 성찰하는 '보기'를 특징으로 하는 시 중 백미로 여겨진다. 손음은 생선을 사고파는 시장에서 일어나는 일상을 통해서 생물학적인 존재성과 사회학적인 실존성의 문제를 예리하게 성찰하고 있다. 아귀로 치환되어 있는 생물학적인 존재들의 삶은 '먹는' 본성으로부터 시작된다. 그런데 손음은 먹는 본성의 구조가 강한 것이 약한 것을 먹는 약육강식의 먹이 사슬로 되어 있다고 본다. 아귀는 생존하기 위해 자신보다 약한 "조기 새우 가자미 고등어 오징어 등"을 잡아먹고 산다. 그런데 시인이 보기에는 아귀의 먹성이 생존을 위한 범주를 넘어서는 탐욕으로 보고 있다. 생물학적 존재들의 "주둥아리"는 누군가를 공격하고 물어뜯으려는 본성, "톱니 같은 이빨"의 "진실"을 갖고 있다. 이러한 것

     제2부 집단적 아비투스와 응콘데 형상

의 원인을 시인은 "허기"로 보고 있다. 진화심리학에 의하면 개체가 집단에서의 이탈 방지와 스스로 생존율을 높이기 위한 견인 장치가 결핍이다. 신체적 정신적 결핍이 허기로 이어져 과도한 탐욕을 부른다. 탐욕에 허덕이는 것이 삶의 본질이라 시인은 생각하고 있다. 이런 먹이사슬의 수직 구조는 생존을 목적으로 하는 생물학적 존재성에 그치지 않는다. 생존을 위한 투쟁은 강한 자를 중심으로 질서와 제도를 세우고, 약한 자는 이들에게 착취당한다. 많은 손음의 시가 거대 담론이나 지배 담론에 주목하지 않는 것은 탐욕의 소용돌이 속에서 고통을 받는 약한 자의 편에 있기 때문일 것이다. 그래서 경쟁하지 않는 일상적 삶을 소중하게 생각하고, 약한 자들을 애잔한 정서로 바라보고 있는 것이다. 「밥 묵고 오끼예」, 「살구나무 변소」, 「지붕 위의 고양이 역」, 「미자 화분」, 「통영 트렁크」 등등의 시들 속에서 등장하는 시적 존재들은 생존의 허기조차 채우지 못하는 사회 주변부들이다. 그들의 삶을 통해서 드러나는 애잔하고 슬픈 쓸쓸한 정서는 일상에 대한 가치관, 사회 주변부들에 대한 손음의 의식을 보여준다. 사회는 경쟁에서 밀려난 이들의 삶을 하찮게 보지만 손음은 거대 담론의 밖에서 스스로 자생하는 이들의 거대한 생명력을 중요하게 여긴다. 또한 스스로 존재성을 확립하고 성장하기를 바라는 간절한 바람이 들어 있다.

이렇듯 손음의 시에서 '보기' '보이기' 전략은 시적 의식이나 세계관을 드러내는 특장으로 작용하고 있다. 자칫 감상적이기 쉬운 욕망이나 한탄, 절망 등의 감정이나 시적 목소리 절제는 일상의 가치들의 품격을 높이고, 세련된 이미지들을 창출하는 견인차 역할을 한다. 이것들이 만들어내는 미시 담론은 경쟁을 통해 욕망을 부추기고, 인간성을 말살하는 거대 담론이나 지배 담론에 대한 회의를 드러낸 손음의 의식이다. 거대 담론 밖에 소외되어 있는 일상이 만들어내는 존재성과 실존성의 가치, 일상을 벗어날 수 없는 사회 주변부들의 생명력을 갈망하는 것이라 할 수 있다. 소소한 데서 확실한 행복을 얻는 소확생의 의미를 되뇌게 하는 손음의 시는 일상이 우리 존재성을 만드는 근원이자 실존성을 만드는 탄탄한 뿌리임을 깨닫게 한다. 자칫 놓치기 쉬운 일상의 가치를 들여다보게 한다.

　　　제2부　집단적 아비투스와 웅콘데 형상

정박점 상실의 존재론과 디스토피아 세계

— 감정말, 『고래가 왔다』

현대의 공간성(spatiality)은 예상을 초월하는 세계와 존재의 자리를 만든다. 자본주의와 통신기술의 발달로 공간이 만드는 세계는 가히 혁명적이고, 자본주의 논리와의 변증법 속에서 생산된 시공간적 유토피아는 공간의 불균등성을 극복한다. 시공간의 가속화는 현실세계의 질서를 재편성하고 우리의 존재성과 실존성을 재편성한다.

공간이 만드는 세계가 존재론적 사건을 만드는 자리라는 사실은 공간적 개념이 경험적 주체이든 인식론적인 주체이든 간에 변하지 않는 자명한 사실이다. 플라톤(Platon)의 이데아로부터 출발한 추상적인 공간 개념이 다시 사이버 공간의 개념으로 회귀되는 현상은 현대적 공간에서 인식론적인 개념이 중요함을 의미한다. 통신케이블을 통한 가상공간들은 인위적으로 만들어진 공간이지만 몸의 인식론을 통해서 현실세계의 질서들을 체감할 수 있다. 몸의 직접적 경험을 주체로 하는 실존 공간의 의미가 많이 퇴색되고 있는 실정이다. 하지만 중요한 것은 어떠한 형태로든 인간은 공간 속에서 살고 있다는 사실이다.

감정말의 이번 시집 『고래가 왔다』에서도 공간은 시적 자아의 존재론과 세계관을 형성하는 중요한 이미지이다. 시적 공간은 시인의 경험에 의해 만들어진 재현 공간으로, 현실세계에서 체현한 문제들을 공간적 속성으로 상징화한 것이다. 시인의 현실세계를 반영하는 의식이며 변화를 추구하는 상상력의 공간이면서 이상을 만들어나가는 상징적인 공간의 실천이다. 감정말은 현실에서의 불안이나 좌절을 공간을 지각하는 몸의 감각적 혼란이나 공간으로서의 몸을 전환하는 방식으로 표출한다. 시집 전체를 관통하고 있는 공간적 장벽은 감정말이 우리가 사는 세계를 근원적으로 디스토피아로 인식한 것으로 보인다. 그의 시적 시선이 사회적 소외자나 사회적 약자의 존재성과 실존성에 주목하고 있는 것도 디스토피아 세계관과 무관하지 않다. 다수의 시들에서 나타나는 공간적 혼란, 장벽, 세계를 반장소화하려는 흔적들은 감정말만의 방식으로 존재론적인 문제를 풀어나간 시적 화두라 볼 수 있다.

휘청거리는 길, 정박점 상실의 존재성

감정말에게 공간은 존재의 불균형성을 드러내는 의식 중의 하나이다. 시인의 많은 시들에서 '길'은 불안하고 위태롭게 느껴진다. 세계 속에서 시인은 길의 방향을 잃거나, 한기를 느끼면서 비틀거리고, 미끄러지다가 부서지는 혼란스러운 존재의 자리로 형상화된다. 세계를 인식하는 물리적 존재자로서 시적 존재들의 몸은 감각의 혼란으로 인해 공간을 확장하지 못한다. 공간적 관점에서 역동적인 운동성은 능동적인 삶의 의지와 관련이 있다. 길이 개방적일 때는 존재성과 실존성이 확장되지만 차단될 때는 그 반대의 의미를 가진다. 그의 많은 시들에서 공간적 감각의 혼란을 겪는 몸은 세계에 대한 수동성을 의미한다. 길에 대한 휘청거림은 사회적인 관계망 속에서 지각된 존재성에 대한 불안을 드러내는 공간적 본성이다.

　　　제2부 집단적 아비투스와 옹콘데 형상

집 앞을 돌아 나올 때
아침마다 준비된 각오로 길을 나서지만
언제나 놓친 길뿐

무기력한 길목에서 방향을 잃은 채
서늘하게 길이 끝나는 자리의 두려움
내가 나인 것이 두려워지는 즈음

마냥 걸어온 길에서
문득 내다보이는 절벽과 그 아래 패배를
몰아치는 파도가 엉켜드는 바닷가
일몰이 모여드는 수평선을 바라보며
나는 그때 다친 짐승처럼 울음을 뱉어놓았다

기울어져 가는 어둠 속에서
잃은 버린 길들을 써 내려간 날들

거친 물결을 헤쳐 나온 갈매기가 날개를 접는다
접혀진 길에서
갈매기는 그 무게만큼의 고통이 있고
새의 주둥이에 물린 작은 물고기는
물고기의 슬픔이 있다는 것을

—「외로운 날의 일기」 부분

인용 시는 현실세계의 불안을 공간적 본성으로 보여주는 시들 중 하나이다. 시에서 길은 외부세계로 개방되어 있지만 심리적인 방향성을 잃은 시적 존재에게는 난관을 헤쳐나가야 하는 거대한 장벽으로 존재한다. 세계에 대한 불안과 두려움, 공포와 패배감이 몸의 감각으로 작용하면서 길은 심리적으로 차단되고 있다. 길에 대한 불안한 감각은 외부세계에 대한 불편함을 드러내는 시인의 트라우마이다. 세계 내에서 길을 놓치고, 접히는 길을 접하고, 골목을 "무기력"하게 인식하는 시적 존재의 공간적 혼란은 "서늘하게 길이 끝나는 자리의 두려움", 행로의 끝이 희망적이지 않기 때문이다. 공간에 대한 혼란스러운 감각은 세계 내에 안주할 수 없다는 불안이 반영된 것이다. '방향감각 상실 증후군'이라는 심리적 증상을 겪게 한 원인이다.

이 증상은 외부세계에 대한 감정말의 불안이 얼마나 심각한가를 말해준다. 자신만의 공간에 더 이상 나아가려고 하지 않는 이런 심리적인 의식은 심리학이자 행동연구가인 그레이엄 브라운(Graham Brown)에 의하면 세계 내에서의 주체성과 관련이 있다.[1] 인간의 공간적인 소유욕은 능동적인 행동으로 나타나며 이는 세계 내에서 자신의 위치를 확고히 해주는 자긍심으로 연결된다. 세계 내에서 세계를 나아가지 않는 시적 존재의 태도는 스스로의 존재가치를 인정하는 자긍심의 결여이며, 주체로 설 수 없다는 불안에서 비롯된 것이다.

이런 불안함의 원인은 시적 존재가 말하는 "잃은 버린 길들을 써 내려간 날들"일 것이다. "잃은 버린 길" "접혀진 길"에서 겪은 "고통"은 자신을 "짐승처럼 울음을 뱉는" 존재로 만든다. 세계 내에서의 고통을 짐승의 울음으로 인식하는 것은 자신의 존재성과 실존성이 비인간적임을 의미하는 것이다. 인간의 언어에서 동물 언어로의 변주는 공간을 점유하는 존재로서 몸의 성격을 전환하는 것이다. 현실세계에서 인정하는 생물학적인 몸을 부정하는 것은 신체를 다른 공간, 즉 다른 세계로 옮기는 것을 의미한다. 일반적으로 몸의 공간적 전환은 현실에 있으면서 현실에 없는 공간인 헤테로토피

1　발터 슈미트, 『공간의 심리학 : 인간의 행동을 결정하는 공간의 비밀』 문항심 역, 반니, 2020, 33쪽.

　　　　　　　　　　제2부　집단적 아비투스와 응콘데 형상

아로 규정될 수 있다. 헤테로토피아는 현실의 의미를 중화시키고, 정화하기 위한 일종의 반(反)공간(contre-espaces)으로,[2] 현실세계가 만든 질서에 대한 이의제기이다. 이것은 현실과는 역방향의 의식이 작용할 때 드러난다. 시인이 의도하든 의도하지 않았던 간에 시적 몸의 존재론적인 전환은 현실세계에 대한 불만이며 사회적 질서에 대한 이의제기이다. 내 몸의 공간성을 처절한 동물로 전환하면서 세계가 만드는 존재의 자리를 바꾸고 실존적 의미를 바꾸고자 하는 의식을 드러낸 것이다. 하지만 감정말 시에서 몸의 공간적 전환은 긍정적인 세계를 만들지 못한다. 공간적 전환을 하려는 몸은 늘 방향성을 잃거나 감각의 혼란 속에 있으며 세계에 뿌리를 내리지 못하고 있다. 자신의 몸이 굳건한 뿌리가 되는 '정박점(lepoint d'ancrage)', 마페 졸리(Maffe jolly) 말대로 세계 내에 안전하게 정착을 하는 "역동적 뿌리내림"이 제대로 되지 않는다. 늘 흔들리는 존재의 자리는 언제 쓰러질지 모를 위험에 위태로운 실존으로 연결된다.

이러한 세계에 대한 시인의 태도는 입장과 관련이 있다. 공간은 존재가 접하는 경험화된 의식의 단면이다. 몸의 감각적 혼란은 시적 존재의 가치들이 주입되어 있으며 감정이 실려 있다. 이번 시집에서 많은 수의 시적 시선이 사회적 소외자나 사회적 약자 같은 역동적인 뿌리내림을 할 수 없는 주변부에 주목한 것은 결코 우연이 아닐 것이다. 현실세계 내에서 그늘이나 어둠의 자리로 존재하는 타자들의 실존성을 지지하는 입장을 취하고 있다.

저물어 가는 저녁
솜털까지 일어서는 한기를 느끼며 길을 찾는다

---

2 미셸 푸코, 『헤테로토피아』, 이상길 역, 문학과지성사, 2023, 33~34쪽.

낡은 건물들 사이로 담쟁이넝쿨이 힘겹게 오르고 있는 그곳,
계단 위로 쓸쓸함이 층층이 누워있다

굽은 골목을 따라 어둠이 휘어져 내린다
바람 부는 길 끝에서 제단처럼 우뚝 서있는 계단,
난민처럼 모여든 사람들이
하루의 노동을 마치고 오르는 길이다
…(중략)…
고향을 멀리 둔 사람들이 언젠가 닿고

—「아무도 오지 않는 계단」 부분

감정말에게 세계는 쉽게 오를 수 없는 거대한 장벽이자 길은 있으나 쉽게 찾지 못하는 미로와 같다. 대로나 평지가 아닌 거의 90도에 가까운 실존성을 갖고 있다. 험난한 세계 내에서 존재의 자리를 만드는 형상은 마치 암벽을 기어오르는 클라이밍을 연상하게 한다. "한기"를 느끼며 길을 찾는 시적 존재의 눈에 "담쟁이넝쿨"의 길 찾기는 사회적 주변부들의 길 찾기와 유사하다. 생명의 활동이 멈출 때까지 빛을 찾아 헤매는 고통, 어렵사리 뿌리내린 몸에는 빛바라기를 하는 잎들만이 무성하다. 주체가 아닌 비주체로 존재한다. "담쟁이넝쿨"은 안주할 공간이 없는 "난민"이다. 노동자의 실존성은 마치 "낡은 건물들 사이로 담쟁이넝쿨이 힘겹게 오르고 있는" 것과 같다. 세계 내에 안전하게 정착한 사람들과는 다른 길, 길이 없는 길을 한 발자국씩 디디면서 불안과 추락의 공포를 느껴야 하는 클라이밍이 이들 삶의 행로이다. 사회 주변부의 삶의 행로는 "바람 부는 길 끝"에 "우뚝 서있는" "제단"으로 가는 계단, "절벽"이다. 제단은 세계 내에서 가장 굳건한 정박지 중 하나로 세계의 중심이다. 세계의 중심으로서 제단은 문화에 따라 세부적으로 다르지만 인간중심주의라는 특징을 갖고 있다. 인간과 인간이 만들어내

          제2부 집단적 아비투스와 응콘데 형상

는 '관계의 장'으로서 중심은 공간 체계 안에서 강력한 사회적 힘을 상징한
다. 사회 주변부들은 세계 내의 힘은 죽음을 불사해야 가능하다. 이들은 선
택의 여지가 없는 막다른 골목에서 세계에 안전하게 존재할 수 있다는 '정
향감(sense of orientation)'[3]을 갖기 위해서는 절벽을 오르는 가파른 삶의 행로를
견뎌야 한다. 권력의 원천으로서 공간에 진입하기 위해서는 필사의 운동을
해야 앞으로 나아갈 수 있는 것이다.

　스스로 굳건한 정박점이 될 수 없다는 감정말의 존재론은 시간의식을 드
러내는 시에서도 나타난다. 시간은 사회 주변부의 실존을 억압하는 요인으
로 작용하고 있다.

　　　　새어나온 울음이
　　　　가파른 모퉁이를 기어오른다
　　　　여자를 넘쳐난 눈물이 바닥을 적신다

　　　　슬픔을 누르는 긴 시간
　　　　여자는 얼굴에 걸린 눈물을 더듬는다

　　　　　　　　　　　　　　　　　　　　　—「어둠의 미간」 부분

　　　　푸성귀를 다듬다 설핏 잠이 든 할머니
　　　　휘어진 허리로 절뚝이며 건너 온 시간이 감긴다

　　　　일찍 남편 잃고
　　　　내리 두 아들 보낸 할머니
　　　　하나 남은 피붙이 위해
　　　　아궁이 지피던 손등

3　이-푸 투안, 『공간과 장소』, 윤영호 · 김미선 역, 사이, 2020, 33쪽.

　　한평생 지닌 손맛

　　간판 없어도 알고 찾아오는 이에게

　　막걸리 빚어 철따라 도토리, 메밀묵 쑤어 건네던

　　바스러진 손이 뭉툭하다

—「봄비는 내리는데」 부분

인용 시들을 보면 시간은 실존적인 전진을 방해하고 있다. 「매달리는 저녁」의 시적 여성에게 시간은 "슬픔을 누르는" 압정이다. 시간의 압정이 꽂힌 공간은 고통을 환기하는 세계이자 시적 여성이 처해 있는 존재의 자리이다. 시적 여성의 삶의 행로는 "지옥 같은 날들"로 인해 미래로 나아가지 못하고 정체되어 있다. 그리고 「어둠의 미간」에서의 시적 청년의 시간은 "핏기 없는 날들"로 인해 빗장이 닫혀 있다. 과거의 공간을 차단하는 방식으로 부정하고 싶은 내 역사를 외면한다. "삶과 죽음이 교차하는" 청년의 시간은 어둠만 고여 있는 절망적 세계이다. 또한 「봄비는 내리는데」에서의 할머니 시간은 노화된 몸에 감기어 있다. 할머니의 몸에서 흐르는 시간은 실존을 희망으로 이끄는 재생의 시간이 아니라 곧 소멸될 유한의 시간이다. 공간을 눌러 실존적 의미를 폐쇄하는 시간의 양상은 세계 내에서의 상처가 환기하기 싫을 만큼 끔찍한 것으로 기억된다. 시간의 단절은 기억의 단절로 세계가 만든 내 존재의 자리, 실존적인 나의 역사를 부정하는 것이다. 세계 내에서 형성된 타자의 실존성은 나를 하나의 지점에 가두는 원인으로 작동한다. 응고된 시간은 비희망적인 미래에 대한 인식으로, 역동적으로 작동하지 않는 욕망을 의미한다. 실존을 역동적으로 작동시킬 때 보이는 시간의 가속화를 데이비드 하비(David Harvey)는 사회적 문제들을 촉진하려는 동기라 말한 바 있다.[4] 진보적 실존은 새로운 공간을 창조하면서 시간을 가속화하는 양

4　데이비드 하비, 『포스트모더니티의 조건』, 구동회 · 박영민 역, 한울, 2013, 270쪽.

　　　　　　　　　　　제2부　집단적 아비투스와 응콘데 형상

상을 가지는데 감정말의 시적 존재들은 오히려 정지되어 있다. 기억을 단절해서 자신의 역사를 폐쇄하고, 세계 내 공간을 고립시켜 그 안에 스스로를 자폐하고 있다. 사회적 약자나 사회적 소외자의 자리에서 세계가 얼마나 거대한 장벽으로 보이는지를 공간적 속성으로 보여준 것이다.

어둠으로 재귀하는 거울, 디스토피아 세계

감정말 시에서 세계에 대한 접근 불가능성, 유약한 뿌리내림의 실존성을 보여주는 또 다른 이미지들이 거울이나 가면이다. 이것들은 시에서 현실의 문제들에 이의제기를 하면서 시적 존재의 몸을 마술적인 힘으로 반장소로 전환하는 헤테로토피아 기능을 한다. 감정말의 시적 존재들은 거울을 비추는 순간 거울 속에 있는 이상 공간과 연결되면서 다른 존재성으로 전환한다. 일반적으로 몸의 공간적 전환은 현실세계를 다른 국면으로 전환시켜주는 막강한 힘이지만 감정말 시에서는 거울을 통한 공간적 전환은 현실의 나를 다시 재귀시키는 기능을 한다. '행복한 세계는 없다'라는 디스토피아(dystopia) 세계관을 심화하는 기능을 한다.

한동안 나는 오아시스처럼 맑은 유리거울을 간직했어요

눈뜨면 정성스레 입김을 불어 닦았어요

햇살이 출렁이는 날은 가슴이 먹먹해지기도 했어요

어느 봄날

가방 속에 넣어둔 빛이 눈부신 날이었어요

나무가 기지개를 하고 있을 때

나는 내 눈을 의심 했어요

너무나 당황스러워 있는 힘을 다해 닦았지만

엉겨 붙은 먼지는 닦아지지 않았어요

어처구니없어

한 순간 검은 보자기로 덮어 버렸어요

그리고 서랍에 숨겨버렸지요

―「유리거울의 에피소드」 부분

　감정말의 시에서도 거울은 희망적인 실존성을 갖기 위한 수단으로 성찰된다. 하지만 거울로 재귀되는 것은 희망적 세계가 아니라 또 다른 나이다. 시적 존재는 "오아시스처럼 맑은 유리거울을 간직" 하면서, "눈뜨면 정성스레 입김을 불어 닦"아보지만 거울은 세계의 국면을 전환시키지 못한다. 오히려 "빛이 눈부신 날", 즉 세계 내의 실존성이 희망적이라 생각했을 때 "엉겨 붙은 먼지"로 가득한 세계는 "닦아지지 않"고 길을 감추어 버린다. 거울은 공간을 전환하는 기능을 상실함으로써 세계의 국면을 전환시키지 못하고 암울하고 어두운 현실세계를 원래의 자리로 되돌려버린다. 국면을 전환하려고 하면 할수록 더 암울해지는 세계, 거울 속 막다른 골목은 혼란스러운 감각을 느끼던 길보다 더 불안한 공간으로 존재한다. 거울은 세계로 나아가려는 내 욕망을 어둠 속으로 또다시 재귀시킨다. 세계에 대한 불가능한 뿌리내림은 또다시 세계로 나아가려는 의지를 꺾고, "검은 보자기로 덮어

　　　　　　　　　　제2부　집단적 아비투스와 응콘데 형상

버”리거나 “서랍에 숨”기는 등의 행동을 하게 만든다.

　내 욕망을 어둠 속으로 재귀시키는 이런 양상은 공간적 전환을 통해 새롭
게 진입한 세계에서도 마찬가지이다.

　　　잃어버린 이상(理想)을 그리다가
　　　거울 속에 웅크린
　　　이상(李箱)을 스케치 한다

　　　독백의 그림자를 끌어안은
　　　사내는 여전히 흔들린다
　　　탐욕스런 빛의 어둠을 갉은 채
　　　거울 속 박제된 웃음이
　　　날카로운 침묵을 떨어뜨린다

　　　슬픈 아이들이 풀밭을 달려간다
　　　어지러운 철조망의 낙서가
　　　붉은 절규로 하늘을 기웃거린다

　　　막다른 골목에 걸터앉은
　　　형이상학의 암호들
　　　짓눌린 부호 음으로
　　　허공을 난타한다

—「거울놀이」 부분

　인용 시에서 거울은 헤테로토피아 기능을 통해서 공간적 전환을 하려는
것이다. 시에서 거울은 현실세계에서 “잃어버린 이상(理想)”을 찾는 헤테로
피아의 기능을 하고 있다. 시적 존재는 거울을 통해 현실과는 다른 새로운
존재성을 원하지만 그곳에서 만나는 존재는 시인이자 소설가인 이상이다.

거울은 시적 존재의 몸을 이상과 동일화하면서 현실세계의 암울한 모습을 재귀해놓는다. 이상의 환상을 통해서 현실의 세계를 고발한다. 시적 존재가 획득한 "거울 속 박제된 웃음"을 짓는 이상은 시대적 현실로 인해 절망과 환멸을 겪으면서 살아온 식민지 지식인이다. 이상과 동일화되어 있는 자신을 만남으로써 또다시 어둠의 현실로 재귀된다. 이상이 살아온 세계와 자신의 세계가 다르지 않음을 보여주는 것이 이상의 시 「오감도-시제1호」의 내용들을 인유한 구절 등이다. "막다른 골목"으로 "슬픈 아이들이 풀밭을 달려"가는 형상은 "13인의 兒孩가" "막다른 골목"으로 질주하는 이상의 시를 연상하게 한다. 이상의 시에서 막다른 골목으로 질주하는 13인의 아이는 공포와 불안의 세계를 질주하는 존재들이다. 이러한 존재들에게 세계 내에서 빛나는 "탐욕스러운 빛"은 희망이 아니라 현재의 존재성마저 위협하는 불안한 요소이다. 세계는 시적 존재나 이상을 막다른 골목으로 몰아가는 몰이꾼이다. 거울 속 세계에서 질주하는 아이들은 시적 존재의 불안을 가속화하는 행위의 표상이다.

　절망을 가속화하는 상황은 분장을 통해 세계를 전환하려는 시에서도 마찬가지이다.

분장실에서 뛰쳐나온 사내가
잘린 귀를 들어 올린다

빈센트 반 고흐의 불협화음이
제 얼굴을 지우며 비틀거린다

사내의 서늘한 표정이
사람들을 향해 온몸으로 침묵한다

　　　　제2부 집단적 아비투스와 웅콘데 형상

> 홀로 서 있는 몸짓은
> 불이 꺼지는 순간 무대 뒤로 사라지고
>
> 굳게 다문 아우성으로 객석이 피어난다
>
> —「우울한 카페의 연극」부분

이 시에서도 감정말은 분장과 무대라는 헤테로토피아 기능을 통해서 디스토피아 세계관을 드러낸다. 시적 사내의 분장은 가면의 힘이 갖고 있는 비밀스러운 권력, 보이지 않는 힘을 세계와 소통시키는 기능을 한다. 분장을 통해 세계를 바꾸는 행위는 현실적인 문제를 해결할 수 있는 어떤 마술적인 힘을 갈망하는 동시에 의식 속에 내재되어 있는 욕망을 불러내는 일이다. 분장은 현실의 나를 철저하게 지우고, 이 세상에 없는 새로운 공간 위치하게 하여 새로운 존재성을 갖게 한다. 분장을 통해 시적 사내가 "빈센트 반 고흐"의 존재성을 갖게 된 것은 이러한 이유 때문이다. 문제는 여기서도 시적 사내와 고흐가 동일화되어 있다는 것이다. 현실세계의 어두운 존재성이 그대로 재귀된다는 것이다. 세계를 희망적으로 바꾸지 못한다는 디스토피아 의식은 무대가 전환하는 세계를 통해서 더욱 심화된다.

무대는 양립 불가능한 공간을 한 장소에 겹쳐놓는 방식으로 세계를 전환한다. 무대에서는 배우의 연기와 함께 여러 공간들이 공존한다. 배우의 연기 또한 분장의 한 형식으로 현실에서의 자신의 존재성을 철저하게 버리는 행위이다. 배우는 분장과 연기, 무대를 통해 처절하게 자신을 현실세계로부터 분리하고 새로운 세계와 존재성을 만들어낸다. 알프레드 시몽(Alfred Simon)은 분장과 연기가 가진 가면성에는 신성과 연극이라는 이중적 기호가 내재되어 있다고 한다.[5] 가면은 신성을 밑으로 끌어내리고 하나의 표정

---

5 알프레드 시몽, 『기호와 몽상』, 박형섭 역, 동문선, 1993, 26쪽.

을 통해 인간성을 고정시키도록 설득한다. 원초적인 어둠을 가면의 힘으로 없애려고 하는 이의제기의 장치이다. 하지만 현실세계를 이의제기하는 장치로서 분장과 연기는 세계를 설득하지 못한다. 세계와의 불소통은 "고흐의 불협화음"으로 나타난다. 세계의 "굳게 다문 아우성"으로 "홀로 서 있는 사내"는 이곳에서도 전진하지 못하고 있다. 심층적인 현실세계의 비극이 또다시 재귀되고 있다. 세계를 바꾸는 마술적인 힘은 좌절되고. 시적 존재들의 욕망은 또다시 동굴 속으로 움츠린다.

이런 존재론과 세계관으로 인해서 감정말의 시적 존재들은 마치 욕망이 없는 것처럼 보인다. 하지만 세계를 접할 때 느끼는 감각의 혼란이나 현실의 문제에 이의제기를 하는 공간적 전환은 어둠을 벗어나려는 처절한 욕망의 흔적이다. 단지 세계의 빛이 사회 주변부들에게는 너무나 강력해서 이것이 그들에게는 어둠 속 전짓불마냥 길을 보여주지 않는다. 감정말의 희망이나 욕망이 날개깃이나 동굴에 은폐될 수밖에 없는 것은 이러한 고통을 너무나 잘 알기 때문이다. 우화는 "오를수록 찢어지는 한 움큼의 아픔"(「하루살이 독백」)이라는 하루살이의 독백은 자폐의 실존성을 가진 사회 주변부들의 절규이다. 거대한 발광체로 빛나기 위해 세계의 권력은 이들을 어둠 속으로 몰아넣으며 아주 깊게 뿌리를 내린다.

감정말의 이번 시집은 정박점을 상실한 존재들과 디스토피아의 세계관에 주목하고 있다. 시에서 감각의 혼란으로 인식되는 길은 인간의 존재성과 실존적 의미를 만든 세계에 대한 불안과 공포를 드러낸 것이다. 특히 스스로 굳건한 뿌리내림의 '정박점'이 되지 못하는 시적 존재들의 모습은 현실세계 있는 사회 주변부들의 실존성을 대변한 것이다. 세계의 빛이 그들을 성장시키는 굴광성이 아니라 어둠이나 그늘로 몰아넣는 주체로 인식되면서 경험하는 주체로서의 몸은 시에서 공간적 혼란을 겪거나 몸을 반장소화하는 방식으로 이의제기를 한다. 김정말이 세계를 극복하려는 욕망을 드러낼수록 이것들은 어둠으로 다시 재귀하는 속성을 지닌다. 하지만 시인의 시선이 사회적 소외자나 사회적 약자에게 앵글을 맞추고 있다는 점은 그가 따스한 마음을 가진 시인임을 짐작하게 한다. 또한 시인이 세상을 사랑하는 한 방식으로 정박점을 상실한 존재들을 선택한 것이라 여겨진다.

자본주의 논리가 변증법적으로 작용하면서 시공간 유토피아가 실현되는 이 시대에 김정말의 시적 공간이 혁명성을 갖지 못하는 것은 사실이다. 전진하지 못하고 머물러 있는 공간의 세계는 어쩌면 가속화되는 사회적 현실을 부정하는 사회 주변부들의 항변인지도 모른다. 너무 빨리 질주하는 세계를 따라잡기 힘든 이들의 절규인지도 모른다. 하지만 필자는 시인에게 '힘내라'고, 희망적인 세상에서 역동적인 시선을 갖기를 권유해본다. 인간의 상상에만 머물러 있는 유토피아가 인식론적인 공간에서 실현되었듯이 무한한 가능성의 세계가 우리가 사는 세상임을 말해주고 싶다. 다음 시집에서는 시인이 욕망을 마음껏 드러내고, 현실의 문제들을 신랄하게 비판하는 능동적인 시적 태도와 세계관을 보았으면 한다.

개와 늑대의 숙명론을 인식하는 지점
— 권정일, 『어디에 화요일을 끼워 놓지』

　인간에게 욕망은 '나'가 아니라, '타자'에 의해서 생성된다. 문명이 만든 이성적 감정은 인간적 실존성보다는 상대적 실존성을 추구하는 방향으로 나아간다. 이것은 실존성의 주체가 '나'가 아니라, '타자' 특히 집단이 주체가 됨을 의미한다. 타자가 주체인 삶의 양상. 개인은 집단의 부분집합이라는 숙명론. 권정일 시인의 이번 시집을 관통하는 화두는 이런 문제인 듯하다.

　해설을 쓴 안서현 평론가도 권정일 시에서 '우리'라는 개념을 핵심적 키워드로 보고 있다. 그는 권정일이 '우리'라는 의미로 강요되는 실존성을 탐색하고 있으며 그 속에서 파생되는 개인의식을 성찰하고 있다고 한다. 안서현 평론가의 말대로 이번 시집에서 '우리'라는 개념을 배제하고는 시의 의미를 찾기가 쉽지 않다. 그만큼 '우리'와 '나'의 상관관계에 대한 시인의 화두가 강렬하다. 권정일 시인은 집단과 나의 상관관계에서 만들어지는 실존성을 길들여지는 개의 속성으로 파악하고 있다. 길들여져야 승리자가 되고, 인정을 받는 사회적 현실과 이에 저항하려는 늑대의 속성 '나'의 관계에 주목하고 있다.

　이번 시집에서 필자가 주목한 것은 이런 문제의식을 형상화한 촉각 이미

　제2부　집단적 아비투스와 웅콘데 형상

지들이다. 촉각은 '나'와 '타자'와의 관계나 실존성을 표출하는 대표적인 감각이다. 촉각은 신경생리와 연결되어 있어, '심리학과 생리학의 사이의 존재론'이라도 불린다. 촉각은 대상이나 세계와 직접 접촉을 하는 감각이기 때문에 심리적 호불호가 명확하다. 그만큼 대상이나 세계에 대한 감정을 직접적으로 반영하는 감각이라는 뜻이다. 권정일의 이번 시집은 대상이나 주체들이 알레고리화되어 있어 난해한 의미로 독자에게 다가온다. 그럼에도 불구하고 서정적 파동이 전달이 되는 것은 촉각 이미지들의 기능 때문일 것이다. 권정일 시의 촉각은 사회적 자아와 개인적 자아가 충돌하는 지점으로 기능을 한다.

두 자아가 충돌하는 원인은 권정일 시인이 집단적 실존성을 부정하지는 않기 때문이다. 삶의 동력으로 작용하는 집단적 실존성을 숙명론으로 이해하기 때문에 일부 시에서는 선망과 소외의 양가적 감정으로 나타난다.

> "열흘만 붉어라 열흘만
> 그러나 견딜 수 없는 꺾인 꽃의 아름다움은 겹겹이지
> 꽃술에서 가장 먼 꽃잎이 시든다"
> …(중략)…
> "서로를 부르며 그만큼 서로 거역하는 이복 자매들"
>
> —「결속」 부분

무리지어 핀 꽃, 작은 꽃잎들이 겹겹이 겹쳐져 있는 것들은 아름답다. 낱개가 모여 한 송이 꽃을 이루고 있는 이 장면은 보편적인 미학, 보편적인 명예의 정점을 촉각으로 알레고리화한 것이다. 사회구성원의 일원일 때 개인이 가치가 있음을 표상하는 장면이다. 하지만 다수의 가치관으로 형성되는 실존성에는 나의 자유의지 같은 것은 존중을 받지 못한다. 내가 무리와 동일화되어 있을 때는 문제가 없지만 그렇지 못할 때 무리와의 접촉은 비동일

성을 인식하게 한다. 이것은 구성원의 다수가 지향하는 집단의 가치관이 개개인의 실존성을 만족시켜주지 못함을 의미한다. 특히 "꽃술에서 가장 먼 꽃잎이 시든다"는 말처럼 집단과의 괴리가 클수록 존재성은 쉽게 퇴색된다. 중심과 주변부의 구조, 수직 구조의 사회적 계급이 추구하고 있는 집단적 가치관은 전체의 가치관을 대변하고 있는 듯 보이지만 실상은 힘의 논리가 작용하는 가치관이라는 데에 문제가 있다. 그래서 개인은 중심에 서고 싶은 욕망을 가지고, 그 의지가 좌절될 때 집단적 실존에 대한 회의를 느낀다. 나와 집단과의 상관적 실존성은 "간절한 온도가 만져질 때" "자세해"(「숲으로」)진다. 집단적인 접촉은 인간의 숙명적인 실존이다. 무인도에 살지 않는 이상 개인의 욕망은 결국 집단 속에서 배태되고, 구현될 수밖에 없다. '우리'라는 말로 강요되는 집단적 실존성이 싫지만 집단의 구성원으로 살아야만 하는 '나'인 것이다.

거부하고 싶지만 거부하기 힘든 사회적 숙명론을 표현한 것이 "서로를 부르며 그만큼 서로 거역하는 이복 자매들"이라는 말이다. "남은 얼굴을 어디에 쓸까 두리번거리는"(「얼굴의 이해」)거리는, "차임벨 소리보다 짧은 3초" 같은 "잠깐 공동체"(「가벼운 인사」)의 사회. 이런 사회는 자신을 숨기고 타인과 타협을 하는 인위적인 인격인 페르소나(persona)가 만연한 곳이다. 그러므로 허위적 페르소나는 때로 개인에게 상처로 작용한다. 집단적 실존성에 대한 회의감을 드러낸 것이 권정일 시에서의 가학적인 촉각 이미지들이다. 「파라다이스에서 만나요」에서 권정일 시인은 개인이 집단적 실존성을 부정하는 속성이 집단과의 괴리로 "고립"되거나 혹은 "목을 물린 너의 거짓말이 쉽게 나를 물고 늘어질 때" 발아된다고 본다. 인간적 본질과 멀어진 사회적 자아는 인간적 본질로서의 나를 되돌아보게 한다. 길들여진 사회적 속성이 자유로이 방목하려는 인간적 속성을 회귀시킨다. 이 인식의 순간은 내가 주체가 되어 실존의 방향성을 바라보는 시간이다. "사과와 오렌지를 한 앵글

　　　　　　　　　　제2부　집단적 아비투스와 웅콘데 형상

에 편입시키는” “칼”(「우리가 흐르는 자세」)에 저항하면서 누군가의 먹잇감이
되지 않기 위해 야성의 발톱을 세우는 시간이다.
　누군가의 먹잇감이란 결국 획일화된 실존성일 것이다. 집단이 원하는 형
태로 만들어진, 쉽게 통제되는 실존성일 것이다.

　　감쪽같이 빼먹었습니다 잡아먹고도 멀쩡합니다

　　나를 보고
　　내가 놀아야 합니다

　　어딘가에 속해 있는 나와 벗어나 있는 나를 구별하지 못하고

　　…(중략)…

　　열두 시와 열두 시의 무덤들은 서로 다른 위치에서
　　시퍼런 낫을 들고 자라나는 것을 멈추지 않는 머리칼을 오래오래 베어 먹
　　습니다

　　자제하지 않는 것을 멈추고 싶지 않습니다

　　창밖에는 똑같은 아이들이 자라나고 있습니다
　　　　―「시계가 시계 방향으로 도는 건 시간이 선택한 일이기도 하다」 부분

　“칼”과 동일한 의미로 알레고리화되어 있는 “시간”은 획일화된 실존의 방
향이다. 개인의 삶이 너무 획일화되어 자신이 먹히는지도, 자신이 누군지도
모르는 상황이 되어간다. 사회적 관성에 고착되어 있는 인간적 야성을 끄집
어내는 행위가 머리칼을 자르는 가학적 촉각이다. 신체의 머리카락은 신경

개와 늑대의 숙명론을 인식하는 지점

과 연결되어 있는 촉각으로,[1] 성장과 죽음 재생의 순환 과정을 의미한다. 이 것은 집단이 주체인 세계에서 내가 주체가 되는 세계로 넘어가는 입문식과 같다. 인지 철학자 네닛(D, Dennett)은 자유의지를 상실한 대상은 자신을 사물화한다고 한다. 기존의 실존성에 저항하려는 시적 주체의 능동적 행동은 '나'만의 개성적인 실존성을 만들려는 살아 있는 시인의 자유의지이다. 실존적 방향 찾기의 권정일 시인이 쓰는 단편소설은 집단이 만든 "육하원칙"을 "매일매일" "자르고 붙이고 나누"(「단편소설」)면서 만들어나가는 창의적인 '나'만의 실존성이다. "질주하지 않으면 길의 노예가 된다고 생각하는 사람", "기어이 보여야만 존재한다고 믿는 것들을 그대로 보기 위해" 살아가는 "어리석은 당나귀"를 거부한 것이다.

결국 이번 시집은 점점 거대화되어가는 사회에서 '나'의 실존성을 찾는 행로라 할 수 있다. 권정일 시인은 문명이 주체되는 집단적 체제와 공동체에 의해 강요되는 가치관에 회의를 가지고 있다. 그러면서도 길들여지는 개의 속성과 야성을 가진 늑대의 속성이 인간의 숙명적 실존성이라는 시선을 견지하고 있다. 사회적 동물로서의 인간 실존성에 대한 탐색을 하고 있다. 또한 시의 난해한 언술에도 불구하고, 그런 의식을 인식하고, 정서적으로 전달하는 데에 한몫을 한 것이 촉각 이미지라 할 수 있다.

1   다이앤 애커먼, 『감각의 박물학』, 백영미 역, 작가정신, 2023.

          제2부 집단적 아비투스와 옹콘데 형상

미혹함에서 깨달음으로 가는 선문답 화법

— 천수호의 시

천수호 시인의 시는 '선문답'이라는 단어를 떠오르게 한다. 선문답은 불교에서 조사가 수행자를 인도하기 위해 제시하는 과제와 수행자의 대답을 아울러 이르는 말이다. 선문답의 원리는 개념과 인식을 하나로 보는 것으로 대법을 통해 헛된 생각이나 잘못된 정신을 떨쳐버리고 자기 본래의 천성을 깨우쳐 아는 견성(見性)이다. 불교에서 수행자들의 정신적인 구원을 목적으로 했던 선문답이 현재에는 보편적인 구원을 목적으로 하는 '자아탐구(self-inquiry)'나 '자기지각(self-awareness)'의 개인적인 체험으로도 많이 활용된다. 우주적인 존재의 자리가 만든 인식이나 실존적 의미들을 행간과 행간의 서술을 통해 찾아가는 천수호의 시는 선문답의 원리와 유사한 구조를 갖고 있다. 선문답의 원리와 유사한 천수호의 시적 구성과 서술은 각각의 행간을 철학적인 사유로 나아가게 하고, 평범한 언어들이 존재의 자리를 새롭게 규정하는 견인차의 역할을 한다.

천수호의 시는 대체로 생물·사회학적으로 규정된 존재론적 의미나 실존적 의미에 대한 의문에서 발화된다. 시적 의식을 발화시키는 존재론적 의미나 실존적 의미에 대한 문제제기가 질문이라면 시적 언술과 시적 구성은 돈오돈수(頓悟頓修), 즉 깨닫기 전의 미혹한 입장, 성찰과 심리적 변화의 과정이다. 「사월의 것을 그대로 두어요」라는 시에서 시인은 "사월"의 실존적 의미를 그동안 "산"으로 규정하고 살아온 것에 대한 미혹한 사고를 성찰하고 있다. 시에서 "사월"은 어떤 상황인지 구체적으로 나타나 있지는 않지만 화자가 "산"으로 인식한 실존성은 사회 내 보편적인 가치에 의해서 담론화된 의미일 것이다. 시적 발화의 지점은 이러한 것에 대한 의문이다. 그동안 사회 내에서 보편적인 진리로 담론화되었던 사월의 의미를 화자는 "절반으로 가를 줄 몰라서", 즉 사회학적 실존성에 의문을 가지지 않았기 때문에 "산이라"는 실존적 의미를 그대로 받아들였다. 사월의 상황에 대한 무지, "모를 때의 일"이어서 그때의 진실과 의미를 제대로 알지 못했음을 토로하고 있다. "한 모금을 뱉어내고 한 입 가득 머금은 것을 골짜기", "충격을 가했던 자리에만 생강나무꽃이 터진다고 생각했"기 때문에 "아프다 말하는 사람"을 간과했음을 반성하고 있다. "꽃도 놓고 잎만 단 채 하늘을 꺾어버린 가지 때문에/핏물이 고여서 이름이 된 사월이 있었다는 것", 즉 화자는 자연스러운 자연의 이치나 사회적 순리 이면에 왜곡된 진실이 있다는 것을 뒤늦게 알고 사건의 본질을 들여다보기 시작한 것이다. 마음속 의문은 잘못된 실존적 의미를 성찰하고, 본질적인 진리로 이끄는 화두로서 가능하다. 여기서 "사월"은 추측하건대 4·19혁명과 같은 사월에 있었던 우리의 아픈 역사를 지칭하는 것 같다. 사월에 대한 역사적 진실이 누군가에 의해 오도되었음에도 화자는 그대로 믿었고, 스스로 질문을 하고 답을 하는 성찰의 과정을 통해 자신의 미혹함을 깨달았을 뿐 아니라, 사건의 본질을 보았다. "사월"은 "산"이 아니라 "산을 반으로 가르는 행위"임을 알게 된 것이다. 사월의 진실을 바로 보려는 새로운 시각과 인식은 비도덕적인 사회적 선을 부정하는 것이다. 사회적 정의를 세우기 위해 화자는 미혹한 자신을 반성하고 본래의 진실을 깨우쳐 견성(見性)으로 나아가고 있다. 선에서 "깨달음이란 법을 보는 것이고, 법을 보는 것은 체험하는 것이고 법이 체험하는 것은 법과 일여가 되는 것"으로 깨우침은 스스로 잘못된 행동을 반성하며 상대성을 뛰어넘는 우주적인 자기가 되는 것을 말한다. 잘못된 행동을 반성하고 본질을 꿰뚫는 혜안을 가짐으로써 진실을 두루 폭넓게 보게 되는 것이다. 지난 날의 그릇된 가치관을 반성하고 성찰하면서 사건의 본질을 찾아가는 화자의 고백은 미혹에서 깨달음으로 나아가는 선문답의 과정을 갖고 있다. 이것은 나아가 편협한 진리와 가치에 갇혀 진실을 외면하거나 오도된 실존적 의미를 만들어나가는 사회에 대한 시인의 부정적인 가치관을 보여준 것이다.

　사회학적 의미의 실존성이 갖는 미혹함의 단면은 「다시, 첫말」이란 시에서도 나타난다. 이 시에서 화자는 "말[言]"에 의해서 형성되는 인간의 미혹함을 말에 대한 본질을 성찰하는 과정을 통해서 보여준다. '말[言]' 즉 인간이 의사소통을 위해 만든 사회학적 기호는 실존적 의미를 전달하고 확산하는 기능을 한다. "말을 다시 배우는" 깨달음의 과정은 "첫말"이 무엇일까 하는 화두로부터 시작된다. 이것은 선문답에서 잘못된 사물의 이치를 말끝에 깨닫는 '언하변오(言下便悟)'와 유사한 것이다. 첫말은 화자가 말에 대한 인간의 그릇된 가치관을 깨우쳐주는 말이다. 시에서 의사소통의 수단으로서 말의 본질이 '동물의 울음'과 동일시되고, 고유명사로서 동물인 말로 변주되는 것은 인간의 첫말이 이들과 다르지 않다고 보기 때문이다. '말(言)'의 본질은 본능적인 의사소통으로 생물학적인 한 기능이다. 이런 기능을 "인간의 입술"은 변형하여 사회적인 것으로 만들어왔다. 사회학적인 의미의 말이라는 것은 사물의 본질을 그대로 인정하지 않고 인간의 개념을 개입시켜 사물의 가치를 재규정한 것이다. 본능적으로 뱉어내는 동물적 울음이 말의 본질이지만 인간의 입술은 그 진실은 외면한 채 자신이 편리한 대로 가치 부여를 한다. 우리가 '진리의 보고'라고 믿는 책들을 화자의 시선으로 보면 서직지를 알 수 없는 동물들이 모여 있는 동물원이다. 서식지를 알 수 없는 말, 원래 말의 순수한 기능을 잃은 사회학적 의미의 기호들이다. 인간의 말과 동물의 말, 말이 가지는 사회학적인 기능과 생물학적인 기능의 대구를 통해서 말의 본질을 성찰하고 있다. 순수한 의사소통 수단으로서 말이 인간의 입술에 의해 잘못되어 가고 있음을, 말에 대한 사회학적인 속성을 성찰하고 깨닫는 시라 할 수 있다.

미혹함을 보여주는 국면을 통해 깨달음을 이끌어내는 양상은 「왜가리를 돌려세우는 방법」에서도 보인다. 이 시는 그동안 동양철학에서 많이 통용되는 "왜가리"와 "노인"의 고고한 혹은 속세를 초월한 이미지를 부정하는 것을 화두로 한다. 동양철학적인 이러한 이미지는 원효가 『금강삼매경론』에서 말한 동(同)과 이(異)라는 선문답의 논리와 유사하다. "왜가리"는 황새목 백로과에 속하는 흔한 여름물새로 "노인"과는 다른 것 같지만 시에서는 같은 존재론적인 의미로 인식되고 있다. 왜가리와 노인은 생물학적으로는 다른 존재이지만 고고한, 속세를 초월한 듯한 이미지로 통용되고 있다는 점에서 존재론적인 의미가 같다. 화자는 왜가리와 노인을 통해 다른 데서 같은 것을 구별한다. 이것은 다른 것을 없애서 같은 것을 삼는 게 아니다. 다른 것을 없앤 것이 아니기 때문에 같다고 할 수 없고, 다른 것이라 말할 수 없기 때문에 같은 것이라는 불능이(不能異)의 선문답 논리이다. 왜가리와 노인은 생물학적으로는 다르지만 2연에서 이 둘은 존재론적 의미에서 하나이다. 시에서 이것은 "왜가리 울음이 현실 같은" "누런 런닝구 차림으로 허리만 둥둥 떠가는/앞선 노인"으로, 서로의 존재성을 없애지 않으면서 한 존재로 동일화되어 있다. "왜가리 목에서 꺾어지다 멈추는 소리", "노인은 개운치 않은 옛 얼굴로 한 번 더 몸을 턴다", 다른 존재이면서 공통의 이미지를 통해 같은 존재론적 의미를 획득하고 있다. 그런데 화자는 이 둘의 공통점을 통해서 기존의 존재론적인 의미인 '고고함'이나 '속세를 초월한' 이미지를 부정한다. 화자는 "초라해", "그렇게 초라했어"라는 말을 통해 두 존재의 기존 이미지를 뒤집는다. 기존의 인식을 부정하는 것은 존재론적인 의미를

　　　　　　　　　제2부 집단적 아비투스와 웅콩데 형상

새롭게 정립하기 위한 화두이다. 불능이(不能異)의 논리를 통해 얻은 깨달음은 두 존재의 고고하고 세속을 초월한 존재론적인 의미가 아닌 외롭고 초라한 존재론적 의미로 재정립되고 있다. 이것은 정신주의를 지향하는 사회가 만든 이미지에 대한 잘못된 진실, 이러한 것에 갇혀 있는 인간의 미혹함을 보여주는 것으로 생물학적인 초라함과 외로움을 다시 직시하는 깨달음의 과정이라 할 수 있다.

선문답과 유사한 형식의 시적 언술과 구성은 천수호 시에서 존재론적 의미와 실존적 의미를 성찰하는 중요한 시적 장치이다. 화두를 성찰해나가는 서술과 구성은 시에서 평범한 언어들이 철학적 사유로 나아가게 하는 견인 역할을 한다. 존재론적인 미혹함을 성찰하고, 행간이 더해지면서 깊어지는 사유는 사물의 이치나 본질을 깨닫고, 새로운 존재론적 의미와 실존적 의미를 규정해나가는 낯설고 신선한 시쓰기의 방식이다. 적어도 이 세 편의 시에서 선문답의 화법은 기존의 시적 언술이나 형식과는 다른 천수호만의 개성이라 여겨진다. 이것을 통해 천수호는 순수한 존재성을 왜곡하고 변형하는 사회학적 의미의 실존성에 대해 문제를 제기하고 있다. 우주적 존재로서 인간이 만들어나가는 존재의 자리가 순수성과는 거리가 멀어지고 있다고 보고 있다. 천수호는 우리의 존재성과 실존성이 본질을 왜곡하지 않고, 올바른 의미로 정립되기를 바라고 있다. 그것이 천수호가 사물의 이치가 본질을 성찰하는 이유이다.

비움의 미학과 존재의 순환
— 류정희, 『사막냄새』

존재를 인식하는 방식은 유일하게 인간의 것이다. 생각하는 동물로서의 사유 체계를 갖지 못한 생물들에게는 본능적인 존재 양식만 있을 뿐, 존재에 대한 인식은 없다. 이는 곧 존재 양식의 양태는 사유 체계가 있어야 가능함을 의미한다. 쉽게 말하면 "마음먹기에 따라서 세상은 달라 보인다"는 말과도 일맥상통한다. 타자로서의 세상은 고정불변의 원리로 돌아가지만 마음의 창에 따라 세상은 달리 인식된다. 사유를 통해서 실재의 현상은 재구성된다. 시인의 사유 체계는 시 이미지로 은유화되어 존재의 양식을 보여준다. 특히 진실된 인생관을 읽어낼 수 있는 서정시의 경우 시인의 사유 체계를 쉽게 파악할 수 있다는 장점이 있다. 일상적 서정시의 범주에 있는 류정희 시인의 시는 시야가 넓다고는 할 수 없지만 연륜이 낳은 체험적 인식들로 인해서 나름대로 깊이를 확보하고 있다.

이번 시집에 상재된 류정희 시인의 시를 소재적 측면으로 분류하자면, 크게 세 가지로 나눌 수 있다. 어머니를 대상으로 한 시와, 자연친화적인 시 그리고 여행시편들이다. 이 세 유형의 시 이미지를 형성하는 의식의 큰 줄기는 수용적 태도로 나타나는 비움의 미학과 존재의 순환이다. 비움의 미학은 현실적 고통에서 얻어진 깨달음인데, 현실적 고통은 시에서 세계와의 단

   제2부 집단적 아비투스와 응콘데 형상

절로 이어지지 않고 수용하는 태도로 승화된다. 하지만 시인의 내면에 잠재되어 있는 현실에 대한 부정성은 시간의 영속성을 인식하는 시들을 통해 윤회사상으로 표출된다. 이러한 내세관은 재생을 의미하는 것이며 우주론적인 인식으로 볼 때 존재의 순환적 현상이라 읽혀진다.

결핍의 존재를 껴안는 비움의 미학

인간은 본능적으로 비우는 존재가 아니라 채우려는 존재이다. 요람에서 무덤까지 인간이 먹어치우는 생명의 숫자는 헤아릴 수도 없다. 뿐만 아니라 물질적 욕망을 채우기 위해서 우리는 얼마나 많은 목숨을 담보로 치장을 해왔던가? 인간은 업(業)을 지천에 쌓으면서 살아가는 존재이다. 하늘과 땅에 죄업을 무수히 쌓고서도 상승을 꿈꾸는 것이 인간이다. 그런데도 류정희의 시적 의식은 무언가를 자꾸 비우려고 한다. 시를 반복해서 음미해보면 비움의 미학은 그냥 얻어진 것이 아니라 생의 고통을 아는 사람만이 얻을 수 있는 결론이라는 걸 알 수 있다. 류정희 시인이 생각하는 삶은 "생각이 달라도 사랑"을 하게 되고, "사랑하면 할수록 생각"이 많아지고, "금을 긋고 등을 지고 살아도 붉게 피는 꽃" 상사화 같은 것이다. 체념과 초월, 세상을 달관한 듯한 태도는 그냥 생기는 것이 아니다. 희열과 고통을 동시에 짊어진 운명적 몸이라고나 할까?

> 먹어서 체하는 건 순전히 내 탓
> …(중략)…
> 목에 걸린 가시는 내 몸을 가시나무로 자라게 한다
> 마음도 가시방석 냄비처럼 끓는다
> …(중략)…
> 북적대는 시장길 가시나무가 걸어간다

나를 피해가는 시장길

가는 곳마다 가시나무 무성하다

가시가 자라는 건 순전히 내 탓이다

내 탓 내 탓하며 나는 가시에 적응되어 가는 나를 보았다

…(중략)…

가시처럼 살았다

가시를 쓰다듬는 용서의 나무가 되기까지는

―「용서하는 가시」 부분

이 시에서 삶은 가시밭길로 은유되어 있다. 구체적으로 언급되지는 않았지만 "가시"란 삶을 고통스럽게 하는 그 어떤 것일 것이다. 하지만 시인은 "가시를 쓰다듬는 용서의 나무가 되"어 있다. 이러한 측면은 류정희 시인에게 내재되어 있는 '마음의 철학'이 드러난 부분이다. 이번 시집의 다른 시들을 통해서도 마음가짐이 삶을 잣대로 쓰여짐을 시사한다. "분노는 분노를 낳아 죽음이 달다"(「죽음이 달다」)는 구절은 마음의 쓰임새가 어떤 방향으로 나아가야 할지를 제시해준다. 독설은 독설을 낳을 뿐이다. 이에 반해 류정희 시인은 수용적 태도가 삶의 후광이 된다는 걸 알고 있다. 그녀는 불완전한 인간의 존재 양식은 수용함으로써 완성된다고 말한다. 병으로 반신불수가 된 몸을 응시하는 「그녀에게는」라는 시에서 말했듯이 "한쪽은 죽음이고 한쪽은 삶"인 몸을 가진 것이 완전한 인간이다. 인간은 육체적으로나 정신적으로 완전한 것이라 착각을 하지만 인간은 불완전한 존재이다. 현세에서 충족되지 못한 결핍성은 내세관을 갈망하는 요인으로 작용한다. 욕망이 만들어내는 오류는 정신적 블랙홀을 만들고, 신체와 정신이 훼손되어 가고 있음을 인정하지 않는다. 그것을 인식하는 순간에 엄습하는 불안감, 심층적 기저에서 일어나는 내상을 류정희 시인은 수용함으로써 마음의 미학으로 승화시켜놓는다.

　　　　　　　　　제2부 집단적 아비투스와 응콘데 형상

몽땅 쏟아버린 어둠으로
텅 비어 있는 항아리

…(중략)…

…보지 못한 것이 또한 중심이었다

…(중략)…

항아리는 비어 있음이
중심이었다
텅 빈 하늘이 나의 중심

항아리를 깨끗이 씻어
나의 빈 중심을 담아두었다

—「중심」 부분

내어주지 않으려다 찢어진 마음들
큰 슬픔 배어 있는 등 굽은 소나무

—「나무들」 부분

누군가 죄를 지으면
마을 한복판 광장에다 세우고

…(중략)…

그가 참회 눈물을 흘리는 절정에 이르면
한 명씩 나가 그를 껴안아 축복해 준다
…(중략)…

아름다운 인간이 사는 곳
가르치지 않고 보여주는 나라
해 뜨고 지는 숨가쁜 상처
그곳에 가서 용서받고 싶다
벌 받은 마음 용서하고 싶다

—「머나먼 바벰바」 부분

　시에서 "어둠을 몽땅 쏟아버린"(「중심」) 마음은 존재 양식의 중심을 향해 있다. 이러한 시적 의식은 빈 항아리의 중심에 시적 자아의 마음을 투사시키면서 동일시를 이룬다. 마음의 미학으로 승화된 '비어 있음'은 나의 존재 양식을 굳건하게도 하지만 타자의 존재 양식을 수용할 수 있는 여유를 준다. 모든 것을 가져도 마음에 박힌 가시를 뽑지 않으면 행복은 없다고 한 「백년초」에서도 이러한 의식을 알 수 있다. "버릴 수 없는 슬픔"이 "독"이라는 사실을 깨닫는 것은 그리 쉬운 일이 아니다. "살과 뼈를 다 우려서/우리의 사람이 모두 함께/물들어"(「염색」)야 아름다운 빛깔을 뿜어내는, 삶의 희로애락과 오욕칠정을 겪어본 사람만이 세울 수 있는 마음의 철학이다. 정신이란 삶 속에서 단련되지 않으면 백지 상태로 남는다. 정글에서 자란 늑대인간처럼 사유의 싹은 애초부터 발아되지 않는다. "가장 화려한 자리" 뒤에 있는 "슬픔"(「목련꽃」)의 꽃은 삶의 경험들이 만든 철학이다. "큰 슬픔 배어 있는 등 굽은 소나무"(「나무들」)가 생이라고 생각하는 시인은 죄인마저 용서해주는 나라를 "아름다운 인간이 사는 곳(「머나먼 바벰바」)이라 지칭한다. 이런 수용적 태도는 현실세계의 긍정이 아니라 부정에서 비롯된 것이다. 고통을 겪어 본 사람의 가슴이 굳어서 그런 것이다. 「어머니의 치매」에서도 시인의 이런 마음을 읽을 수 있다. 기억을 상실한 어머니와 시인은 단절되어 있다. 이 시에서 "어머니의 땅"으로 은유된 현실은 "한 방울의 꿀도 솟아나

　　　　　　　　　　제2부　집단적 아비투스와 응콘데 형상

지 않는/차가운 얼음뿐"이다. "어머니, 여기는 오지 마세요"라는 말로 비가
시적인 세계 속에 사는 어머니가 더 행복함을 시사한다. 현실세계의 고통
은 어머니 것인 동시에 시인의 것일 것이다. 비가시적인 세계에 대한 희망
은 치매에 걸린 어머니를 장난감을 가지고 노는 아기로 은유한 「장난감」이
라는 시에서도 알 수 있다. "삶"은 "속절없이 부서지"는 것이지만 "아기의
눈에 보이는 모든 것은 해와 달처럼 둥근 것"이라고 표현함으로써 어머니는
희망을 발하는 아기로 변용되어간다. 세상의 온갖 치부를 보아버린 노안은
통증이지만 새롭게 막 눈을 뜬 아기의 눈은 희망이다. 이처럼 류정희 시인
의 심리적 존재 양식은 어른의 존재 양식에서 아기의 존재 양식으로, 가시
적인 세계에서 비가시적인 세계로 옮겨간다. 류정희 시인의 수용적 태도는
마음의 미학으로 승화되었지만 현실에 대한 부정성은 시간의 영속성을 인
식한 시들을 통해 재생의 갈망으로 표출된다.

텃밭으로서의 어머니, 우주론적 인식

류정희 시인의 시에서 우주론적인 인식은 주로 어머니'를 소재로 한 시
와 자연을 소재로 한 시들을 통해 표출되고 있다. 우주적 현상과 존재를 통
해서 신의 존재에 대한 해답을 찾는 우주론적 사유가 왜 어머니와 자연친화
적인 시들을 통해서 나타나는 걸까? 그것은 아마 생명을 잉태하는 모태로
서의 본질 때문일 것이다. 원형 상징으로서 어머니 존재는 돌보는 자비, 영
양의 공급자로서의 모성, 생명을 움트게 하는 대지로서의 어머니이다. 류정
희 시인은 역설적이게도 기억조차 상실되어 가는 몸을 가진 어머니를 통해

---

1 「어머니의 치매」, 「장난감」, 「친정나들이」, 「모심기」, 「중심」, 「어머니의 텃밭」, 「마늘
   씨」, 「호박」, 「나무들」, 「아버지의 시계1」, 「아버지의 시계2」, 「복사꽃」 등.

서 재생적 의미를 떠올린다. 생(生)과 사(死)라는 자연의 이치들이, 현실세계
를 이루는 우주론적 현상이라면 재생적 의미는 이러한 현상을 초월하는 어
떤 절대적인 힘이다. 이런 절대적인 힘의 갈망이 재생적 의미를 발화시킨다
는 사실은 류정희 시인의 의식 바탕에 내세관이 깔려 있기 때문이다.

마음 밭에 뿌린 씨는 가꾸어도 자라지 않아
언제나 씨앗이다
세상의 처음이 그곳에서 시작된다

—「슬퍼지는 시」부분

씨앗을 품고 있는 내 우주 속으로
무논 개구리 자지러지고

—「씨앗을 보며」부분

땅은 마침내
내 몸을 덮더니
내 젖을 빠는구나

…(중략)…

손으로 끈끈한 젖니를
떼어낸다

질척한 피가 묻어난다
푸르게 휘청이는 생명의 피

어머니
나를 그렇게 꼭꼭 심으셨지요

—「모심기」부분

     제2부 집단적 아비투스와 옹콘데 형상

엄마의 자궁은 아직도
생명을 포기 않고
북어국 명태국 이름 바꿔가며
잘 끓이신다

—「마늘씨」 부분

　류정희 시인의 시에서 우주론적인 인식은 '마음'에서부터 발화한다. 언제나 씨앗을 간직하고 있는 마음을 "세상이 처음 시작된 것"(「슬퍼지는 시」)이라고 지칭한다. 류정희 시인에게 세상의 중심은 마음에 있다. 마음은 자신만의 소우주를 이루는 중심이다. 이러한 우주의 만물을 윤택하게 하는 것은 '어머니'라는 존재가 생명을 생성하기 때문이다. 위의 시들을 통해 알 수 있듯이 자궁으로서의 어머니는 비워 있어야 생명의 잉태가 가능하다. 정신적인 차원에서 신생은 현재의 존재 양식을 버려야 가능한다. 가득 채워져 있는 곳에는 타자가 들어갈 틈이 없다. 비어 있는 곳에는 많은 것들이 드나들고, 소통하면서 존재 양식이 변용되어간다. 류정희 시인의 소통적 사유 체계는 현실세계에만 머물지 않는다. 어머니를 소재로 한 여러 시에서 나타났듯이 재생은 현실에 있는 게 아니라 기억을 상실한 저 너머에 있다. 이런 역설적 의식은 어디에서 나오는 걸까? 앞서 말했듯이 류정희 시인의 수용적 태도에는 현실적 부정성이 내포되어 있다. 일반적으로 내세적 사상이 현실에 대한 불안에서 비롯된다고 볼 때, 윤회사상은 류정희 시인의 내면에 잠재된 현실적 부정성이 시간의 영속성과 연결되면서 심화된 것이다.

쉬지 않는 발걸음
저승 어디쯤
죽음이 어디 마실쯤이던가

···(중략)···

사람과 죽음이 어떻게
자리를 바꾸는지
멀고 가까운 곳에서 째깍

—「아버지의 시계 1」부분

아버지가 돌아가시고 삼 년 동안
두고 가신 시계는 죽지 않았다
시간은 남겨 두고 몸만 데리고 가신 아버지
살아 있는 어머니 팔목에 끼워 주셨다

죽지 않은 시간이 해를 끌고 온다
죽지 않은 시간이 나무를 키우고 꽃을 피운다
어머니 마실 나가 이웃과 마주앉아 술잔도 나누신다
죽지 않은 시계를 차고 으름장을 피우시던 아버지
죽지 않은 시계보다 먼저 와서 가버린 아버지
땅 위에서 영원을 뽐내는 거만한 이름인 시계
멋진 최후를 다스리기 위해
아버지는 죽었지만 아버지 희망은 죽지 않았다
아버지의 굽히지 않으시던 성깔도 죽음은 가져가지 못한다
가져갈 것이 없어 빈 몸 하나만 사뿐히 가져가셨다

—「아버지의 시계 2」전문

앵앵거리던 그 놈을 살해한 것이
화근이 될 줄이야
줄을 잇는 조문객들

그들의 고깃덩이가 되어버렸던

　　제2부　집단적 아비투스와 웅콘데 형상

내 육신은 아침이 되어서야
육탈에서 벗어날 수 있었다

—「육탈」 부분

몇 겹을 지나온 내 생은
고통과 눈물뿐이었으나
이 생에 편안이 있으니
너와 지금 나눌 수 없다

…(중략)…

우주 한 가운데 셀 수도 없는 지구의 작은별
수많은 별들 가운데
유난히도 반짝이는 너와나의
별 하나 별 둘

—「인도기행 1 – 거지여인」 부분

「아버지의 시계」 연작시에서 알 수 있듯 류정희 시인이 인식하는 시간은 죽음으로 끝나는 것이 아니라 존재가 사라진 이후에도 계속 흐른다. "죽지 않은 시간이 해를 끌고 오"고, "죽지 않은 시간이 나무를 키우고 꽃을 피운다"(「아버지의 시계 2」). 현세와 내세를 관통하는 시간은 희망과 결실로서의 의미로 재생한다. 시간의 영속성은 존재의 변형으로 이어지는 윤회사상으로 심화된다. 아버지의 존재는 단지 "빈 몸 하나만 사뿐히 가져가"셨을 뿐, 인간으로서의 존재 양식은 비가시적 세계로 변형되어 여전히 살아 있다. 이러한 시적 의식을 뒷받침해주는 것이 "몇 겹을 지나온 내 생"(「인도 기행 1」)이라는 말이다. 또한 "죽음 없는 생 없기에"(「인도 기행 1」) 죽음은 영원히 살아 있다고 한다. "모기를 살해한 업(業) 갚음으로 밤새도록 생살이 산화되는 고통을 겪은 「육탈」에서도 이러한 의식이 나타난다. 탄생과 죽음, 그리고 재생이라는 순환적 의식은 존재의 영원성을 추구하는 것인데, 자연 과학적인 측면에서는 대물림이라고 생각하는 현상들을 시인은 존재의 이동과정이라고 생각한다. 어떤 절대적인 힘에 의해서 영위되는 윤회적 의식, 우주적 순환이라고 생각한다.

하이얀 옥양목이
치자 빛깔 되어
세상에 태어났다

그 향기와 빛깔로
아기 이불을 만들었다

아기의 살갗에 스며드는
치자 향기
이렇게 물드는구나

…(중략)…

내가 나에게
물들어 있음을 알았다

살과 뼈를 다 우려서
우리의 삶이모두 함께
물들어 있음을 알게 되었다

물방울 하나와
바람 한 올

                    제2부 집단적 아비투스와 응콩데 형상

구름 한 조각과
햇빛 한 움큼
간을 맞추느라
눈물도 한방울

이렇게 아름다운 자연으로
물들어 있음을 보게 되었다

―「염색」 부분

인간의 존재 양식은 "살과 뼈를 다 우려"내는 일상의 경험 속에 변화되어 간다. 그런 과정에서 인간은 물과 바람과 햇빛과 눈물까지도 어우러내는 자연의 이치를 깨닫는 것이다. 자연의 일부로 세상에 태어난 인간의 존재 양식은 두 개의 얼굴을 가지고 있다. 인간의 의지로 바꿀 수 없는 선천적 존재 양식과 바꿀 수 있는 후천적 존재 양식이다. 하지만 이 둘은 동전의 양면과 같다. 선천적 존재 양식은 변화하지 않지만 심리적 존재 양식은 인식하는 순간에 변용된다. 인식의 변화는 삶의 태도를 변화시킨다. 인간의 삶은 결국 마음먹기에 달렸다. 삶을 어떠한 그릇에 담을지를 결정하는 것도 마음이다. 존재 양식에 관한 문제는 인간으로서 고민해야 할 영원한 화두이다. 류정희 시인의 시를 통해서 알게된 결핍으로서의 존재를 껴안는 비움의 미학과 텃밭으로서의 우주론적 인식, 존재의 순환은 이러한 화두의 결미라고 할 수 있다.

'명령이라는 가시'와 응콘데 실존성

— 김순아, 『슬픈 늑대』

엘리아스 카네티(Elias Canetti)는 위에서 아래로 하달되는 명령어를 영구불변의 가시라고 한다. 인류의 질서 내에서 명령은 말보다 오래되었으며 권력의 핵심을 이루고 있다. 명령을 받는 사람의 입장에서 권력자의 말은 내면에 쌓이는 가시가 되기 때문에 사라지는 일이 없다.[1] '갑'이 될 수 없는 세상의 모든 '을'들은 가시를 꽂아 만든 조각상인 응콘데(Nkonde)의 심장을 가지고 산다고 할 수 있다.

김순아의 이번 시집에 나온 시적 대상들은 가시를 품은 응콘데의 형상을 닮아 있다. 우리 사회에서 명령어를 가지지 못한 사람들의 실존을 중심으로 시적 세계를 구성하고 있는데 시적 프레임에 포착되는 대상들은 사회적 약자들이다. 따스한 마음으로 성찰하고 있는 그녀의 시안(詩眼) 속에는 강자와 약자의 시스템으로 영위되는 사회에 대한 비판이 들어 있다. 그녀의 차분하고 부드러운 시적 화법은 마치 잘 길들은 개를 연상하게 하지만 의식을 자세히 들여다보면 야생성이 번득이는 늑대의 슬픈 눈빛을 가졌다. '명령이라

---

1 미나토 지히로, 『생각하는 피부』, 김경주 · 이종욱 역, 논형, 2014.

는 가시'[2]를 심장에 품고 사는 존재들을 성찰하는 그녀의 시들은 사회라는 목줄에 매여 자유를 강탈당한 우리의 군상(群像)이자 일상에 길들어가는 슬픈 자화상이다.

그렇다면 이런 자화상을 통해 그녀가 우리에게 말하고 싶은 것은 무엇일까? 문득 '생존이나 욕망에 길들어가는 인간 실존에 대한 비판이 아닐까?' 생존과 욕망은 다른 말 같지만 우리 사회에서 동전의 양면 같은 것이다. 인류는 사회의 모든 구조를 서열화해놓았다. 나이가 아니면 사회적 계급으로, 성(性)과 인종 등 서열화되지 않은 것이 없다. 서열화의 사회가 공정하게 이루어진다면 문제가 없지만 그렇지 않을 때는 억압과 상처를 남긴다. 때문에 우리는 이런 사회에서 살아남기 위해서, 혹은 명령하는 자가 되기 위해서 정신적 물질적 욕망을 추구하게 된다. 욕동(欲動)의 수렁 속에서 질척이며 살 수밖에 없는 것이다.

이런 사회가 만들어내는 실존성을 김순아는 간파하고 있다. 이러한 것을 그녀는 어머니와 같은 여성이나 사회에서 소외되었거나 물질적 권력을 가지지 못한 사회적 약자들을 대상으로 형상화하고 있다. 이들의 실존성을 시적 언어로 반추하는 것은 사회의 구조적 모순을 비판하는 동시에 인간의 진정한 실존적 양상이 어떤 것인가를 고민한 흔적으로 보인다.

가부장적 명령어의 가시

시인의 연령대 여성이라면 가부장적 명령어로 인한 가시가 없는 사람은 드물 것이다. 생채기가 나 멍이 든 가슴은 피고름을 쏟아내는데도 사회적 시선을 의식해 가슴에 품을 수밖에 없었던 말들. 그럼에도 불구하고 그 말

2　위의 책.

들에 의해 여성들은 길들어왔다. 이런 여성의 습성을 김순아는 어머니의 표상으로 성찰하고 있는데 가부장적 명령어의 억압으로 순응하는 삶이 여성의 숙명이 되어버렸다는 것을 포착하고 있다. 그런데 여기서 흥미로운 것은 이러한 숙명이 할머니, 어머니, 나로 이어지는 여성의 계보를 통해서 더 강화된다는 것이다. 여성에게 명령을 하는 타자가 남성이 아니라 서열화된 여성의 상위 계층이라는 사실이다.

그렇다면 무엇 때문에 가부장적 명령어가 여성의 계보를 통해서 더 많은 가시를 생성하는지를 한번 보기로 하자.

니 얼굴에 니 엄마가 있구나 니 엄마나 내나 모두 이 집에 쪼맨을 때 시집 와 고상도 억시기도 했네. 니 할배 망년자리 똥오줌 수발 번갈아 하며 이 방에서 지냈니라 우리사 하루 밤 하루 낮도 내 집이라 편하게 몬 잤지. 낮에는 허리 펼 새 없이 일하고, 밤에는 호롱불에 식구들 터진 옷 깁고, 깜박 졸라치면 소새끼같이 잔다고 니 할매 어떻게나 나무라던지 친정부모 누 끼칠까 그러구러 참고 또 참고 살았니라, 잔칫날 낼 모랜데 귀띔이 오기를 사돈될 양반네 범상찮다는 소문에 낙담도 잠시, 그래도 잘 섬겨 살면 그런 사람이 뒤끝 없다고, 사는 대로 살아보라고, 귓등 건넌 언약도 무섭거늘 사주단자 오간 사이, 이미 그 집 귀신이라고, 좋으나 궂으나 참고 살라고, 그래그래 꾹 참고 살았니라 니 할매 깡세고 니 할배 깡세고 니 작은아부지도 깡세, 내 억수로 욕 보고 살 때, 니 엄마 내 손을 이렇게 꼭 잡아줬니라 니 엄마 없었으면 내 어찌 살았을꼬

—「작은어머니」 부분

그때 내 뺨을 후려친 것은 오빠의 손바닥이었을까 어머니의 손바닥이었을까
방구석에 처박혀 매미처럼 울어도
모른 척 외면하던 어머니는 어떤 마음이었을까
발악 끝에 이어지던 내 딸꾹질은 슬픔이었을까
절망이었을까 내 뺨 위로 오빠의 손바닥이

　　제2부　집단적 아비투스와 옹콘데 형상

지날 때마다 나는 어머니를 더 원망했었다
세상에 이리저리 치이며
눈물 흘릴 겨를조차 없던 어머니를
마음속으로 숱하게 할퀴고 때리고 원망했었다

—「뺨을 치다」 부분

　인용 시들을 보면 가부장적인 명령어가 어떠한 방식으로 여성의 계보에 존재하는지 알 수 있다. 앞의 시에서 어머니와 작은어머니는 가족 내에서 남자들뿐만 아니라, 할머니에게 명령을 하달받는 약자들이다. 집안의 온갖 허드렛일을 다 하면서 잠조차 마음대로 잘 수 없는 며느리들의 일상은 일꾼이나 다름없는 지위를 갖고 있다. 가부장적 질서 내에서 여성을 이렇게 대하는 것은 오랜 시간 동안 밖에서 활동을 하는 남성의 사회적 능력은 화폐 가치로 환산되어 인정을 받는 반면 가정 내의 여성의 활동은 평가절하되었기 때문이다. 가부장적 질서가 인정하는 여성의 재생산성과 가치는 생명을 잉태하고 낳아 혈통의 연속성을 잇는 생물학적인 실존성이다.

　이런 현실 속에서 아이러니하게도 여성을 억압하는 것은 여성이다. 남성이 만든 가부장적 패러다임이 여성의 계보 속에서 더 강력하게 그 힘을 발휘한다. 이러한 것은 여성의 서열에 의해 결정되는데 아들을 낳은 어머니는 아들을 결혼시키면서 절대적 권력자가 된다. 아들이라는 남성의 권력을 등에 업은 어머니는 명령할 수 있는 권력자가 되기 때문에 아들은 소중한 존재일 수밖에 없다. 그런 이유 때문에 시적 화자의 어머니는 오빠에게 폭력을 당하고 있는 딸의 상처를 외면한다. 딸을 외면하는 어머니의 행동은 아들을 더욱 가부장적인 존재로 만들어가고, 딸은 이중의 억압 속에 살게 된다. 여성이 스스로 가부장적 질서를 강화하고, 견고히 하는 데에 일조한다. 이것은 어머니가 이미 가부장적 질서 내에서 길들어져버렸기 때문이다. 반복되는 억압과 폭력으로 인해 자유의지는 상실해버리고 체제에 순응하는 실존이 몸에 밴 것이다.

이러한 여성의 계보로 이어지는 가부장적 명령어는 김순아 내면에 가시로 남아 있다. 카네티가 말했듯 말의 가시는 내면에 숨겨져 불변의 상처로 남는다. 내부에 고립적으로 남아 있는 가시가 김순아로 하여금 자꾸만 어머니의 실존적 모습을 들여다보게 한다. 어머니 세대가 품은 가시는 당신을 찌르고 딸을 찌르는 트라우마로 전수된다. 이러한 트라우마의 전수가 시인으로 하여금 어머니 시편들을 반복적으로 쓰게 한 원인이다. 내면의 통증을 치유하기 위한 한 방식인 시쓰기는 시인의 여성적 자아를 성찰하게 하여 진정한 여성의 실존성을 찾아가는 여정이 되고 있다.

아버지와 어머니의 융합체로서의 '나', 즉 남성적 자아와 여성적 자아 사이에 있는 경계적 존재가 '나'라는 것을 인식하는 것이 아래 시들이다.

> 하나도 아니고 둘도 아니네,
> 내 몸의 절반은 아버지가, 또 다른 절반은 어머니가 깃들어 있네
> 내 오른쪽 어깨는 무거운 짐 지고 눈밭을 걸어 온 아버지의 어깨가, 내 왼눈은 어두운 마음 설거지하고 빨래하던 어머니의 젖은 눈빛이,
> 나는 까마득 잊고 살지만, 몸은 기억하고 있네, 스치며 깃들고 흐르는 내 몸속 유전자, 나를 스치고 지나간 것들, 내가 스치고 지나온 것들이 모두 내 안에 깃들어 흐르고 있음을,
> …(중략)…
>
> 그것들 혈관을 타고 다니며 나를 건드리는 것도 몸이 먼저 알아서, 내 의식하지 못하는 사이 몸이 먼저 아프고, 밤낮이 교차하는 우주의 시간이 되면 몸 어딘지도 모르게 욱신 욱신거리고
>
> ―「몸속 유전자」 부분

꽃 지는 소리 잎 지는 소리 바람소리 창을 두드리는 소리 문자메시지 문장
과 문장 사이 부호와 부호 사이 건너뛰는 행간과 행간 사이 그 틈 사이에 끼
어 깜박이는 나

어머니가 돌아가셨을 땐 슬픔 때문에 죽어버릴 것 같다며 울면서도 밥을 먹
었고 아버지가 돌아가셨을 땐 세상이 끝난 것 같다는 절망에도 밥을 먹었고
—「깜박이다」 부분

'여성으로서의 나의 존재가 어디에 위치하고 있는가?'에 대해 눈을 뜬 시
가 「몸속 유전자」라는 시이다. 여기에서 김순아는 몸의 감각을 통해 내 속
에 내재된 두 개의 존재성을 인식한다. "어두운 마음"을 가진 어머니와 "무
거운 짐"을 진 아버지의 존재 사이에 태어난 것이 '나'라는 것이다. 생물학
적인 존재로서 '나'는 두 성의 유전자를 물려받은 융합체인데 현실에서는
왜 여성적 유전자만으로 내 존재성을 결정하는지에 대한 의문을 가진다. 내
속에 내재된 것이 두 개의 성이라면 남성들이 가진 자질이 여성에게도 있지
않은가. "우주의 시간이 되면 몸 어딘지 모르게 욱신욱신"거리는 것은 심리
적인 현상이 촉각적 신체 증세로 나타난 것이라 할 수 있다. 촉각적 의미에
서 통증은 자연적인 존재로서의 조화를 상실한 것을 의미한다. 현실에서 여
성의 실존에 문제가 있다는 생각이 몸의 현상으로 지각된 것이다. 과거의
역사를 담지하고 있는 유전적인 성의 기억이 현 질서에서의 문제를 "욱신욱
신"이라는 촉각적 통증으로 표현한 것이다. 그런 점에서 통증으로 표출되는
촉각적 증세는 사회화된 몸의 질서를 거부하는 것이다. 현재의 젠더(Gender)
적 서열을 거부하는 의식일 뿐 아니라, 남성에게 유리했던 역사적 환경을
바꾸고 싶어 하는 갈망이다.

이러한 사이의 존재성은 실존 자체가 경계선을 넘나드는 속성을 가지고
있는 것이 아닌가 하는 생각으로 변주된다. 「깜박이다」에서 그녀는 현실에

서의 사이에 대해 성찰한다. 현실에 대한 인식과 망각이 나를 살아가게 하는 동력이라는 것을 부모님의 죽음을 통해서 알게 된다. 부모님을 잃은 슬픔과 절망 속에서도 나는 그것을 잠시 망각할 수가 있어서 "밥"을 먹고 살아나간다. 이것은 우리의 실존적 속성이 인식과 망각 사이에 있다는 것을 보여준 것이다. 인식한다고 해도 생존 앞에서는 그 인식을 의도적으로 혹은 무의식적으로 망각해버린다. 인식과 망각 사이에서 끊임없이 갈등하면서 사는 것이 우리의 실존성이라는 것을 보여주는 측면이다. 때문에 "틈 사이에 끼어 있는 나"는 새로운 세계에 존재하는 아프락사스를 향한 날갯짓이다. 여성으로서 '나'의 실존성을 정립하려는 김순아의 의식이라 할 수 있다.

집단적인 '아비투스'의 응콘데

김순아가 여성적 자아를 넘어 포착하고 있는 또 하나의 프레임이 사회의 실존적 형상이다. 하지만 그녀가 포착하는 사회의 실존적 형상은 강자와 약자의 사이에서 생성되고 있는 수많은 가시들. 그 가시들이 만들어내는 집단적인 아비투스(habitus), 수많은 상처를 품은 응콘데 형상을 하고 있다. 아비투스란 사회적 위치나 환경, 계급 위상에 따라 후천적으로 길러져 구조화되는 개인의 성향 체계를 말한다. 이런 성향 체계는 사회 속에서 무의식적으로 상속된다. 갑을 관계의 명령어나 경쟁적 질서로 인한 현대인의 무관심은 역사의 진화와 함께 상속되어온 아비투스의 한 양상이다. 경쟁이 가속화될수록 인간에 대한 무관심은 증폭된다. 이것은 곧 우리의 실존적 방향성이 잘못된 방향으로 나아가고 있다는 것을 의미한다.

인간성 상실로 치닫고 있는 사회의 실존적 형상에서 김순아가 주목하고 있는 것은 경쟁적 실존에 중독되어 있는 우리의 군상이다.

갈수록 사람 드물어지고 사람이라는 이름을 가진 동물들만 늘어간다. 호랑
이 사자 하이에나 삵 같은 사람 동물들이 넘쳐난다. 법과 윤리는 사라지고,
동물들이 잘 살며 권력을 가질 수 있다고 수단방법 가리지 않고 보여준다. 나
는 사람인가 사람이라는 이름을 가진 동물인가. 밤거리를 걸으면 맹수의 눈
알처럼 번뜩이는 전광판, 질긴 생의 창자들을 완강히 물고 놓아주지 않는 네
온사인, 골목마다 맹수들이 포식하고 구역질하는 소리, 바글거리며 벌레들
몰려드는 소리, 먹잇감 놓친 창백한 얼굴 몇은 지나가는 개에게 절을 하고,
그 사이로 쥐새끼들 빠르게 지나가고

—「아수라장」 부분

더는 갈 곳이 없다. 먼 곳을 찾아왔다고 하는 곳이 기껏 이곳. 공동묘지보
다 더 죽음의 냄새로 가득 찬 도시

—「죽음 권하는 사회」 부분

김순아가 경쟁적 실존에 주목하는 것은 이것이 타인에 대한 무관심을 가
져오는 원인이라 보기 때문이다. 이런 인간의 면모를 그녀는 사람이 아닌
동물로 알레고리화한다. "호랑이 사자 하이에나 삵" 등 주로 맹수로 알레고
리화되는 사람들은 사회에서 돈과 힘, 권력을 가진 자들로 누구보다 빠르
게 질주하는 많은 욕망을 가진 사람들이다. "권력을 가질 수 있"다면 "수단
방법"을 가리지 않는 이들은 경쟁에서 주로 이기는 사람들로 대체로 한 사
회를 이끌어나가는 주체가 된다. 이들을 보면 알 수 있듯 인간은 나의 생존
과 연관될 때 가장 본능적인 감각, 즉 동물적 속성을 발휘한다. 동물적 속성
이란 어떤 면에서 가장 순수한 우리의 실존성이지만 여기서는 오히려 인간
성을 상실한, 생존을 위해서는 사유를 망각한 존재로 쓰이고 있다. 이것은
달리 말하면 경쟁의식은 본래적으로 가진 인간의 본성으로, 절대 소멸할 수
없는 인간 심리라는 것을 의미한다.

때문에 경쟁에서 이기지 못한 사람은 자신보다 힘의 서열이 높은 존재의

명령에 순응하며 살아갈 수밖에 없다. 인간이 이런 힘의 논리에 길들어가는 것은 당연한 것인지도 모른다. 김순아가 다른 시에서 "우리는 본디 늑대였"지만 "개 같은 세월 살아내기 위해/비루먹은 개처럼/깨갱 엎드려 지내"(「슬픈 늑대」)는 존재라고 말했듯, 그것이 돈이든 힘이든 간에 사회가 서열화되어 있는 한은 명령어로부터 헤어날 길이 없다. 이런 구조 속에서 사회 주변인이나 약자들은 생존하기 위해서 저항해야 하지만 그렇지 못한 현실로 인해서 스스로 길들어가는 삶을 선택할 수밖에 없다. 이런 개 같은 인생, 경쟁의 틈새에서 생기는 가시에 찔리는 것은 늘 사회적 약자이다.

이런 사회를 김순아는 "더 이상 갈 곳이 없"는 "죽음을 권하는 사회"(「죽음 권하는 사회」)라 말하고 있다. 경쟁에 살아남은 사람이나 뒤처진 사람 모두 상처투성이인 회생 불능의 사회를 온몸에 가시를 꽂고 있는 웅콘데의 형상이라 생각하는 것이다. 웅콘데의 구체적인 또 한 형상이 서로에게 무관심한 성향 체계를 가지고 있는 현대인의 일상이라 보고 있다.

> 리모컨을 들고 다시 TV채널을 돌려도 난장판정치, 외도, 추행, 폭행, 방화, 강간, 강도, 살인을 전하는 뉴스, 이상하다 내가 꿈을 꾸고 있는 것일까, 버튼을 눌러도 꺼지지 않고 꼬집어도 감각이 없는 뉴스, 도대체 새벽은 언제 오려는지
>
> ―「길고 지루한 뉴스」 부분

> 누가 또 이사를 가나보다. 1701호에서 1702호 사이, 1601호에서 1602호 사이, 아파트 복도 바닥을 스윽스윽 밀면서 이삿짐상자 끄는 소리, 문을 두드리듯 쿵쿵 부딪치면서 바닥과 마찰하는 저 소리, 그러나 아무도 내다보지 않는다. 누가 떠나거나 말거나 방안에 앉아 TV리모컨을 누르거나, 짠지에 라면을 후루룩거리고 있을 것이다. 위층에서 내리는 마지막 물소리, 쿵쿵 발 딛는 소리, 불 끄는 소리 들려도, 푹신한 소파에 앉아 뉴스를 보다가 코를 골며 잠이 들 것이다.

내가 떠날 때도 그럴 것이다.

—「이사」 부분

　　내가 하루에도 몇 번씩 드나드는 편의점, 거기서 내가 만났을 수도 그렇지
않을 수도 있는 사람들, 그 중에는 자식을 죽여 방안에 몇 년째 방치해 놓고
방향제를 사러 나온 아버지도 있을 테고, 부모 유산을 탐하여 정신이 온전치
못한 아버지를 휠체어에 태워 근처 법무사사무소에 가 유언공증을 받고 나온
큰아들도 있을 테고, 혼자 아이를 낳아 쓰레기통에 버리고 목이 말라 우유를
사러 온 여학생, 게임기자판을 두들기다 심심하여 지나가는 또래 아이에게
삥을 뜯고 그 돈으로 컵라면을 사러 온 남학생, 바람난 아내를 뒷조사하다 속
이 아파 소화제를 사러온 남편, 몇 년째 취업에 실패하여 부모 눈치 살피다
담배를 사러 온 총각, 강제로 명퇴당한 실직자, 무명시인, 심지어 맞은편 절
에서 사람으로 위장하고 소주를 사러 온 부처조차 있을지 모른다. 그러나 24
시간 열린 편의점은 그 모든 존재를 다 받아준다. 참으로 관대한 신(神)이다.

—「관대한 신(神)」 부분

　　인용 시들에서 시적 대상들은 현실에 대해 무감각한 반응을 보인다. 「길
고 지루한 뉴스」에서 보듯 텔레비전에서 방영되는 뉴스는 "꼬집어도 감각
이" 느껴지지 않을 정도로 사람들의 관심을 끌지 못한다. 이러한 시적 화자
의 청각적 무감각은 여러 차례의 반응을 통해서 경험한 심리적인 결과일 것
이다. 인간은 무언가가 얻을 수 있다고 생각할 때 몸의 감각이 예민하게 반
응한다. 처음에는 뉴스가 주는 정보에 반응했을 것이나 반복되는 사회적 현
상에 대한 심리적 실망이 화자로 하여금 무감각과 무관심의 귀를 택하도록
한 것일 것이다.

　　이런 현실에 대한 무감각은 인간관계의 무관심으로 이어진다. 「이사」를
보면 알 수 있듯 아파트에 사는 사람들은 옆집 사람이 이사를 가도 내다보
지 않는다. 누가 가는지 오는지 관심이 없다. "내가 떠날 때도 그럴 것"이라

는 생각은 인간에 대한 성향 체계를 보여주는 측면이다. 관심을 줄 필요성도 받을 필요성도 가지지 않는 심리는 현실이 사람들의 마음에 얼마나 많은 가시를 꽂았는가를 보여주는 측면이다. 인간을 구성원으로 하는 사회에서 인간을 피하려고 하는 심리는 사람이 상처로 기억되기 때문이다.

이러한 상처로 인한 무관심은 「관대한 신(神)」에서 극대화되어 있다. 시에 나오는 "편의점"이라는 공간은 필요에 의해 함께 점유했다가 쉽게 떠나는 현대인의 일상적 특징을 가장 잘 보여주는 곳이다. 공간적 의미에서 이런 개방적인 공간은 여러 방향의 세계와 연결되어 있다. 시에서 시적 대상들이 살아가는 여러 실존적 모습은 여러 세계의 표상이라 할 수 있는데, 심리적 구심점이 없어서 집약이 되지 않는다. 심리적 구심점이 없어 여러 세계를 떠돌아다니는 유목성을 가진 것이 현대인이다. 편의점의 사람들은 공간을 공유하면서도 서로의 사생활에는 관심이 없다. "자식을 죽여 방안에 몇 년째 방치해 놓고 방향제를 사러 나온 아버지"가 와도, 강제로 아버지의 유산을 빼앗은 아들이 와도 그들의 삶을 묻지 않는다. 이것은 인간과 인간의 관계가 극단적으로 고립되어가는 현상이다. 앞만 보고 질주하는 사람에게 옆을 돌아볼 여유가 있겠는가? 질주 욕망과 무관심은 마치 다른 방향을 보고 있는 샴쌍둥이 같은 형상으로 내재되어 있는 현대인의 성향 체계라 할 수 있다. 어떤 면에서 편의점과 같은 공간은 서열화가 없는 곳이라 할 수 있겠으나 이것은 인간이 배제될 때 가능한 일이다. 인간이 다른 인간을 배제하면서 서로 방해받지 않고 다른 꿈을 꿀 수 있는 세계, 편의점은 무관심의 극단을 보여주는 공간이라 할 수 있다.

가시 제거 방안의 '무위' 의식

김순아가 우리의 자화상을 응콘데로 보는 것은 고통의 성찰을 통해서 현

　　　　　제2부 집단적 아비투스와 응콘데 형상

실의 문제를 해결하려는 주술적 심리의 일종이다. 사회의 아픈 단면이 한 편의 시로 완성될 때마다 주술을 읊는 응콘데는 완성된다. 수많은 응콘데를 만들면서 그녀가 다다른 주술적 해법은 노자가 주장하는 '무위(無爲)'의 사상이다. 경쟁과 질주 욕망이 만들어내는 폭력과 지배, 소유 욕망 등을 거부하는 '무위'의 사상은 남성적 질서를 대립하는 차원에서 해결하려는 의식이 아니라 본래적인 현상의 성찰을 통해서 현실의 문제를 해소하려는 방식이다. 그것을 구체화한 것이 수동적이고 부드러운 힘으로 현실의 도(道)를 강조하는 시들이다.

> 무너져 내리는 것들을 위해 가장 낮은 곳에서 세상을 소리 없이 받치고 있는, 바닥의 힘을 전수받기 위해 나는 오늘도 바닥에서 뒹군다
>
> —「바닥의 힘」 부분

> 수천의 잎을 떨구고 나무는 말없이 살아간다
> 수천의 목숨을 빼앗기고 우리도 말없이 살아간다
> 잎 떨군 나무는 가지 뻗어 사방을 찌르지만
> 목숨 빼앗긴 우리는 팔 구부려 제 몸 감싸기에 바쁘다
>
> —「생존방식」 전문

인용 시들을 보면 김순아가 주목하고 있는 것은 계층의 하부에 있는 실존적 양상이다. 계층적 하부란 이성을 토대로 하는 사회적 질서에서 보면 약자이지만 이성을 배제한 자연적 질서에서 보면 생명을 근원을 지탱하고 있는 존재들이다. 그런 점에서 「바닥의 힘」에서 보여주고 있는 계층적 하부는 경쟁에서 뒤처진, 돈 없고 권력이 없는 사회적 약자들이다. 인간의 욕망이 만들어내는 상부 계층의 문제를 김순아는 하부 계층에서 찾으려고 하고 있는데, 그것이 "가장 낮은 곳에서 세상을 소리 없이 받치고 있는" "바

닥의 힘을 전수 받"으려는 시적 화자의 태도이다. 그의 다른 시에서도 보여주듯 김순아는 "세태처럼 질주하는 차바퀴에 으깨지고/발길에 짓밟히면서"(「풀의 포스」)도 오랜 역사 속에서 사라지지 않고 생존해온 민중의 힘을 믿고 있다.

김순아는 이런 민중의 힘이 우주적 존재로서의 자연적 속성에서 나온 것이라 믿는데, 그것이 「생존방식」에서 보여주는 존재의 실존 방식이다. "수천의 잎을 떨구고" 살아가는 나무와 같이 인간도 "수천의 목숨을 빼앗기고" "말없이 살아간다". 그런데 여기서도 인간은 어쩔 수 없이 사유하는 동물이다. 자신의 것을 잃은 나무는 "가지를 뻗어 사방을 찌르"면서 무작위로 생존하지만 인간은 "목숨을 빼앗"기면 "팔 구부려 제 몸 감"싼다. 이것은 인간이 자기애(自己愛)를 가졌기 때문에 생존할 수 있다는 일면을 보여준 것인데, 이런 자기애의 부작용이 욕망의 질주라 할 수 있다. 인간은 생물과 같이 무작위로 생존하는 것이 아니라 자신을 소중히 여기는 마음, 인간으로서의 자긍심을 가졌기 때문에 동물적 속성에서 벗어날 수 있다는 것이다. 자연적 세계에서 서열은 먹고 먹히는 먹이사슬로 되어 있지만 정신적 차원의 차별은 없다. 존재와 존재의 관계가 평등한 자연적 세계에서는 명령어가 존재할 수 없어서 심리적 가시가 생기지는 않는다. 인간이 가지는 무력감이나 패배감은 생존이 해결되지 않아서가 아니라 심리적 서열화 때문이다. 가진 자가 못 가진 자들을 지배하고 통제하기 때문에 생기는 정신적 문제라 할 수 있다. 그런 점에서 이러한 문제를 해결하려면 먹이사슬의 구조가 아니라 심리적 구조를 바꾸어야 한다. 심리적 구조를 바꾸는 해결 방안으로 제시한 것이 경쟁하지 않는 삶, 유약함을 세상의 이치로 삼는 '무위' 의식을 드러낸 시들이다.

바위가 쓸쓸하여 나무의 품으로 파고든 것인지

　　　　　　　　　제2부 집단적 아비투스와 응콘데 형상

나무가 쓸쓸하여 바위를 품어준 것인지 서로의
불구를 껴안고 한 몸으로 살아가는 나무바위 틈

가슴이 붙은 채 서로를 꼭 끌어안고 태어난 샴쌍둥이 부엉이
머리 둘에 하나의 심장 서로 분리되지 않은 채
세상에 나온 샴쌍둥이 꽃뱀들

무수한 신경과 조직이 서로 얽히고설킨 몸들
살기 위해 갈등과 충돌을 자제하며
사랑과 배려와 연민과 인내로 무장한 운명공동체

하나이면서 하나가 아닌 둘이면서 둘만도 아닌
노자의 도(道) 이야기가 무위(無爲)의 실현이
곧 생존임을 몸으로 보여주는 저 수많은 목숨들

—「운명공동체」 전문

어디선가 가쁜 호흡이, 간간이 연약한 숨소리가 들리는 것 같았습니다. 나는 벗나무 둥치를 끌어안고 장난하듯 젖꽃판을 꾹꾹 눌렀습니다. 그러자 꽃봉오리들 젖꼭지처럼 탱탱하게 부풀어 오르며, 훅, 꽃비린내 사방으로 쏟아져 나왔습니다. 그 순간 아아, 나는 보았습니다. 그 안에, 폭죽처럼 터지는 꽃 안에 웅크려 있는 어머니를. 나를 기다려 언제나 창 쪽으로 몸을 구부려 계시던 어머니, 돌아가시기 전, 배만 둥그렇게 부풀어 올랐던 어머니가, 그 안에 겨울애벌레처럼 웅크리고 있었습니다. 몸속에 점점이 덩어리져 있던 말, 이제 오나, 이제야 오나, 꽃들이 뱉어놓은 소리죽인 말들이 벗나무 아래 자욱합니다. 어릴 적부터 귀에 익은 말, 내가 내 아이들에게도 자주하는 그 말, 실뿌리까지 머금었던 말들이 꽃비린내를 풍기며 빠져나가고 벗나무는 다시 깊은 잠에 빠지고 있습니다

—「벗나무 아래서」 부분

「운명공동체」에서 시적 대상은 서로 단점을 보듬으면 살아가는 삶의 방식을 택하고 있다. 이들은 "살기 위해 갈등과 충돌을 자제하며" "불구를 껴안고 한 몸으로 살아가는" 실존적 형상을 보여준다. 이러한 실존적 형상은 "사랑과 연민과 인내로 무장한 운명공동체"의 한 형태로서 무위의 삶을 지향하는 것이다. 이러한 삶을 지향하기 위해서는 싸우거나 다투지 않는 부쟁(不爭), 무소유를 뜻하는 불유(不有) 그리고 자신을 내세우거나 자랑하지 않는 불시(不恃), 사물을 탐내지 않는 무욕(無慾)을 가져야 한다. 이러한 마음을 가질 수 있을 때 우리가 사는 현실의 문제들이 해결된다. 때문에 그녀가 무위의 삶을 지향하는 것은 경쟁하면서 많은 것을 소유하려는 인간에 대한 비판이다. 소유하기 위해서 자연을 파괴하고, 나아가 인간마저 파괴하고 있다는 사실을 보여준 것이다. 생명을 지나치게 특수화하여 변화에 적응하는 유연성을 상실하게 만든 주범이 인간이며 그로 인해 세계가 위험에 처해 있다고 보는 것이다. 그 중심에 존재를 서열화하는 남성적인 질서가 있다고 보는 것이다.

그래서인지 '무위'의 지향성은 여성성을 재발견하는 의식으로 변주되어 나타난다. 「벚나무 아래서」는 여성을 억압적 존재로 시적 대상화하는 다른 시들과 달리 여성의 실존적 가치를 재발견하고 있는 시이다. 질주와 성장에 대한 강박증을 가지고 있는 남성적 질서와는 달리 여성적 질서는 경쟁에 무관심할 뿐 아니라, 서로를 포용하고 감싸 안으면서 세계를 구축해나간다. 남성성이 힘이나 강한 것을 무기로 세계를 재편해나간다면 여성성은 유연성을 무기로 세계에 이끌어나간다. 남성적 힘과 권력, 질서가 사회를 왜곡된 방향으로 이끌고 갈 때 소리 없이 인류의 역사를 이어가게 한 것은 여성성이라는 것을 보여주고 있다. 여성으로 살아가면서 "소리죽인 말들"과 "연약한 숨소리"가 만들어내는 "꽃비린내", 즉 생명의 기운은 남성들이 훼손해놓은 자연을 끊임없이 재생시키는 생명의 냄새이다. 남성적 질서가 만든 사사로움을 극복하고 욕망을 줄여나가는 여성성에 주목한 것이다. 무궁한 수용성과 창조성을 가진 모성성, 여성이 가진 유약함이 남성적 질서가 만든 문제들을 해결할 수 있다고 보고 있다.

이런 '무위' 의식은 김순아의 다른 시편들에서 보여준 인간 본성에 대한 성찰과 무관하지 않다. 김순아가 여러 편의 시를 통해서 이성적으로 사유화된 감각보다는 몸의 현상이나 생물학적 존재로서의 본래적 인간성을 보여준 것은 그런 맥락일 것이다. 사회의 계층화가 사라져야 강한 자와 약한 자의 구분이 없어지고 상대적으로 폭력도 없어진다. 그것이 물질이든 정신이든 간에 많은 것을 소유하려는 인간의 욕망이 사회 문제를 만드는 원인이다. 이러한 것의 해소 방법으로서 유약함이 세상의 이치라는 여성 문명론에 주목하게 한 것이다. 하지만 사회화가 진화될수록 인간이 소통하는 방식은 더욱 차단되어 있다. 문명의 진화라는 것은 좀 더 안락하고, 많은 것을 가진 삶을 추구하는 욕동과 관련이 있다. 우리가 사는 세계 속에서 움직이는 욕동은 인간을 절대로 평등한 존재로 살아가게 하지 않을 것 같다. 이것은 신이 만든 인간의 어쩔 수 없는 본성이기 때문이다.

김순아의 시적 특징들은 여성적 실존성과 사회적 실존성에 대한 고민이다. 여성적 실존성에서 출발한 시적 자아가 '나'를 넘어서 우리의 실존적 문제로 확대해나간다. 이러한 탐색의 결과로 김순아의 여성적 실존성은 남성과 여성의 경계선에 있다. 가부장적 질서에 저항을 하려는 야생의 눈빛이 간혹 보이기는 하나 능동적인 행동성은 아니라 볼 수 있다. 김순아는 길들어진 실존성과 길들여지지 않은 실존성 사이에서 여전히 갈등을 겪고 있는 것으로 보인다. 그리고 질주 욕망과 무관심의 성향 체계를 가진 현대인을 온몸에 가시를 꽂은 응콘데 형상으로 보고 있는데 이것은 이러한 인간성을 만든 남성적 질서에 대한 비판이다. 남성적 질서의 서열화와 문명화가 인간을 욕망과 무관심의 화신으로 만들어 놓았다고 보고 있다. 이러한 의식이 좀 더 진전된 것이 남성적 질서를 배제하고, 여성적인 유약함을 세상의 이치로 삼는 '무위' 의식이다. 인간은 자연의 한 요소에 지나지 않으며, 인간이 아무것도 하지 않으면서 지구의 중심임을 주장하지 않을 때, 세상은 평화로워진다는 것을 보여준다.

현실적으로는 모든 존재가 동등한 지위를 갖는 우주공동체는 가능하지 않겠지만 이러한 것을 지향하는 심리적인 방향성은 그래도 가능할 것이다. 우리가 덜 갖고, 덜 질주하며, 덜 욕망하는 방법만이 새로운 질서를 세우는 방법이다. 심리적 체제가 평등해지면 사회제체나 물질적 체제가 바뀔 수 있다고 하는 것이 김순아의 시적 전언이다.

　　　　　　　　　제2부 집단적 아비투스와 웅콘데 형상

느린 민달팽이의 심리적 지형도
— 김중일, 『곰보 주전자』

왜곡된 욕망으로 인해서 뉴스가 많아지는 세상이다. 제어되지 않는 욕망이 낳은 결핍과 불안이 우리를 과속의 컨베이어 벨트 위에 올려놓는다. 어느 순간부터인가 더 멀리, 더 높이 날기 위한 날갯짓만을 하는 우리는 주변을 둘러보며 천천히 걷는 삶의 여유를 잊어간다. 나를 추월하는 사람의 등에서 풍겨오는 아우라에 짓눌려, 그들과 함께 달리지 않으면 뒤처질 거라는 불안감. 컨베이어 벨트가 잠시 멈춘 시간에도 우리는 질주해야 한다는 과속의 강박증에 시달린다.

이번에 나온 김중일 시인의 시집 『곰보 주전자』에는 컨베이어 벨트가 없다. 시인의 시선이 가는 풍경은 마치 소리 없이 재생하는 영사기 화면 같다. 첫 장에 있는 시를 읽는 순간부터 뭔지 모를 힘에 짓눌려 나도 모르게 숨을 죽이게 되는 시적 정서. 주관적으로 타인을 해석하지 않는 그의 시적 태도를 감지하면서 나 또한 그의 시에 대한 해석을 멈칫거린다. 그의 시는 시인의 주관성을 드러내는 서정시이면서도 존재를 있는 그대로의 현상으로 표현하는 날이미지 시와도 같다. 현대사회에 난무하는 그 흔한 욕동(欲動)이 보이지 않는 그의 내면은, 그렇다고 종교적인 초월이나 해탈도 아니다. 묘한 무욕(無慾)을 느끼면서 허겁지겁 살고 있는 나를 발견하는 일은 참으로 섬뜩한 체험이다. 생의 결승선에 있는 죽음은 외면 한 채 우리는 어디로 가고자 하는 것일까? 민달팽이처럼 느린 그의 심리적 지형도를 보면서 또 한번 "행복은 마음에 있다"는 걸 되뇐다.

존재를 해석하지 않는 필치(筆致)

인류의 문명과 정신의 진화는 인간뿐 아니라, 존재를 해석하려는 본성에서 비롯된다. 다른 존재를 해석하려는 본성은 인간의 존재적 해석으로 이어지고, 이것에 대한 해답은 여전히 오리무중(五里霧中)이다. 이러한 오리무중의 화두는 모든 예술이 초현실이나 해체의 현상으로 가는 것을 보면 알 수 있다. 갈수록 인간에 대한 해답 찾기는 현실과는 동떨어진다.

달리 말하면 이것은 인간이란 존재는 지나치게 다른 존재의 실존에 개입한다는 말이다. 우주의 모든 존재에 대한 개입은 인간을 중심으로 이루어진다. 나아가 내 집단을 중심으로, 나를 중심으로 다른 존재를 해석하고 통제하려는 의식은 나만 중요하다는 이기주의의 극단이다.

그런 면에서 타인의 실존적 방식에 쉽게 개입을 하지 않으려는 김중일의 시적 태도는 다른 시인들과 차별화되는 개성이라 할 수 있다.

> 그래, 여기까지다 세상은
> 모든 걸 알 수는 없고 그럴 필요도 없지만
> "주의" 경고를 무시하고 속까지 훔쳐봤으니
> 당당하게 반품하기도 힘들겠지
> 어쩌면, 아날로그인 내가 불량일 수도 있을 터
> 이래저래
> 내다 버린 알전구 스탠드가 그리워지는 밤이다
>
> ─「불감(不感)」 부분

   제2부 집단적 아비투스와 옹콘데 형상

시 속에서 화자는 타인에게 무심하다. 그의 시적 태도에서 느껴지는 특징 중 하나가 "그럴까 그런갑다"(「고물상집 개」) "내가 별 연관이 있으랴만"(「염천(炎天)에 들다」) 등과 같은 타인의 존재성이나 실존성에 대해 함부로 예단하지 않는 어조를 사용하는 것이다. 그가 길을 가다가 우연히 마주친 "새파란 행자승"(「옆길」)을 보면서 "어쩌다 남의 길을 엿본 것 같아/미안하기 그지없다"는 생각을 한다. 그냥 내 옆에 한 사람이 스쳐간 것뿐인데, 굳이 미안해할 필요가 없는데, 그는 왜 그러는 걸까?

인용 시를 보면 이런 마음을 가지는 그의 의식을 조금이나마 유추할 수 있다. 다른 존재에 대해 그는 "모든 걸 알 수는 없고 그럴 필요도 없"다고 생각한다. 하지만 "속까지 훔쳐"보고 나면 아는 만큼 그 존재에 대해 책임을 져야 한다는 생각을 가지고 있다. 여기서 중요한 것은 "책임"이라는 단어이다. 타인에 대해 알고 싶어 하는 호기심은 일종의 욕망이다. 인간은 다른 존재를 향한 욕동을 충족하기 위해 그들을 해체했고, 혼합 교배하였다. 인간의 관점에서는 이 모든 것이 문명의 발달이고, 존재의 진화라고 하겠지만 모든 생명을 동등한 지위로 생각하는 생태주의적 관점에서 보면 이것은 존재에 대한 학살이다. 인간의 욕망을 충족하기 위해 학살된 다른 존재들은 여전히 무책임 속에 버려져 있다. 이런 존재에 대한 의식이 시에서 죄의식으로 변주된 것이다. 「불감」이란 제목은 우리가 향유하고 있는 모든 문명의 안락이 존재의 학살을 담보로 하고 있음에도 불구하고 그것을 감지하지 못하는 태도를 환기한다. 이런 인식은 시대와의 불화로 작용한다는 것을 그는 인식하고 있다. 디지털의 존재성을 지향하는 무리와는 달리 "아날로그"의 존재성을 가진 스스로를 불량이라고 생각하는 것도 그 때문이다.

이러한 그의 생각은 자연의 순리로 살아가는 존재의 무기력과 연결되어 있다. 사회에 약삭빠르게 적응하지 못하는 스스로를 "허구한 날 망이나 보는/아랫도리가 슬픈 남자"(「한실초재 3」)로 생각하는 것은 시대와 호흡하지 못하는 존재의 무기력을 표상한 것이다. 새로운 욕망을 분출시키는 수많은 상품이 범람하는 자본주의 사회에서 이들을 따라가지 않는다면 사회에서 도태될 수밖에 없을 것이다. 그렇기 때문에 그의 존재에 대한 무관심은 다른 존재에 대한 존중이라고 해석이 된다. 돈이나 힘으로 존재를 서열화하는 사회에 대한 부정이 존재 자체를 인정하고, 개입하지 않으려는 의식으로 나타난 것이다.

청동갑옷에 짓눌린 현대인의 자화상

인간의 실존성을 주체적으로 그려내는 현대사회의 속성을 김중일은 청동갑옷으로 상징화한다. 전쟁에서 청동갑옷은 생명을 지켜주는 방패 기능을 하지만 무거운 무게를 온몸으로 감내해야 하는 단점을 가지고 있다. 생존하기 위해서 몸은 늘 긴장하고 무거운 걸음을 걸어야 한다. 실존의 무게에 마음은 늘 불안하고 강박증에 시달리는 것이다.

> 나이를 알 수 없다고 했다
> 대상을 수치로 이해하는 습성 때문에
> 반도의 이통을 빼 닮은
> 불거진 옹이의 개수를 세다가
> 청동갑옷이 무거워 보이는 커다란 둘레를
> 세상의 잣대로 가늠해보았다
> 유일한 단서인, 자신의 지문을 하나씩 지워나가다가
> 이제, 텅 비어 있음으로 수상해 보이는 것은
> 조금씩 가벼워지기 위함일 게다
> 누군가가 소망을 가지고 심었던지
> 자생하였는지조차 별 중요치 않다
> 지금 잎을 피워 올리는 존재만으로 당당하지 않은가

                                        제2부 집단적 아비투스와 옹콘데 형상

···(중략)···

수백 년 거목에게 햇수라는 것이 뭐 그리 대단한가

—「느티나무」 부분

그의 느린 걸음은 아름답다.

꾸물꾸물
기어간다는 것은 환장할 일이다
숨 가쁜 세상 속의 민달팽이
그들은 좀체 눈에 띄지 않는다
어지러운 흔적만 거미줄처럼
햇빛아래 반짝일 뿐이다
길어진 망설임을 따라 가보니
그 중 누군가는 목숨을 걸고
포장길을 가로지른 모양이다

누가 누군지 알아채지 못할
야심함에 기대어
등 뒤에 고향을 두고 빈 몸이 되는 것은
못할 짓이다
팍팍한 길 눈물로 적시며
더듬거리는 것은 차마 못할 짓이다

—「파산―어느 민달팽이에 대한 기억」 부분

자본주의 사회에서 실존적 가치는 숫자로 환산되는 경우가 많다. 느티나무」에서 화자는 "대상을 수치로 이해하는 습성" 때문에 자연을 만날 때 같은 방식으로 대한다. 존재를 자연 그대로 인식하는 게 아니라, 이해타산적으로 분석하려고 했다. 이런 인간의 분석적 사고를 김중일은 느티나무의 존재 방식을 통해서 비판한다. 우리의 의식 깊이 박혀 있는 이해타산적인 사고는 생명을 생성하고 키워나가면서 세대를 잇는 자연의 순리에서는 아무런 의미가 없다. 이러한 것을 "잎을 피워 올리는" 생장의 방식만으로도 당당한 느티나무를 통해서 보여준다.

인간은 오랜 시간 동안 생물학적 존재성을 경원시해왔다. 정신적 가치에 치중해온 인간은 자연적인 실존성보다는 인위적인 실존성을 더 추구해왔다. 김중일은 이 시를 통해 이성적 사고를 버릴 때 더 긴 역사를 갖는다는 생각을 한다. 존재가 해석되거나 분석되지 않고, 자연의 순리에 성장하고 나아갈 때 더 큰 의미를 갖는다고 본다. 그래야 우리가 입고 있는 무거운 "청동갑옷", 즉 실존에 대한 강박증이나 불안에서 벗어날 수 있다고 보는 것이다.

「파산―어느 민달팽이에 대한 기억」은 질주의 전쟁에서 패배한 자의 실존적 양상을 알레고리한 시이다. "파산"이라는 정의는 자본주의적 가치의 잣대이다. 자본주의 잣대로 세워지는 사회 주변부의 서열. 이런 서열로 현실을 살기 위해서는 목숨을 걸고 "포장길을 가로"질러야 하는 험난함이 기다리고 있다. 하지만 이런 현실도 가치 기준을 달리하는 순간 가벼운 걸음이 될 수 있다고 생각한다. "존재만으로 당당"할 수 있다는 것이 그것이다. 자본주의 사회에서 가진 것이 없는 자의 존재성은 무기력하다. 하지만 그는 존재를 존중하고 인정하는 태도를 통해 사회적 서열이 회복되기를 원한다. 존재에 대한 수평적인 사고가 내재되어 있는 것이다. 이러한 수평적 존재성의 실현은 세상이 원하는 청동갑옷을 벗었을 때 이루어진다.

뿌리의 힘으로 버티는 못난 놈들의 주체성

생긴 그대로의 존재가 소중하다는 김중일의 의식은 현 질서의 주체가 되

 　　　　　　　　　　　제2부 집단적 아비투스와 응콘데 형상

지 못하는 대상들의 의미로 변주된다. 질주하는 사회에서 고통스러운 지문을 지고 다닐 수밖에 없는 느린 걸음의 존재들, 돈과 힘이 없어 아날로그의 실존을 가질 수밖에 없는 이들에 대한 애정이 보인다. 현대사회에 살면서 돈과 힘으로 빠르게 작동하는 디지털 실존이 중요하기는 하지만 그런 실존이 아니라도 의미가 있다는 것을 그는 보여준다.

> 큰 놈 작은 놈 잘난 놈 못난 놈
> 자리마다 쓰임이 다 있어
> 하나도 버릴 게 없단다
>
> …(중략)…
>
> 삐뚤삐뚤 이어진 고샅 돌담들
> 수백 개의 눈웃음이 흐드러진다
>
> ―「숨은 혀」 부분

> 수천 년 파도가 온전한 삶의 무게라 치자
> 그래서 지축을 흔들어도
> 아무렇게나 놓인 듯한 돌섬이
> 하늘로 일어서는 힘은 그 뿌리에 있다
>
> 제멋대로 생겨 못난 놈
> 한쪽 끝에 툭 던져 놓은 듯해도
> 앞으로도 수만 년은 너끈한 이유가
> 지난한 세월을 물고 있기 때문이다
>
> ―「독도」 부분

「숨은 혀」라는 단어는 참으로 상징적인 말이다. 사회의 주체가 되지 못하는 존재의 말은 무기력하지만 이 세상을 이루는 다수가 이런 존재들이라는 점에서 그들에게 내재되어 있는 말의 힘은 크다. 비(非)주체의 의식은 잔잔히 흐르고 있지만 합쳐지면 거대한 힘을 발휘하는 저력을 가지고 있다. 도드라지지 않지만 이런 이들이 모여 세상의 역사를 만들어나가는 것이다. "큰 놈 작은 놈 잘난 놈 못난 놈"이 "자리마다 쓰임이 다 있어" "수백 개의 눈웃음이 흐드러"지는 것이 세상 이치이다. 이것은 사회의 완성이 특정 존재에 의해서 이루어지는 게 아니라 존재의 다양성에 의해 이루어진다는 것을 의미한다. 다양한 존재의 화합으로 사회는 하나의 꽃으로 완성된다. "묵은 때"(「곰보 주전자」)가 많이 낀 험난한 존재도 사회에서 꼭 필요한 구성 요소인 것이다.

시간이 흐를수록 잘난 이보다는 이런 못난 놈들의 본성이 역사를 이루는 근간이 된다고 보는 시가 「독도」이다. "제멋대로 생겨 못난 놈"은 비주체적인 존재들을 표상한다. 아무렇게 던져놓아도 "수만 년"의 역사를 만들어나가는 존재. 자신을 지배하는 권력의 향방에 따라 정체성이 정해지는 비주체들의 속성을 그는 역사적 맥락 속에서 한국과 일본의 영토로 논쟁이 되어왔던 독도의 정체성으로 알레고리하고 있다. 정치권의 이해타산으로 귀속되는 소속감. 그러면서도 "수천 년을"을 이어온 것은 제 "뿌리"에서 생성되는 힘이 원인이라 보는 것이다. 여기서의 뿌리의 힘이란 땅속에 보이지 않게 흩어져 있지만 흩어져 있어 강한 힘을 발휘하는 비주체들의 힘인 것이다.

이번 시집을 통해서 보여준 김중일의 심리적 지형도는 느린 듯하나 느리지 않고, 무관심한 듯하나 무관심하지 않고, 무기력한 듯하나 무기력하지 않다는 것을 알 수 있다. 외유내강(外柔內剛)이라고 했든가? 그는 답답할 만큼 느린 어조로 말하면서 시를 읽는 이의 귀를 쫑긋하게 만든다. 고요하기

    제2부 집단적 아비투스와 응콘데 형상

때문에 더 집중해야 하는 시안. 아날로그 렌즈를 가진 김중일 시인은 존재를 돋보이게 하지는 않는다. 뿐만 아니라 타인의 존재성에 깊이 개입하거나 해석하지도 않는다. 있는 그대로의 존재를 존중해주려고 한다. 존재를 존재 그대로 보는 필치를 앞세워서 질주의 강박증에 시달리는 우리의 자화상을 형상화한다. 우리의 자화상 속에서 스스로 성찰과 반성을 하게 하여 존재와 실존의 의미를 재정립하기를 바란다. "행복도 불행도 마음에 있다." 이 말의 의미를 누구보다 잘 아는 사람이 김중일 시인인 것 같다. 인간에 대한 과도한 해석에 대해, 다른 생명에 대한 과도한 해석에 대해, 존재를 존중하라는 항변을 하는 느린 목소리의 힘이 느껴지는 시집이다.

만다라 형상의 공무도하가

— 정의태의 시

公無渡河(님아, 그 물을 건너지 마오)
公竟渡河(기어이 건너시다가)
墮河而死(물에 빠져 죽으니)
當奈公何(님을 장차 어이할 거나)

「공무도하가(公無渡河歌)」, 이별한 님을 그리는 애절한 사랑의 노래. 정의태 시인의 시집을 읽으면 곽리자고의 아내 여옥이 지었다는 서정가요 「공무도하가」가 오버랩된다. 장정일 시인의 말처럼 단추만 누르면 사랑의 채널이 쉽게 바뀌는 시대에 정의태 시인이 쥐고 있는 리모콘은 한 채널에 고정되어 있다. 아내와의 사랑을 드라마틱하게 그리고 있는 채널. 젊은 날 세상의 경계를 넘어간 아내에게 쏘아 보내는 그리움의 전파는, 2013년에 발간한 『세상의 땀구멍』을 제외한 거의 모든 시집에서 송신되고 있다.

사랑이나 그리움을 정서로 하는 시는 자칫 개성이 있다는 평가를 받기가 어렵다. 그런데 그는 오히려 이러한 정서를 다섯 권의 시집을 통해 일관성 있게 밀고 나가면서 그만의 독특한 시적 세계관을 이루는 데 성공하고 있다. 사랑하는 이의 상실이 그가 시를 써야만 하는 필연성으로 작용하고, 이 필연성은 심리적 수행과 깨달음으로 나아가는 시적 세계관을 형성하는 데

제2부 집단적 아비투스와 응콘데 형상

에 기여하고 있다.

그의 시적 여정을 총체적으로 살펴보면 만다라(Mandala)로 가는 길이 연상된다. 만다라는 마법의 원을 지칭하는 것으로, 라마교나 탄트라의 요가에서 수행자를 이끌기 위한 수단인 '얀트라(Yantra)'로 사용하는 것이다.[1] 통달한 만다라는 상상을 통해 이룰 수 있는 하나의 정신적인 상(像)을 의미하는데, 이곳에 이르기 위해 수행의 과정을 가진다.

정의태 시인이 이루고자 하는 만다라는 아내와의 동일화를 지향하는 심리이다. 아내와의 동일화 갈망이 그리움과 부재, 외로움 등 고통을 수반하는 파토스(pathos)의 정서로 나타나지만 그는 이 고통스러운 심리적 여정을 승화하여 깨달음의 경지로 나아간다. 그가 만들어내는 만다라 여정은 의도치 않게 시작된 것이지만 한 인간에 대한 지고지순한 사랑으로 그만의 만다라 상을 그려내고 있다. 정의태 시인이 그려내는 의식의 방향성, 만다라 형상이 어떠한 모양인지 시적 여정을 통해서 살펴보기로 하자.

상실, 세계와의 분리 의식

초기 그의 시집에서 많이 보이는 정서가 세계와의 분리 의식이다. 물론 이것은 시집에 자명하게 나타나 있듯이 아내의 죽음으로 인한 부부간의 분리가 그 원인이다. 아내의 상실로 인해 함께 공존했던 현실세계는 낯선 공간이 되어버린다. 낯설어진 현실세계는 아내가 가버린 세계와 사이에 구멍을 만들고, 그 구멍 속에서 시적 자아는 아내와의 동일화를 갈망한다. 아내와 내가 합일되는 경지에 도달하기 위해서는 심리적 고통을 수행하는 과정

---

1   칼 융, 『꿈에 나타난 개성화 과정의 상징』, 한국융연구원 C.G 융 저작번역위원회 역, 솔, 2024.

을 거칠 수밖에 없다. 이 모든 것의 출발점이라 할 수 있는 것은 아내의 상실로 인한 존재의 분리 의식이다.

아래 시는 죽음의 벼랑 앞에 선 아내를 보면서 세계가 와해되는 전조(前兆)를 시로 형상화한 것이다.

> 하늘이 보이지 않습니다,
> 붉은 구름 스러지는 곳의 태양이
> 이 세상을 빼내간 구멍인 줄
> 여겼습니다.
> 내가 딛고 선 땅
> 넉넉지 못한 병원의 복도
> 절망 속으로 곤두박질하는 모습을
> 끝까지 방관하던 형광등 불빛
> 돌지 않는 선풍기 매달린 천정
> 피를 탐하던 모기떼까지
> 모두가 구경꾼이었습니다.
> 죽음이란 벼랑에 서게 된 줄 모른
> 그대는 그 날
> 손등에 맺혀나는 주사 자국만 탓하여
> 여린 웃음 속을 알지 못하는
> 슬픈 여인이 되었습니다.
>
> —「그날」 전문[2]

인용 시를 보면 그는 "죽음이란 벼랑"으로 인식되는 아내의 병을 알게 되고, 행복했던 아내와 함께 했던 세계가 "구멍"으로 인식되는 순간을 맞이하게 된다. 아내의 죽음으로 인해 부부는 이승과 저승이라는 두 개의 세계로

---

2 정의태, 『이제 가깝다 하나』, 빛남, 1994.

   제2부 집단적 아비투스와 응콘데 형상

분리되고, 그는 이승으로 가지도, 현실로 오지도 못하고 그 사이에 머물러 있다. 이승에서도 저승에서도 완전할 수 없는 존재감, 아내와의 이별을 안타까워하는 시들을 보면 마치 「공무도하가」의 한 장면을 연상하게 한다.

「공무도하가」는 백수광부(白首狂夫)가 술에 취해 강에 빠지는 걸 보고 그 아내가 공후를 타며 부르는 노래다. 백수광부와 그의 아내 삶을 가르는 강은 '삶/죽음, 이승/저승, 차안/피안, 공존/분리'의 의미를 상징하는 세계의 경계이다. 「공무도하가」에서 느껴지는 이런 경계의식이 정의태 시인의 시에 내재되어 있다. 이 경계의식은 세계와 나의 분리 의식으로 끝나지 않는다. 이승과 저승의 경계 공간, 구천(九泉) 같은 세계에서 떠도는 분리 의식이다.

이러한 분리 의식은 아내의 부재로 현실세계는 와해되어 있고, 저승은 내가 갈 수 없는 세계이기 때문에 생기는 심리적 현상이다. 그에게 아내의 죽음은 단순한 생명의 정지가 아니라 내 존재의 분리 혹은 내 존재의 상실과 유사한 의미를 갖는다. 이러한 심리는 생전에 아내와 함께 한 생이 얼마나 의미가 있었는가를 말한다. 때문에 아내의 부재는 나의 부재로 이어지고, 현실세계에서의 건강한 존재성은 나를 찌르는 무기로 인식된다.

고장 난 카메라의 화인더에도
봄이 비칩니다
이 거리에서 어디론가로 다시 돌아가는
꽃들의 뒷모습을 볼 수 있을 때까지는
아무도 화인더에 비친 봄을 거역하지
않으리라 확신 때문에
한편은 서글픕니다
각양각색의 사람들이
세상의 변두리에 머물렀다가는
봄의 거리에서
입담지 않아도 될 일인데

유난히 분홍빛인 꽃잎 하나가
세상에 내려앉아 눈알을 찌릅니다

―「봄의 거리에서」 부분[3]

사수(射手)가 동(東)이면
표적(標的)은 서(西)다.

쏘기만 하면 모두가 사수다.
맞기만 하면 모두가 표적이다.

태양은 동서(東西) 어디서나
건재(健在)하다

가슴으로 총알을 맞대면
쏜 자가 표적이다

―「어떤 사냥」 전문[4]

인용 시들은 고통에 직면하는 일이 스스로에게 얼마나 많은 상처를 주는
가를 보여준다. 아내의 죽음을 망각하지 않는 그에게 세상의 모든 현상과
존재성은 스스로를 향해 쏘고 맞는 총으로 인식된다.

「봄의 거리에서」 시인은 만물이 소생하고 신생하는 계절, 봄의 현상을 감
각하면서 스스로를 고통으로 몰아넣는다. "고장난 카메라의 화인더"에도
봄이 비칠 만큼 세계는 건강하게 존재하는데, 이 건강함이 그에게는 상처를
입히는 무기로 인식된다. "유난히 분홍빛인 꽃잎"은 소생할 수 없는 아내에
대한 트라우마를 자극한다. 봄빛의 자극으로 일어나는 심리적 통증은 소생

---

3 위의 책.
4 위의 책.

                          제2부 집단적 아비투스와 응콘데 형상

하기를 간절히 바라는 갈망이 원망으로 바뀐 심리적 역전 현상이다. 현실세계가 생동감이 있을수록 시인의 의식은 세계와 동일화되지 못하고 분리되어 존재한다. 홀로 아내와의 시간 속에 고립되어 있다.

이런 고립을 극명하게 보여주는 것이 사수와 표적이 일치되는 현상을 시로 형상화 한 「어떤 사냥」이다. 이 시에서 그는 스스로가 총을 겨누는 사수임을 인정하고 있는데, 원래 인간관계에서 "사수가 동이면" "표적은 서다". 그것이 상황이든 심리이든 간에 서로 대립되는 지점에 있는 것이 보편적인 상황이다. 하지만 "가슴으로 총알"을 쏘고 그 총알을 자신이 맞는 "표적"은 스스로에게 상처를 주는 자학적 행위이다. 이런 자학의 행위는 일반적으로 세상과의 괴리로 인한 심리적 부정이 자신에게로 향하는 경우이다. 와해된 존재성에 대한 심리적 부정을 자신을 자학하는 시적 의식으로 표출하고 있는 것이다.

하지만 그의 시적 자학은 다른 세계로 가버린 아내와의 동일화를 이루기 위한 일종의 통과의례로 보인다. 아내와 나의 심리적 동일화를 이루기 위한 영매의 과정, 고통을 망각하려 하지 않고 환기하면서 아내와 합일점을 찾으려는 시도를 한다. 시에서 보이는 자학적인 심리는 적극적인 상상을 통해 아내와 동일화를 이루려는 정신적인 상, 칼 융의 말대로 진정한 만다라를 만들려고 하는 수행의 여정으로 보인다.

기웃거리는, 떠도는 유랑적 존재성

진정한 만다라로 가는 길, 동일화를 이루기 위한 수행의 과정은 시에서 두 세계를 떠도는 유랑적 존재성으로 나타난다. 아내의 상실로 인한 정신적 불균형은 현실세계를 살아가는 장애이지만 그의 시세계에서는 아내와 동일화를 이룰 수 있는 마법의 원이다. 현실과는 거리를 두면서 홀로 고통을 감내하는 시간은 사랑하는 이의 부재를 견딜 수 있는 '마술적' 모티브, 즉 심리적 외용 연고의 기능을 한다. 이 외용 연고를 통해 심리적 안정을 얻는다. 만다라로 가는 여정에서 생기는 치유의 기능은 고통을 견디게 할 뿐 아니라, 아내와 심리적 소통을 하게 하는 제의적인 측면까지 내포하고 있다. 현실의 문제를 현실에서 해결할 수 없을 때 만든 자신만의 해결책이다.

이런 심리로 인해서 그는 현실로 쉬이 돌아오지 못하고, 두 세계를 기웃거리거나 주춤거리면서 떠도는 유랑적 존재성을 갖고 살아간다.

> 그리워하는 눈길을 배웠다.
> 수없이 기웃거리다 갔을 산새들
> 바람, 나뭇잎 따라 떠오르는
> 고만한 얼굴들 지우고
> 오늘 너는 내 뒷모습을 본다
> 네 안에서 네 바깥의 나를 기슭에 묻고
> 터벅터벅 동리로 가는.
>
> —「거울」 부분[5]

> 바람이다
> 바람의 바깥에 설 수 없으니
> 물결이다
> 흘러도 흘러도 닿지 않는
> 발자국 없는 물결이다
> 아아 오늘
> 팽개친 자식마저 사무친 오늘
> 파도는 어디쯤에

---

5 정의태, 『섬에 와 섬이 된다』, 열린시, 2000.

  제2부 집단적 아비투스와 웅콘데 형상

굳고 굳은 뿌리를 묻고 오는 걸까
그 무엇의 씨물림으로
이다지 깊은 세월
뿌리 없는 것들의 양이 되어
오도가도 못하는가.

—「풀」 전문[6]

어느 때는 우리가 서는 아침마다 거기 고통을 일구듯 해가 뜨는 것이었습니다. 푸르른 수목 사이로 아버지의 파안대소 같은 햇살을 바라보며 우리는 그 하루 아침을 해 뜨는 곳에서 서성이곤 하였습니다.

—「해 뜨는 곳」 부분[7]

그의 시에서 시적 존재나 시적 자아는 세계에 쉽게 안주하거나 흡수하지 못하고, "기웃거리"거나 혹은 "오도가도 못하"고 "서성이곤"한다. 한국어의 특징이 서술어에 의해 의미가 결정된다고 볼 때 이러한 동사나 형용사는 시적 존재나 자아의 심리적 의미를 나타내는 것이다. 「거울」에서 보듯 나뭇가지에서 "수없이 기웃거리다 갔을 산새들"의 삶을 보면서 "그리워하는 눈길을 배웠다"고 말한다. 그가 산새들의 기웃거리는 행동에서 그리움을 간직한 존재성을 발견할 수 있었던 것은 산새의 삶과 자신의 삶이 유사하다는 것을 알기 때문이다. 한 곳에 둥지를 틀지 못하는 삶, 불안감에 시달리는 삶을 누구보다 잘 알기 때문이다. 시에서 대상을 보는 시각이나 인식이 시인이 경험한 삶의 재구성이라 볼 때 둥지를 틀 자리를 찾아 기웃거리는 산새들 의미는 시인의 내면적 상황을 투사한 것이라 해도 무방할 것이다.

이러한 유랑적 존재성이 「풀」에서는 자신을 뿌리 없는 바람에 비유되고

6   위의 책.
7   위의 책.

있다. 제목으로 사용된 풀은 원래 밟아도 밟아도 생존하는 강인한 뿌리를 가진 존재로 통용된다. 그런데 제목과는 달리 풀로 은유되어 있는 시적 자아는 "흘러도 흘러도 닿지 않는/발자국 없는 물결", 뿌리가 있지만 그것을 어딘가에 두고 떠돌아다니는 유랑적 존재로 형상화하고 있다. 이러한 삶의 여정 속에는 필연적으로 일상을 흔드는 파도가 동반되고, 그 파도로 인해서 풀은 "오도가도 못하는" 존재로 살아가고 있다. 스스로 뿌리를 내리고 한곳에 머물고자 하는 것이 아니라, 상황에 떠밀려 그냥 거기에 머물러 있는 것이다. 시적 주체들은 현실세계에 쉽게 뿌리를 내리지 못하고 늘 낯선 곳을 탐색하면서 잠시 거처하는 유랑적 존재성을 가지고 있다. 시인의 이러한 존재성은 그가 스스로 선택한 것으로 심리적으로 아내와 이별을 하지 않았기 때문이다. 아침마다 해가 뜨는 세계를 희망이 아니라 "고통을 일구는"(「해 뜨는 곳」) 세계로 인식하는 것 또한 아내가 없는 세계를 온전하게 받아들일 수 없기 때문이다.

현실세계로 복귀하지 못하는 그의 심리는 다른 시에 나타난 시간의식을 통해서도 알 수 있다.

> 천 년에 한 번 넘기는
> 달력이 있다면
> 우리는
> 아직 넘긴 게 없는 것이다.
> 넘길 생각조차 않고 있을 것이다.
> 새 천 년이 무슨 의미가 있는가
> 마음 하나 접는 일 보다
> 보잘것없는 짓인걸.
>
> —「네가 이 세상에 올 줄 미리 알았더라면 35」 전문[8]

8　정의태, 『네가 이 세상에 올 줄 미리 알았더라면』, 한솜, 2003.

 제2부　집단적 아비투스와 웅콘데 형상

아무리 건너려 하여도
건너지지 않은 곳이 있다.
쉼 없이 건넜지만 아직 여기에 있다.

아무리 건지려 하여도
건져지지 않은 것이 있다.
한사코 건졌지만 아직 그 속에 있다.

―「그리움」 전문[9]

인용 시들을 보면 그의 심리적 시계와 세계는 멈추어 있다. 심리적 시계가 가는 현상은 현실에 있는 시계와 다른 질서를 가지고 있다는 점에서 우리가 가진 의식과 무의식을 투사한다고 볼 수 있다. 「네가 이 세상에 올 줄 미리 알았더라면35」에서 보듯 시인은 "마음"을 접지 못해서 "천 년에 한번 넘기는/달력"조차 넘기지 못했다. 아내에 대한 기억으로 인해 나는 과거의 시간 속에 갇혀 있고, 현재의 시간은 정지되어 있다. 나는 아직 과거 속에서만 존재하며 현실에서는 존재하지 않다는 것을 보여준다. 나는 살아 있지만 살아 있는 것이 아닌 것이다. 사랑하는 이가 없는 현실세계의 부정이 심리적 시간의 정지로 표출된 것이다.

이러한 심리적 고행을 공간화한 것이 「그리움」이라는 시이다. "아무리 건너려 하여도/건너지지 않는 곳" "쉼 없이 건넜지만 아직 여기에 있"는 시인의 움직이지 않는 몸. 한 사람에 대한 그리움과 변함없는 사랑이 생의 시계를 정지시키고 있다.

이런 심리 때문인지 그는 현실에서의 시쓰기를 형벌이라 말하고 있다. 그는 자신이 쓴 산문에서 "형(刑)틀이다. 시는/쓰고자 하는 이들에게, 시는 죄

---

9 정의태, 『까치는 늘 갈 곳이 있다』, 말씀, 2007.

있으나 없으나 하물며 누명 쓴 자들에게도 매달리는 옥죄임 같은 것이다."[10] 라는 말을 한 적이 있다. 그의 말대로 유독 그의 시가 억울한 누명을 쓰고 쓴 형틀과 같다고 여겨지는 것은 시를 쓸 수밖에 없는 당위성이 그가 원하지 않는 요건이기 때문일 것이다.

시를 쓰고자 하는 간절함을 그는 결혼 전 아내에게 제지당한 것이 있다. 그는 최근 시집의 산문에서 "난생 처음 쓰는 각서가 시를 쓰지 않겠노라는 서약"이었다고 언급한 바 있는데 아이러니하게도 시를 제지한 당사자의 상실이 시를 써야만 하는 필연성으로 자리한 것이다. 시인들은 이런 상황이 아니더라도 '시를 쓰는 일이 천형(天刑)이다.'라는 말을 많이 한다. 두 개의 형틀을 지고 시를 쓰는 그의 고통을 우리가 어떻게 헤아릴 수 있을까? 그 고통이 최근 시집에서 어떤 깨달음으로 승화된 것은 오랜 천형의 시간과 무관하지 않을 것이다.

깨달음, 유(有)와 무(無)의 동일화 의식

오랜 시간 동안 유랑적 존재로 살아오던 그가 어떤 깨달음에 이르렀음을 보여주는 것이 마지막 시집이다. 네 권의 시집이 아내와의 동일화를 이루기 위한 심리적 고행의 과정이었다면 마지막 시집은 어떤 깨달음을 통해 현실세계로 편입하고자 하는 의지를 보인 시집이다. 여전히 현실세계에서 일상은 시인에게 잠시 바람을 쐬러 나온 외출과 같은 양상으로 표출되고 있지만 중요한 것은 오랜 고행의 여정을 통해 얻은 존재와 세계에 대한 깨달음이다. 시인은 있는 것이 없는 것이고, 없는 것이 있는 것이라는 유와 무의 동일화 현상을 깨달음으로써 아내와의 심리적 동일화를 이루고 있다. 정신적

---

10 정의태, 「초탈 혹은 허망의 이동(移動)」, 『세상의 땀구멍』, 전망, 2013.

인 상이라 할 수 있는 만다라를 완성해 간다.

너 안에서 설움을 벗는다

너 안에서 침묵을 벗는다

탁

탁

두둥 탁

유(有)가 무(無)를 두드리는 소리

무(無)가 유(有)를 달래는 소리

너 안에서 너 밖의 형상(形象)이

눈 뜨는 소리

—「법고」 전문[11]

　인용 시를 보면 시인은 "너 안에서 설움을 벗"고, "너 안에서 침묵을 벗는" 현상을 발견한다. 설움의 근원이 너를 통해 나의 설움을 벗을 수 있다는 깨달음은 "유가 무를 두드리는 소리" "무가 유를 달래는 소리" "너 안에서 너 밖의 형상(形象)이//눈 뜨는 소리"라는 말을 통해 좀 더 구체화된다. 이러한 시적 표현은 그가 다른 세계가 간 아내의 존재가 내 안에도 존재하고 있

11　위의 책.

다는 사실을 깨달은 것이다. 우주적 존재로서의 너와 나의 관계는 원래 하나라는 것을 인식하면서 아내와 심리적인 동일화를 갖게 된다.

태초에 우주적 존재는 하나의 덩어리인 카오스 상태였다. 이것이 분리되면서 존재는 타자와 대면하고, 개개의 자아를 갖게 된다. 누군가를 그리워하는 마음은 원래의 하나로 돌아가려는 마음이다. 인간에게 내재되어 있는 분리 의식의 불안을 돌이켜보면 하나로 뭉쳐져 본래적인 존재로 되돌아가고 싶은 욕망을 드러낸 것이다. 부부라는 존재는 심리적 동일화가 이루어질 때 우주적 존재로서의 가치를 발휘한다. 그 가치의 추구가 그동안 그가 보여 왔던 그리움의 정서라 할 수 있다. 다른 세계에 있는 존재에 대한 인식을 붙들고 있었기 때문에 두 사람은 분리되지 않고 일체가 되는 시간을 맞이한 것이다. 「날고 있는 새를 위하여」(『섬에 와 섬이 된다』)라는 시에서 그가 말했듯이 "우리가 맨 처음 만나던 곳에 감춰진 또 한 번의 부화", 새롭게 태어난다는 것의 진정한 의미를 이제야 깨달은 것이다. 그동안 그가 의식하지 못했던 내 속의 아내와 심리적 동일화를 이루었다고 할 수 있다.

인간은 심리적 수행이 되었을 때 비로소 여유를 가지고 세상을 돌아본다. 최근 시집에서 대상과 현실을 관조하는 시들이 많이 보이는 것도 그런 이유일 것이다. 또한 우주의 논리가 '무가 유이고 무가 유이다'라는 깨달음은 그의 다른 시에서는 현실세계를 판단하는 시각으로 연결되어 형상화되고 있다.

> 소나무에게 왼쪽이 있었나 숲에게도
> 달빛의 오른쪽은 어디인가 내 왼쪽은 늘 비어 있다
> 어째서 우리의 다리는 왼쪽이 긴가
> 그래 퇴행성관절염이 왼다리로 먼저 온다는 거지 솔숲 때문이다
> 핑계도 늘 왼쪽이 아프다 힘센 자들의 오른팔들이 아픈 것 봤냐고
> 그들은

제2부 집단적 아비투스와 옹콘데 형상

아프기 위해 오른쪽에 있는 것이 아니라는 걸 네가 몰라
어떨까 오른쪽 때문에 아프다는 말 내세우지 못할 말
나는 오늘도 운동장 트랙을 왼쪽으로 돌고 있다
—「왼쪽이 아프다」 부분[12]

나뭇잎은 모르는 것이다 뿌리만 아는 것이다
먼 곳의 강물을 손가락으로 긁어 모으는 것이다
내 속 깊이 감췄던
그리움의 순을 잘라내는 것이다
별빛은 하늘에서 내려 와 땅 속으로 깊어진다
절망이던 기쁨조차 집을 나서고
마지막 희망이던 슬픔 한 움큼 부여잡으며
바다에서 강으로 거슬러 오르는
이 세상 유일하게 아름다운 구토(口吐), 이것
—「눈물」 전문[13]

인용 시들을 보면 시인은 세상의 질서를 역설적인 화법으로 서술하고 있다. 이것은 시인이 무와 유의 동일화 현상에 대한 깨달음이라 할 수 있는데 현실세계에도 이와 같은 논리가 적용된다는 것을 발견하게 된다.

「왼쪽이 아프다」는 시에서 그는 현실에서 비주류라고 할 수 있는 왼쪽의 존재성을 성찰한다. 현실세계에서 오른쪽은 권력, 힘, 주류의 상징으로 통용되고 있다. 이러한 현실세계에서의 인식을 그는 신체의 현상학으로 풀어내고 있는데, 비어 있는 "왼쪽", "왼쪽이 긴"다리, "왼다리로 먼저 오는" "퇴행성관절염" 등 왼쪽의 장애를 통해서 표출한다. 이렇게 왼쪽이 그늘

---

12 위의 책.
13 위의 책.

지거나 아픈 것을 두고 그는 "힘센 자의 오른"쪽이 그 원인이라 말한다. 제 존재성을 드러내면서 힘을 휘두르는 것은 오른쪽인데 그 영향력으로 인한 파동은 왼쪽이 감당하고 있다. 이런 신체의 현상학은 눈에 보이는 것이 다가 아니요, 눈에 보이지 않는다고 없는 것이 아니라는 것을 보여준 것이다. 인간이 인위적으로 구축해놓은 이성적 세계이든 본래적인 세계이든 간에 유와 무의 현상만으로는 그 가치를 함부로 판단할 수 없다는 것이 그의 생각이다.

이런 의식은 「눈물」에서 더 구체적인 역설의 현상으로 나타난다. "별빛은 하늘에서 내려와 땅속으로 깊어"지고, 물은 "바다에서 강으로 거슬러 오"른다. 이러한 우주의 역류 현상을 그는 "이 세상에서 유일하게 아름다운 구토"라고 은유한다. 생리적 현상으로 볼 때 구토란 먹어서 소화된 것까지 입 밖으로 토해내기 위한 전조 증상을 말한다. 메스꺼움이 동반하는 이 생리적 현상은 역설적인 논리로 흘러가는 세상에 대한 시인의 의식을 상징하는 언어이기도 하다. 안락한 삶을 지향하는 우리는 세계가 순리대로 흘러가기를 원한다. 세상 질서를 거스르는 역류의 파동을 때로는 알면서도 외면하는 것이 그런 이유 때문이다. 그런 측면을 시인이 인식하고 있다는 것은 '파동'이란 것을 온몸으로 겪어보았기 때문에 가능한 것이다. 그의 말대로 "파도는//여지껏 나서지 않았던 외출"(「밤바다」)로 우리의 일상으로 자주 넘실대는 실존성은 아니다. 그런 실존성을 아내의 상실로 그는 평생 감내하며 살았다. 그런 실존적 경험이 "허공은 자꾸만/너 없는 곳에 꽃을 떨군다"(「목소리」)는 유와 무의 동일화 의식으로 자리잡았다. 아내가 없는 곳에서 피는 꽃은 시인과 아내의 심리적인 합일점을 이룬 정점, 심리적 공간에 피어난 꽃, 진정한 만다라의 완성체인 것이다.

이렇게 정의태 시인의 시적 여정은 자기만의 정신적인 상으로 구축한 만

　　　제2부　집단적 아비투스와 응콘데 형상

다라의 여정과 완성체의 의미를 갖고 있다. 아내의 죽음으로 인해 현실세계가 와해되고, 망각하지 못한 존재로 인한 통증은 그를 두 세계 사이를 유랑하는 존재로 만들었지만 궁극적으로는 이를 통해 깨달음을 얻고 승화된 시로 나아갔다. 특히 '유가 무이고, 무가 유이다'라는 깨달음은 아내와의 심리적인 동일화를 이루는 결정적인 요소이다. 무와 유의 동일화 의식은 인간에 대한 무한한 사랑이 일구어낸 결정체, 정의태 시의 백미다.

하지만 모든 시집이 유사한 시적 정서를 가지고 있다는 말은 시의 한계로도 작용할 수 있다. 이제는 이러한 깨달음을 통해 시적 세계관을 확장해 나아가야 할 때라고 본다. 그래야만 치유의 기능이었던 시인의 시가 그의 말대로 "관조(觀照)의 자리"로 나아갈 수 있다. 물론 이러한 시도가 최근 시집에서 이루고 있다는 점은 희망적이다. 어느 시인보다 무거운 형틀을 지고 시를 쓴 그에게 이제는 형틀 하나를 벗으라고 말하고 싶다. 홀가분한 마음을 안고 세상으로 나아가기를 응원해본다.

기화하는 욕망과 현실의 충돌, 바람의 생리학
— 정삼조, 『그리움을 위하여』

일반적으로 첫 시집에는 한 시인의 내면적 고유성이 많이 드러난다. 그 중에서도 모태적 내면성을 표출하는 시편들이 많은 이유는, 어머니라는 존재성 자체가 우주적 자궁인 동시에 정신적 결을 만드는 토대이기 때문일 것이다. 정삼조 시인의 첫 시집에서 보이는 모태적 내면성은 이러한 맥락에서 형성되었을 것으로 본다.

정삼조의 모태적 내면성은 한마디로 소용돌이치는 바람의 형상을 이룬다. 바람은 언제 어디서나 다른 형상으로 우리 생의 모퉁이를 돌아가지만 시인에게서 느껴지는 바람의 형상은 시적 의식 자체가 되고 있다는 점에서 의미가 남다르다. 유년과 중년을 오가면서 애잔하게 일으키는 바람의 형상은 마치 만다라의 중심을 향해 걸어가는 구도승이 남긴 족적같이 보인다. 바슐라르(Gaston Bachelard)에 의하면 이미지들이란 정신의 심리적 현실이다. 바람은 형상이나 세기 등에 따라 다른 심리적 상태를 나타낼 뿐 아니라, 불과 물에 의해 만들어지는 두 변증법이 상호 교류하면서 역동적 지향성과 원초적인 지향성을 만들어낸다. 이러한 바람의 지향성은 시에서 어떤 정신적인 에너지, 힘의 양상을 나타낸다.

바람 속에 기화하는 욕망과 그리움의 습성

정삼조 시인의 바람은 현실을 극복하는 대안으로서, 우주적 존재자로서의 영혼성을 획득하고 싶어 한다. 누구에게도 얽매이지 않는 자유의 상징이자 생명의 호흡이며 어떤 존재성에도 연연하지 않는 전 우주적 존재로서의 바람의 속성을 동경한다. 그것은 그가 바람이 세계의 경계를 허무는 우주적 영혼의 소유자로서, 시적 세계에서는 무한한 확대의 정신적 가치로 존재한다는 것을 알기 때문이다.

정삼조 시에서의 바람은 두 지향성이 충돌하면서 시적 의식으로 나아간다. 그런데 흥미로운 것은 바람을 매개체로 형성되는 시적 힘의 바탕에는 시도 때도 없이 어머니에게로 거슬러 올라가는 습성이 내재되어 있다는 것이다. 시인은 모태 속으로의 회귀를 통해 그가 가진 정신이나 도덕적 가치를 의식화하는 기법을 사용하고 있다.

> 이제사 가슴 설렌 길손이 되어 안개길 그 길목에 서면 바람이 끝없이 비밀을 풀어놓는 날들이 펼쳐지리 골마다 들풀 낯설어 새롭고 물 닳는 어느 동리나 사람이 살아 만나는 것 모두 새것으로 빛나리 세상 어디에나 참 쉴 곳 없었던 이 이제 바람같이 떠돌아 말간 햇살같이 한 비밀로 남으리 아이 적 웃음 같은 파란 하늘 길 따라 찾아갈 곳 참 많은 세상 떠돌면 민들레처럼 들국화처럼 저문 들녘에 누워도 좋으리 이제는 머물러도 좋으리
>
> —「상여길」 전문

> 두 팔을 벌려 안을 수 없는 사람의 넋이
> 저 바람처럼
>
> —「파도구경」 부분

> 숲속에 부는 바람 속에는

아버지가 있고 어머니가 있어

—「노래」 부분

바람같이 왔다 간. 그 아버지 어머니와

—「어둠 속에서」 부분

「상여길」을 보면 인간은 주검이 되어서야 바람의 존재성을 가진다고 시인은 생각한다. 시인에게 저승으로 가는 일은 영혼의 자유를 획득하는 일이므로 가슴이 설레는 여정이다. 때문에 세속적인 것을 훌훌 벗어놓고 떠나는 망자의 생은 바람으로 다시 태어난다. 바람은 죽은 이의 영혼을 재생으로 이끄는 에너지인 것이다. 영혼은 "바람을 타고 들풀 낯설어 새롭고 물 닿는 어느 동리나 사람이 살아 만나는 것 모두 새것으로 빛나"는 세계를 향해 자유로운 여행을 한다. 현실적 삶에 얽매여 있는 사람들은 알지 못하는, 이런 비밀스러운 생이 사후에 있을 거라는 믿음은, 시인이 세상을 유랑하는 삶도 무방하다고 생각하게 한다. 이러한 의식 속에서는 생명을 우주의 순환적 존재로 보는 시각도 내포되어 있다. 시인에게, 사후에야 획득할 수 있는 바람의 존재성은 현실을 극복하는 대안인 동시에 우주적 차원에서의 시간과 공간을 극복할 수 있는 가능태이다. 이런 생각의 일면은 「파도구경」에서 "사람의 넋"을 바람으로 은유한 것에서도 알 수 있다.

시인의 이러한 바람의 존재성은 「노래」, 「어둠 속에서」는 어머니와 아버지의 존재성으로 동일화한다. 이것은 나아가 나의 존재성으로 동일화되는데, 이는 주로 고향이나 어머니에 대한 회귀의 습성으로 환기된다. 세월이 흘러갈수록 "한 겹 그리움을 껴입는"(「여름 보내며」) 시인의 습성은 무의식적 기억을 통해서 그의 존재성을 만들어나가고 있음을 보여준다. 시인에게 모태적 내면성은 무의식적으로 어떤 세계를 만들어주는 근원, 즉 우주적 존재

제2부 집단적 아비투스와 응콘데 형상

로서 자리하고 있다.

모태 속에 고착된 상승욕구의 심리

정신적 가치로서의 어머니에 대한 기억은 그에게 유년의 아름다운 추억인 동시에 억압으로 자리하고 있다. 시인에게 어머니의 상징성은 "햇빛"과 "바람" "그윽한 눈길"의 세 가지의 이미지에서 유추할 수 있다. 시인에게 어머니는 희망과 생의 상승 욕구를 자극하는 원동력인 동시에 그윽한 눈길로 그를 감시하는(강압은 아니지만) 억압의 요인이다. 이 세 가지가 어떻게 정신적 가치를 표상하는지 아래 시들을 통해서 보자.

겨울비 속에 낚싯줄을 던져본다
…(중략)…
빗속에서 햇빛이 생각나 좋다
햇빛 속엔 어머니가 계신다
밝게 웃으시면서
저만치 걸어 나오신다
눈부신 꽃밭 속에 계신 어머니
그러나 어머니는 햇빛 속에 계셨던가
어머니의 자리는 젖어 있던 곳
하루도 거르지 않고 같은 일만 하시던
똑같은 모습, 똑같은 얼굴, 가장 젊은 어머니
가신 지 몇 해 만에
어머니는 햇빛 속 웃음으로 계신다
물끄러미 물속을 들여다보며
응석받이처럼 방수 옷 속에서 햇빛을 생각한다

—「햇빛」 부분

어머니는 내게
무엇이 되라 하신 적이 없다.
한 번도 때 거르지 않게 하신 것과
모자라는 내 학비를 위해
일터를 헤매신 것이 전부다.
그 그윽한 눈길 받던
나는 지금 아무것도 아니다.

—「무엇」 부분

아가 그만 자거라 하시지만
나는 불효자라서 잘 수가 없어
말씀하신 적 없지만
눈으로 바라시던 것
오늘 못다 한 것 때문에
잘 수가 없어

—「시계」 부분

「햇빛」은 물과 비의 이미지를 통해서 어머니의 생명력을 형상한 시이다. 시인은 빗속에서 햇빛을 떠올리고, 그 햇빛은 어머니로 변주된다. 시인이 빗속에서 어머니를 떠올리는 것은 어머니를 생명의 근원으로 생각하기 때문이다. 시인이 떠올리는 어머니의 상(象)에는 어머니가 시인에게 기대했던 소망이자 자신의 꿈이었던 그 무엇이 쌍생아처럼 붙어 있다. 한 번도 아들에게 강요한 적은 없지만 그 그윽한 눈길에 담겨 있는 메시지. 여전히 시인의 가슴 속에 묵언(默言)으로 남아 있는 어머니의 소망은 중년이 된 그에게 지금도 상승 욕구를 불러일으키는 요인이다. 어머니의 "그윽한 눈길 받던" 시인은 "지금 아무것도 아니다."(「무엇」) 그래서인지 어머니는 언제나 그에게 "그만 자거라 하시지만" 그는 "불효자라"(「시계」)는 죄책감에 잠을 이

　　　　　　　제2부　집단적 아비투스와 응콘데 형상

룰 수가 없다. 아마 추측하건대 시인은 어머니가 원하는 곳에 이르지 못한 것 같다. 어머니가 원한 것은 아니었지만 어머니의 눈길은 시인의 의식 속에 억압으로 자리하고 있고, 희망은 유년의 기억 속에 고착되어 있다. 무언가를 이루어야 한다는 강박증은 남성을 과업지향적 성향으로 만든다. 누군가에게 인정받고 싶다는 욕망의 이면에는 자신의 가치를 인정을 받으려는 절대적 폭력이 감춰져 있다. 때문에 어머니의 욕망을 채워주지 못한 시인의 가치는 폭력적 현실이 되어 계속 순환한다. 시인에게 어머니는 심리적 권력자로 각인되어 있다. 특히 우리나라 같은 유교사회에서는 절대적인 권력자로서 어머니의 소망을 이루어주지 못한 아들들 누구라도 떳떳할 수가 없다. 때문에 어머니의 욕망은 시인의 상승 욕망을 불러일으키는 발화점으로 존재할 수밖에 없다. 시인은 바람의 기화를 통해 역동적인 삶을 갖고 싶지만 현실은 늘 그렇지 못하다. 욕망이 이루어지지 않을 때 경험하는 정신적인 추락은 바람의 기류를 다시 모태 속으로 하강시킨다. 어머니는 상승 욕구를 불러일으키고 현실적 삶에서 좌절한 순간을 다시 어머니에게로 환기시키는 존재성, 이처럼 바람은 그의 생에서 제자리를 맴도는 소용돌이로 존재한다. 시인에게 어머니는 그가 극복해야 할 대상이자 하나의 삶의 지표인 것이다. 이런 반복적 현상에 대한 솔직한 시인의 고백이 아래 시들이다.

골목 끝 같은 어느 시골역
변두리에서 서 보고 싶다
거기에 서면 고향이라는 말이
생각날 것 같아

나는 어디서 왔을까
부질없는 말을 한 번 더 해보고
낯선 곳에서 부는 바람을 만나고 싶어

그곳에 가면 똑같은 일의 반복
똑같은 욕망의 반복이
자세히 보면 똑같지 않다는 것을
믿을 수 있을까

—「고향」 부분

이 시는 "낯선 곳에서 부는 바람을 만나고 싶어" 하는 시인의 간절한 소망이 담겨 있다. "같은 일의 반복" "똑같은 욕망의 반복"적으로 일어나는 고향을 벗어나 어디론가 가고 싶어 한다. 여기서 "낯선 곳에서 부는 바람"의 존재성은 다름 아닌 시인이 갈망하는 존재성일 것이다. 하지만 전체적인 시편으로 봐서 시인은 여전히 소용돌이치는 바람 속에 있다. 광폭한 느낌의 에너지가 아닌 못다 한 격정을 하소연하는 바람으로 존재한다. 그런 만큼 그의 의지는 아직 모태의 실존성에서 벗어나지 못하고 있다. 모태는 이 세상에 가장 신성하고 아름다운 공간이지만 때로는 아들들이 감내하기에는 너무나 웅대하고 큰 자궁이다. 시인의 내면에 존재해 있는 어머니, 정신적인 상(象)의 진정한 가치는 맹목적성의 추구에 있지 않을 것이다. 시인은 이제 스스로 어머니가 설계한 상(象)에서 벗어나 자신만의 상을 만들려는 노력을 해야 할 것이다. 그러면 그것이 정삼조 시인의 시가 바람의 기류를 타고 전 우주적인 존재성으로 비상하는 지점이 될 것이다. 또한 그의 시가 바람의 생리학에 머물지 않고 바람의 시학으로 재탄생하는 계기가 될 것이다.

제2부 집단적 아비투스와 웅콘데 형상

리좀 세계와 액체인간 자화상

기후변화에 대응하는 인간의 감정적 유전자

진화심리학의 관점에서 보면 인간은 위험을 평가하는 일에 서툴다. 기후변화는 진화된 뇌가 유일하게 대처할 수 없는 위험이다.[1] 인간이 기후를 이해하는 방식은 결코 이성적이지 않다. 현대사회에서 기후에 대한 정보는 과학적 논리로 분석되지만 어떤 문제에 직면했을 때 뇌는 감정적으로 작동한다. 기후변화에 대한 감정적인 해석은 정치·경제적인 신념이나 환경적인 신념에 따라서 다르며 각 나라의 문화적인 가치관이나 정서, 문화적인 정체성의 문제와도 결부되어 있다. 기후변화는 집단 내의 암묵적인 동조를 형성하는 해석공동체가 존재하며 이는 개인의 심리에도 영향을 미친다.

기후변화에 대응하는 우리의 방식이 감정적이고 집단적인 성격을 갖는 것은 기후변화가 현저성이 부족하고 불확실하기 때문이다. 조지 마셜(George Marshall)은 우리가 기후변화로 인한 재앙을 인간은 대처할 수 없는 불가항력적이고, 비가시적인 먼 미래의 문제라고 인식한다고 본다. 오랜 경험적 사고로 인해 위험에 대응하는 뇌는 감정적 유전자로 진화해왔다. 인간에게 시간은 문제를 바라보는 하나의 관점이다. 인간은 시간적 거리가 멀수록 문제

---

1 조지 마셜, 『기후변화의 심리학』, 이은경 역, 갈마바람, 2018, 74쪽.

의 심각성을 간과하는 심리적 특징을 갖고 있다. 미래의 문제를 위해 현재의 불편한 생활과 손실을 감당하려 하지 않는다. 또한 언제든지 변화할 수 있는 기후에 대한 불확실성이 당장의 이익은 없고, 손실만 발생하는 기후 문제를 간과하게 만든다. 때문에 기후변화는 최고 수준의 '두려운 위험(dread risk)'과 '모르는 위험(unknown)'의 요건을 갖추고 있다. 예측할 수 없고, 불확실한 위험의 불안으로 인해서 생기는 '모르는 위험'과 문제가 파국에 이르렀을 때 충격과 무기력감을 느끼는 '두려운 위험'은 세대에 걸쳐 비가역적으로 발생하는 문제로, 위험을 강화해가면 궁극에는 두려움의 대상이 된다.

시인들의 시에서도 기후변화에 대한 인식은 감정적이다. 기후변화에 대한 감정적 해석은 시에서 기후변화를 삶의 질곡이나 심리적인 정서를 표상하는 은유로 많이 표현된 것과 무관하지 않다. 이것은 우리의 삶과 생활방식이 기후와의 불가분한 연관성 속에서 영위되어 경험적 사고로 고착되었기 때문일 것이다.

경험적 가치 해석의 방관자 심리

인류가 생긴 이래 기후변화는 집단의 정서나 가치관을 반영하며 경험적으로 해석되어왔다. 과학적 논리로 정보를 수집하고 재난을 예상하는 현대 사회에도 기후변화가 감정적으로 해석되는 측면이 있다. 진화심리학에 따르면 인간의 뇌는 위험을 인식할 때 감정적으로 지배한다. 위험에 직면하면 뇌는 감정적이 되어 개인의 경험이나 가치에 의존해서 의사결정을 하거나 현실을 왜곡한다. 리처드 도킨스(Richard Dawkins)에 의하면 생명체는 자신의 분자를 보존하기 위해 이기적으로 몸을 프로그램화하는 생존기계이다.[2] 거

2　리처드 도킨스, 『이기적 유전자』, 홍영남 역, 을유문화사, 2006, 93쪽.

　　　　　　　　　　　　　　제3부　리좀 세계와 액체인간 자화상

대한 기후의 변화 앞에서 불가항력적인 경험을 많이 한 인간은 생존기계로서 자신이 유리한 방향으로 생물학적인 유전자를 변형시켜왔다. 인간의 뇌는 환경에 적응하기 위해서 신체적·정신적 방향성을 자신에게 유리하도록 선택적 진화를 해온 것이다. 위험에 대응해서 뇌는 자신이 보고 싶은 미래의 방향으로 지각하고, 인식한다.

아래 시는 기후변화에 대응하는 다른 곤충이나 동물과는 달리 인간의 뇌가 자신이 원하는 방향으로 작동하고 있음을 보여준다.

거대한 기계가 멈추자 파도가 거꾸로 흐르기 시작한다.
한 사람의 떨림을 위해 미래의 새들이 추락한다.
피기도 전 꽃속에 도착한 벌들이 발을 가지런히 모아 불탄 들판의 꿈을 꾸고
부메랑을 향해 달려가던 개의 앞발은 뒤를 향해 있다

전원 버튼은 어디에도 없고 안전장치도 망가졌지만
모든 것은 하나씩 예정대로 진행될 것이다.

시간에 맞춰 먼바다의 해일이 육지를 향해 다가오고
쓰러지기 전 낡은 백화점이 최대의 인파를 불러 모으고
벤치에 앉은 노인이 자신의 부고를 읽는 아침

무너진 굴을 수선하느라 분주한 개미들과
불을 끄기 위해 바삐 물을 실어 나르는 벌새들과
어디에도 기록되지 않는 수많은 몸짓들로 조용한 비약을 완성하는 사람

막역한 징후로부터 흐린 창문을 닦아주고
저녁엔 자신의 맥박을 들으며 스러진 재들을 돌아보는 일

지금 앉은 의자의 뒤쪽
먼지의 서직지가 눈감고 감지하고 있는

세상의 모든 미세한 움직임

— 김미령, 「작동」[3]

위 시에서 사람들은 기후의 변화로 인한 재난이 나와는 상관이 없을 거라는 혹은 상관이 없기를 바라는 방관자 심리를 보여준다. 이상 기후로 인한 재난이 예고되었음에도 사람들의 일상은 초연하고 아무런 변화가 없다. 시의 제목 "작동"은 일상적인 기후에서 이상 기후로 넘어가는 징후를 의미한다. "기계가 멈추자 파도가 거꾸로 흐르기 시작"하는 것은 인간의 한계를 넘어서는 이상기후의 시작을 알리는 것이다. 기후변화로 인한 징후는 이미 각종 매체의 정보를 통해서 알고 있다. 그런데도 사람들은 이상기후에 대한 위험을 대수롭지 않게 생각하고 있다. "벌" 같은 곤충이나 동물은 위험을 지각하고 있는 반면 사람들은 자신의 소비적인 욕망을 채우기 위해 재난 경보를 무시하고 "백화점"에 모여 있다. 재난 경보 시에도 "최대의 인파"로 북적이는 백화점은 이상기후에 대한 인간의 인식이 얼마나 감정적인가를 보여준다. "벤치에 앉은 노인이 자신의 부고를 읽는 아침"이 될 수 있는 상황인데도 설마 "해일"이 많은 내 재산과 생명을 빼앗아 갈 거라는 생각은 하지 않는다.

기후심리학자 조지 마셜은 이상기후의 피해자들 중 상당수가 기후변화를 받아들이려 하지 않으려 하며, 피해를 당했을 때도 말하기를 꺼린다고 한다. 그동안의 경험적 사고에 의해 형성된 기후의 변화에 대한 인식이 심리

---

3   김미령, 『우리가 동시에 여기 있다는 소문』, 민음사, 2021, 26~27쪽.

     제3부 리좀 세계와 액체인간 자화상

와 행동에 영향을 미친 것이다. 기후변화는 자연의 순환에 따른 것이며 인간의 능력으로 극복할 수 없는 불가항력적인 것으로 믿는다. 이상기후가 명확하게 내 문제로 직결될 것이라는 확신이 없기 때문에 자신이 보고 싶은 것만 보고, 믿고 싶은 것만 믿으려는 이기적인 심리로 나아간다는 것이다. 이상기후가 인간의 감지 본능을 자극할 만큼 명백한 신호로 작동하지 않으면 잘못 해석될 소지가 다분한 것이다. 인간의 이기적인 심리 유전자가 미래의 불확실한 불안보다는 가시적인 작은 이익을 선택한 것이다. 이러한 경험적 사고와 직관이 현재의 문제를 판단하는 과정을 인지심리학에서는 '확증 편향(confirmation bias)'이라 한다. 이것은 자신의 심리적 방향성에 맞는 정보와 증거만을 선택적으로 선별하는 경향으로, 심리학에서 '스키마(schema)'라고 하는 심적 지도를 만든다. 이상기후의 예고를 경험적 사고에 끼워 넣기 위해 정보를 왜곡하고 수정을 한다. "불을 끄기 위해 바삐 물을 실어 나르는 벌새"들과 달리 사람들은 "어디에도 기록되지 않는 수많은 몸짓들로 조용한 비약을 완성"한다. 경험적 통계를 통해 이상 기후의 재난이 자신의 문제가 아닐 확률에 기대며 피해가기를 바라는 것이다.

인간의 이기적인 심리는 기후에 대한 이해가 집단과 맞물릴 때 가치관과 억측, 편견을 반영한 신념으로 발전된다. 기후와 관련된 경험적 문화와 이야기 속에는 암묵적인 집단의 규범이나 문화 가치관이 반영되어 있다. 기후변화에도 집단의 선택이라는 변수가 존재한다. 집단의 선입견과 편견은 기후에 대한 해석을 왜곡하거나 간과하기도 한다. 재난 피해자들이 기후변화를 말하고 싶지 않아 하는 이유 중 하나가 자신들에게 지역공동체에 대한 자부심과 역경을 이겨낼 힘이 있음을 알아주기 바라는 심리 때문이다. 기후변화에 무력했던 인류의 경험적 사고가 뇌를 감정적으로 만든 것이다.

비가역적 문제를 강화하는 다원적 무지

기후변화로 인한 방관자의 심리가 가장 집단적 차원으로 형성된 것은 산업화 시기 이후라 할 수 있다. 자본주의로 인해 문명화가 가속되고, 인구가 많아지면서 지구의 하늘에는 이산화탄소가 증가하고, 지구온난화의 현상이 일어났다. 이 과정에서 거대한 자본으로 경제적 이득을 취하는 국가와 기업은 산업화가 기후변화에 미치는 영향을 왜곡하였고, 그렇지 못한 국가와 기업, 환경론자들은 이를 문제시하였다. 산업화의 영향으로 인한 미래의 기후변화에 대한 입장이 집단이나 개인의 이해관계에 따라 다르게 해석되었다.

시인들의 시에서도 기후변화에 대한 의식이 변화된 변곡점은 산업화로 인한 환경오염이 문제가 된 1980년대와 최근 코로나 팬데믹으로 인해 세계가 경악한 2020년이다. 자본가들이 기후변화의 문제를 간과하고, 문명의 안락함에 젖은 대중이 암묵적인 동조를 하는 현상은 80년대 이후 시인들의 시에서 비판적으로 많이 나타난다. 이런 시들 속에 문명화를 비판하는 동시에 문명이 기후를 변화시키고, 궁극에는 인류를 위협할 거라는 메시지를 함께 내놓는다. 문명화가 기후변화로 이어질 거라는 간접적인 메시지가 많다.

70억 밥줄 에너지 저장고, 세상에서 가장 큰 공장이 지금 가동 중이다

매년 1,500억 톤 당분의 생산을 맡은 암실에서 녹색 식물을 위해 수백 가지 맛을 선보이는 어머니 사계절 맛이 다르다

차츰 어머니의 미각이 변해간다

자식들은 스프레이를 뿌리고 무스를 바르고 매연을 뿜어대며 질주한다 과속에 길든 쇳덩이들 고속으로 빌딩이 치솟고 도시는 광란의 열기로 달아오른다 문명이라는 명목으로 흑자를 가장한 적자를 산출하고, 빙산이 녹고 유빙

제3부 리좀 세계와 액체인간 자화상

이 늘어난다 숲이 삭제되고 하늘은 구멍이 나고

면역은 약화되어 혈압은 올라가고 맥박은 느리다 녹색식물 공장을 구해보
려 적자를 흑자로 자신의 몸을 이중장부로 약 대신 쓰는 지구, 결국 목숨을
담보삼아 몸을 호루라기처럼 분다

— 박종인, 「지구의 이중장부」[4]

어느 날 한 사람이 블랙 홀로 빨려들어간다.
어느 날 두 사람이 블랙 홀로 빨려들어간다.
어느 날 네 사람이 블랙 홀로 빨려들어간다.
어느 날 사만 명이 블랙 홀로 빨려들어간다.
어느 날 …… 어느 날 ……
어느 날 지구는 잠잠 무사하고

텅 빈 아시아 대륙
황량한 사막 위로 모래바람이 불어가고
마지막으로, 실패한 한 남자 곁에
한사코, 실패한 한 여자가 눕는다.
어디선가 붉은 양수가 질펀하게
새어 흐르기 시작하고

(누구, 너희는 누구?)
허공 한 구석에서
외계인의 눈알 하나가
조소처럼 빛나고 있다.

— 최승자, 「문명」[5]

4　박종인, 『연극무대』, 포지션, 2020, 96~97쪽.
5　최승자, 『주변인의 초상』, 미래사, 1991, 87쪽.

기후변화에 대응하는 인간의 감정적 유전자

위 시들은 현재 문명화가 지구의 기후를 바꾸고 황폐화하여 궁극적으로는 인간의 자멸할 수 있음을 경고한다.

박종인은 지구가 "70억 밥줄 에너지 저장고"로 인간의 생존에 가장 중요한 요소임을 보여준다. 사계절 다른 맛으로 우리의 감각을 즐겁게 하던 "어머니의 미각"은 지구가 인간의 생명을 지키고, 성장시키는 어머니와 같은 존재임을 의미한다. 때문에 "어머니 미각"의 변화는 대지로서의 지구 변화를 의미한다. 지구 온도가 상승하면서 살인적인 폭염과 추위를 가져오고, 비와 바람 등 날씨를 변화시킨다. 이러한 변화는 지구 토양을 변화시키고, 우리의 먹거리에 영향을 미친다. 지구생태계의 황폐화와 비생명성은 결국 "면역은 약화되어 혈압은 올라가고 맥박은 느"려지는 인간의 문제로 연결된다. 그런데도 우리는 기후변화에 대한 위험성을 간과하고 있다. "자신의 몸을 약 대신 이중장부로 쓰는 지구"는 인간의 이기적인 심리가 지구를 황폐화하게 하고, 돌이킬 수 없는 기후변화의 문제로 강화되어 가고 있음을 보여주고 있다.

박종인은 지구가 변화되는 원인을 자본주의이데올로기로 인한 소비 촉진의 문화로 본다. 후기자본주의가 지향하는 소비 촉진 이데올로기는 기본적인 의식주의 안락함을 넘어서서, 쓰고 버리고 새 것을 원하는 개성을 창출하면서 많은 상품을 낭비하게 한다. 우리는 멋을 내기 위해 "스프레이를 뿌리고 무스를 바르고" 레저생활을 위해 자동차 "매연을 뿜"는다. 이러한 상품들은 지구 환경의 파괴를 전제로 한다. 지구의 "빙산"을 녹이고, 숲을 사라지게 하고, "하늘"을 "구멍이 나"게 하는 행위는 한순간 '찜통 지구(Hothouse Earth)'에 진입하는 '티핑 포인트(tipping point)'를 넘게 되는 원인이 된다. 전혀 예감하지 못했던 문제의 발생은 세대를 걸쳐 영향을 미치게 된다. 경제 논리에 따른 각 국가 간, 기업, 단체의 이해관계는 기후변화에 대한 불안을 인지하면서도 은닉하고 외면한다. 개인들 또한 현재의 안락함과 자

    제3부 리좀 세계와 액체인간 자화상

신의 개성을 위해 환경론자의 목소리를 무시하고 자본주의 논리에 암묵적으로 동조한다.

　최승자 시 또한 문명이 기후변화를 일으키고, 이로 인해 인류가 자멸할 것을 예고한다. 기하급수적으로 "블랙홀"로 빠지는 인간의 숫자는 문명화로 가속화되는 인간의 위험 수치일 것이다. "실패한 한 남자"는 남성으로 알레고리화되어 있는 문명, 즉 인류가 만든 역사의 실패를 의미한다. 때문에 황폐화된 지구에서 인류는 소멸하고 새로운 환경에 적응하는 외계인 같은 것들만 존재한다. 인류를 소멸시키는 "블랙홀"은 문명화로 비가역적인 문제를 강화하는 핵심적인 요인이다,

　그런데도 기후변화에 대한 위험을 전세계가 암묵적으로 동조하고 있다. 여전히 우리는 경제성장의 논리를 우선으로 한다. 달라진 것이 있다면 이런 피해가 후진국일수록 심각하다는 것이다. 자기 나라만 아니면 되고, 자신만 아니면 된다는 이기적인 심리가 기후변화에도 적용되는 것이다. 이런 거시적인 문제의 사회적 동조는 선호나 선택이 아니다. 집단으로부터 배척받지 않으려는 행동 본능이며, 자신을 보호하고자 하는 심리적 방어기제이다. 사회 집단과 다른 가치관을 갖는 것은 위험하다는 인식을 하도록 구조화된 뇌는 그 어떤 것보다 기후변화가 집단적인 문제이며 위험한 상황에 엮이지 않으려는 방관자적 태도를 취한다. 기후에 대한 사회적 해석이 허위 합의에 이르더라도 사람들은 소수에 속한다는 사실의 두려움이나 혹은 이기적인 이익 때문에 침묵 한다. '다원적 무지(pluraistic ignorance)'라고 알려진 이 과정은 기후변화의 문제가 각 국가 간, 혹은 경제 성장론자와 환경론자 등이 대립되는 정치적 상황일 때 더욱 두드러진다.(조지 마셜, 앞의 책, 46쪽). 기후변화로 미래가 불안하지만 불확실성으로 인해 우리가 간과하는 '모르는 위험'은 시간이 흐르면서 비가역적인 문제로 강화되어감을 보여준다.

두려운 위험에 직면한 무기력증

2019년 코로나로 인한 팬데믹 현상이 우리가 간과했던 '모르는 위험'이 '두려운 위험'으로 다가온 대표적인 사례이다. 코로나 19로 인한 전세계 팬데믹 현상은 인류가 예상하지 못한 재앙이었다. 침묵의 암살자 문명은 2019년 기후변화로 인한 파국이 어떤 것인가를 보여주었다. 바이러스의 공포에 인류는 충격과 무기력증에 빠지면서 두려움에 떨었다. 인간의 화석연료 사용이 기후변화의 재앙을 가져올 거라는 사실은 오래전에 예견되었지만 눈앞의 이익을 위해 우리는 이를 간과했다. 코로나 19의 전세계적인 창궐로 산업화로 인한 경제성장의 대가를 치른 것이다. 기온 상승으로 인한 기후변화는 변종 바이러스를 창궐하게 한다. 대기 중 온실가스의 농도를 누군가가 해결해줄 거라는 믿음과 그 혜택을 누릴 수 있을 거라는 이기적인 개인의 계산이 지금의 상황을 만들었다. 개인들이나 국가들 사이 무임승차의 유혹도 있다.[6] 그 대가가 백신 치료약이 없는 질병이 인류를 괴롭히는 현상이다.

코로나 19에 앞서 공기 중의 문제로 우리에게 인지된 것이 황사와 미세먼지이다. 공기가 안전하지 않다는 인식은 오래전부터 대두된 문제이다. 신진의 시는 공기의 질이 기후를 변화시키고, 생명을 멸종하는 원인으로 보고 있다.

> 해마다 봄이 말라 건조 주의보, 가뭄 경보 떠드는 동안에도 봄은 발정한다. 늙어빠진 살 어드메 물 한 모금 숨어 있었던지, 산수유 노랗게 첫 피서답 걸면 복숭아꽃 들판 가득 뒷물내 흩고 쑥이며 냉이, 씀바귀 끈질기게 쫓아다녔다. 물이끼는 물고기 미끼가 되어 엉덩이 살랑거리고 노인은 소 몰고 나와 다시 흙되는 놀이를 한다. 봄의 발정은 순교의 피보다 난만하다.

---

6   정진영 편, 『기후변화의 과학과 정치』, 경희대학교출판문화원, 2019, 12~31쪽 참조.

   제3부 리좀 세계와 액체인간 자화상

　　잠시 경보 없는 황색 경보. 시도 때도 없는 누르테테한 먼지바람. 돋던 싹
이 머리 숨기고 피던 꽃이 대피한다. 봄하늘은 유리그릇처럼 깨어지고 떨어
지고 아우슈비츠 나치의 샤워장에서 시들던 목숨들의 마지막 비명소리 가까
이서 들린다.

— 신진, 「황사」[7]

　　　　돋보기 친구와 선글라스 친구가 서로의 거리를
　　　　의심한다
　　　　턱마스크 쓴 꼬마바람이 거리를 지나친다
　　　　학교와 학굣길이, 편의점과 편의점 길이
　　　　거리두기 중이다
　　　　…(중략)…
　　　　열린 골목과 닫힌 골목 그쯤에서는 안부와 잡설이
　　　　진통과 해열이 자가격리 중일 텐데
　　　　감긴 길을 여닫으며
　　　　거리에는 오늘도 거리를 견디는 목마른
　　　　거리들이 산다

　　　　먼지를 적시며 살수차가 지나간다

— 류인서, 「락다운─2020 올해의 단어 lockdown」[8]

　　신진은 황사가 만물이 생장하는 봄을 죽이는 요인, 계절의 기후를 바꾸
는 원인임을 문제시하고 있다. 시에서 공기를 오염시키는 황사의 살상력은
2차 대전 때 독일이 유대인을 학살한 홀로코스크로 은유되어 있다. 황사로
가득한 "봄하늘"을 "아우슈비츠 나치의 샤워장"으로, 봄을 잃어버린 식물

7　신진, 『녹색 엽서』, 시문학사, 2002, 74쪽.
8　『신생』 2021 여름호, 전망, 73쪽.

들을 독가스 샤워장에서 죽어나간 유대인에 비유한다. 황사는 강풍에 의해 몽골이나 중국 북부에서 우리나라로 들어오는 모래바람이다. 중국의 산업화 과정에서 뿜어낸 오염물질과 이산화질소 등이 황사에 섞여 들어온다. 황사는 우리나라의 매연과 융합되어 공기의 질을 떨어뜨리고 온도를 상승시키면 각종 오존 물질을 생성해내고 있다. 오존은 이산화질소가 자외선을 만나 광화학반응을 일으키면서 만든 물질이다. 오존은 산소 원자 세 개가 결합한 형태의 가스상 물질로 유대인을 죽이던 독가스와 다르지 않다. 마스크로도 막을 수 없는 오존이 우리가 생활하는 공간에서도 만들어진다는 사실을 우리는 간과하고 있다. 이런 일상은 수면 부족이나 치매, 사망률 증가 등 신체적 정신적 변화를 일으킨다.[9] 문명화의 과정에서 생기는 물질의 확산은 기후변화의 가해자와 피해자를 분리시키는 공간적 비대칭성을 가져온다. 배출한 나라(가해자)와 배출하지 않은 나라(피해자)가 똑같이 피해를 입는다. 이산화탄소는 어느 곳에서 배출되더라도 전세계에 비슷한 효과를 준다.

황사로 인한 계절의 변화는 레이첼 카슨(Rachel Carson)의 말대로 희망이 자멸해버린 '침묵의 봄'이다. 생명이 잉태하지 않는 봄에는 여름과 가을, 겨울이 없다. 계절이 없어지고 온도가 상승하는 그런 현상들은 이미 계절을 잃어버린 꽃들을 통해서 나타나고 있다. 꽃이 한꺼번에 피었다 지는 현상은 계절이 없어지는 기후변화의 징조이다. 이런 징조에 대해 신진은 "아우슈비치 나치 샤워장에서 시들던 목숨의 비명소리"로 경종을 울리고 있다. 환경이 오염되고, 기후의 변화가 일어나면 인간이 할 수 있는 것은 없다. 이상기후는 인간을 통제하고, 무력화하여 굴복시키는 가장 잔인한 파시즘이다.

이상기후로 인한 파시즘적인 힘이 현실로 나타난 것이 코로나 19이다. 류

9　반기성, 『인간이 만든 재앙, 기후변화와 환경의 역습』, 프리스마, 2018, 252쪽 참조.

　　제3부 리좀 세계와 액체인간 자화상

인서는 기후변화로 인한 바이러스의 창궐이 우리의 삶을 철저하게 붕괴하고, 무기력하게 만들고 있음을 보여준다. 팬데믹으로 인해 인간과 인간이 "거리"를 두고 사는 현실과 "lockdown"되어 버린 심리적 붕괴는 요즘 전세계인이 직면하고 있는 공포스러운 자화상이다. 인류의 새로운 생존 전략으로서 사회적 거리두기는 기존의 사회 질서와 인간관계의 시스템을 모두 붕괴시키고 있다. 생존하기 위해서 집단을 이루어야 했던 진화생물학은 이제 생존하기 위해 각각의 개체로 분리해야 하는 새로운 가설로 존재한다. 바이러스의 창궐은 기후변화로 인해 인간이 파국으로 치달을 수 있음을 보여주는 '두려운 위험'이다. 미국 워싱턴대학교 의과대학 산하 보건계량분석연구소(IHME)는 2021년 5월 6일(현지시간) 현재 전세계 코로나 19로 인한 사망자 수를 발표했는데, 존스홉킨스대학의 공식적인 통계치인 320만 정도를 넘어 실제로는 690여 만 명 정도일 거라 추정했다.[10] 코로나 사망자의 수치는 홀로코스트로 죽은 600만 명의 유대인보다 훨씬 많다. 여전히 코로나가 진행 중이라는 점을 감안하면 그 숫자는 헤아릴 수가 없다. 홀로코스트보다 더 두려운 위험에 인류는 직면해 있다.

이러한 위험은 류인서의 시에서 공기의 도덕성과 이데올로기가 새롭게 정립되어야만 함을 보여준다. "먼지를 적시며" 지나가는 "살수차"는 각종 공간을 소독하고 관리해야 하는 현실이다. 전근대 사회에서 질병이 일으키는 원인이 하수구나 주거 공간, 몸의 악취였다면 현대사회에서 질병을 일으키는 원인은 공기이다. 악취의 도덕성과 이데올로기가 보건위생의 차원에서 새 역사를 정립했듯이 21세기는 공기의 도덕성과 이데올로기가 새로이 정립되어야 하는 시대임을 강조하고 있다.

---

10 장서우, 「전 세계 코로나 사망자 690만명⋯공식통계보다 2배 많다」, 『문화일보』, 2021. 5. 7. 참조.

이렇듯 시인들의 시를 보면 기후변화에 대한 인식이 이성적 논리보다는 감정적 논리에 치중해 있다. 기후가 불가항력적이라는 경험적 사고와 먼 미래의 문제라는 불확실성이 생존기계로서 인간이 감정적 뇌를 갖게 했다. 기후변화에 대한 경험적 사고는 위험에 대해 수동적인 의식을 갖게 하였고, 이기적인 유전자로 진화된 심리는 기후문제를 원상태로 복구할 수 없는 비가역적인 문제로 강화시켜 왔다. 이로 인해 생긴 코로나 19의 공포스러운 위험은 전 인류가 무기력증에 직면하게 했다. 기후변화를 삶의 질곡이나 시적 배경, 심리적 표상으로 나타내는 시들은 삶과 기후의 관계가 샴쌍둥이라는 점에서 중요하다. 문명화로 인한 대기오염이나 기후변화에 대한 염려 그리고 최근 코로나 19 팬데믹으로 인한 문제의식들은 시대의 패러다임에 호응하는 것이라는 점에서 유념해서 볼 필요가 있다. 시인들이 시를 통해서 경종을 울리는 기후변화의 문제와 공기에 대한 도덕성, 윤리성은 더 이상 기후변화를 감정적이고, 이기적으로 해석을 해서는 안 된다는 것을 보여준다. 인간이 앞으로도 지구의 주체가 되기 위해서는 지구를 사용할 권리만 행할 것이 아니라, 지구의 생명을 지키고, 보존해야 할 의무가 필요한 시점임을 알아야 한다고 강조한다. 지구가 다시 건강한 생명으로 돌아갈 때 인간 또한 건강한 생명의 역사로 나아갈 수 있음을 보여준다.

   제3부 리좀 세계와 액체인간 자화상

시간 속 이벤트로서의 시, 시와 독자 사이의 회로들

시는 사회 내에서 생성된 언어를 토대로 하므로 이를 전달하는 매체의 변화를 간과할 수는 없다. 전자매체가 구현하는 문자언어로 시를 읽고 쓰는 시대에 독자들은 시만 감상하지는 않는다. 시를 쓰는 AI가 인간의 창작 영역을 침범하고 있는 현실이다. 시인이 쓴 시와 기계가 쓴 시가 잘 구분되지 않는 현실에서 시를 창작할 때 독자가 직·간접적으로 관여하는 '프로슈머'의 존재성은 그리 놀랄 일도 아니다. 디지털 혁명으로 인한 새로운 의사소통의 방식이 시와 독자의 관계성을 변화시켰다.

독자 반응 중심의 이론가인 루이스 M. 로젠블렛(Louise M. Rosenblatt)은 "시는 시간 속에서 이벤트로서 간주되어야 한다"[1]고 했다. 시는 독자와 텍스트가 상호작용을 하면서 의미화되는 이벤트이다. 독자와 텍스트 사이에서 작동하는 회로들의 성격에 따라 시의 생명성은 결정된다. 시 텍스트와 독자 사이에 작동하는 회로는, 시와 소통하는 이의 경험적 삶이나 가치관, 지식과 정보일 수도 있고, 시적 미학이나 사회·문화적인 여러 요소일 수도 있다. 시 텍스트와 독자 사이에서 의미화를 결정짓는 의사소통 양식은 또 하

---

1 루이스 엠 로젠블렛, 『독자, 텍스트, 시』, 김혜리·엄해영 역, 한국문화사, 2008, 21쪽.

나의 회로로 작동할 수 있다.

의사소통의 변화 양식은 사회가 다음 단계로 발전하는 중요한 요소이다. 실제로 전자통신 기술의 발달로 인한 언어 체계는 사회·문화적인 실존성을 획기적으로 변화시켰다. 매체언어에 의한 의사소통의 변화는 인간의 인지나 의식 등과 더불어 주체의 변동으로 이어졌다.[2] 문자문화에서는 수동적이었던 시 독자가 디지털문화로 넘어오면서 능동적인 존재성을 갖게 된 것은 이런 맥락일 것이다.

인터넷 공간에는 기성세대와는 다른 방식으로 의사소통을 하는 '포스트휴먼'[3]들이 가득하다. 음성언어와 문자언어, 그림, 사진, 이미지 기호 등을 송수신하면서 소통을 하는 이들은 우리 시단에서 무시할 수 없는 잠재적인 독자군이자 문학의 미래 세대이다. 그런 점에서 디지털 혁명으로 인한 의사소통의 변화가 시의 생명성이 어떻게 생성하며 독자의 존재 방식을 결정짓는지를 알아볼 필요가 있다.

온라인 커뮤니티 시와 독자의 소통 방식

시의 생산은 시의 전달(디지털로 다양화, 공간, 행위 전략 필요)이나 가공을 거쳐 독자에게로 수용된다. 시가 독자에게 수용되면서 생명성을 얻는 방식은 개인에게 내재되어 있는 경험에 따라 다르다. 오랫동안 정신주의에 치중해 왔던 문자사회의 영향력은 시에 대한 자유로운 이해나 공감보다는 감성의 고정화로 진행되어왔다. 감성의 고정화를 해체하는 것이 전자통신 기술의

2　박창호, 『사이버공간의 사회학』, 정립사, 2001, 40쪽.
3　한명숙, 「포스트휴먼 독자의 매체문학과 아동문학」, 『한국아동문학연구』 44호, 한국아동문학학회, 2023, 205쪽.

　　　　　제3부　리좀 세계와 액체인간 자화상

발달이다. 문자언어가 핵심인 문화에서는 텍스트로서 책이 절대적인 권위를 지녔지만 다양한 전자기기로 언어를 읽고, 이미지나 기호로 의사소통하는 시대로 진입하면서 대중은 책으로부터 멀어졌다. 디지털 혁명은 지금도 사회·문화적인 모든 의사소통의 방식을 변화시키고 있는 중이다.

시의 어원을 보면 서양(lyric poem)에서나 동양(시가[詩歌])에서나 "시는 마음에 바라는 바를 말로써 표현하는 것"(노래의 말의 가락을 맞춘 것)[4]이다. 'poem'이나 '詩'는 문학적 명칭이지만 'lyric'이나 '歌'는 음악적 명칭이다. 이런 맥락에서 보면 시는 인간의 마음을 소리로 전하고 소리로 듣는다는 의미가 전제되어 있다. 각종 커뮤니티 공간에서 시청각적으로 향유하는 시들은 본질로 돌아가고 있는 게 아닐까? 플라톤의 이데아 원형을 사이버 공간의 철학적 토대로 보는 문성화의 말처럼 감성계의 사물들이 생성과 소멸을 되풀이하는 '장소'로서 공간[5]이 이곳들이 아닐까 싶다.

현실에서는 시가 원래의 방향성으로 가고 있는데, 우리는 그동안 시를 즐겁게 향유하는 방식보다는 문학성이란 명분에 치중하지 않았나 하는 의문을 갖는다. 전통적으로 시는 독자보다는 문학적 명분에 의해 권위나 생명성을 부여받았다. 시와의 관계에서 독자는 그저 눈에 보이지 않는 그림자로 존재했다. 문학적 명분은 그저 독자들이 자신들의 잣대를 수동적으로 수용하기만을 원했지 독자의 반응은 신경 쓰지 않았다.

하지만 디지털 혁명은 텍스트의 생산과 전달, 그리고 소비하는 방식에 대중을 주체로 끌어올렸다. 여전히 아날로그적 관점에서는 시의 생산자나 평론가, 학계 관계자들이 주체로 남아 있지만 사이버 공간에서는 내포적 독자인

---

4 김준오, 『詩論』, 삼지원, 2017, 18쪽.
5 문성화, 「사이버스페이스와 현실공간 : 공간 개념의 윤리적 전환」, 『철학연구』 제80집, 대한철학회, 2001, 80쪽.

대중이 주도권을 갖고 있다. 인터넷의 속성은 손쉽게 콘텐츠를 만들고, 옮길 수 있어 시와 독자가 상호소통할 수 있는 양방향의 질서를 만들었다. 특히 시 텍스트를 독자에게 전달하고, 향유하는 방식에 많은 변화가 있었다.

온라인 실존 공간의 중요성은 오프라인에서 소통하는 시를 온라인을 통해서 독자에게 보여주기 시작하면서 떠올랐다. 시단에서 독자와의 소통 창구로 많이 활용하는 것이 카페나 블로그 등이다. 지금은 개별 유저들이 자신의 프로필을 올리거나 창작 콘텐츠 등을 통하여 쌍방이 소통하는 기능을 갖춘 SNS(소셜 네트워크 서비스)나 온라인 동영상 공유 플랫폼인 유튜브(YouTube) 등을 통해서 시가 대중과 만날 수 있지만 초기에는 주로 카페나 블로그에서 시인이나 핵심 독자층이 활동을 했다. 시 전문지들은 홈페이지를 통해 일부 시를 소개하거나 관계자가 카페나 블로그 활동을 하는 정도였지만 개인적 차원에서 활발하게 운영되었다. 시인이 자신의 시를 독자와 소통하기 위해서 활동하는 경우도 있었지만 핵심 독자층이 문예지에 발표된 좋은 시들을 발췌해서 올리는 것이 많았다.

시 텍스트를 선정하고 올리는 주체인 카페 운영자는 스스로 시를 수용하면서 독자층을 넓혀주는 능동적인 독자이다. 전자매체로 구현된 시를 문자로만 소통할 때는 회로의 변화가 크게 일어나지 않지만 카페나 블로그가 가진 특성인 댓글 달기 등의 외적 조건은 때로 시를 의미화하는 하나의 회로로 작동한다. 카페 운영자에 취향에 맞는 시들의 군집이나 혹은 댓글에 적어놓은 시의 감상이 다른 독자가 시와 소통할 때의 의미화에 영향을 끼친다. 카페나 블로그의 활동은 이차적이긴 하지만 시가 소통하는 과정을 독자가 자발적으로 했다는 점에서 그들의 존재성을 높였다.

독자를 더욱 능동적으로 변화시킨 것은 소셜미디어로 불리는 퍼블리싱(publishing) 플랫폼의 등장이다. 퍼블리싱은 소프트웨어, 애플리케이션, 웹사이트, 콘텐츠 등을 대중에게 배포하는 과정을 의미하는데 일반 개인들도 쉽

   제3부 리좀 세계와 액체인간 자화상

게 할 수 있다. 각종 플랫폼에서 음성언어나 영상언어와 융합한 시 텍스트는 자신을 표현하고 관계 맺고 인정받으려는 욕망의 도구로서 콘텐츠가 소비된다. 시는 음성언어나 영상언어와 등과 다르지 않아 플랫폼에서 플랫폼으로 복제되면서 끊임없이 재가공, 재생산되면서 시적 본질이 변한다.[6] 전자매체로 구현된 문자언어는 일종의 매체언어로 종이에 인쇄되었을 때와는 작동하는 회로가 다르다. 특히 음성언어와 영상언어 등과 같은 매체언어는 소통하는 기호로 작용하기 때문에 시와 독자 사이에서 복합적으로 작동하는 회로의 기능을 한다. 전자매체로 구현한 문자언어는 소통하는 형식의 차이로 인해 시와 독자는 다른 생명성과 존재성을 얻는다.

시 텍스트와 콘텐츠의 융합은 시 향유 측면에서 독자의 능동성을 보여준다. 이것은 시를 전달하는 행위 전략으로서 독자의 존재성을 높이기도 하지만 감상의 측면에서 시를 의미화하는 측면에도 영향을 미친다. 사이버 공간에서 시 텍스트와 콘텐츠 융합 현상은 동영상을 공유하는 '유튜브'에서 많이 활성화되어 있다. 음성언어와 영상언어 그리고 문자언어 등 콘텐츠를 융합한 시를 독자는 보고, 읽고, 들으면서 소통하는데 이런 시청각적 감상은 콘텐츠의 성격이 인지 능력을 변화시키는 회로로 작동한다. 인간의 신경이 컴퓨터와 연결되어 '공감적 환상(consensual hallucinnation)'까지 일으킨다. 매체언어의 의사소통 형식은 사회적으로 약속된 것으로 언어를 통한 주체화의 장치이다. 미디어의 기술이 선험적 구조가 현시화된 것이다. 때문에 시와 독자 사이에서 회로화되는 매체언어는 오프라인에서는 가능성이 없는 내적 능력을 확장한다. 기술에 의한 사회관계망을 형성한다.[7] 소통의 기호로 작

6　임곤택, 「소셜미디어의 확산과 문학의 매체환경 변화 및 효과」, 『어문논집』 제72호, 민족어문학회, 2014, 20쪽.

7　박창호, 앞의 책, 53쪽, 65쪽.

동하는 매체언어의 특징이 인간의 인지와 의식, 감각의 변화로까지 확장되는 것이다.

전자통신 기술로 인한 인지 능력의 변화는 웰렉(Wellek)과 워렌(Warren)에 의하면 다른 시대의 문제들이 시와 독자 사이에 회로로 작동하는 경우이다. 시의 생명은 자체의 것이기도 하지만 다른 시대의 독자들이 텍스트에 가져오는 변화가 시를 다른 방식으로 소통하고, 의미화하는 회로로 작동한 것이다. 모든 것은 소통하는 기호로 의미화되어 순간적인 감성의 생성과 소멸의 과정을 거친다. 이성적인 사유에 의한 시적 의미화보다는 감성적이고, 즉흥적인 공감각적 소통을 하게 한다.

독자의 능동성은 시인과 독자가 상호소통을 하면서 시를 생산하는 공유 플랫폼에서 더욱 활발하다. 다른 커뮤니티 공간이나 유튜브 등에서는 시의 전달 과정이나 향유의 차원에서 독자의 능동성을 보였다. 그러면서 시의 독자층을 넓히는 데 기여 했다. 하지만 크라우드 펀딩을 하는 공유 플랫폼에서는 독자가 시의 생산, 전달, 소비까지 관여 한다.

대표적인 플랫폼이 텀블벅(Tumblbug)나 와디즈(Wadiz)인데 다른 것들과 함께 시집도 크라우드 펀딩을 한다. 독자는 시인이 낸 시집 발간계획서와 시를 보고 후원금을 내고, 시집을 발간하면 리워드(보상금)로 받는다. 시인과 독자가 상호소통을 하는 양상이라는 점은 고무적이나 시집이 완성하는 과정에서 독자가 시를 평가하고, 의도를 공유하기 때문에 창작의 영역을 침범한다. 작품의 방향성이 독자가 원하는 쪽으로 기울어지는 것이다.

여기에서 "시인은 '지식과 맥락' 또는 독자의 인식 작용에서 구성되는 존재로"[8] 여겨진다는 점에서 독자가 주체이다. 이것을 "도서 시장과는 차별화

8　박주형·진가연, 「능동적 협력자로서의 문학 독자 역할에 대한 고찰」, 『우리말 글』 제93집, 우리말글학회, 2022, 304쪽.

된 가치의 지향이나 관습화된 문화적 가치에 대한 저항, 문화민주주의 환경, 대안적 자금 조성" 등으로 보는 시선이 있으나 시가 자본주의 논리와 상업화에 휘둘린다는 사실만은 부정할 수 없다. 크라우드 펀딩은 손익을 염두에 두고 투자하는 형식이기 때문에 시가 문학적인 방향보다는 시집이 많이 팔리는 상업성으로 나아갈 확률이 많다. 창작자의 고유 권한이 훼손될 뿐 아니라 대중 취향의 시로 생산될 수밖에 없다. 독자가 생산자이면서 소비자인 '프로슈머(prosumer)'가 대세인 것은 사실이지만 과연 이러한 소통 방식이 시에 적합한지는 의문이 든다. 그렇더라도 시가 우리만의 잔치가 되지 않으려면 독자가 주체로 등장하고 있는 온라인 플랫폼들의 소통을 배울 필요는 있다.

시 전문 사이트 웹진의 시와 독자의 소통 방식

시적 품위와 질을 유지하면서도 포스트 휴먼 독자층과 소통을 하는 곳이 시 전문 사이트 웹진(web magazine)이다. 웹진은 책의 형태로 발행되지 않고 인터넷을 통해 제작되고, 보급되는 잡지이다. 기존의 시 전문지가 웹진을 동시에 운영하는 경우는 많지 않고 시단 관계자들이 독립적으로 운영하거나 한국예술위원회나 서울문화재단 등에서 운영하는 양상이 많다. 몇몇 기성시인들이 모여 만든 웹진은 『시인광장』이나 『엄브렐라』 『같이가는 기분』 등이 있는데 기존의 잡지와 유사한 방식으로 운영하는 곳도 있고 사이트만의 독창적인 방식으로 독자층과 소통하고 있는 곳도 있다.

웹진 『시인광장』을 보면 편집인들이 전국에 포진해 있다. 다양한 코너를 운영하지만 이 사이트의 개성은 '시인들의 좋은 시를 독자와 공유하고 소통'하는 것이다. 전국에 포진해 있는 편집위원들이 기존의 잡지나 시집에 발표된 좋은 시들을 선정하여 매월 올리고, 1년에 한 번씩 가장 좋은 시를 뽑아 '올해의 좋은 시 상'을 준다. 이 웹진에서 기성시인들이 선정한 좋은 시라는 키워드, 질 높은 시를 제공한다는 인식은 독자들이 시를 감상하는 데에 있어서 하나의 회로로 작동한다. 다른 형식으로 독자와 소통을 한다는 것은 책과는 다른 회로가 이들 사이에 작동하고 있으며 또 다른 개성적인 생명성이 생긴다는 것을 의미한다.

그리고 시 전문지와 웹진을 동시에 운영하고 있는 『시산맥』을 눈여겨볼 만하다. 관리의 문제나 경비의 문제가 있기 때문에 시 전문 잡지들이 웹진을 운영하는 경우는 많지 않다. 하지만 계간지 『시산맥』은 2024년 봄에 『웹진 시산맥』을 개설해서 오프라인과 온라인 특성을 잘 살리면서 운영하고 있다. 『시산맥』의 발행인인 문정영은 "『웹진 시산맥』은 웹진의 특성을 살린 유연성, 모든 사람에게 열린 개방성, 한국시의 오늘과 내일을 동시에 포괄하는 미래지향성을 창간 철학으로 삼는"[9]고 한다. 웹진을 오프라인과는 차별성 있게 운영하겠다는 말이다. 오프라인 독자층의 한계를 온라인을 통해 극복하고 독자층을 확장해보겠다는 의지를 갖고 있다. 계간지가 기성시인이나 평론가 그리고 고급 독자층과의 소통을 목적으로 한다면 『웹진 시산맥』은 미래 세대의 잠재적인 독자와의 소통을 목적으로 하고 있다. 기존의 독자를 존중하면서 시대의 변화에 호응해 포스트 휴먼 독자층을 수용하겠다는 것이다. 특히 '신작시 공모'의 투고 자격을 미등단자까지로 확장하여 원고료 20만 원을 상금으로 준다. 그리고 '시산맥 창작지원금' 등 이런 기획은 시의 아웃사이드에 있는 사람들, 미래 세대에게 문학적 희망을 주는 회로로 작동한다. 계간지와 웹진의 동시 운영은 현재 아날로그 독자층에 한정되어 있는 시 전문지들에게 하나의 방향성이 될 수 있다.

매체언어가 가진 특징을 의사소통의 방식으로 가장 잘 활용하는 곳이 사

9　「〈웹진 시산맥〉 창간...초대 주간에 김이듬 시인」, 한경닷컴, 2024.3.25.

　　　　　　　　　　제3부 리좀 세계와 액체인간 자화상

이버 문학광장 『문장』이다. 한국문화예술위원회 문학지원부가 운영하는 『문장』은 인터넷을 기반으로 웹진의 특성을 가장 잘 살리고 있다. 문학의 생산이나 재생산에도 신경을 쓰지만 다른 예술과의 융합이나 독자와의 의사소통을 중요시한다. 한국 예술을 주도하는 단체에서 운영하는 웹진인 만큼 여러 문학 장르를 개성적인 형식으로 보여주면서 기존의 웹진과도 차별화하고 있다.

2005년 6월에 개설된 웹사이트인 문학광장 『문장』은 2005년 정보통신부 지정 최우수 사이트로 선정되었다. 『문장』은 인터넷이 가진 시·공간의 장점을 최대한 활용하고 있는데 2024년 11월 현재는 '문학광장' '글틴' '채널 문장' '문장웹진' '문장웹진－콤마'의 프로그램이 운영되고 있다. 여기서 주목해볼 것은 문학이 독자와 소통하는 방식과 독자의 존재 방식이다. 『문장』이 독자와의 의사소통을 중요시하는 문학 사이트임을 보여주는 대표적인 것이 '기획의 말'이다.

> 『문장 웹진』은 연초에 독자들을 대상으로 설문조사를 진행했습니다. 나만 알고 싶은, 다시 보고 싶은 『문장 웹진』 작품을 그 이유와 함께 추천을 받았고, 해당 작품은 웹툰, 사진작가 일러스트레이터 등 다양한 작가들로 하여금 시각화하였습니다. 문학 작품에 대한 감상을 이미지로 다시 되새기는 작업 속에서 폭넓은 독자층과 소통할 수 있기를 기대합니다.

'기획의 말'에서 우리가 주목할 것은 두 가지이다. 하나는 문학을 재생산하고 폭넓은 독자층을 확보하기 위해서 의사소통을 하겠다는 것이고 다른 하나는 "문학 작품의 감상을 이미지로 다시 되새기는 작업", 하나의 콘텐츠를 여러 콘텐츠로 전환해서 알리는 미디어믹스 전략이다. 이 두 가지 전략은 인터넷을 기반으로 하는 웹진의 특성을 가장 잘 보여주는 것이다.

전자에서 중요한 것은 앞서 말한 웹진과는 달리 『문장』은 독자와 더 가깝게 소통하겠다는 것이다. 독자 취향에 맞는 시를 텍스트화하고, 콘텐츠화하겠다는 의미이다. 제도권을 주체로 하는 사이트나 웹진의 운영은 독자층을 확보하려는 노력은 하지만 시적 주체로 올리지는 않았다. 내용이나 형식 등 시적 기준을 시인이나 평론가 등에 두었다. 그런 면에서 기존의 웹진이 독자층을 넓히려는 전달의 행위로서는 능동적이지만 독자의 자리는 여전히 수동적이다. 독자를 능동적인 존재로 이끌어주는 기획이 많은 사이트가 『문장』이다.

『문장』의 11월호를 보면 시, 소설, 비평, 기획, 모색의 코너로 구성되어 있다. 게재된 작품 아래 있는 '추천 콘텐츠'와 '댓글 남기기'의 공간은 시가 독자와 소통하는 다른 형식이다. 그 호에 실린 시와 시인을 만나고, 독자들이 추천한 시들을 읽은 후에 시평이나 감상을 남길 수 있는 댓글 란은 독자의 시에 대한 반응을 바로 알 수 있는 곳이다. 물론 이런 즉각적인 피드백의 수준이 아직은 높은 것은 아니지만 독자를 참여시키는 이런 소통의 형식은 그동안 그림자였던 독자의 실체를 부각한다. 시 전문지 시의 독자들과의 소통은 시인과의 대담 자리를 만들거나 토론할 때를 제외하고는 거의 이루어지지 않는다. 시와 독자와의 소통이 시공간적으로 가능하지 않기 때문에 독자들이 수동적인 자리에 존재할 수밖에 없다.

『문장』의 일부 코너는 아예 독자에 의해서 운영된다. 코너 '모색'은 '몽글'이라는 만 18세 이상 미등단자인 문장 서포터즈들 여섯 명이 "직접 작성한 활동계획서를 기반으로 문학 관련 콘텐츠를 취재하며 다양한 형식으로 재생산하는 기획자로서 문학을 탐구"한 것을 글로 싣는 곳이다. 2024년 8월부터 25년 1월까지 6개월 동안 한시적이긴 하지만 핵심 독자층이 문학 현장을 경험하게 하여 새로운 아이디어를 기획한다는 점에서 능동적인 독자층을 만들 수 있다. 각종 문학 프로그램의 현장은 문학 인프라로 얼핏 보면 텍스

　　　제3부 리좀 세계와 액체인간 자화상

트와 상관없어 보이지만 독자가 문학에 다가서게 하는 통로라는 점에서 그 중요성을 간과해서는 안 된다.

『문장』은 현재의 핵심 독자층이면서 잠재적인 문학 생산자인 청소년들을 능동적인 독자로 만들고자 한다. 문학 프로그램 '글틴'은 "문학에 관심이 있는 청소년들(만 13세~만 18세)의 자유로운 창작 활동과 소통을 연결하기 위한" 청소년 온라인 문학 플랫폼이다. '글틴' 친구는 누구나 문학적 소통을 하면서 '쓰면서 뒹굴'이라는 코너를 통해서는 자신의 작품을 올릴 수 있다. 창작 공간인 '쓰면서 뒹굴'이란 코너에 올린 시들은 매월 장원을 선정하여 '명예의 전당'에 전시한다. 그리고 이 시들은 '문장 청소년문학상' 후보에도 올린다. 미래 세대의 창작 활성화를 같은 세대 간의 시적 소통을 통해서 하는 것이다. 같은 또래의 집단에서 자신의 시가 생명성을 가지는 체험을 하게 되면 이후 문학 생산자의 양산에 도움이 된다. 스스로 시를 생산하는 주체가 되면서 독자로서의 능동성을 발휘하게 된다. 상호소통을 하면서 시를 이해하고 배우는 '글틴'을 "자생적 교육 공동체"[10]로 평가하는 이도 있다.

그리고 후자는 한국 예술계를 총괄하는 단체의 특성과 미디어 시대 특성을 가장 잘 활용한 전략이다. 시 텍스트를 다른 장르의 콘텐츠로 전환해서 알리는 미디어믹스 기획은 커버스토리의 시각화나 『채널의 문장』에 있는 '문장의 소리'나 '문학집배원'을 통해 볼 수 있다.

2019년부터 『문장』은 과월호 수록작 중 1편을 선정해서 커버스토리로 시각화한다. 시를 이미지로 시각화하는 작업에 웹툰, 사진작가, 일러스트레이터 등 다양한 장르의 작가들이 참여하는데 이것은 시를 이미지로 가공하여 독자에게 보여주는 것이다. 시각화된 이미지는 시와 작가 사이에서 의미화

---

10 조강주 · 박석희, 「온라인문화예술플랫폼의성과연구」, 『문화정책논총』 제33집 제2호, 한국문화관광연구원, 2019, 861쪽.

된 새로운 세계, 가공된 시의 생명성을 보여준다. 이미지로 시각화된 시를 텍스트와 함께 소통할 때 독자에게는 다른 방식의 회로로 작동할 수밖에 없다. 이것과 유사한 것이 『채널의 문장』 안에 있는 '문장의 소리'에 있는 시청각화된 시 텍스트이다. 시와 웹툰 작가 사이에 의미화된 한 컷의 웹툰을 보면서 배경 음악에 맞춰 낭송하는 시를 듣고 읽는다. 매체언어로 전환된 시와 웹툰을 보면서 음악과 낭송자의 육성을 듣는다. 독자는 시를 보고 읽고 들으면서 소통을 한다. 시 텍스트를 다른 콘텐츠로 전환하고 융합하는 방식으로 시와 독자가 소통을 한다. 때문에 여러 콘텐츠의 요소들이 시와 독자 사이에서 회로화되어 이벤트로서의 개성적인 시가 탄생한다.

'문학집배원'에서 시와 독자와의 만남은 시인의 육성을 통해서 전달된다. 시인의 육성을 통해서 독자와 의사소통을 하는 방식은 주로 오프라인에서 많이 이루어진다. 인터넷은 오프라인 현장을 온라인 현장으로 독자에게 그대로 옮겨준다. 때문에 시인의 육성은 매체언어가 되어 시와 독자 사이에 작동하는 회로로 작동한다. 독자가 시 텍스트와 소통할 때와 달리 창작자와 직접 대면할 때는 다른 회로가 작동한다. 시는 창작의 최종 결과물로 이것을 육성으로 들을 때 독자는 시인과의 교감이나 감정, 사상 등에 영향을 더 받는다. 현장감, 시인 모습이나 육성 등이 매체언어의 소통 기호로 작동을 하면서 새로운 시의 생명성을 만든다.

시 텍스트를 다른 콘텐츠로 전환해서 독자와 소통하는 방식은 시에서는 많지 않다. 스토리가 있는 소설이나 웹툰 등은 대중과 가까운 드라마나 영화 콘텐츠로도 전환하지만 시는 쉽지 않다. 필자가 알기로는 도종환의 시집 『접시꽃 당신』이나 유하의 『바람 부는 날이면 압구정동에 가야 한다』, 장정일의 시 「요리사와 단식가」(영화 제목 〈301, 302〉) 정도이다. 분명 대중과 가까운 콘텐츠로 전환할 수 있다면 독자층은 넓어질 것이다. 잘된 영화가 소설로 출판되고, 베스트셀러 소설이 영화나 드라마로 콘텐츠화되는 시대이기

　　　　　　　　　제3부 리좀 세계와 액체인간 자화상

때문에 콘텐츠를 전환해서 독자와 소통하는 방식은 이제 낯설지 않다. 『문장』은 이러한 가능성이 시에도 있음을 보여준다.

디지털 혁명으로 인한 언어체계와 소통 방식은 시의 생명성과 독자의 존재 방식을 바꾸어놓았다. 새로운 실존 공간인 온라인상에서 독자는 이제 시의 주체로 부각하고 있다. 각종 커뮤니티 공간이나 플랫폼에서 콘텐츠화되는 시들은 문학성을 목적이 아닌 개인의 자기표현이나 사회적 관심을 받고자 올린 욕망의 수단이지만 전달 행위나 시를 향유하는 측면에서 독자를 능동적인 존재로 만들었다는 데에 의의가 있다. 그러나 공유 플랫폼에서 독자가 시의 생산에 직·간접적으로 참여하고 있는 크라우드 펀딩은 놀랍다. 일부 논자들은 이것을 문학 시장의 새로운 가치관, 문화민주주의 환경 등이라고 말하지만 미학적인 차원에서 시의 고유성을 어디까지 허용해야 할 것인가의 고민을 던져준다.

그리고 일부 웹진들은 성과를 올리고 있지만 여전히 미진한 상태이다. 기존의 시 전문지들이 더 많은 웹진을 개설해야 할 필요성을 느낀다. 이제까지 예상할 수 없었듯 앞으로도 언어체계의 변화와 의사소통 형식의 다변화는 가속화될 것이다. 이런 시대에 독자와의 소통을 종이 텍스트로만 하는 것은 축소되어가는 시 독자층을 더욱 왜소하게 할 것이다. 대중의 취향에 맞는 웹소설이 생존하는 것처럼 시가 나아가 문학이 예술로서의 본질을 선택해야 할 것인지, 대중화나 상업화를 선택해야 할 것인지에 대한 귀로에 있는 것만은 사실이다. 그 고민은 시를 쓰고, 시를 전달하고, 시를 사랑하는 시인과 독자가 함께 해야 할 일이다.

후각, 현대인의 정신 병리와 불화 표지

우리는 감각이 확장된 시대에 살아간다. 감각의 확장은 자연적인 감각의 퇴화로 이어진다. 질 들뢰즈(Gilles Deleuze)는 감각의 형태적인 변형을 욕망과의 충돌에서 발생하는 하나의 세계로 보았다. 감각은 고정된 존재(being)가 아니라 생성(becoming)하는 사건으로, 그 생성은 현재와 과거와 미래가 동시에 공전하는 순간을 말한다. 감각을 욕망과의 충동에서 발생하는 '존재론적 사건'으로 보는 들뢰즈의 시각은 몸의 감각이 신체의 한 현상으로서 단순한 지각이 아니라 정신과의 상호작용 속에서 생성되는 신체적, 정신적 사회적 현상이 반영되어 있음을 의미한다.

한 개인의 감각으로 생성하는 사건이 보편화되면 한 사회의 사건, 혹은 세대를 전승하는 문화적인 사건들의 표상이 된다. 감각은 현실적 사건에 의해 변형되기도 하고, 심리 상태에 의해 감각이 변형되기도 한다. 한 감각의 증세나 현상은 미시적으로는 개인의 실존성과 연계되어 있고, 거시적으로는 사회적인 실존과 연계되어 있는 신체적인 지각이다. 단지 각 감각적 특성에 따라 실존적 양상의 차이를 가질 뿐이다.

후각은 생물학적인 실존성에서부터 사회학적인 실존성까지 가장 폭넓게 의식화되는 감각이다. 후각은 그 특징이 코로 숨을 쉬는 생명 감각과 관련이 있어 원초적 본능이나 심원한 감수성 등과 밀접한 관계가 있지만 코로 냄새를 맡는 야콥슨 기관이 뇌와 연결이 되어 있어서 경험적 기억이나 학습에 의한 사회화가 가능하다. 냄새는 우리에게 신체적, 심리적 사회적 차원에서 영향을 미친다. 냄새에 대한 인식은 그 자체의 지각뿐 아니라, 그와 연관된 경험의 정서로 이루어진다. 향기와 같은 좋은 냄새는 심미적 가치나 인간을 통합하는 데에 주로 사용되어 왔지만 나쁜 냄새는 인간을 편 가르고 억압하는 데에 이용되어 왔다. 후각은 역사적으로 추상성과 내면성, 경계를 뛰어넘는 성향, 정서적 잠재성 등으로 인해서 비인격적 감각으로 여겨져 주변화되어 왔다.

후각의 주변화는 시에서도 마찬가지이다. 한국시에서 후각은 1920년대 세기말적인 퇴폐주의나 허무를 나타내는 상징 언어로 등장하기 시작했다. 하지만 1930년대에 감각은 곧 시각이라는 시적 논리에 밀려 후각이나 촉각, 미각 같은 하위 감각은 관심 밖으로 밀려났다. 시에서 후각은 경원시되어 시적 주체로 많이 등장하지 못했다.

또 하나 후각이 시적 주체로 등장하지 못하는 이유는 후각 언어가 가진 한계 때문이다. 냄새의 종류는 40만 가지가 넘지만 냄새를 표현할 수 있는 후각 언어는 그리 많지 않다. 냄새를 표현하는 방식에 '불쾌한 냄새'라든지, '기분 좋은 냄새'라든지 등의 감정을 나타내는 형용사를 앞에 붙여서 쓰는 것도 그 때문이다. 후각 언어의 이런 특성은 시에서 후각 언어를 활발하게 쓰지 못하는 한계로 작용했을 뿐 아니라, 후각 언어가 시적 세계나 의식을 표현하는 데에 적당한 시어가 아니라는 인식을 갖게 한 원인이다. 하지만 후각 이미지가 시의 주체로 등장하는 일은 많지 않지만 시인들은 이를 의식적으로 무의식적으로 사용하고 있다.

후각이 가진 여러 측면 중에서 가장 간과할 수 없는 것이 생물·사회학적인 정체성과 실존성에 관한 의식이다. 후각은 '나'와 '집단'의 정체성을 최

초로 인식하는 감각으로, 존재가 가진 고유의 냄새는 집단 내 혹은 인종 간
에 정치, 계급, 성차, 권력 등 사회 계층적 구조를 발생시키는 분리 감각의
실존성을 가지고 있다.

　사실 한국시에서도 이러한 측면들은 꾸준히 나타나고 있다. 후각적 계
급이나 정치성, 권력은 일제강점기 일본과 우리민족 사이의 인종적 대립,
60~70년대 정부권력과 민중 그리고 80~90년대 남성적 권력에 저항하는
정치언어로서 나타난 것이 특징적이라 할 수 있다. 그리고 개인이나 집단의
존재성 자체를 위협하는 후각은 민족 간 살육이 자행된 6 · 25 전후에 많이
나타났다. 또 다른 차원에서의 생물 · 사회학적 존재성과 실존성을 염려하
는 후각은 산업화가 만들어가는 물질화된 환경과 비인간화되어가는 정신을
비판하거나 염려하는 수단으로 나타났다.

　산업화로 인한 후각의 양상은 현대사회의 존재성과 실존성을 표지하는
핵심적인 키워드다. 산업화나 문명화라는 말은 곧 자연의 가공을 의미하는
것으로, 후각적 차원에서 이것은 자연적인 존재나 실존성을 변형하여, 가
공된 정체성, 물질화된 실존성을 만들어나가는 것을 의미한다. 특히 상품의
마케팅과 연관되어 있는 후각 이미지의 창출은 현대인의 정체성과 실존성
을 변화시키는 정신 병리의 표지라 할 수 있다.

후각 이미지 창출과 가공된 정체성

　현대인이 갖는 특징적인 후각적 실존성 중 하나가 냄새를 창출하거나 가
공하는 것이다. 자연적인 냄새가 본래의 정체성이나 실존성을 표지한다고
할 때 후각의 창출이나 가공은 정체성과 실존성을 훼손하거나 변형하는 것
을 의미한다. 특히 화학적 조합으로 탄생한 후각 이미지는 새로운 정체성을
부여한다고 광고하지만 실상은 자본주의 이데올로기에 세뇌되고 있다.

기업은 후각 이미지로 만들어진 향수를 팔면서 그것을 사용하는 사람에게 새로운 정체성을 부여한다고 하지만 실상은 그 향수로 인해 많은 사람이 획일화되어간다. 현대사회가 지향하는 무취 또한 그러한 의미를 갖고 있다. 자본주의 이데올로기는 후각을 창출할 때 본래적인 자기로부터 해방되고 싶거나, 더 나은 정체성을 원하는 인간의 심리를 이용한다. 인공적 제품은 현대사회에서 개인의 심리적 정체성을 바꾸기도 하지만 냄새를 통해 신체의 생리 현상을 바꾸기도 한다. 인공 향기는 존재하지 않는 사물, 부재중인 존재를 가시화하는 기능을 한다. 인간이 갈망하는 환상을 포장한 대행물로, 육체와 정체성, 세계를 재발견하거나 재창조하는 수단으로 사용된다.

김혜순은 여성들이 쓰는 상품의 인공 향기가 결혼에 대한 환상을 포장한 대행물임을 후각적 감각으로 보여준다.

나, 뷰티 헤어 살롱 자꾸만 가고 싶어
머리카락이 한 올도 남지 않아도 좋아
로션 냄새 샴푸 냄새 향수 냄새 머리 타는 냄새 미용사의 가운 냄새
그리곤 무엇보다 손톱용 리무버의 냄새
죽음의 향기보다 더 달콤한 곳
드디어 그들은 결혼했고 그리고 행복하게 살았단다

…(중략)…

미용실만 저 혼자 환하게 불 켠 유리 상자처럼
공중으로 날아올랐다네, 마치 천당을 보는 것 같았다네
그곳에선 들숨 날숨이 행복, 행복 하면서 교차하고
향내 나는 병들이 열릴 때마다

거품 속에서 영화배우의 거실이

잡지 속에서 내 머리 끝으로 달려오네

  — 김혜순, 「그들은 결혼했고 아주아주 행복하게 살았단다

그래서, 그 다음엔 어떻게 되었나요?」 부분[1]

여성 화자는 아름다운 외모를 갖기 위해서 한 달에 한 번씩 헤어 살롱에 간다. 그곳은 "로션 냄새 샴푸 냄새 향수 냄새 머리 타는 냄새" 등 인공 향을 넣은 제품들로 여성들의 심리적 정체성을 업그레이드해준다. 성적 차원에서 향료는 여성이 사용하는 것이라는 생각이 보편화되어 있다. 향기의 주된 목적은 여성을 좀 더 매력적이고 유혹적으로 만드는 것인데, 시에서는 몸 관리 차원에서의 자아표현 수단이 아니라, 남성에 대한 여성의 매력을 강화하기 위한 것이다. 후각적 의미에서 '향기로운 여성'은 남성이 원하는 외모를 가진 여성, 순종, 순결, 모성 등의 이데올로기에 적합한 여성을 말한다. 남성 이데올로기에 맞지 않는 창녀나 표독스러운 여자, 남성 지배적인 질서에 도전하는 여성은 악취로 규정하며 그들을 주변부로 취급한다. 그러나 '향기로운 여성'을 지향한다고 해서 남성과 동등한 사회적 지위를 갖는 것은 아니다. 후각 이미지로 자신의 정체성을 업그레이드하는 여성의 행위는 남성에게 어필하기 위한 매력을 강화하는 것으로 정신적으로 이미 남성에게 종속화되어 있다. 여성은 남성에게 매혹적인 존재로 거듭나지만 화학적 요소가 만들어내는 향기의 아우라는 여성에게 내적 진정성을 갖게 하지는 못한다. 특히 헤어 살롱은 여성이 추구하는 자의식을 만족시켜주는 환상의 대행물을 창조해내는 결혼 담론의 산실이다. 남성들이 원하는 "사랑 기계"를 대량으로 생산해내는 공간이다. 일시적으로는 가공된 향기가 본래

1 김혜순, 『달력 공장 공장장님 보세요』, 문학과지성사, 2000.

  제3부 리좀 세계와 액체인간 자화상

적인 여성의 정체성으로부터 해방하거나 카타르시스를 주지만 결국은 본
래적 자신을 버리고 남성들이 원하는 정체성을 갖는 것이다. 이는 냄새로
사람의 마음을 얻는 것이며 스스로 힘으로 자아를 실현하는 행위라 할 수
있지만 남성이 그들을 "사랑기계"로 생각하는 한 개성적인 정체성을 갖기
는 힘들다.

　하지만 이것은 남성적 질서에 편입하고 싶은 여성들의 심리를 대변하는
것이다. 다이앤 애커먼은 인간은 공동사회에 대한 심한 불안을 느끼며, 그
래서 자신의 개체성을 유지하는 데 집착을 한다고 한다. 여성이 남성들이
원하는 향으로 치장하는 행위는 사회적 가치관으로부터 분리되어 있는 "나"
에서 "우리"로 합류하려는 심리적 전환이다. 이것은 집단이 지향하는 가치
와 동일한 정체성을 가지려는 행위이다.

　가공한 향기가 개성적인 정체성을 만들 수 없다는 사실은 장정일 시에서
도 볼 수 있다.

　　　　지하철을 타고 아침마다
　　　　땅 속에 묻히는
　　　　몸은 숨바꼭질이냐
　　　　저녁마다 들키고
　　　　새벽마다 새로운 출근에 쫓기는
　　　　죄지은 술래?

　　　　몸이여 너는 통조림이냐
　　　　뚜껑을 열면 향그러운 영혼이
　　　　뛰어 오른다는 그 통조림이냐
　　　　슈퍼마켓 진열장에 번들거리는
　　　　몸은 통조림이냐 팔려가는

통조림!

— 장정일, 「몸」 부분[2]

　장정일은 현대인의 반복적이고, 가공된 일상을 통조림과 향으로 풍자하고 있다. 자본주의 체제의 산물인 부품화된 환경과 경쟁하듯 쫓기는 속도감은 현대인의 신체와 정신을 지치게 만든다. 문명의 물질화와 획일화에 서서히 젖어가는 현대인의 몸은 개인의 의지와는 상관없이 서서히 기계적으로 가공되어 간다. 그는 조직적인 현실의 시스템에 맞춰 살아가는 기계적인 인간의 "몸"을 "팔려가는 통조림"으로, 물질화로 가공된 정신을 "향그러운 영혼"으로 풍자하고 있다. 인간의 삶이란 생물학적 존재성과 사회학적 실존성이 균형이 맞아야 하는데, 너무 지나치게 사회화되면 인간으로서의 본질을 상실하게 된다. 지나친 신체의 가공이 의식의 가공으로 이어질 수밖에 없다는 사실을 그는 보여주고 있다. 자본주의 체제에 맞춰 해체되거나 부품화된 시간이 신체적으로 습성화되어 인간의 의식을 바꾼 것이다. 인간의 의식은 감각적 지각의 습성으로부터 경험이 되고, 누적된 경험은 의식화되어 사회 · 문화적인 상징체계들을 형성하는 것과 관련이 있다. 경제적 이익만을 추구하는 물질화의 감수성이 누적될수록 의식 또한 그렇게 변해가는 것이다.

　물질화의 감수성은 결국 인간의 생물학적 존재성을 파멸로 몰아넣을 수 있다는 것을 최승호 시가 보여준다.

무뇌아를 낳고 보니 산모는
몸 안에 공장지대가 들어선 느낌이다
젖을 짜면 흘러내리는 허연 폐수와
아이 배꼽에 매달린 비닐끈들.

2　장정일, 『상복을 입은 시집』, 그루, 1987.

저 굴뚝들과 나는 간통한 게 분명해!
자궁 속에 고무인형 키워온 듯
무뇌아를 낳고 산모는
머릿속에 뇌가 있는지 의심스러워
정수리 털들을 하루종일 뽑아댄다.

— 최승호, 「공장지대」 전문[3]

최승호는 자본주의 이데올로기가 만든 물질화가 생물학적인 존재로서의 인간을 위협하고 있음을 "폐수"로 의식화한다. 인간의 몸은 "공장지대"와 동일화되어 있다. "젖을 짜면 흘러내리는 허연 폐수"는 세대성이 단절된 인간의 모습을 보여준 것이다. "자궁"은 신체와 정신의 물질화가 극단까지 간 모습이라 할 수 있는데 생명이 아니라 "고무 인형"의 산실이 되고 있다. 산모가 낳는 아이의 "배꼽에" "비닐끈들"이 매달려 있는 모습은 생물학적 존재로서의 인간이 가진 생명의 연속성을 위협한다. 자본주의 이데올로기가 만든 물질화된 환경이 인간의 존재성은 물론 정체성까지 위협하고 있음을 비판하고 있다.

이러한 비판적 후각 이데올로기는 물질화된 사회의 부조리와 비생명적인 도덕성을 비판한 것이다. 폐수는 가공하거나 화학적 냄새라는 점에서 생명의 순환성을 차단한다. 유기물의 폐수가 발생했을 때는 발효되어, 생명의 순환 과정이 자연스럽게 이루어지지만 산업화로 인한 폐수는 생명의 위기를 가져온다. 폐수는 자본주의 이데올로기가 만든 치명적인 질병으로, 지나친 감각의 사회화가 오히려 감각을 마비시키고, 본래적인 존재성을 위협하는 요소가 될 것임을 보여준다.

---

3 최승호, 『세속도시의 즐거움』, 세계사, 1990.

후각적 불화와 자기소외 실존성

후각은 어떤 감각보다 내면적 정서적 감각이다. 시각이 외적인 것과 상호작용을 한다면 후각이나 촉각 같은 정서적 감각은 내적인 것과 상호작용을 한다. 이 말은 곧 후각적 지각이나 증세가 정신과 밀접한 관계를 갖고 있다는 것을 의미한다. 사실 후각 생리학에서 말하는 정신 병리를 보면 정신분열증 환자는 특정한 냄새를 맡을 수 있거나, 신체에서 자신만의 냄새를 만들어내기도 한다. 사람은 병의 증세마다 특정한 냄새를 만들어내기도 한다. 심리적인 스트레스가 심하거나 불안할수록 독한 냄새를 발산한다. 그런 만큼 비정상적인 후각의 증상들은 행복한 정서보다는 부정적인 정서나 고통의 기억과 관련이 있다.

시에서도 신체의 후각적 불화는 고통의 기억으로 의식화되어 있다. 정희성은 청춘의 꿈이 사살당한 4 · 19의 고통스러운 기억을 독한 냄새로 지각하고, 의식화한다.

나의 잠은 불편하다
나는 안다 우리들 잠 속의 포르마린 냄새를
잠들 수 없는 내 친구들의 죽음을
죽음 속의 꿈을
런데 꿈에는 압핀이 꽂혀 있다
…(중략)…

신화와 현실의 어중간
포르마린 냄새나는 꿈속 깊이

사월에, 내 친구는 사살당했다
나는 기억한다 초등학교 시절

                              제3부 리좀 세계와 액체인간 자화상

> 그가 책 읽던 소리,
>
> 그 죽은 지 십여 년
>
> 책을 펴면 포르마린 냄새가 난다
>
> 학생들에게 책을 읽히면
>
> 죽어서 자유로운 그의 목소리
>
> 그런데 여기엔 얼굴이 없다
>
> — 정희성, 「不忘記」 부분[4]

정희성은 고통스러운 정치적 기억을 '포르말린 냄새'로 의식화한다. 포르말린 냄새는 "우리들의 잠"으로 환치되어 있는 죽어버린 현실, 화자가 간절히 바라는 이상적인 꿈이다. 하지만 화자가 갈망하는 "꿈"에는 "압핀"이 꽂혀 있고, 그 꿈은 '포르말린 냄새'에 절은 박제 감각으로 의식화되어 있다. 화자의 기억 속에 박제되어 있는 고통스러운 현실은 책만 펼치면 포르말린 냄새로 환기된다. 후각적 차원에서 이는 경험적 기억이 특정한 냄새로 환기되는 '마들렌 효과'로, 좋은 기억이 아닌 경우에는 반복적으로 겪는 심리적 트라우마를 의미한다. 심리적 트라우마는 환기되는 횟수가 많을수록 그 고통이 강화된다. 그럴수록 화자의 심리는 현실로부터 더 이탈한다. 화자의 고통스러운 기억이 꿈으로만 나타나는 것 또한 후설의 말대로 "실제적인 주위세계로부터 이탈"이다. 화자가 처해 있는 현실은 현실을 이탈한 현실이며, 더 이상 능동적으로 작용하지 않는 의식이다.

이러한 의식은 "4월"에 "친구가 사살당"한 것이 그 이유이다. 십여 년이 지났지만 학생들이 읽는 책에서 연전히 포르말린 냄새를 지각하는 화자의 의식은 세월이 흐른 후에 더 심리적 고통이 강화되었음을 의미한다. 심리적으로 고통스러운 현실이 여전히 존재한다. 이 시를 쓴 연대가 70년대라는

4　정희성, 『저문 강에 삽을 씻고』, 창작과비평사, 1978.

것을 감안한다면 혁명이 끝난 뒤 10년이 지났는데도 현실은 여전히 자유를 쟁취하지 못하고 지성인들은 트라우마를 안고 침묵을 해야 하는 억압적 상황에 놓여 있다. 또한 이런 고통의 기억은 "우리들 잠 속의 포르마린 냄새"로 남아 있다는 말을 통해 알 수 있듯 집단적 차원에서 기억되어 있는 고통이라는 것을 의미한다.

이런 집단적 기억에는 리꾀르의 말대로 역사적·정치적 자아가 들어 있다. 이는 곧 당대의 역사적·정치적 자아가 병들어 있다는 것을 의미한다. 집단적으로 망각되지 않는 고통을 독한 냄새로 지각하고 있는 것이다. 사회적 자아와 역사적 자아의 마비로 인해 지각되는 책의 "포르마린 냄새"는 정치적 현실로부터 소외된 지성인의 실존성을 감각화한 것이다.

사회로부터 소외되어 있는 실존성은 문명화된 일상 속에서도 존재한다는 것을 하재봉은 '후맹 현상'으로 보여준다.

순환 지하철을 타고
내 불면의 잠 한가운데를 가리마 타면서
도시의 외곽 돌아 다시 제자리로 돌아올 때까지
어떤 사람도, 눕지 않는다

저 많은 군중들과 함께 살고 있다는 것
이해 할 수가 없다
그들은 나와 나 사이를 가로막아 나는
나를 만져볼 수도 없다 냄새 맡을 수도 없다

곤충 울음 소리가 울리면
플랫폼으로 몰려드는 저 뻔뻔한 시체들
등뒤에는 커다랗게 엉덩이를 흔들며
웃고 있는 여자 혹

　　　　　　　　　제3부 리좀 세계와 액체인간 자화상

정통 독일산 맥주의 거품과 함께 흘러내리는

추억의 시간,

(모든 시간은 짧다)

악취나는 내장 속에 갇혀 있기 싫다

— 하재봉, 「비디오/미이라」[5]

하재봉은 반복적인 패턴의 일상이 현대인을 자기소외로 몰아가는 것을 특정한 냄새를 맡지 못하는 '후맹 현상(alfactory blindness)'으로 의식화한다. "순환 지하철" 안의 "악취"는 화자가 기계화된 일상과 비인간적인 자아를 가진 사람들을 인식하는 후각적 감각이다. 후각적 의미에서 "악취"는 '타자'에 대한 불쾌감이나 혐오감, 부정적인 사회 도덕성에 대한 이데올로기를 내포하고 있다. 후각은 '나'와 '타자'의 정체성이나 집단을 인식하는 본능적 감각인 동시에 사회적인 선·악을 판단하는 도덕적 감각이기도 하다. 후각 이데올로기에서 악취는 사회 주변부나 하위 계층 혹은 혐오의 대상을 의미하는 것이므로, 시에서의 이러한 인식은 기계화된 일상을 만드는 문명을 비판하는 동시에 현대인의 존재성이나 실존성 하락을 의미한다. 개인은 거대한 자본주의 사회에 종속되는 주변부의 지위로 전락해 가는 것이다. 인간성을 상실하고 물질화된 감수성을 갖고 있는 "군중"은 "나와 나 사이를 가로막"는, 자기로부터 자기를 분리하는 타아(他我)로 서게 하는 원인이다. 군중이 주는 심리적 환경적 트라우마는 화자가 자신마저 인식하지 못하는 실인증 증상으로 나타난다. 특정 사물을 인지하지 못하는 실인증은 감각의 마비로 이어지는데 이것이 자신의 냄새를 맡지 못하는 '후맹 현상'이다.

또 다른 측면에서 후맹은 원초적인 감수성과 무의식을 잃는 것인데, 신경학에 의하면, 인간의 후각 회로는 고정적으로 연결되어 있는 "하드 와이어

5　하재봉, 『비디오/천국』, 문학과지성사, 1990.

드(hard-wired)"가 매우 적기 때문에 경험을 통해서 냄새의 기억을 얻는다. 냄새는 다른 감각이 도달할 수 없는 기억을 자극하여 뇌와 연결시키는 역할을 한다. 냄새에 대한 기억은 존재의 생존과도 관련이 있다. 특히 인간적인 기억이나 추억의 상실은 물론 인간의 유전자에 저장된 오래된 역사와 무의식을 자극하는 기능까지 상실한다. 때문에 시에서 후맹은 인간으로서의 역사를 상실하는 것인 동시에 군중과 나의 분리를 인식하는 감각이다. 세계로부터 자신이 분리되는 한 개인의 소외감을 후맹으로 의식화한 것이다.

이것은 현대사회의 군중이 인간으로서 실존성을 갖기보다는 물질화된 '타자' 혹은 익명화된 '타자'로 살기 때문이다. 자기 존재감을 드러낼 수 없는 균질화된 사회에서 나란 존재는 깨어 있으면서 자기를 망각하는 현상을 종종 겪는다. 이때의 자아는 개성적으로 기능하는 자아가 아니라 획일화된 자아로 나를 집단 속에 묻히게 한다. 시스템화되어 돌아가는 일상이 사람들을 지치게 하고, 이것이 나의 정신마저 기계화로 몰아넣어, 인간으로서의 자기인식을 소멸하게 하는 것이다.

김언 또한 인류가 만든 어떤 속성이 소통을 단절하고, 나를 세계로부터 소외시킨다는 것을 후각상실증으로 의식화한다.

나도 변했지만 상황도 변했다 겨우 두 사람의 문제가 아니다, 겨우 두 사람의 대화도 아니다, 어쩌면 몇만 년, 어쩌면 엄청나게 큰 결함 앞에서

기진맥진하는 자가 나를 만들었다, 그는 정말로 나를 다른 사람으로 만들었다. 그리고 작별을 고한다. 그가 안녕, 하고 처음 들어왔을 때처럼 …(중략)…

그것을 향해 말한다, 맨 밑에서 올라온 말이 혀에 남아 있다, 가운데서 올라온 말도 혀에 남아 있다. 가운데는 깊다. 말할 수 없이, 혹은 냄새도 없이

   제3부 리좀 세계와 액체인간 자화상

올라오는 말이 있다. 나는 입을 다물고 있다. 침이 마를 때까지
— 김언, 「혀를 통해서」[6]

김언의 시에서 '나'와 '타자'의 관계는 서로 영향을 주는 존재이다. 서로 간의 영향은 두 사람만의 문제에서 그치지 않는다. "몇만 년"의 "결함", 즉 인간이 가지고 있는 본질적인 문제로 알레고리 된다는 점에서 여기서의 '타자'는 다수이다. 이 문제가 무엇인지는 모르겠지만 사람을 "기진맥진"하게 만드는 요소임은 틀림없다. "기진맥진하는 자가 나를 만들"고, 나는 이로 인해 "냄새도 없이//올라오는 말"을 삼킨다. 냄새가 없는 말은 곧 '심리적 실어증'을 의미하는 것으로 후각상실증(Anosmia)과 유사한 의미를 갖고 있다.

후각상실증은 신체적 기능의 장애에서 오기도 하지만 심리적 트라우마로 인해서 생기기도 한다. 후각의 상실은 일상생활의 불편을 주기도 하지만 우울증에 걸리는 등 정신에도 영향을 준다. 후각의 상실로 타자로부터 스스로를 소외시키고 있는 화자는 의도적이건 무의식적이건 타자와의 기억을 지우는 심리이다. 이것은 현 세계의 부정과 소통의 단절로 겪고 있는 화자의 자기소외를 의미하는 것이다. 심리적으로 자폐되어 있는 현대인의 실존성을 보여준 것이라 할 수 있다.

이와 같이 시인들은 후각 이미지를 인간의 정체성과 실존성을 드러내는 표지로 의식화하고 있다. 현대사회가 만들어내는 후각 이미지의 창출은 자본주의 이데올로기와 연관되어 새로운 정체성을 인간에게 부여하고 있지만 실상은 자연적인 존재성의 훼손을 전제로 한다는 점에서 정체성의 상실이

6   김언, 『한 문장』, 문학과지성사, 2018.

나 획일화를 나아가고 있다. 그리고 후각의 변형 왜곡은 후각적 환경에 그치는 게 아니라 우리의 정신에 영향을 미친다는 것을 보여준다. 가공의 냄새, 인위적인 냄새, 무취를 지향하는 사회에서 나타나는 특정적인 정신 병리가 후각적 불화이다. 이런 후각적 불화 는 단순히 감각의 병리가 아니라 문명화된 사회 속에서 인간적인 주체성을 잃고, 그 실존성마저 잃어가는 현대인의 정신적 병리이다. 이러한 측면들은 편리함을 위해서 우리가 지향하는 감각의 확장이나 후각의 진화가 꼭 옳은 것만은 아니라는 것을 시사한다. 지나친 후각의 사회화가 오히려 인간을 인간으로부터 분리하고, 위협한다는 것이다. 시인들이 보여주는 후각 이미지의 창출과 후각적 불화는 획일화된 사회적 자아로 인해 개인적 자아가 부재하는, 현대인의 정체성과 실존성을 보여주는 감각적 차원의 실존성인 것이다.

시의 꿈, 소망 충족의 사회심리학

시만큼 꿈과 오랜 관계를 맺어온 장르는 없을 것이다. 언어가 생기기 이전에 벌써 구술 형태로 존재해온 시는 세속과 신성을 잇는 주문(呪文)이나, 인간의 과거와 현재 미래를 해석하는 수단으로 사용되어왔다. 집단적 차원에서 미래의 시간을 상상하는 수단으로 사용되어온 시의 기능에는 사회학적 차원의 꿈이 반영되어 있다. 특히 주술적 의미로 해석되는 꿈은 모호한 의식의 소산이기는 하지만 사회에 상속된 사상재(思想財)로서 여전히 사용되고 있다. 시와 꿈은 일심동체로서 집단이나 인간을 이끌어나가는 이념의 상징으로 존재해왔으며, 지금도 존재하고 있다.

사회학적 차원에서 꿈은 개인이나 집단 혹은 국가의 미래적 자아상이나 세계상 등 성취의 욕망과 관련이 있다. 사회이념으로서의 꿈은 사회 실천적 행위능력을 유발하는 계기로 작용하여 사회를 발전시키는 동력이 되기도 한다. 때문에 사회학적 의미에서 꿈은 개인이나 집단의 구성원에게 발휘되는 심리, 사회, 문화, 정치적 효과를 가지고 있다.[1] 이런 꿈은 개인이나 집단, 국가가 주체가 되어 만들어 사회 내에서 통용되기도 하지만 역으로 이

---

1   김홍중, 「꿈에 대한 사회학적 성찰」, 『경제와사회』 108호, 비판과사회학회, 2015 참조.

런 현실이 반영되어 개인 꿈의 형성물로 나타나기도 한다. 그것은 개인과 사회라는 체제 속에서 이루어지는 양자 간의 관계성이 개인의 의식이기 때문이다. 그런 점에서 주체적으로 만든 꿈이든 심리적 신경생리학적 현상으로서의 꿈이든 간에 그 의미는 사회심리학의 측면을 내포하고 있다.

시인들 또한 '꿈' 언어가 갖는 상징성이나 심리학이나 신경생리학에서 말하는 꿈의 형성물이 갖는 상징성을 시로 의미화하고 있다.

결핍된 현실의 대용물, 꿈의 '심리적 엑스레이'

코젤렉은 꿈을 인간의 '심리적 엑스레이'라고 한다. 정신분석학자들에 의하면 꿈은 현실적 재료에 의해 재생되고 기억되는 심리적 현상이다. 현실에서 경험했거나 지각했던 일들이 잠을 자는 동안 의식과 무의식, 전의식의 경계를 자유로이 넘나들면서 현실을 재구성, 왜곡 변형하면서 꿈의 형성물을 만든다. 꿈이 현실의 재생이라는 사실은 맹인이 소리로 꿈을 꾼다는 사실을 보면 더 잘 이해할 수 있다. 인간이 체험하지 않거나 감각적으로 느끼지 않은 것은 꿈으로 나타나지 않는다. 꿈의 형성물은 이미지뿐만 아니라, 다른 감각으로도 나타난다. 이것은 신체의 내·외부에서 느껴지는 감각자극이 꿈의 원천이 되며, 우리가 자는 동안 영혼은 신체 밖 외계와 맺어지고 있다는 것을 증명하는 것이다. 잠자는 동안 이루어지는 꿈의 형성물은 현실에 반응하는 '심리적 엑스레이'인 것이다.

이런 꿈의 특성을 시인들은 현실에서 소망하거나 충족하지 못한 소망의 대용물로 상징화한다.

나는
데스크에 발을 올려놓고

　　　　　　　　　　　　　　제3부 리좀 세계와 액체인간 자화상

꿈을 꾸었어.

모든 것은 정상적이고 또 확실했지.

꿈속에서 나는 공작새였어.

동물원의 공작새.

철책에 갇힌 그 새.

모든 것은 정상적이고 또 확실했어.

귀엽게 생긴 아이들이 많이 와서

나를 구경하고 있었지.

동물원 하늘은 푸르렀지

모든 것은 정상적이고 또 확실했어.

전화가 울리고, 나는 깨었어.

…(중략)…

꿈속의 나와 조금도

다르지 않은 공작새를 보았지.

따뜻한 봄날

철책에 피어오르는 아지랑이.

동물원 담에 피어오르는 아지랑이.

그래 확실했어

공작새를 가둔 철책이

동물원 담보다 더 높았어.

그래, 검은 철책의 키가

봄 하늘만큼이나 높았어. 그래.

동물원의 친구는 아무 데도 보이지 않았어.

— 전봉건, 「동물원」 부분[2]

---

2 전봉건, 『전봉건시전집』, 문학동네, 2008.

인간의 꿈은 언제나 의식 속에 존재했던 표상과 연결된다. 꿈은 현실에서 의식한 것이나 감각한 것을 바탕으로 재구성되는데, 꿈의 가장 큰 핵심은 충족하고자 하는 소망을 대용물로 이미지화한 것이다. 꿈은 의식의 활동이 곤란해지면 무의식과 전의식을 넘나들면서 꿈 내용과 꿈 사고 사이에 있는 불균형한 심적 재료들을 압축 한다. 때문에 꿈에서 나오는 표상은 원래의 사고와는 다른 사고로 이동하는 작업을 거쳐 만들어진 왜곡 변형된 이미지다. 이러한 꿈의 작업과정은 꿈의 해석을 어렵게 하는데, 그래서 꿈이 어떤 사고의 대용물인가를 파악하고, 숨겨진 의미를 찾는 것은 쉽지가 않다.

전봉건 시에서 꿈의 형성물은 '철책에 갇힌 공작새'로 표상되어 있다. 시의 전후 맥락을 살펴볼 때 글을 쓰는 "데스크"가 꿈이 발화되는 지점으로 보인다. 그렇게 본다면 공작새의 형상은 현실에서 나의 존재성이 변형된 것이고, 철책은 사회제도의 변형이다. 이러한 점은 시적 화자가 꿈에서 본 형성물을 기억하고 확인하는 과정을 거치면서 분명해진다. 꿈에서 깨어나 동물원의 공작새를 확인하면서 스스로가 사회적 분위기에 압도되어 존재성을 억압했다는 것을 깨닫게 된다. "정상"이라는 말 속에는 현재의 내 존재성이 정상이 아니라는 역설적 의미가 내포되어 있다. 이러한 깨달음은 잠을 자는 동안 일어난 심리적 내부 분열에 의해서 시작되었다고 할 수 있는데 심리적 억압은 그 자체로 내면의 분열이다. 잠을 자는 동안 의식이 느슨해지고, 검열의 힘이 감퇴되고 나면, 꿈은 이러한 분열의 틈을 파고들어 심리적 가치의 전환하고자 하는 작업을 한다. 현실에서 이루지 못한 소망을 대용물로 만들어낸다. 꿈으로 느끼는 현실의 고통스러운 관념을 반대의 관념으로 바꾸고, 거기에 수반되는 감정을 압축하여 꿈의 형성물을 만든다. 때문에 공작새의 이미지는 시적 화자가 현실에서 고통스럽게 생각한, 나의 존재성에 대한 소망이 변형된 것이다.

하지만 전봉건 시의 꿈 표상은 완전히 반대 관념으로 바뀌지는 않았다.

제3부 리좀 세계와 액체인간 자화상

공작새의 날개는 상승하는 것이 아니라 관상용 이미지다. 그런 점에서 공작새로 형성된 내 존재성은 화려하여 주목은 받지만 자유로운 영혼을 갖지는 못한다. 현실에서 문학적 목소리를 내지 못하는 시인으로서의 내 존재성을 적절하게 상징화한 것이다. 그리고 철책은 나를 이러한 경지로 몰아넣는 사회적 질서의 표상인데, 공간적인 관점에서 볼 때 철책은 외부의 존재가 나를 볼 수 있다는 점에서 소통의 여지를 남겨두고 있다. 사회가 만든 장벽 안의 안, 이중의 장벽에 갇혀 있는 시인의 존재성을 꿈으로 비유한 것이다. 때문에 전봉건의 꿈은 내가 억압했던 사회적 존재성의 기대를 꿈으로 현재화한 것이다. 개인의 의식이 사회적 소망과 결부되어 있는 꿈의 형성물이다.

개인의 의식을 사회적 소망과 연결하는 꿈은 김혜순의 시에도 나타난다. 불합리한 남성과 여성의 사회적 관계나 여성적 자아를 꿈의 형성물로 상징화 한다.

> 갓 결혼한 제자 둘이 남편들을 데리고 나타나서는 한 사람은 제 남편을 오빠라 하고, 한 사람은 제 남편을 아빠라 부르니, 나는 그만 징그러워 …(중략)… 엄마가 세탁기 속에서 이쁜 아가들을 끄집어내어 바닥에 팽개치는 꿈, 그 꿈꿀 때마다 나는 그만 젖은 빨래 같은 아기를 배고 있는 기분이야. 한참 있다가 이쁜 오빠랑 이혼한 제자가 찾아와서는 선생님 이혼하고 정신병원 갔다 왔어요 아빠가 자꾸 때려서 이혼했는데, 이혼하고 나니까 분열증 생겨서 이번엔 幻視의 오빠한테 맞느라 하루 24시간 비명을 질렀어요. 잠도 안 자고 먹지도 않고 맞기만 했어요 …(중략)… 뽀뽀보다 더 숨막히는 쌍비읍.
>
> — 김혜순, 「쌍비읍 징그러워」 부분[3]

김혜순은 불합리한 남성과 여성의 사회적 관계를 "엄마가 세탁기 속에서

---

3 김혜순, 『당신의 첫』, 문학과지성사, 2008.

이쁜 아기들을 *끄집어내어 바닥에 팽개치는 꿈*"으로 상징화하고 있다. 이것
은 현실에서 왜곡되어 있다고 생각하는 남녀관계에 대한 의식이 변형된 것
이다. 제자들이 남편의 호칭을 "아빠" 혹은 "오빠"라 부르는 상황이 근친상
간의 이미지를 떠올리게 했을 것이나 당시는 그것을 표출하지 못하고 내면
에 억압했을 것이다. 아빠나 혹은 오빠와 사랑을 하는 근친상간의 불쾌감
은 생명에 대한 불결함으로 이어졌을 것이고, 이러한 심리적 불안이 리비도
(Libido)와 대응되면서 아기를 세탁하여 내팽개치는 상징적 꿈으로 구조화되
어 나타났을 것이다. 정신분석학에서 리비도는 성충동을 의미하지만 개인
의 발달을 위한 개성화 과정에서 겪는 자생적인 정신적 에너지를 의미하기
도 한다. 김혜순의 리비도는 남녀관계를 전복하고자 하는 열망을 가진 정신
적 에너지라 할 수 있는데, 삶의 본능인 리비도와 파괴 충동의 근원인 타나
토스(thanatos)와의 상호작용 속에서 만들어진 것이다. 때문에 이 꿈의 형성물
은 남성과의 관계에서 일탈하려는 여성적 자아의 변형이다. 시에서의 꿈은
여성적 자아와 젠더로서의 사회적 자아를 소망하는 의식의 형성물이 상징
화된 것이라 볼 수 있다.

미래 시간의 추동력, '꿈 자본'

시에서 꿈이 갖는 언어의 상징성은 주로 미래의 시간을 상상하는 것과 관
련이 있다. 베버와 부르디외, 벤야민 같은 이론가들은 이상향이나 마음에 품
는 꿈은 유토피아적인 성격을 가지고 있다고 한다. 베버는 꿈이 인간에게 새
로운 세계를 만들려는 '행위능력'을 주며, 이 행위능력으로 인해서 우리는
심리적 에너지를 얻고, 현실에서 삶의 추동력을 얻는다고 한다. 이러한 추동
력을 부르디외는 '꿈 자본'이라는 개념으로 정의하는데, 꿈 자본은 사회적으
로 공유된 믿음이라 할 수 있는 일루지오(illusio)와 사회 내의 일정한 사고 체

 　제3부 리좀 세계와 액체인간 자화상

계인 하비투스(habitus)의 수준에서 형성되는 자본이라고 한다. 이것은 꿈을 통해 자신이 만들고자 하는 세계와 자아를 선취해낼 수 있는 힘, 더 나은 삶을 위해 활동하게 하는 실천 동기, 즉 존재를 떠미는 내적 힘을 의미한다.[4]

미래의 시간을 상상하는 꿈은 백무산의 시에서 볼 수 있다. 그는 신체를 지각하는 꿈을 통해 몸의 이상향을 꿈꾸고 노동자의 이상적 현실을 상상한다.

> 일을 하자
> 게으른 놈의 푸념을 버리고
> 백 메타 철골 위의 현기증도 견디자
> 견뎌야 한다 아니 이겨야 한다
> 가진 놈들 뒤통수를 치더라도
>
> …(중략)…
>
> 밥은 굶지 말아야 한다
> 언젠가 진정한 노동을 해야 할 때가 온다
> 불꽃 튀는 거대한 노동을 해야 할 때가 온다
> 지금은 어쩌면 아무것도 아닌 양
> 견디는 것이 아니라 이겨야 한다
> 악착같이 밥을 먹어야 한다
> 게으른 푸념은 그만두자
> 허약한 몸짓도 그만두자
> 우리에겐 게으른 영혼이 아니라
> 꿈을
>
> ─ 백무산, 「해방 공단으로 가는 길 2」 부분[5]

---

4 김홍중, 앞의 글 참조.
5 백무산, 『만국의 노동자여』, 청사, 1988.

백무산은 노동자가 잘 살 수 있는 이상적인 세계, 즉 미래의 현실을 상상하는 데에 꿈이라는 말을 사용한다. 시에서 노동자가 존중받는 이상적인 현실을 "꿈을 꾸는 몸"으로 상징하고 있는데, 이는 꿈의 의미를 신체의 현상학으로 상징화한 것이다. 인간의 몸은 감각의 지각을 통해 의식화되고 이데올로기화된다. 그런 점에서 고통스러운 신체의 지각은 고통스러운 이데올로기로 의식화된다. 행복한 몸의 지각을 꿈꾸는 것은 긍정적인 사고를 갖는 미래의 현실을 갈망하는 것이다.

그리고 이 꿈은 사회학적 의미에서 정치가와 자본가에 억압을 받는 노동자의 집단에서 자생적으로 발생하여 모든 구성원에게 전파되는 공몽(公夢)이다. 공몽이란 어떤 조직체에서 생산되고, 그 구성원에게 분배되는 꿈이다. 노동자들이 만들어내는 꿈은 노동자의 현실 개선과 사회적 자아가 반영된 것이다. 이런 꿈이 조직의 이데올로기와 융합하게 되는 경우, 이들의 열망은 역사의 실체적인 변화로 이어진다. "유토피아와 이데올로기는 하나의 테마 속에서 현실화"[6]되어 노동 현실을 개선시키는 사회적 실천행위가 된다. 미래의 시간을 상상하는 '꿈 자본'으로서의 의미를 갖는다.

하지만 노동자의 이런 꿈은 정치가나 자본가의 입장에서 환상으로 치부된다. 국가적 차원에서 생산하는 꿈이 공몽(共夢)인데 이런 꿈은 정책적 일루지오와 정치적 하비투스가 결합되어 있어 노동자들이 갖고 있는 꿈과 대치되는 경우가 많다. 특히 이 시를 쓴 80년대는 정치와 자본주의가 결탁한 하비투스 속에서 국민의 노동이 착취되는 시기였다. 국가적 차원에서는 노동자의 몸이 사회를 발전시키는 추동력으로 이미지화 되었지만 개인적 차원에서는 억압의 현실이다. 건강한 몸, 가치를 인정받는 몸에 대한 상상은 현실을 개선시키려는 의지를 보이는 '꿈 자본'이다.

6　카를 만하임, 『이데올로기와 유토피아』, 임석진 역, 김영사, 2012 참조.

　제3부 리좀 세계와 액체인간 자화상

이러한 사회학적 의미의 꿈 기능은 최승자의 시에서 현실을 도피하는 환각적 유토피아의 성향으로 나타난다.

보인다, 그 사이에서
억울하게 목매달아 죽은 놈,
매맞아 죽은 놈,
물 먹어 죽은 놈, 놈 놈 놈……

아 보인다, 그 사이에서
달콤한 꿈은 찐으로 만들어진다는
교리를 믿는 드라이 찐 교도가
화면의 허상만을 인상주의적으로 바라보면서,
유구하게 취해가는 그 삶의 꼬라지가!

— 최승자, 「티브이 앞에서」 부분[7]

최승자는 허위가 난무하고 부패한 사회가 어떤 꿈을 생성해내는지를 보여준다. 억울하게 죽고, 매맞아 죽고, 물고문으로 죽는 사람이 많은 사회는 추측컨대 정치적인 폭력이 심한 시대일 것이다. 진실이 오도되고 공포가 조성되는 사회에서는 미래의 시간을 상상할 수조차 없는 현실도피의 환각적 꿈을 생산한다. 이러한 꿈은 일제강점기에 많이 나타났던 꿈인데 90년대의 시에서 이러한 것이 나타났다는 것은 정치적인 현실의 진화가 거의 이루어지지 않다는 것을 의미한다. 이러한 현실을 최승자는 "달콤한 꿈"은 "드라이 찐"으로 만들어져 있다고 상징화 한다. 드라이이진은 단맛이 없고 쌉쌀한 맛이 나는 진(gin)을 말하는데, 이 증류주(Juniperus)의 어원에는 '젊음을 생산

---

7 최승자, 『내 무덤, 푸르고』, 문학과지성사, 1993.

'한다'는 의미가 내포되어 있다. 이 말은 묘하게 이런저런 이유로 억울하게 죽는 놈이 많은 사회와 어울린다. 현실도피적인 환각의 꿈속에는 사회가 건강성을 되찾기를 바라는 마음이 투사되어 있다. 하지만 불안한 사회적 현상이 오래가면 이런 환각적 꿈은 중독성으로 인해서 현실과의 거리를 멀어지게 한다.

신경생리학에서 보면 환각은 통증의 일종인데, 이것은 고통을 회피하기 위한 현상이다. 정신과 신체의 도피적 꿈은 시간이 지날수록 허상의 이미지들만 생성한다. 결핍되어 있는 소망은 이미지로 생성되고 이것은 더 많은 결핍을 만든다. 더 나은 삶을 위한 추동력을 가지지 못할 때 환각적 꿈은 존재의 내적 힘을 약화시켜 '꿈 자본'의 손실로 이어진다. 하지만 환상적 꿈이라고 해서 모두 '꿈 자본'의 손실로 이어지는 것은 아니다.

현대사회의 중요한 한 특징이 이미지를 통해 개인과 집단적 차원의 꿈을 생성하는 것이다. 오은 시를 보면 이미지로 재현되는 세계에서 만드는 꿈이 어떤 것인가를 잘 보여준다.

> 이 세계는 드라마를 좋아한다
> 사랑을 좋아하고
> 이루어질 수 없는 사랑을 더 좋아한다
> 이 세계는 지금 난관이 필요하다
>
> 이 세계는 영화를 좋아한다
> 정의를 좋아하고
> 멀리 떨어져 있는 정의를 더 좋아한다
> 이 세계는 지금 모험이 절실하다
>
> …(중략)…

이 세계가 좋아하는 사람이 되기 위해
어떻게든
이 세계에 잠깐이라도 등장하기 위해
사람은 드라마를 본다 영화를 본다
이루어지지 않을 꿈을 꾼다
머릿속으로 몸 밖에 나가
멀리 떨어져 있는 곳에 가보기도 한다

　…(중략)…

드라마와 영화가 더 많이 만들어질수록
사람은 이 세계와 점점 더 멀어진다
자신이 서 있는 곳을 난생처음 둘러보게 된다
디딘 발을 타고 올라오는 앓는 소리를 듣는다

　…(중략)…

사람이 사라지면
이 세계는 숨 쉬지 못한다
하품을 하지 못한다
기지개를 켜지 못한다

— 오은, 「이 세계는」 부분[8]

　오은의 시에서 꿈을 생성하는 주체는 "드라마"와 "영화" 같은 영상물들이다. 현대사회에 무수히 쏟아져 나오는 영상물은 현실에서 결핍된 욕망을 대리 충족시켜주는 허상화된 이미지들이다. 드라마나 영화, 광고 등 대중의

8　『시사사』, 2015년 3~4월호.

욕망을 이용해 집단적인 몽상의 장(場)을 만들어내는 이런 주체들을 뒤에서 조종하는 것은 자본주의 하비투스이다. 자본주의의 사고 체계가 만들어내는 이미지나 서사는 "일상에서 가지고 있던 환상이나 권태, 결핍된 것에 대한 갈망 등을 해소하게 하고, 그것을 통해 스스로 변화하고자 하는 욕구를 갖게 하는"[9] 힘을 가지고 있다. 사람들은 이미지나 스토리에 몰입하는 과정을 통해 자연스럽게 허구의 세계에 동참을 하고, 그들 스스로 의식과 행동을 변화한다. 벤야민의 말대로 '이미지들은 소망의 상'으로 현실에서 이루지 못한 소망의 대리적 표상들이다.

오은의 말대로 이미지로 만들어진 세계를 꿈꾸는 것은 "이루어지지 않을 꿈"이지만 현실에서의 스트레스를 잠시 잊고 재충전할 수 있는 정신적 에너지로서의 힘, 존재를 지속적으로 살아가게 하는 심리적 유토피아 기능을 한다. 드라마나 영화 속의 세계는 이 세상 어디에도 없는 가상현실이지만 그것들이 가진 신화적이고 주술적인 힘은 사람들에게 해방과 행복감을 주어 삶을 지속하도록 도와주는 추동력의 의미를 갖는다.

이렇게 시에서 꿈은 현실의 삶을 극복하거나 미래의 현실을 긍정적인 의미로 만들려고 하는 소망 충족의 심리가 반영되어 있다. 시적 의미에서 꿈 형성물로 상징화되는 것이 개인의 사회적 자아와 연관되어 있다면 주체들이 만들어나가는 꿈은 긍정적인 미래를 상상하는 유토피아의 성격을 갖고 있다. 유토피아적 성격의 꿈이 예전에 주로 국가적 관점에서 상상하는 이상향과는 달리 개인의 사회적 자아나 물질적 · 심리적 관점에서 상상하는 이상향이 보인다는 것이 한 특징이다. 꿈의 집단화 현상이 개인의 욕망이나 소망을 겨냥하여 만든 자본주의 이미지에 따라 이합집산(離合集散)을 하는

9　캐스린 흄, 『환상과 미메시스』 한창엽 역, 푸른나무, 2000.

　　　　　제3부　리좀 세계와 액체인간 자화상

것도 그런 맥락이다. 사회가 변하면서 인간이 가지는 욕망이나 소망은 달라진다. 따라서 꿈을 꾸는 대상도 달라질 수밖에 없다. 이것은 꿈이라는 말이 사회·문화적인 맥락 속에서 유동적으로 움직이는 상징 언어라는 것을 의미한다.

꿈을 꾼다는 말은 영원히 존재할 것이다. 어떤 시대라도 인간의 소망과 욕망이 완전히 충족되는 시대는 없을 것이기 때문이다. 또 어떠한 양상의 유토피아가 시에서 꿈이란 말로 상상될지, 그것은 미래의 시간을 상상하는 시인의 의식에 의해서 결정될 것이다.

리좀 세계에서의 도태, 액체인간

인간이란 참 아이러니한 존재다. 자신을 옭아매는 집단의 질서에서 이탈을 하고 싶어 하면서도 질서를 장악 통제하려는 권력을 좇으며 살아간다. 수평적인 삶을 원하는 인간의 심리적 유토피아는 정점을 향해 달려가고 있는 욕망에 의해 또다시 계층의 사다리를 만든다. 인류의 오랜 숙원이었던 혈통적 계층은 붕괴되었지만 또 다른 계층으로 떠오르고 있는 자본주의 이데올로기, 하부 계층을 떠도는 인간은 또 다른 심리적 유토피아를 찾아 이곳저곳 떠돌아다닌다. 모두가 갈망한 이상적인 사회가 현실화되면 또 다른 형태의 계층을 만드는 인간의 속성은 어디에서 멈출지 아무도 예측할 수가 없다.

정보화 사회가 만들어낸 다양한 관계 맺기의 한 현상인 리좀(rhizome)의 세계는 인류가 갈망한 이상적인 사회의 한 유형이다. 리좀은 질 들뢰즈(Gilles Deleuze)와 가타리(Gattari, P.F.)가 말하는 이항 대립적이고 위계적인 현실 관계 구조의 이면에서 접속 가능한 자유롭고 유동적인 관계 맺기이다. 리좀 세계에서 관계맺기는 집단의 가치와 삶의 방식에 얽매이지 않고 끊임없이 자기 자신을 바꾸어나가며 창조적으로 사는 노마드(nomad)의 실존성을 생성한다. 창조적인 실존성과 방향성을 위한 강력한 에너지가 작동한다.

제3부 리좀 세계와 액체인간 자화상

그런데 리좀의 세계에서 성장하기 위한 강력한 에너지 중 하나가 '경쟁'이라는 데에 문제가 있다. 개방적인 질서는 자유를 보장하지만 자기만의 세계를 창조하기 위해서는 엄청난 노력이 필요하다. 이곳에서는 영토를 확장한 사람과 그렇지 못한 사람이 또 다른 계층을 이룬다. 리좀의 세계에서 도태한 인간은 언제나 자신을 지탱해주던 혈통적 계층과는 달리 기댈 곳이 없다. 영토 확장에 실패하면 또 다른 영토를 찾아 끊임없이 움직이는 유동적인 액체인간의 삶을 살아야 한다.

리좀의 세계를 아스라이 걸어가는 사람들. 지난 『작가와 사회』 봄호에는 허공을 떠도는 듯한 군상의 이미지가 많이 보인다. 세계 내에서 살아남기 위해서 허덕이는 사람들, 자신의 영토 지키거나 강화하려고 애를 쓰는 사람들. 뿌리내리고자 하는 인간의 무의식적 욕망이 스스로의 뿌리를 잘라내는 현대인의 서글픈 자화상이 보였다.

김건영과 유지소의 시는 리좀의 세계로 인해 지쳐가고, 고립되어가는 현대인의 자화상을 보여준다.

> 너는 술에 취하면 군자역에 닿곤 했다 일부는 허겁지겁 택시를 탔고 심야 버스에 올라타기 위해 달려 나갔다 검은 것은 글자요 흰 것은 종이이니 밤이 짙은 것은 활자를 맺기 위함이라 생각했다 아침의 빛 속에서 너의 몸을 글자처럼 뉘이곤 했다 무서워질 때마다 책을 읽었고 모르는 것을 아는 척하느라 많은 말을 했다 너는 얼굴에 그늘이 진 사람들을 좋아했지 햇빛 속에서 표정을 오래 보면 진심을 볼 것만 같다고 한숨을 쉬었다 휴休, 사람은 그늘로 들어가서 쉬는 거야 …(중략)… 그날 군자역에서 본 것을 말하면서 군자역에는 군자가 한 명도 없었다고 말했다
>
> ─김건영, 「혼자」 부분

> 차 빼요, 빨리
> 빨리 안 빼고 뭐해요?

언제 오는 거예요?

지금 어디예요?

남의 자리에다 누가 차를 대래요?

지금 뭐하자는 거예요?

앞으로는, 절대로 대지 마세욧.

…(중략)…

한 달에 서너 번 자택에 돌아오시는 우리 집 앞 주거지전용주차장 2번 주인
님은 전화 전화 전화 전화를 하시고 또 하시고

— 유지소, 「아홉 정거장」 부분

김건영은 리좀의 세계가 만들어내는 컨베이어 벨트 실존성에 지쳐가는
군상에 주목하고 있다. 다양한 가치관이 인정되는 사회일수록 인간의 관계
맺기는 복잡해진다. 다양한 관계는 여러 개의 정체성을 갖게 하는 원인이며
실존적 양상이 그물처럼 얽혀 있어 심리적인 분열을 일으킨다. 그물과 같은
관계의 구조 속에서 제 길을 찾기 위해서는 많은 인간관계를 맺는 피곤한
일상을 영위해야 한다. 화자가 술에 취해 “허겁지겁 택시를” 타고 “심야버
스”를 타기 위해 늦은 밤까지 허둥대고 있는 모습은 삶의 여유가 없는 우리
들의 군상이다. 무언가가 “무서워질 때마다 책을 읽”고 “모르는 것을 아는
척하느라 많은 말을” 하면서 사는 화자의 모습은 미로 속에 갇힌 우리의 모
습이다. 그물망처럼 복잡해진 사회와 많은 관계맺기는 우리에게 많은 지식
과 정보를 요구한다. 홍수처럼 쏟아지는 정보사회에서 “아는 척”과 “수다”
는 상대와의 관계에서 내가 도태될지도 모른다는 불안한 심리의 표상이다.
현대인의 관계 맺기가 진정성보다는 허위적인 가면 속에 맺어진다. 사회 내
의 정점을 오르는 “햇빛” 속에서만 상대가 지닌 본심을 볼 수 있는, 상대를
이기려는 경쟁의식은 햇빛 속에서는 무자비하다. 실존적 영토를 확장해주

   제3부 리좀 세계와 액체인간 자화상

는 햇빛은 내가 성장할 수 있는 강력한 수단이지만 그곳을 지향하는 사람들은 스스로의 성장을 위해 경쟁을 하고 있다. 경쟁이 없거나 경쟁을 포기한 "그늘"로 들어가야만 쉴 수 있다. 그런 실존적인 현실 속에서 목적지인 정점에는 "군자역에는 군자가 한 명도 없"는 것처럼 진정성이 결여되어 있다. 경쟁자를 없애고 뿌리내리기 성공한 영토는 인간다운 인간이 없는 삭막한 곳이다. 경쟁에서 살아남은 자의 허망하고 쓸쓸한 실존을 보여주고 있는 시이다.

유지소의 시는 실존적 영토의 경계에서 다툼을 하는 현상에 주목하고 있다. "주거지전용주차장 2번 주인"과 잠시 비어 있는 공간에 주차를 한 화자와의 통화는 치열한 뿌리내리기의 경쟁을 보여준다. "한 달에 서너 번 자택에 돌아오시는" 주차장 2번 주인은 27일 동안은 비어 놓는 자신의 영토에 잠시나마 다른 사람이 사용하는 것을 허용하지 않는다. 주차공간의 점유권을 가진 주인은 그 땅이 자신의 것이 아님에도 불구하고 지나치게 인색하다. 점유권을 가지지 못한 화자는 언제든지 이동할 준비가 되어 있는 화분 속 뿌리와 같은 삶을 산다. 뿌리내린 자들은 자신의 영역을 빼앗길까 전전긍긍해하고, 뿌리가 허약한 자들은 그들 사이 틈을 찾으려고 기회를 엿본다. 점유권을 가지지 못한 화자의 유동적인 삶은 리좀의 세계에서 뿌리를 내리는 것이 얼마나 힘든 것인가를 보여준다. 그물망의 세계에서 자신의 영토를 확보한 사람도 제 것을 언제 빼앗길지 몰라 불안해하고 있으며 영토를 확보하지 못한 사람은 또 다른 영토로 이동할 준비를 하고 있다.

이런 현실에서의 문제를 해결해주는 새로운 영토가 사이버 공간이다. 혈통적 가치관이나 물질적 가치관으로부터 해방이 되는 새로운 세계, 정보화 사회가 인간에게 선물해준 가장 평등하고 자유로운 이상적인 공간이다. 양파 껍질과 같은 세계가 여러 층위로 겹쳐 있는 사이버 공간은 시간과 공간이 분절되어 현실의 나와도 분리가 된다. 행복한 리좀의 세계도 있지만 현실에서는 여전히 경쟁에서 이겨야만 내 세계를 창조할 수 있다.

정착하기 힘든 리좀의 세계는 쉽게 쓰고 버릴 수 있는 일회용 실존성과
인위적인 실존성을 만들어낸다.

1. 부엌

가장 먼저 개미들이 도착한다
개미들은 오래 전의 문지방 냄새를 기억하고 있다
문지방의 닳아가는 단내를 핥고
무너져가는 노란 부뚜막을 핥고 노랗게 찌든 냄비를 핥는다
…(중략)…

2. 키친

일회용의 레시피로 일회용 밥을 짓는다
일회용의 밥에서
일회용의 뜨거움이 피어오른다
…(중략)…
일회용의 하루는 하루도 일회용을 꿈꾸지 않는다
잘 쌓여간다

— 한보경, 「클리셰―주방」 부분

탤런트 박원숙 줄기세포 바르고 20대 얼굴로…충격!
빚 많고 등급 낮아도 1억까지 정부지원대출

그림자 숲과 같은 **컴파운드 스트레치 울수트**를 입는다 …(중략)… 길이 어
둡고 어렵고 여리므로 족보닷컴의 놀라운 적중력을 확인하세요 …(중략)…
한정 세일 쿠팡 깜짝 특가가 젖은 흙 다섯 발가락 사이로 45세 이상 임플란트
지원 닿는 촉각 촉각 음격 확대 길이 연장 10분이면 해결 누르는 건반과 9g

　　　　　　　　　　　　제3부 리좀 세계와 액체인간 자화상

블루라이트 차단 안경 긴바늘 입술 위의 손가락 우거진 뿔이 덤불 속에 갇혀
여경과 잤다 자랑한 20대 순경 수사결과 반전 달리는 덤불을 보여줄게 여보
고마워 관절염 95% 안치의 길 열려 진저리치며 흩날리는 입과 잎과 입김
— 정창준, 「그림자 숲과 검은 호수와 PPL」 부분

한보경은 요리를 하는 공간의 클리셰(cliché), 즉 진부한 표현이나 무의식적
으로 반복되는 공간의 습관을 통해 비유기적인 실존성을 형상화하고 있다.
한보경은 '부엌'과 '키친'이라는 단어가 갖는 과거성과 현대성의 의미를 통
해 실존적 뿌리내림을 보여준다. 부엌이라는 공간의 표상은 인간이 지각하
는 실제 삶과 행동의 필요성이 이미지화된 곳이다. 과거로 지각하는 부엌은
가족에게 정신적 신체적 영양분을 제공하는 생명을 지속하는 공간이므로
역사성을 갖고 있다. 역사성은 "부엌"에 사는 존재, "문지방 냄새를 기억"하
면서 "닳아가는" 것을 "핥" 아가는 생명의지를 가진 개미로 치환되어 있다.
개미는 감각적으로 살아 있는 존재이다. 생명의 감각은 기억 속에서 여러
층위로 존재하고 있는데 감각이라는 본능을 통해 인간적 특성으로 '유기화
(l'organisation)'[1]된다. 습관에 의해 행동하고 기억하는, 과거로부터 독립되지
않은 신체의 상호작용을 통해 공간적 실존성을 드러낸다. 인간에게 무의식
적 기억은 과거의 감각과 현재의 감각을 결합하면서 인간의 특성을 드러내
는 실존적 형상이다.

　기억을 통해 과거의 역사를 환기하는 실존성은 리좀적 실존성과는 상반
된다. 기억에 묶여 과거에 내가 종속되어 있다. 인간의 유전자 속에는 오백
만 년의 정보가 내재되어 있다고 말하는 베르그손(Henri Bergson)의 주장은 이
러한 점을 말해준다. 현재 내 세계가 '지금 여기'에서 그치는 게 아니라 과

1　황수영, 『베르그손, 지속과 생명의 형이상학』, 이룸, 2003, 165쪽.

거와 현재. 미래와 연결되어 있는 거대한 유기체로서의 세계인 것이다.

하지만 과거성을 가진 부엌과는 달리 "키친"은 역사성이 단절되어 있는 비유기적인 세계를 의미한다. 요리를 하는 공간으로서 키친은 배고픔을 해소하는 생존의 양분을 제공하는 공간이다. 현대성을 가진 키친은 정신적 양분을 제공하지 않는 생명을 연장하는 생존의 공간으로, 언제든지 쓰고 버릴 수 있는 "일회용"의 실존성을 생성한다. "일회용 하루"는 폐기 처분되기 때문에 기억이라는 것도 없으며 과거와 연결성을 갖지 못한다. 과거가 없는 인간에게 미래는 현재와는 단절된 또 다른 실존적 양상이다. 역사는 과거를 비추고 미래를 밝혀줄 거울인데 그런 거울을 갖지 못한 현대인은 어디론가 흘러다니는 액체인간이 될 수밖에 없다. "일회용을 꿈꾸지" 않지만 일회용이 "쌓여"가는 고립된 실존성, 이것은 리좀 세계의 맹점이다.

역사성이 없기 때문에 리좀의 세계에서는 가치관이나 정체성의 변화가 자유롭다. 그 한 현상이 신체의 확장을 통해서 세계를 강화하려는 시도이다. 장 보드리야르(Jean Baudrillard)는 자본주의 문화에서 가장 잘 팔리는 아이템 중의 하나가 몸이라 한다. 몸은 리좀의 세계에서 자신의 영토를 확장할 수 있는 강력한 양분이 된다. 시의 문맥에 광고 카피를 옮겨놓기 한 정창준의 시는 생물학적 몸을 의학기술로 가공하는 뿌리의 접붙이기 현상을 보여준다. 유기체와 의학기술의 융합은 신체적 실존의 허약성을 강화하여 사회 내의 성장 속도를 높이려는 의도이다. 줄기세포를 바르고 젊어진 여성 탤런트는 배우로서 상품의 가치를 높이고, 남성 확대 수술로 강해지는 감각적 힘은 남성의 자긍심을 높인다. 신체적 기능의 확장은 가시적인 몸을 집중하는 현대사회에서 실존적 뿌리를 강화하는 수단의 다양성을 보여준다.

떠돌아다니면서 해체되고 파편화되는 현대인의 실존성은 정익진의 시에서 현대인 실존을 추상적으로 표현하는 잭슨 폴락의 세계관을 통해서 의미화된다.

    제3부 리좀 세계와 액체인간 자화상

열려라 참깨! 두 갈래로 갈라지는 대형 백화점 승강기의 문

그 은빛의 표현 이로 무작위로 찍혀 있는
손바닥 무늬들과 해변 모래밭에 남겨진 수많은 발자국들은
백 개의 계란 반죽 속에서 퍼덕이는 미꾸라지보다
무질서했다

…(중략)…

인과는 없다

우연과 우연의 만남 속에서
우리는 우연히 빛날 뿐이다.

— 정익진, 「잭슨 폴락」 부분

시에서 화가 잭슨 폴락의 세계관은 액체인간의 실존적 알레고리이다. 정착을 하지 못하고 끊임없이 흘러다니는 액체인간들의 정체성은 분열되고, 파괴되면서 온전한 뿌리를 가지지 못한다. 이런 실존적 양상을 잭슨 폴락은 무감각의 무신체의 이미지로 표상한다. 질 들뢰즈는 신체의 유동적인 모습, 즉 감각을 '신경흥분적인' 순간을 구성하는 존재론적 소통으로 본다.[2] 신체의 감각은 없고, "무작위로 찍혀 있는/손바닥 무늬들"은 존재했다가 어디론가 흘러가버린 액체인간의 흔적이다. 유기체로서 생물학적인 뿌리가 의미 없는 유동적인 실존성은 분열되어 있는 현대인 정체성을 의미한다. 관계맺기가 "인과가 없"는 "우연과 우연의 만남"으로 형성되면서 인간은 인간이 기댈 수 없는 존재가 된 것이다.

---

2 질 들뢰즈, 『감각의 논리』, 하태환 역, 민음사, 2008, 55쪽.

그런 상황에서 인간이 기대는 곳은 물질이다. "대형 백화점의 승강기 문"은 내게 물질이 있어야 입성이 가능한 곳이다. 물질을 갖기 위해 우리는 "열려라 참깨"하고, 주문을 외우지만 이 주문은 쉽게 이루어지지 않는다. 인간이 인간을 믿지 않는 무신론적인 유희, 추상화는 정신적인 소속감을 표상하는 구상회화와 달리 소속감의 부재, 집단의 결속 무화를 표상한다는 점에서 잭슨 폴락의 세계는 현대사회 속 군상을 표상한 것이다.

이렇듯 시인들의 시에서 보이는 액체인간의 실존성은 현재 우리들의 서글픈 자화상이다. 과학기술의 발전은 자유롭고 유동적인 접속이 가능한 세계를 만들었지만 인간이 끊임없이 새로운 세계를 전전해야 하는 피곤함을 동시에 주었다. 또한 스스로의 실존성을 만들어나가는 과정에서 고립되거나 도태되는 상황을 문제의식화한 것이다. 현대인은 유희적으로 자신을 즐기는 노마드적 인간이 아니라, 정착할 영토가 없어서 유목할 수밖에 없는 실존성에 직면해 있는 것이다. 현대인은 여기저기 흘러 다니면서 적응을 하고, 도태하면 또 어디론가 떠나가는 유동적인 액체인간의 속성을 가진 것이다. 리좀의 세계관을 창출해내는 현대사회의 실존적 속성은 과연 우리에게 주어진 자유를 올바르게 누리고 있는가 하는 화두를 던져준다. 인간이 정점을 향해 달리는 속성을 버리지 않는 한 세계는 또 다른 형태로 계층화될 것이다.

자기방어 기제가 만드는 실존의 장벽

인간의 역사에서 빠지지 않는 것이 충돌이다. 충돌의 역사인 수많은 전쟁은 상호소통이 되지 못한 가치를 무력으로 굴복시키기 위한 한 과정이다. 국가 간의 충돌에서부터 사소한 개인 간의 충돌까지, 물리적 정신적 가치를 관철하려는 행위는 사회적 계급을 만들고, 힘의 논리로 인간들 간의 장벽을 쌓는 경계로 작용해왔다. 나를 가두는 편협한 신념은 나와 타자를 해치는 실존적 장벽으로 자리해왔다.

『작가와사회』 여름호에 실린 시들 중에는 실존적 장벽을 공간 의식으로 드러내는 시들이 몇 편 있었다. 인간에게 지각되는 공간 의식은 한 문화를 구성하는 집단의 세계나 세계관을 구체적으로 경험하는 과정이다. 우리가 직접 경험하는 실존적 공간은 가치의 응결물로 전환되어 정신적 사회화로 전이된다. 공간을 지각하는 신경계의 물활론적인 성향은 현실 상황을 이해하는 기제이며, 심리적 상황을 이해하는 기제이다.[1]

이환의 시는 심리적 장벽을 만들고, 그 장벽으로 고통받는 인간의 현실적 상황을 공간 의식으로 형상화한 시이다.

---

1   에스더 M. 스턴버그, 『공간이 마음을 살린다』, 서영조 역, 더퀘스트, 2013.

분리수거를 위해 박스를 정리한다
뾰족한 각은 납작하게 펴줘야 한다
손으로 안 되면 발로 뭉개서 묵은 기억을 지워야 한다
박스는 오랜 습관을 버리고 새롭게 태어날 것이다

나는 각으로 존재한다
무수한 각이 생겨나고 사라지면서 지금의 내가 되었다
그러니까 나를 키워온 것은 각이다
편협한 예각이 나의 주된 무기였으므로
경계와 의심의 날로 상대를 공격하며 나를 방어해왔다
나는 둔각의 여유를 갖고 싶었을 것이다

태어날 때 나는
세상을 향해 활짝 열려 있는 순진무구한 평각이었을 텐데
살기 위해 각을 좁혀왔다
…(중략)…
각을 세우고 허물면서 수없이 나는 태어나고 죽는다

— 이환, 「각을 세우다」 부분

　이환은 살아가면서 형성되는 충돌의 흔적, 상처나 심리적 트라우마를 모서리로 치환하고 있다. 모서리는 각을 만들고, 각은 자신이 원하는 만큼의 공간만을 허용하고, 나머지 공간에 대해서 배타적인 의식을 갖는다. 모서리의 각은 내가 세상을 보는 시선의 범위이자 자신의 삶을 그 속에 한정짓는 실존적 경계이다. 세상은 "무수한 각이 생겨나고 사라지"는 곳으로, 시적 자아의 의식을 "경계와 의심의 날"로 가득한 "무기"로 만드는 요인이다. "상대를 공격하고 나를 방어"하는 무기가 된 이런 의식은 세상으로부터 나를 보호하고 차단하려는 방어기제이다. 방어기제는 단순히 세상과 타인을 경계하는 것만 아니라 스스로를 위축하게 만드는 원인이 된다. "편협한 예

　　　　　　　　제3부 리좀 세계와 액체인간 자화상

각"에 갇힌 우리는 그 속에 갇혀 예각 밖의 세계를 제대로 보지 못할 뿐 아니라, 알려고 하지 않는다. 태어날 때는 모든 가능성이 열려 있는 평각이었을 텐데 살아오면서 우리는 스스로 시각을 좁히고, 행동반경을 좁히면서 때로는 그 속에서 오만해진다. 현실이 안전하지 못하다는 의식으로 인해 스스로가 통제 관리할 수 있는 공간만을 허용한다

이환의 물리적인 공간 의식은 현실에서 경험한 사고에 의한 것이다. 예각의 크기는 세상으로부터 자신을 방어하려는 실존적 장벽 크기로, 각이 작을수록 더 견고하다. 모서리가 되어 있는 실존적 장벽은 타인에 대한 방어막으로 작용하는 것이 아니다. 실존적 희망을 차단한다. 공간적 관점에서 개방된 공간은 희망을 상징하지만 좁은 공간은 절망을 상징한다. 현실에서의 절망이 실존적 각을 좁히고, 몸과 마음을 심리적 장벽에 가둔다. 새로이 태어나기 위해서는 평각이 되어야 한다는 시인의 전언은 나와 타자가 스스로 실존적 장벽을 허물 때 상호소통이 되며 희망적 실존을 만들 수 있다는 메시지이다. 정신적 경계를 풀어야 실존적 공간을 확장하며 능동적 삶을 살 수 있다고 본다.

하지만 정신적 경계를 푸는 것이 그리 쉬운 일은 아니다. 서화성의 시는 심리적 장벽을 형성하는 한 예를 보여준다.

주말만 빼고 얼굴을 볼 수 없었다.

…(중략)…
며칠 자 신문에서 읽었던 마요네즈만 빼고는 다시 읽다가 부재중 전화를 받는다

나만 빼고 등을 돌리고 앉았다가 누구라고 할 거 없이 불을 끄고 이불을 덮는다

…(중략)…

세상과 단절된 약속을 어긴 적이 있었다. 마음먹고 각서를 여러 장 쓰고 건
넛방을 지나 얼굴이 없는 거울을 보고 있었다. 신문을 읽다가 천장을 보다가
혼잣말을 쓰고 일기를 쓰기로 했다. 다음 날부터 스프만 빼고 칼국수를 먹기
로 했다.

— 서화성, 「마요네즈만 빼고」 부분

서화성의 시적 자아는 신체적 행위의 배제를 통해 실존적 장벽을 쌓는다. 인간의 몸은 다른 공간적 세계로 진입할 수 있는 주체이다. 내 몸은 공간적으로 확장될 수 있으며 몸의 표면을 경계로 나는 내부 공간과 외부 공간으로 분리된다.[2] 몸은 그 자체로 장소이자 공간이다. 몸에 화장이나 가면, 주술, 환상성 등이 개입되면 몸은 그 자체로 현실과 다른 방향성을 가진 유토피아로 작동된다. 내가 유토피아이기 위해서는 내가 몸이기만 하면 된다. 이런 몸이 현실의 의미에 맞서거나, 의미를 지우고 중화할 때는 반(反)공간로 작동된다. 현실에 있으면서 현실에 없는 유토피아, 즉 헤테로토피아가 된다.[3] 시적 화자는 "마요네즈"만 빼고 신문을 다시 읽고, "스프만 빼고 칼국수를 먹"는 등의 대상을 배제하는 행위를 통해 내 몸과 대상 사이에 실존적 장벽을 쌓는다. 대상과 소통하지 않겠다는 강력한 의지이다. 나와 타자의 관계가 긍정적으로 형성되지 못하고, 이해관계로만 형성되는 현실에 대한 불신이 선택적 실존을 하게 한다. 심리적인 고립감은 나를 보호하는 방어기제가 되어 대상을 배제하고 타자를 억압하는 무기로 작동된다.

실존적 장벽 쌓기의 견고성은 "거울"로 성찰되는 시적 자아의 이미지를

---

2 오토 프리드리히 볼노, 『인간과 공간』, 이기숙 역, 에코리브르, 2011.
3 미셸 푸코, 『헤테로토피아』, 이상길 역, 문학과지성사, 2023.

  제3부 리좀 세계와 액체인간 자화상

통해서도 알 수 있다. 시적 자아 욕망을 구성하는 좌표인 환상성은 몸을 현실 공간에서 초현실의 공간로 전환하는 기능을 한다. 거울 속의 몸은 현실에 있으면서 현실에 없는 유토피아가 된다. 현실을 부정하는 반장소로 전환된 시적 몸은 "얼굴이 없는" 몸으로 재현된다. 스스로를 부정하는 이미지로 재현되는 거울 속 얼굴 없는 몸은 좌절하는 현실의 심리적 상황이 반영된 것이다.

이것은 감각 지우기를 통해서 한 단계 더 발전한다. "기억 속에 자란 수염을 뽑"아내는 행위는 역사 지우기, 감각의 공간성을 배제하는 것이다. 기억은 인간의 과거와 현재, 미래를 연결하는 수단이며 정체성과 주체성을 표상하는 감각적 현상이다. 몸의 감각적 현상은 존재자로서의 인간에게 '존재론적인 사건(conto logisches Ereignis)'을 만들어주는 가장 근원적인 지각이다. 하이데거(Heidegger)에 의하면 실존은 존재자가 만들어나가는 존재론적 사건이다. 기억이라는 것이 없다면 우리 몸은 실존적 존재가 아니라 살로 구성된 존재자, 사물에 불과하다. 시에서 몸의 행위 배제와 몸의 감각 지우기는 현실에서 좌절이 자신을 방어하는 기제로 변형된 실존적 장벽이다. 세상으로부터 도피하고, 현실 불만을 해소하는 반장소로서의 몸이다.

몸의 반장소화는 정안나의 시에서도 나타난다.

아이가 잠의 마대를 쓰고 뛰어내렸다 오래된 학교에 뛰어가 보고 싶었다 생활을 뒤집어보다 깔고 안기도 했다 무엇을 내려놓을 때 조심해야 했다 법보다 밥이 뒤집히면서 계절을 넘어 내버려 둔 허수아비의 책임이라고 조언과 감사 모여드는 곳 다가오는 이는 폭력이란 걸 아비의 힘으로 밀어낸다…(중략)…

어떤 시간은 적이었다 눈길을 사로잡는 아이였다 태곳적부터 있는 아비가 나와 생사를 거는 밥으로 인사했다 글을 사람을 다시 배우는 데 있다 잠을 다시 배우며 재미있는 걸 놓치려 하면 걸음을 멈추고 방향을 바꾸면서 여기가

정상이다 거기가 정상이다

— 정안나, 「정상 지키기」 부분

정안나 시에서 실존적 장벽의 견고성은 몸 죽이기를 통해서 나타난다. 아이와 어른의 관계에서 형성되는 실존적 양상을 소재로 하고있는 이 시는 폭력적인 어른들의 가치관이 아이에게 실존적 장벽이 되고 있음을 보여준다. "잠의 마대를 쓰고 뛰어내"리는 아이들의 몸은 추락하고 있고, "계절을 넘어 내버려둔 허수아비" 즉 가부장제의 상징인 아버지는 생명이 없는 몸으로 치환되어 있다. 몸 죽이기를 통해 현실에서의 그 존재성을 부정한다. 추락하는 아이들의 몸은 아비들이 만든 제도나 가치관, 관습적인 무책임으로 인한 실존적 장벽이자, 이것을 부정한 반장소로서의 몸이다. 여기서 "허수아비"는 외연적 의미로는 논밭에 세워놓는 인형이지만 내포된 의미로는 아비를 부정하는 말로 지칭되고 있다. '허수'라는 말은 아버지의 몸을 생명이 없는 사물로 인식하는 것이며 상징적 아버지의 몸을 반장소화한 것이다. 아버지의 몸을 부정함으로써 아버지의 몸을 내가 저항을 하는 장소로 전환한 것이다.

"여기가 정상" "거기가 정상"이라는 구절이나 "정상 지키기"라는 제목에서 보듯이 우리 사회 내에서 여전히 가부장제의 권력이 작용하고 있다. 정상을 목표로 하는 인생의 가치관은 성장 과정의 아이들은 물론 정상에 오르지 못한 사회 주변부를 억압하는 기제이다. 정상을 향하는 실존적 의식은 사회가 명령의 하달과 순응으로 구조화되어 계급사회로 되어 있음을 의미한다. 계급사회에서 상위계급의 권력은 하위계급을 억압하고 통제하는 실존적 장벽일 수밖에 없다. 억압된 의식을 통해 형성되는 개인의 정체성이나 사회적 정체성은 그 어떤 것보다 견고한 실존적 장벽이다. 실존적 장벽을 견디지 못하는 사람은 스스로 추락을 하거나 타자에 의해 추락된다. "잠의

제3부 리좀 세계와 액체인간 자화상

마대를 쓰고" 추락한 아이들은 세상이 원하는 방향에 적응하지 못한 타자들이다. 이들은 피에르 부르디외(Pierre Bourdieu)가 주장하는 공몽(共夢)의 희생자이다. 공몽은 가부장제 가치관이 생산하고, 그 구성원에게 분배되는 꿈이다. 가부장제가 지향하는 획일화된 가치관은 아이들의 갈망과는 상관없이 동일한 꿈을 갖기를 강요한다. 정상만을 강요하는 가부장제 가치관의 꿈은 사회적으로 정당화되어 있는 대표적인 상징 폭력이다. 상징 폭력은 사회적 정당화되면서 아이들에게 훈육되기 때문에 억압하는 기제로 작용할 수밖에 없다.

이렇듯 인간의 실존적 장벽은 상호 소통되지 않는 관계성 속에서 배태된다. 소통의 부재와 힘이 작용할 때에는 폭력화된다. 그 폭력은 스스로를 보호하려는 방어기제가 되어 나와 타자를 억압하는 무기가 된다. 인간의 이해관계가 실존적 장벽을 만드는 것은 사실이지만 그것이 좀 더 근원적인 인간 본성이라는 것을 보여주는 게 동길산의 시이다.

> 손가락 사이에 두고 꽃잎을 문지른다
> 어떤 꽃잎은 두껍고
> 어떤 꽃잎은 얇다
> 두껍고 얇은 게
> 꽃잎 탓은 아니지만
> 마음은 아무래도 한쪽으로 기운다
>
> 어떤 꽃잎은 피고
> 어떤 꽃잎은 진다
> 피고 지는 게
> 꽃잎 탓은 아니지만
> 마음이 아무래도 한쪽으로 기운다

그냥 지나치면 그거로 그만일

이 한쪽

— 동길산, 「한쪽」 전문

　　동길산은 인간의 감성이 실존적 경계를 만드는 근원으로 보고 있다. 시에서 꽃잎은 각기 다른 형태로 실존하는 존재자이다. "어떤 꽃잎은 두껍고" "어떤 꽃잎은 얇다". 꽃을 피우는 식물과 각각의 꽃잎은 존재자로 세상에 놓여 있지만 이것을 실존적으로 의미화하는 건 화자의 감성이다. 물리적 존재자인 꽃잎은 화자의 감성에 의해 감각적 지각되면서 자신만의 실존으로 형성된다. 우리 신체의 긴밀한 경험은 생물학적 욕구의 충족과 사회적 관계에 적합한 실존적 의미를 생성한다. 두꺼운 꽃잎과 얇은 꽃잎, 이들의 두께가 왜 다르게 존재하는지 상관없이 그것을 촉각적으로 지각하는 화자의 감성은 한쪽으로 기운다. 마음이 기우는 순간은 화자가 심리적 공간을 구획하는 지점이다. 의도한 것이 아니더라도 어쩔 수 없이 기우는 내 마음은 타인들과의 공감대 속에서 세력화되고 사회화된다. 개인에 의한 실존적 의미가 사회화되면서 새로운 갈등과 불화를 만든다. 감성적 장벽도 견고해지면 실존적 장벽을 만든다. 우리의 삶은 나와 타자가 만든 장벽 속에서 영위된다는 것을 이 시 또한 보여준다. 실존적 장벽을 쌓고, 허물면서 사는 것이 생이다. 행복과 불행을 만드는 경계선에서 늘 서성대고 있는 마음은 내가 사용하기에 따라 붓이 될 수도 있고 무기가 될 수 있다. 마음의 붓이 그리는 아름다운 풍경은 긍정적 인식을 낳지만 냉혹한 장벽은 나와 너를 가두는 실존적 감옥이 되고 있음을 우리는 알아야 할 것이다.

제3부 리좀 세계와 액체인간 자화상

기억의 신경윤리와 실존적 메타포

인간에 대한 정의는 여전히 진화 중이다. 수많은 철학자의 화두로 떠오른 이 문제는 인간에 대한 정의가 유동적임을 보여주는 일면이다. 인간에 대한 정의가 사이보그로까지 확장한 지금 그 어떤 정의에도 빠질 수 없는 핵심적인 인간적 요소가 기억이다. 기억이 없다면 인간의 몸은 그저 살아 움직이는 물질 덩어리에 불과하다. 기억은 살아온 나의 과거를 현재와 연결하면서 정체성 형성이나 실존적 방향성을 제시하기도 하지만 이를 토대로 개인이나 집단의 역사를 만들어나가는 중요한 요소이다. 기억을 심리학적 전통에서 고유한 에너지를 가진 활력(vis), 즉 "내적 감관이라 부르는 세 개의 혼실(魂室) 중의 하나"로 보는 것도 개인이나 집단의 의식이나 가치를 보여주는 거울이나 척도로 보기 때문이다. 그런 점에서 예술 또한 집단의식의 가치와 척도를 알리는 거울이다. 예술은 특별한 기억의 순간에 발생하는데, 예술적 회상은 기억과 망각을 부각시키면서 가상적 저장을 만들어내는데[1] 정신적 구성물로서 시 이미지 또한 기억이 중요한 작용을 한다.

『부산시인』 봄호에 실린 시에서도 기억은 개인이나 집단의 가치와 현실

---

1 알라이다 아스만, 『기억의 공간』, 변학수 · 채연숙, 그린비, 2011, 20~26쪽.

을 비춰주는 거울이나 척도의 기능을 하고 있다. 시인들의 시에서 기억은 어떤 자극이나 사건을 접했을 때 부각되며 이로 인해 어떤 정신적 신체적 반응으로 표출된다. 신경윤리학 관점에서 이것은 어떤 대상에 대한 인지적 수준(사고, 감정, 믿음, 지각의 수준)과 신경적 수준(뇌 활성화)의 상호작용 속에서 표출된 정신적 구성물로서 기억에 의해 재구성되는 의식이나 세계의 표상 이다.

　윤홍조 시인의 시는 경쟁과 속도의 강박적 현실에 사는 현대의 실존성을 기억이라는 거울을 통해서 '시간'으로 스펙트럼되는 경우이다.

　　덜컹,
　　엘리베이터 문 닫히자마자 난 어느새
　　벗어날 시계 침 센다
　　째깍째깍째깍……
　　그러나 아무리 바삐 시계 침 세어도
　　한번 닫혀버린 시간의 문 열리지 않고
　　나는 꼼짝없이 시간 속에 갇혀버린
　　이 까마득한 우물 속 같은
　　시간 열차
　　하루에도 몇 번 지상과 지하
　　그 수직의 가파른 시간을 오르내리며
　　멀리 가까이 시계 침만 세는
　　이 지루하고 지루한 도심열차
　　째깍째깍째깍……
　　탔는가 싶은데 내리고만 싶은

　　숨결, 숨결마다 촌각을 다투는 길고 긴
　　그러나 단 하나 네게로 열린 길인
　　이 주검의 관 속 같은

숨 막힌 열차!
에오라지 한 끼의 밥을 위해
죽음의 제의를 통과하듯 목줄 쥔
단단 허공에 매설된 아슬한 미로여

—윤홍조, 「시간의 관」 전문

윤홍조 시에서 무의식적 인지되는 기억은 속도에 민감한 현대인의 실존성을 표상하는 이미지로 형상화되고 있다. 현대사회에서 속도는 개인에게는 물론 집단적 차원에서도 간과할 수 없다. 경쟁적 현실이나 기계문명으로 인한 속도나 명령어에 대한 강박증은 개인의 신체와 정신을 지치게 하는 요소이다. 이런 실존에 대한 스트레스나 강박적 기억은 시에서 '시간'에 대한 신경증적 증상으로 발현된다. 강박증은 신체적으로 신경학적 손상이 없어도 자기 통제에 상실하는 것 중 하나이다. 화자의 신경증은 빠른 속도로 상승과 하강을 반복하는 "엘리베이터"의 문을 닫는 그 순간에 발현된다. "엘리베이터"는 숫자라는 명령어 체계로 움직이는 대표적인 기계문명으로, 물질문명의 대표적인 모형이다. 빠른 속도로 움직이는 공간 안에서 인간이 할 수 있는 것은 아무것도 없다. 시스템화된 시간이 흘러야만이 엘리베이터를 멈출 수 있다. 엘리베이터가 움직이는 동안 "숨결마다 촌각을 다투는" 신체적 증상은 화자가 현실에서 경험한 시간에 대한 무의식적 기억 때문이다. 신경윤리학자 닐 레비(Neil Levy)는 신체적 증상을 기억의 흔적으로 본다. 어떤 것에 대해 강박증적인 의식을 드러내는 뇌는 자아가 아니지만 현실에서 겪은 경험적 기억이 뇌에서 환기되어 신경증으로 표출된다. 기계문명으로 인한 몸의 습관화가 기억을 고정하고 엘리베이터의 문을 닫는 순간 그것이 자극되면서 그것에 대한 스트레스나 트라우마를 떠올리게 된다. 부정적인 경험으로 내재되어 있는 속도에 대한 억압이 무의식층에 있다가 신경회로화 된 것이다. 화자가 "엘리베이터"를 빠른 속도로 움직이는 공간임에도 불구하고 "지루하고 지루한 도심 열차", 나를 죽이는 "주검의 관"으로 인식하는 것이 바로 그것이다. 기계문명의 세계에 갇혀서 "한 끼의 밥을 위해" 빨리 움직이고, 경쟁적으로 살아갈 수밖에 없는 현대인의 실존성이 무의식적 기억이라는 거울을 통해서 표출된 것이다.

현실에서 경험한 무의식적 기억이 '시간'에 대한 강박증, 신경증적인 증상으로 표출되는 것은 임화선 시인의 시에서도 볼 수 있다.

> 시간을 삼킨다 하루 중에서
> 오랜 습관처럼 꾸역꾸역
> 습관은 시간을 먹고 시간은 습관을 먹는다
> 오늘은 시간에 걸리고 어제도 시간에 걸렸다
> 시간에 걸린 날은 쉬기로 한다
> 쪼르륵 쪼르륵 소리가 날 때까지
> 시간은 시간을 먹고 습관처럼
> 오늘은 그냥 쉬기로 한다
> 그렇다 오늘은 습관처럼 쉰다
> 생각이 나질 않을 때는 주머니를 손에 넣는다
> 생각이 날 때까지 주머니 속에서
> 자꾸 시간을 만지작거리는 오늘
> 손에서 시간이 썰물처럼 빠져나간다
>
> ― 임화선, 「시간」 부분

임화선 시에서 '시간'에 대한 강박증은 윤홍조의 시적 주체보다 훨씬 심각하다. 윤홍조의 시적 주체 특정 환경에 있을 신경증이 발현하지만 임화선의 시적 주체는 이미 몸과 마음에 대한 주체성을 상실했다. 오늘도 어제도 시간에 걸리고, 생각이 날 때마다 "자꾸 시간을 만지작거리"는 화자의 행위는 신경윤리의 관점에서 일종의 '틱장애'와 유사하다. '틱장애'는 뇌신경의

 제3부 리좀 세계와 액체인간 자화상

장애로 일어나는 비정상적인 움직임으로, 직·간접적으로 감정을 형성하는 '자기는 자기-통제의 자기'와 관련이 있다.[2] '시간'에 대한 강박증을 가지고 있는 시적 주체의 비정상적인 행동은 자기상을 반영하는 가치와 욕구와 상관이 있다. 시간으로 인한 스트레스, 빠른 현대의 시간에 적응하지 못해 자기 통제의 능력을 상실한 것이다. '행동유도성(affordance)', 즉 시간에 대한 결핍이 어떤 특정 행동을 하게 한 것이다.[3] 이렇게 자기 통제력을 상실한 경우에는 어떤 한 곳에 집착이 되어 있기 때문에 자유의지로 개인의 역사를 만들어나가는 것이 불가능하다. 시간에 대한 강박증은 기억을 파괴하고, 행동으로 나타나면서 서사를 만들어나가지 못한다. 시간을 만지작거리는 화자는 신체와 정신은 이미 시간에 의해 억압되고 통제되어 있는 것이다. 시간을 인식할 수밖에 없는 사회의 시스템에 인간의 신체적 정신적 실존성이 통제되고 있음을 보여주는 것이다.

'시간'에 대한 강박증을 신경윤리의 증세로 표출하는 이 두 시적 주체들은 명령어로 조직화된 사회에서 자동적으로 돌아가는 컨베이어 벨트 위에 있는 존재가 우리의 실존성임을 환기하게 한다. 개성적인 인간의 자아보다는 문명화된 사회의 시스템에 적응하기 위해 질주하는 고달픈 실존성을 비추는 거울이자 세계에 대한 가치의 척도이다.

김순아 시인의 시 역시 이런 현실이 인간적 자아를 상실하고 있음을 경험적 기억을 통해서 환기하고 있다.

　　　　눈을 감아도 떠도 캄캄한 새벽, 천천히 자리에서 일어나 누웠던 침대를 바라봅니다

2　닐 레비, 『신경윤리학이란 무엇인가』, 신경인문학연구회 역, 홍성욱 감수, 바다출판사, 2011, 302~304쪽.
3　알라이다 아스만, 앞의 책, 358쪽.

내가 죽은 지 꼭 일주일이 지났습니다

아는 사람은 오지 않았습니다

골목은 내가 누군지 궁금해하지 않습니다

빼꼼히 열린 창틈으로 달빛이 들어오네요

냄새가 먹는 밥상 위의 김치

말라붙은 라면 가닥

꿈을 쓰고 지웠던 이력서

숱하게 고치고 다시 쓴 자기소개서 출력물

꿈을 꼬깃 접어 만든 종이학들

아, 저기 아직 내 곁을 떠나지 않은 잿빛 개가 보입니다 북방 사막의 혹독
한 추위를 피해 남쪽으로 이동했다는 외로운 늑대의 후손, 하마터면 행복해
서 눈물이 날 뻔했습니다

…(중략)…

어둠이 이렇게 포근했던가요, 묻는데 아으으, 늑대의 울음소리가 흘러나옵
니다 한차례 회오리바람이 지나가고, 나는 발끝에 힘을 주어 창틀로 훌쩍 올
라섭니다 긴 갈기가 잔바람에 흩날리며 은빛 속눈썹이 파르르 떨립니다 다시
는 사람으로 태어나고 싶지 않습니다 사람으로 태어나도 사람이 사람으로 보
이지 않는 이곳에서, 나를 사람으로 아는 사람은 아무도 없을 테지만

— 김순아, 「은빛 늑대」 부분

　시공간적으로 초현실적인 기법을 차용하고 있는 이 시의 화자는 유체이
탈의 상태이다. 신경심리학에서 물리적인 것의 부정은 정신의 부정으로, 화
자의 신체적 죽음은 정신적 죽음을 의미한다. 하지만 화자의 신체와 정신이
기억을 통해서 연결되어 있다는 점에서 인간적 자아로 해석이 될 수 있다.
화자가 부정하는 것은 인간이 세운 질서, 세계의 가치관에 의해서 형성되는
신체와 정신의 실존이다. "죽은 지 일주일"이 지났는데도 "아는 사람이 오
지 않"는 현실, 그가 살았던 주위의 "골목"조차도 자신의 생사에 관심이 없

는 쓸쓸한 정경은 화자가 세계의 질서에 적응하지 못했음을 의미한다. 삶의 곳곳에서 액체로 흘러다니는 욕망은 인간과 인간의 관계를 단절한다. 욕망의 코드에 맞는 사람만이 주목하는 사회에서 자신의 "이력서"가 꿈이 되지 못하는 사람, "자기소개서"의 내용이 인정받지 못하는 사람은 피라미드 구조를 가진 욕망의 시스템에서 도태되기 마련이다. 개인의 능력이나 사회적 지위를 함축한 이력서와 자기소개서는 세계의 논리를 화폐 형식으로 전환하는 자본주의가 만든 욕망의 시스템 중 하나이다. 질 들뢰즈의 말대로 자본주의는 이익을 위해 욕망을 정치화한다. 욕망을 가속화하는 유토피아적 퍼텐셜을 제시하면서 탈인간화의 실존성을 부추긴다. 이익을 창출할 능력의 잣대로 맺어지는 인간관계로 인해 화에게 인간은 트라우마로 기억된다.

이런 경험적 현실로 인한 트라우마는 화자가 "다시 사람으로 태어나지 않"겠다고 생각할 만큼 심각하다. 화자가 "북방 사막의 혹독한 추위를 피해 남쪽으로 이동했다는 외로운 늑대의 후손"을 만나면서 "행복해서 눈물이 날 뻔"한 것은 가공되지 않은 존재들, 문명화되지 않은 생명의 본성이 그리웠기 때문이다. 사회에서 소외되고, 상처받았던 현실의 트라우마가 기억으로 재구성되면서 자연적 생명에 대한 그리움으로 변형된 것이다. 본성적인 울음인 "아으으, 늑대의 울음소리"는 자연적인 순수성을 대변하는 '아담의 언어'로, "다시는 사람으로 태어나고 싶지"않을 만큼 세계를 부정하는 심리적 척도이다.

경험적 기억이 현실의 가치를 깨닫게 하는 기능은 조성범 시인의 시에서도 나타난다. 특히 유년 시절에 겪은 경험적 기억은 정신과 상호작용을 하면서 실존적 방향성을 제시하는 경우가 많다.

1.
동광초등학교 앞에서 사 온

나만 한 병아리 세 마리
그날 밤 암탉처럼 병아리를 품고
옛날도 모르면서 옛날이야기를 해줍니다
"옛날에, 옛날에, 병아리 세 마리와 내가 살았는데…"
그러다 깜박 잠이 듭니다
아침에 일어나 보니 병아리 세 마리가 납작해졌습니다
죽었는데 웃고 있습니다
그 모습이 너무 슬퍼 울며 자반뒤집기를 합니다
부모님은 웃다가 달래다가 결국 화를 냅니다
화가 난 아버지는 내 책가방에
병아리 세 마리를 넣어줍니다
"그게 그렇게 소중하면…" 이라는 말과 함께
…(중략)…

5.
어른이 되었습니다
유독 약한 것에 강합니다
사정을 봐주면 내가 당합니다
그런 다짐에 불쑥 그때가 묻습니다
'그렇게 소중하면…' 이라는 말이 옳는지
과거는 돌아가는 곳입니다
그 곳에는 그럴 수도 있다는 일들이
고스란히 남아 있습니다
병아리 세 마리를 삽니다
가슴에 품습니다. "옛날에, 옛날에…"
아! 비로소 돌아오려는 기미
아버지!
아버지는 그때 실수를 했습니다
냉혹한 세상을 미리 가르쳐 주셨습니다

    제3부 리좀 세계와 액체인간 자화상

아니, 옳습니다
그래야 돌아보며 살 테니까요

―조성범, 「돌아보기」 부분

　조성범 시인의 시에서 유년에 겪었던 경험적 기억은 세계의 질서를 정립하는 거울로 작동한다. 초등학교 시절에 일어난 일화적 사건의 기억들이 약육강식의 질서가 세계의 논리라는 깨닫는다. 화자가 초등학교 앞에서 처음 사 온 병아리 세 마리는 아침에 일어나보니 이유도 모르게 죽어 있다. 일반적으로 학교 앞에서 사 온 병아리는 인공 부화한 것으로, 달걀을 낳을 수 없는 수탉들이다. 자본주의 정치성에서 이익을 창출할 수 없는 생명들은 과감하게 버려진다. 애초부터 세계 내의 가치를 인정받지 못한 이 병아리들은 도태될 수밖에 없다. 그런 이치를 모르는 화자는 병아리가 죽을 때마다 "자반뒤집기" 하면서 슬퍼하면서 순수성에 상처를 받는다. 초등학교 5학년 때 산 "병아리 일곱 마리" 중 수탉 한 마리와 암탉 한 마리가 살아남지만 수탉마저 어느 날 보이지 않고, 마지막으로 남아 알을 낳던 암탉마저 아버지의 약이 된다. 병아리를 키우던 경험적 기억은 생존의 희소성과 더불어 강한 자만이 살아남는다는 약육강식의 논리를 깨닫는 거울이 된다. 어렵게 암탉이 된 것을 아버지가 먹는 것을 보면서 "사정을 봐주면 내가 당"하는 냉혹한 세계의 질서를 깨닫는다.

　일반적으로 유년의 경험적 기억은 어른이 되었을 때 정념으로 작용하거나 상징으로 작용한다. '세상은 약육강식의 질서로 돌아가는 냉혹한 곳'이라는 상징적 인식은 우리가 공통적으로 겪는 유년의 기억 중 하나이다. 자신이 살아온 행로를 거꾸로 되돌아보며 의미를 보태고, 자의적으로 해석하면 집단화된 의식이다. 의식이 집단화되면서 세계의 질서가 되어버린 이런 상징적 인식은 실제 삶의 태도와 행동으로 이어진다. 타인에 대한 인간의 공격성과 방어기제는 집단의 상징 속에서 배태된다. 문화적 관습이나 기억 또한 상징적 인식이 공동체의 가치관으로 자리하고, 개인의 의식이나 가치에 영향을 미치는 경우이다.

흘러간 민속이었다
짚으로 꼰 왼 새끼줄에
숯, 청솔가지, 붉은 고추, 길지가 꽂힌
금줄이 문간에 번적하면
아이들은 마냥 수상함에
별을 헤듯 바라보며
경계선을 넘지 않았다
백百 호 가웃하던 마을에
한 집 정도는 늘
출산을 신성시 알리며
금줄이 그립다

외인 출입을 금하는
금줄 친 집이 있었으니
삼칠일을 몸조리로
일터로 나아가던 당신들의
흔들리던 금줄이 그립다
인구 절벽이라는 계절
절벽, 絕壁
떨어지면 죽는데
겁먹은 표정 누구 없고
새로운 빛의 길이
다급하다 외치지 않는
왜일까
그만큼 오늘의 시름이 팍팍한 걸까

사노라는 고독이 눈물이 마른 걸까
당신들의 금줄이 그리운 달이다

— 이성문, 「금줄이 그립다」 부분

　시의 화자에게 유년 시절에 겪었던 문화적 경험은 공동체의 가치관으로 작용하고 있다. "흘러간 민속"인 "금줄"을 대한 경험적 기억은 "인구 절벽"의 현실을 비추는 거울로 작동한다. 유년 시절에 보았던 "짚으로 꼰 왼 새끼줄에/숯, 청솔가지, 붉은 고추, 길지가 꽂힌" 금줄은 화자에게 "출산을 신성시 알리는" 표지로 기억되고 있다. 출산을 신성하게 여기는 이런 경험적 기억은 화자에게 출산과 관련된 관습적 가치관을 확립하는 과정에서 중요한 기여를 한다. 화자는 세대의 영속을 위해서 출산이 필요하다고 여기고 있으며 "인구 절벽"에 직면한 현실에서도 "겁먹은 표정"을 짓지 않는 요즘 세대의 가치관에 대해 염려를 드러내고 있다. 출산에 대한 구세대와 신세대의 가치관이 다른 것은 문화적 수신자로서 기능을 하는 출산에 대한 관습적 기억이 다른 것이 이유 중의 하나이다. 위르겐 트라반트(Jurgen travant)에 의하면 유년 시절에 경험한 문화적 관습들은 무의식적으로 개인이나 공동체의 정체성이나 가치관을 형성하는 집단기억으로 존재한다. 많은 나라에서 출산과 관련된 일을 공익적 차원으로 인식하는 것은 출산이 집단기억이기 때문이다. 출산을 신성시하는 "금줄"의 관습적 기억은 출산 문화의 양식에 종속되어 있다. 일반적으로 개인과 문화는 언어와 제의 등의 반복적 소통을 통해서 기억을 교호적으로 만들어나간다. 몸은 습관화를 통해 기억을 고정하고 정열의 힘은 그것을 강화한다.[4] "금줄"의 문화가 사라진 지금, 젊은 세대들과 화자의 가치관이 다른 것은 당연한 것이다. 화자에게는 문화적 수신자

4　위의 책, 20~24쪽.

로서 "금줄"에 대한 기억이 있지만 젊은 시대에게 없는 기억인 것이다.

　시에서 기억은 어떤 사건을 접하거나 트라우마가 자극될 때에 발현되며 이것은 개인이나 집단의 가치와 현실을 비춰주는 거울이나 척도의 기능을 하고 있다. 정신적 구성물로서 기억에 의해 재구성되는 시의 의식이나 세계의 표상은 주로 부정적인 것으로 나타난다. 일부 시인들의 시에서 보이는 시간에 대한 강박증이나 틱장애, 유년의 경험적 기억을 통해 실존적 가치를 깨닫거나 상징적으로 인식하는 것 등은 현재 우리가 접하고 있는 세계의 한 단면을 보여주고 있다. 문명화된 경쟁사회 속에서 인간은 시간에 통제되고 있으며, 욕망을 정치화하는 자본주의 질서 속에서 지쳐가고 있음을 보여준다. 이러한 세계의 질서는 자신의 욕망을 위해 상대를 짓밟는 약육강식의 논리를 정당화하는 실존적 가치를 양산하고 있으며 비인간화를 부추기고 있음을 보여준다. 욕망의 정점에 향해서 자신이 불나방이 된 줄도 모르고 스스로 통제와 억압 속에서 살아가는 현대인의 군상. 인간성을 잃어가는 자화상 무리가 슬프게 날갯짓하고 있는 형상이 시인들이 비추는 기억의 거울 속에 있다.

느린 심리적 시계와 느린 실존적 시계

디지털 혁명은 우리 삶의 많은 부분을 온라인으로 이동해놓았다. 가상공간이 생성해내는 실존은 새로운 형태의 개인과 집단의 정체성을 형성하고 있다. 많은 사람이 가상공간의 가치관을 좇아가는 이런 시대에 시인들의 화두는 여전히 오프라인 속의 인간관계, 인간의 본질적 문제에 머물러 있다. 아니 어쩌면 인위적인 현실이 만들어내는 인간의 정체성을 의도적으로 언급하지 않는 방식으로, 암묵적인 시위를 하고 있는 것인지도 모른다.

『부산시인』의 지난호에 게재된 시 역시 시대의 패러다임이나 인공적 자아를 형상화하기보다는 문명화되지 않은, 아니 문명화되어서는 안 되는 숭고한 인간의 내면적 문제, 아날로그적인 정서와 시안(詩眼)을 많이 제시하고 있다. 이것은 디지털 기술이나 문명이 인간의 삶을 통제하고, 조종하는 현실에 대한 시인들의 우회적인 문제의식일 것이다. 세계에서 '실존의 중심'이 인간에게 있다는 것을 말하고 싶은 시인들의 메시지일 것이다. 인간의 몸은 물론 인간성마저 가공되어 가는 시대에 숭고한 상태로 남은 인간의 본질을 추억하는 마음일 것이다.

하지만 인간에게 내재되어 있는 질주의 성향은 인간이 가공되어가는 것을 막지 못한다. 스스로 심리적으로 빠른 시계와 느린 시계를 장착해나가면서 한 생을 영위해나간다. 같은 상황이라도 체감하는 심리에 따라 달라지는 자연의 시간, 과학기술이 만든 시간을 무색하게 만드는 심장이라는 것, 마음의 향방은 생을 작동시키는 에너지원이다.

김경수와 최재영 시인은 생의 동력이 느슨해진, 느린 심리적 시계를 통해 실존이나 문제를 형상화하고 있다.

이야기를 하나 쓰고 싶었다. 이야기의 집 속에는 은빛 눈썹을 단 물고기가 살고 있고 책들이 걸어다니고 꽃병이 빛나는 언어를 품고 있었다. 당신에게 하루종일 이야기를 하고 싶었다. 꽃병이 흘리는 언어들로 꽃이 시드는 이유를 아름답게 변명하고 싶었다. 세월이 많이 흐르자 이야기가 나에게 자신을 설명하고 싶어 했다. 저녁 식탁 앞에 앉으면 외로움과 대면해야 했다. 혼자인 것과 홀로 남는다는 것이 꽃잎이 떨어지는 것보다 더 당연한 일이고 속절없는 기다림은 내 가슴을 겨누는 총구라는 것을 깨닫는 것이 행복으로 가는 지름길이었다. 이야기는 자신의 내용이 점점 식상해져가는 것을 방지해야 했다. 일상에 젖어드는 것과 상식을 인정하는 것을 끝없이 경계해야 했다.
— 김경수, 「이야기를 하고 싶었다」 부분

적적하냐고 묻지는 말라. 누군가 곁에 있길 바람하느냐 묻지도 말라. 실바람 한 점에도 쓸쓸하지 않을 리 있으랴. 다만 견디고 견디고 이 악물고 있느니. 찬 손을 맞잡아 줄 그이 그립지 않을 리 있는가. 찬 뺨 부벼 줄 그이 보고 프지 않겠는가. 찬 가슴 살갑게 꼬옥 품어 줄 그이 떠오르지 않겠는가. 다만 참아내고 참아내고 있느니. 부르튼 입술을 꼬옥 깨물고만 있느니. 뼈마디 사이 사이로 삭풍 휘몰아치고 있노니. 세상에서 단 하나 훔치고픈 정이오니.
— 최재영, 「오색 종이배 띄우고서」 전문

김경수는 인간에게 내재되어 있는 소외감이나 일상의 무상함을 심리적 느린 시간으로 형상화하고 있다. 시인이 만들어내는 "이야기"는 심리적 상황의 환치라는 점에서 나의 결핍이나 욕망을 대체하는 일종의 스크린이다.

   제3부 리좀 세계와 액체인간 자화상

시인은 스크린으로서 "이야기"를 통해 자신이 처한 현실을 변형해서 직조해놓고, 갈망하고 있는 욕망의 이미지들을 쏟아내고 있다. 누군가에게 강력하게 의지하고 싶거나, 소통하고 싶다는 간절한 욕망이 소외되고, 외로운 상황을 이야기로 환치하고 있다. "이야기가 자신을 나에게 설명하고 싶"어 할 정도로 현실적 자아보다 내면적 자아가 더 깊은 외로움에 처해 있는 시적 정황은 무언지는 알 수 없지만 소통이 단절된 상황인 듯하다. 그것이 인간관계든 실존적 문제이든 간에 자신의 내면을 스토리텔링을 하는 데에 있어서 신명이 나지 않는다. 삶의 역동성이 느껴지지 않는다. 그런데도 별다른 변화가 없이 "식상"한 일상을 인정해야만 "내 가슴을 겨누는 총구"를 피할 수 있다. 자신을 상처 입히는 가장 큰 총구가 "기다림"이다. 이 느린 시간을 포기하는 것이 "행복으로 가는 지름길"이다. 그런 점에서 김경수에게 느린 심리적 시간이 보편화된 일상이라면 삶을 역동적이게 하는 빠른 시간은 "상식을 인정하는 것을 끝없이 경계"하면서 또 다른 이야기를 만들어나가는 시간이다. 사회에서 일반화되어 있는 실존적 행복을 포기하고, 세계를 새로운 시각으로 보는 시인의 시간인 것이다.

김경수 시와 달리 일반화된 실존적 행복의 한 양상을 보여주는 것이 최재영 시이다. 최재영은 파편화된 인간관계가 만든 느린 심리적 시간을 보여주고 있다. 스크린으로 가릴 필요성조차 느끼지 않는 잔인한 상처, 사람에 대한 불신이 가득 차 있다. 누군가의 "정"을 훔치고 싶을 만큼 간절하게 소통을 원하지만 시적 자아는 "견디고 견디고 이 악물고 있"는 심리적 느린 시간에 갇혀 있다. 자신의 심정을 묻는 것조차 싫을 만큼 사람에 대한 부정으로 마음이 닫혀 있다. 스스로 소통을 단절하고 있는 이런 경우, 마음 깊이 트라우마가 내재되어 있어서 유사한 상황이 일어날 때마다 고통이 환기된다. 반복적으로 환기되는 기억은 자신을 괴롭히는 무기가 된다. 더 이상 상처를 받지 않으려는 자기방어적 심리가 질문을 거부하는 화법으로 표현되고 있다. 트라우마로 장착되어 있는 심리적 느린 시계는 쉽게 빠른 시계로 전환하기가 힘들다. 상처에 굳은살이 생겨 통증이 느껴지지 않을 때쯤 사람이 그리워질 것이다.

이런 문제를 해결할 해법을 김요아킴의 시에서 볼 수 있다. 필요성에 의해 가지는 느린 심리적 시간은 존재와 존재의 관계를 원활하게 소통하게 하는 윤활유 기능을 한다.

바다상회의 주인은 바다다

재생되는 내 기억의 필름 속에서
늘 손님을 맞고 있다

그 한 평 남짓한 자리에서
조수 간만의 차이만큼을 버텨내고 있다

이른 새벽에서 늦은 밤 귀갓길까지
햇빛과 형광등을 달리하며
세월을 소금에 절이고 있는 것이다

…(중략)…

저 멀리 뒷산이 파라솔처럼 고운 그늘을 펼치면
반질반질한 계산대 탁자 모서리로
반짝거리는 나의 손때가 더해진다

바다상회의 손님이 바다가 된다

— 김요아킴, 「바다상회」 부분

　　　　　　　　　　　제3부 리좀 세계와 액체인간 자화상

김요아킴의 시적 주체는 "바다상회"와 "바다"로 공간화되어 있다. 시적 주체들은 시인이 언젠가 본 경험적 "기억의 필름"으로 "재생"된다. 신경윤리학자 닐 레비(Neil Levy)는 기억은 나의 역사를 있게 하는 정체성을 의미한다고 했다. 사회적인 존재로 살아가는 인간은 사회 속에서 자신의 존재가치를 인정받고자 하는 본능을 지니고 있어서, '자기인식'을 할 때 다른 존재들과의 관계가 중요하게 작용한다. 다른 사람과 공유한 기억을 통해서 형성되는 나의 정체성은 기억이 없을 때는 심각하게 손상된다. 인간에게 경험적 기억은 미래의 실존적 방향성을 설정하는 토대가 된다. 하지만 경험을 토대로 한 기억의 재생이 항상 동일한 것은 아니다. 존재 간의 관계나 주체의 마음 상태에 따라서 달라진다. 같은 기억이라도 심리적 상태에 따라 변형, 왜곡되어 나타날 수 있다. 어쨌든 기억을 통해 재생하는 김요아킴의 존재관계는 "조수 간만의 차이만큼을 버텨" 내는 것, 즉 다른 존재와 일정한 거리를 유지하는 지혜를 통해 서로의 관계를 유지한다. 세월의 무게가 쌓여야 상호소통이 원만하다는 것을 보여준다. 존재 간의 관계는 오히려 느린 심리적 시간이 필요하다는 것을, 그래야만 서로를 이해하고 수용할 수 있다는 것을 보여준다.

느린 심리적 시계는 마음먹기에 따라 얼마든지 빠른 시계로 바꿀 수 있다. 하지만 내게 주어진 실존이 숙명적으로 느린 시계로 존재한다면 우리는 그것으로부터 쉽게 벗어날 수 없다. 그런 실존적 존재에게 사후의 실존성은 현실을 견디게 하는 유토피아적 시계이다.

일렬종대
개미들의 분주한 행진
땅굴 뚫는 노역은 곧 삶이다

빛과 차단된 칙칙한 암흑에서
온갖 명예도 사치도 욕심마저 버리고
오로지 일만이 사는 길이라고

어둠 속에서 등뼈 휘도록
대대로 제 그림자 물고 가는
고달프고 외로운 일상
…(중략)…
깊은 흙더미의 몸짓으로
환생하듯 영광의 문을

— 최춘자, 「곤충 일기」 부분

길섶 다옥한 풀잎에
소걸음으로 닿으면
젖은 몸에 묻은 흙이 아프다
…(중략)…
그려보는 전생은 소였을까
여물통 든 할머니 볼웃음
어라연(漁羅淵) 물빛 같았으리
틀림이 아니고 다름도 아닌
와우(蝸牛)가 는개 멎은 풀숲에
점액으로 낸 신작로
한생이 윤회로 또 지나간다

— 강위석, 「달팽이」 부분

두 시인은 숙명적 느린 실존을 '사후세계'라는 유토피아적 시계로 제시한다. 최춘자 시에서 개미는 일만 하는 워커홀릭(Workaholic) 같은 존재의 환치이다. 워커홀릭은 일 중독증으로, 생존의 수단이어야 할 직업을 위해 사생활을 희생하는 것을 말한다. 사회적 명예나 부를 위해서 스스로 워커홀릭이 되기도 하지만 숙명적으로 워커홀릭이 될 수밖에 없는 사람도 있다. "명예도 사치도 욕심마저 버리고" "오로지 일만이 사는 길"로 생각하는 개미와 같은 실존은 노예와 같은 존재이다. 일에 몰두하지만 개인적 행복이 따라오지 않는다. 집단 내의 부속품과 같은 존재로 사는 것이다. "어둠 속에서 등뼈가 휘"는 "고달프고 외로운 일상"을 "환생하듯 영광의 문을" 통과하는 것으로 역설화한 것은 고달픈 생 뒤에 다른 실존성이 있으리라는 희망을 가지고 있기 때문이다. 유토피아적 시계를 장착해주고 싶은 시인의 마음이다.

이러한 생각은 강위석도 유사하다. 숙명적으로 느린 걸음을 걷는 달팽이의 행로를 "한생이 윤회로 또 지나간다" 한 것은 생전의 업(業)에 따라서 사후에 다른 세계에 태어난다는 믿음이 내재되어 있다. 불교사상에 근거를 둔 순환론적인 세계관은 과학적으로 입증된 것이 아니라는 점에서 모호한 신비감을 아우라로 둔다. "전생이 소"가 아니었을까하는 상상이나 안개비보다는 조금 굵고 이슬비보다는 조금 가는 비인 "는개"는 더욱 그런 심상적 이미지를 만들어준다. "점액으로 낸 신작로"는 달팽이 스스로 만들어내는 두 세계의 통로, 다른 실존성을 갖기 위한 준비의 시간이다. 그런 점에서 달팽이의 느린 걸음은 오체투지를 하는 순례길을 떠올린다. 현실에서의 오체투지의 숙명이 사후에는 더 나은 존재로 태어나게 할 것이라 믿음은 현실을 바꿀 수 없을 때 많이 갖게 된다. 오체투지를 하는 심리에는 현실의 희생하여, 후생을 보장받으려는 욕망이 내재되어 있다. 우리가 가진 욕망이 실존적 시계를 빠르게, 느리게 돌리고 혹은 견디게 하고 있다. 욕망이 강렬할수록 실존적 시계는 빠르게 돌아가고, 삶은 역동적으로 보인다.

사소한 욕망이 일상을 얼마나 역동적으로 보이게 하는가를 아래 구본윤의 시를 보면 알 수 있다.

몸뚱이에 적셔낸
미끌미끌한 욕심은 검다

욕망의 손놀림에 농락당하여
요염한 몸매는 벗겨져 있다

굶주린 뱃속은 그를 탐하고
헐떡이며 달려온 철가방 속에
뜨거운 숨을 내뱉으며
몸을 누인다

똑똑
달콤하고 녹진한 그가
문밖에 서 있다

반찬 하나
입맛 하나
뇌쇄적인 그대
입가에 연지찍고 말없이 사라져간다

그대 이름
엄지~척

—구본윤, 「짜장면」 전문

　적어도 인간의 욕망이 작동하는 순간에는 빠른 시계가 작동한다. 식탐은 인간이 가진 욕망 중에서도 으뜸이라 할 수 있는데, 맛있는 음식을 먹었던 기억이 먹고자 하는 욕망을 촉발한다. 시적 화자의 감각은 중국집에 배달 올 "짜장면"을 생각으로 능동적으로 움직인다. 식탐의 쾌락 속에는 인간의 욕망에 농락당한 자연의 존재가 있음을 시사하고 있지만 실존적 시간은 빠르게 흘러가고 있음이 느껴진다. 미각은 맛을 느낄 수 있는 능력이지만 촉각이라는 매개 없이는 불가능하다. 촉각적 감각을 근원으로 하는 미각은 자연스레 정서적이라는 촉각적 특성을 가지고 있다. 식탐을 통해 행복해지는 기분, 인간은 내가 행복해야 타인에게 너그러워진다. 구본윤을 보듯 심리적 시간이 자연이나 사회적 질서에 따라 가는 게 아니라 욕망이 작동되는 순간 빠르게 흘러가는 순간이 많을수록 타인과의 소통은 쉽게 이루어진다. 욕망을 잘 활용하는 것도 지혜롭게 살아가는 한 방법이다.

이렇듯 우리가 가진 욕망은 우리의 삶을 역동적이게 하고 생의 시간을 빠르게 돌린다. 그것이 물질이든 정신이든 간에 충족이 되지 않을 때는 느린 심리적 시간이나 느린 실존적 시간을 경험한다. 경쟁 사회에 익숙한 우리는 '느리다'는 것이 왠지 삶의 핵심에서 이탈하는 듯 생각하지만 그 느림을 즐길 줄 아는 사람만이 실존의 문제를 자기주도적으로 영위해나가는 지혜로운 사람이다.

제1부 디지털 자아와 감정의 양식화

세계를 전환시키는 장치, 꿈과 '언캐니' 감정 : 『포지션』, 2019 가을호.

자기과시 욕망과 수치심의 샴쌍둥이 실존론 : 『시와경계』, 2018 겨울호.

접속에의 욕망, 디지털 세대의 변형된 주체성 : 『시와사상』, 2023 가을호.

위악적인 세계의 조롱과 자기주술성의 담화 양식 : 『오늘의 문예비평』, 2021 여름호.

반(反)동일화의 실존과 디지털 자아 : 『시와사상』, 2017 여름호.

해체된 몸의 언술과 존재의 기호성 : 『작가와사회』, 2015 겨울호.

알 속의 아프락사스와 알 밖의 아프락사스 : 『시와사상』, 2015 가을호.

혼성모방적 삶으로 전락한 무취(無臭)의 존재들 : 『시와사상』, 2008.

무시간적 실존의 도형화와 주체 은닉의 미세학 : 미발표.

악극적 자아와 유령적 타자 사이의 암전 : 서화성, 『언제나 타인처럼』, 시와사상사,
　　　　　2016.

생장(生長)의 존재감, 오벨리스크 주술성 : 『주변인과문학』, 2008.

제2부 집단적 아비투스와 응콘데 형상

타자의 사회학과 시적 지성 : 『시와사상』, 2019 겨울호.

동시적 시간과 수평적 세계의 미세학 : 『작가와사회』, 2022 겨울호.

정박점 상실의 존재론과 디스토피아 세계 : 『시와사상』, 2021 봄호.

개와 늑대의 숙명론을 인식하는 지점 : 『작가와사회』, 2019 봄호.

미혹함에서 깨달음으로 가는 선문답 화법 :『시와사상』, 2021 가을호.

비움의 미학과 존재의 순환 :『사막냄새』 서평.

'명령이라는 가시'와 응콘데 실존성 :『슬픈 늑대』, 포엠포엠, 2016.

느린 민달팽이의 심리적 지형도 :『작가와사회』, 2016 봄호.

만다라 형상의 공무도하가 :『작가와사회』, 2016 겨울호.

기화하는 욕망과 현실의 충돌, 바람의 생리학 :『푸른시』, 2011.

제3부 리좀 세계와 액체인간 자화상

기후변화에 대응하는 인간의 감정적 유전자 :『경남작가』, 2021 상반기.

시간 속 이벤트로서의 시, 시와 독자 사이의 회로들 :『시와사상』, 2024 겨울호.

후각, 현대인의 정신 병리와 불화 표지 :『시와사상』 2018, 여름호.(원제「후각 이미지
　　　　창출과 불화의 현대인 실존성」)

시의 꿈, 소망 충족의 사회심리학 :『시와사상』, 2016 여름호.

리좀 세계에서의 도태, 액체인간 :『작가와 사회』, 2020 여름호.

자기방어 기제가 만드는 실존의 장벽 :『작가와사회』, 2020 가을호.

기억의 신경윤리와 실존적 메타포 :『부산시인』, 2022, 여름호.

느린 심리적 시계와 느린 실존적 시계 :『부산시인』, 2017 가을호.

용어 및 인명

작품 및 도서

액체인간의 자화상

액체인간의 자화상

정진경
평론집